本书为

2021年度浙江省社科规划“高校思想政治工作研究”专项课题“文化基因解码融入高校教育教学路径研究”（编号21GXSZ075YBM）成果；

浙江省高校课程思政示范课程项目（2021）建设成果；

浙江省高校一流专业网络与新媒体专业建设成果；

浙江省本科高校省级一流课程“网络新闻实务”建设成果；

浙大宁波理工学院思政工作质量提升工程成果及校园文化建设成果。

行走的新闻

我家人世间

浙江学子笔下的共富小家

刘建民　王军伟　李炜◎主编

·杭州·

图书在版编目（CIP）数据

行走的新闻：我家人世间：浙江学子笔下的共富小家 / 刘建民，王军伟，李炜主编．—杭州：浙江大学出版社，2023.2
ISBN 978-7-308-23107-7

Ⅰ．①行… Ⅱ．①刘… ②王… ③李… Ⅲ．①新闻采访—作品集—中国—当代 Ⅳ．①I253

中国国家版本馆 CIP 数据核字（2022）第 178671 号

行走的新闻：我家人世间
——浙江学子笔下的共富小家

主编 刘建民 王军伟 李 炜

责任编辑 李海燕
责任校对 董雯兰
封面设计 雷建军
出版发行 浙江大学出版社
（杭州市天目山路 148 号 邮政编码 310007）
（网址：http://www.zjupress.com）
排 版 杭州好友排版工作室
印 刷 杭州宏雅印刷有限公司
开 本 710mm×1000mm 1/16
印 张 20
字 数 381 千
版 印 次 2023 年 2 月第 1 版 2023 年 2 月第 1 次印刷
书 号 ISBN 978-7-308-23107-7
定 价 68.00 元

序：探寻共同富裕的小家“密码”

胡征宇　杨德仁

“人世间的一切幸福都是要靠辛勤的劳动来创造。”时针拨回到 2012 年 11 月 15 日，习近平总书记在党的十八届中共中央政治局常委同中外记者见面时庄严承诺：“我们的责任，就是要团结带领全党全国各族人民，继续解放思想，坚持改革开放，不断解放和发展社会生产力，努力解决群众的生产生活困难，坚定不移走共同富裕的道路。”①

共同富裕，是马克思主义的一个基本目标，是社会主义的本质要求，是中国式现代化的重要特征，也是自古以来我国人民的一个基本理想。正如“富”“裕”两字，以象形会意的方式写实、表意、传情，诉说着人民对“耕有田、居有所、不愁吃、不愁穿”富裕生活的朴素理解。中国特色社会主义进入新时代的十年来，我国打赢了脱贫攻坚战，实现了第一个百年奋斗目标全面建成小康社会，为促进共同富裕创造了良好条件，已经到了扎实推动共同富裕的历史阶段；与此同时，大家对“共同富裕是全体人民共同富裕，是人民群众物质生活和精神生活都富裕，不是少数人的富裕，也不是整齐划一的平均主义”有了更加全面深刻的理解。

值此党的二十大即将胜利召开的美好时刻，在浙江吹响奋力推进共同富裕和省域现代化“两个先行”号角之时，由浙大宁波理工学院党委宣传部、传媒与法学院、马克思主义学院等师生合力完成的《行走的新闻：我家人世间——浙江学子笔下的共富小家》就要出版了。这是“行走的新闻”继《我家四十年》（2018 年）、《国是千万家》（2019 年）、《我的小康之家》（2020 年）、《浙里是我家》（2021 年）后的第五部聚焦“家”这一微观单元的田野调查作品。在《我家人世间》中同学们以青春视角观察家庭变迁，用笔端记录和讲述共富小家的生动故事，在“行、访、察、叙、写”的过程中“解码”共同富裕的“家”密码。

“有万不同之谓富。”“富”不仅仅反映在物质的丰裕，更体现在精神的富足；

① 《习近平谈治国理政》，外文出版社 2014 年 10 月版，第一卷第一篇，第 4 页。

一个人、一个家庭对“富”的认识也千差万别。大家在《我家人世间》里可以读到，共富路是人人勤劳的致富路，是方诗彤同学眼里父亲的风尘仆仆、满身疲惫，是金佳媚同学眼里母亲的马不停蹄、奔波劳累；共富路是家家和睦的幸福路，是魏菁同学笔下“妈妈神秘地叫我起床说要给我一个惊喜”，是庞雅天同学写到的“有一碗热气腾腾的米粉由太婆手中递出”；共富路是久久为功的艰辛路，是徐卢琪同学的父亲“拼搏在异乡的二十多个年头”，是何沁书同学的外公外婆远离故土数十年、像红柳一样扎根边疆的自强不息；共富路，也是激昂青春的逐梦路，是柳聪同学“相信老一辈的梦想是可以交给我们来实现”的自信，是江之妍同学“美好生活，永远是每一代人的长征”的铿锵。新时代是共富路和新青年双向奔赴的时代，我们坚信，共富路上有青春出彩的舞台，新时代的中国青年更不会缺席。

百年大计，教育为本。在实现共同富裕这一中华民族伟大复兴的生动实践中，教育是重要环节。浙大宁波理工学院办学 21 年来，坚持以习近平同志 2002 年来校调研时重要指示精神为指导，落实立德树人根本任务，把人才培养放在突出位置，致力于为国家和区域培养卓越专业人才，在持续改革探索中形成了“行学育人”特色。其中，“行走的新闻”实践教学改革自 2007 年 7 月起始以来步履不停，从未间断；特别是近五年来的“家”系列，找准宏大历史背景下的家庭叙事这一视角，紧扣课程思政改革方向，构建并创新推进以“行、访、叙、写”实践教学为核心，专业教育、实践训练、思政育人“三位一体”的新闻传播人才立体培养模式，取得了积极成效，获得浙江省教学成果一等奖；同时，与其他相关学科专业领域人才培养改革创新交相辉映，如思政理论课的“微”教学、外语学院的“用声音叙事”、商学院的“益立方”公益学院等育人实践，为青年学生守护和传承红色根脉、弘扬和践行社会主义核心价值观、锻炼和提升专业素养与能力提供了平台与阵地。

一代人有一代人的际遇，一代青年有一代青年的使命。20 岁花开美好，是敢于有梦、勇于筑梦、勤于圆梦的开始，希望同学们珍惜当下，在求学赛道上孜孜不倦、潜心学习、夯实根基；期待同学们千帆竞发，在青春赛道、人生赛道上把握历史机遇、奋力拼搏进取，将“小我”融入“大我”，实现人生理想。

是为序。

胡征宇　浙大宁波理工学院党委书记

杨德仁　浙大宁波理工学院院长、中国科学院院士

2022 年 8 月

目　录

爸爸的“布”履

方诗彤

1973 年，我爸爸这个“混世魔王”在安徽安庆一个叫方畈的小村庄里出生了，但是十多年后这个“混世魔王”考上了大学，成为整个村庄里屈指可数的大学生，走出了那个束缚了他心中热忱的小村庄。然而，谁都没想到爸爸选择了纺织工程这一专业，从那时起，我们家便开始和布紧紧联系在一起。

1997 年，爸爸怀着满腔热血离开了家乡，来到了浙江绍兴，立志在这里闯出属于自己的一方天地。那时的父亲年少无畏，渴望能得到能人赏识，但却不敌现实的残酷，无奈进入了一家纺织厂背布，成为最基层的员工。然而，爸爸并不灰心，他凭借自己出色的能力和才华逐渐被某一位杭州的老板赏识，在杭州用了 4 年的时间从做一名基层员工一步一步地往上走，做到了一厂之长。这 4 年里爸爸做过各种职位：机修工、车间班长、车间主任……他走稳了每一步，让我们家的生活不断变好。在爸爸的带领下，这家纺织厂的规模逐渐扩大，而爸爸的职位也晋升到了副总。这一阶段，我们家的生活条件可以说是比较优越的，幼儿园放学后，爸爸经常开着汽车，载着我去杭州逛超市、买衣服、下馆子，三天两头往肯德基里跑。那时候，但凡是我想要的东西，爸爸总会顺着我，致使家中总会多出一些无用的物件，自然也就免不了妈妈的“教训”。爸爸的杰出才能在业界逐渐被更多的人看到，许多人向爸爸抛出了橄榄枝，但是爸爸都拒绝了，因为他的心中有一个深藏多年的梦想——创办一家“编织属于自己的布的梦工厂”。

2010 年，爸爸辞去了纺织厂的工作，只身一人辗转于绍兴和杭州，去追求自己的“梦中布”。这时的爸爸在我心中就好像一身功名的将军带着一身少年意气卸下了黄金甲。爸爸用他半辈子的时间为自己的梦想和家庭的美好未来进行了四次尝试和拼搏。他意气风发，但还是不免在创业中几经挫折，好在最终沉淀为想要的成功。

第一次创业

2008 年，爸爸仍然在职，但是此时的他已经有了自己创业的计划。他毕业后仍和大学老师有联系，两人经常会就纺织方面的各种问题进行交流。在和老师的频繁交流中爸爸看到了创业的商机。经过爸爸妈妈两人的不断沟通，在妈妈的支持下，爸爸几经选择，最后在杭州的中国纺织博览城开办了他的第一个公司。与此同时，爸爸和大学老师合作研发了一种简易浆料，这种浆料可以使布料上浆非常方便，并且能够大大降低纺织厂的生产成本，提高布料的生产效率。当时公司也主打这一上浆原料，在爸爸对公司的规划里，这本该是个十分有利于市场的商机，并且市场反响也不错，但是困难总会在一瞬间降临。由于爸爸既要兼顾纺织厂的工作，又要管理自己的公司事务，再加上他高估了自己的能力，经验不足，这个公司便因为经营不善，没有运营多久就负债倒闭了。但是值得庆幸的是，爸爸仍然在纺织厂任职，家里一直有稳定的收入来源和一定的积蓄，初次创业的失败对家庭经济状况的打击并不严重，我们家依然生活在原来稳定的轨道上。不过，这次创业的失败却告诉了爸爸他必须放下手中现有的东西才能全身心投入去追逐梦想。或许在别人看来，一次失败是在告诫他不要轻易尝试，但是在爸爸这儿却是对他能力的挑衅，是他从头再来的动力。于是，这时的他开始了新的创业计划。

第二次创业

2010 年，爸爸在交接好纺织厂的工作后，便独自一人离开家跨省去到了安徽六安，寻找新的商机。爸爸初次来到六安时，得到了一位大学同班同学的帮助。在同学介绍下，爸爸找到了一家编制麻面料的纺织厂，厂老板在与爸爸的几次交流后发现了他对面料制作的出色认知，便想将他招致麾下。很明显爸爸志不在此，便与厂老板周旋商量合作问题，但爸爸此时仅仅只是一个外出漂泊的求商者，想要做到与大厂合作是件不太可能的事情。迫于生计压力，爸爸不得不退而求其次，作为纺织厂的纱线业务员来增强自己手中的合作谈判筹码。虽然爸爸远在他乡，但是早就在绍兴柯桥为我和妈妈贷款买下了房子，解决了妈妈和我的日常住行问题，家中经济收入也有爸爸的纱线业务支撑，家庭经济状况虽不如从前，却也足够维持日常生活有余。

在六安沉淀了一年多后，爸爸拿到了合作权，回到绍兴开始了他第二次正式创业——在中国轻纺城开办了一个卖六安麻布的门市部。当爸爸回来时，我发现他看起来不像从前那般意气风发了，他身上的那股布料化工的味道更加浓重了，刺鼻到令我本能地往后退，与他拉开距离。爸爸依然十分忙碌，早出晚归，偶尔见到他也是风尘仆仆。他爱布，每天都在为他的布能得到更多人赏识，卖出更好的价钱而操劳。他就像产品推销员，或者说他就是，每天都在不同的服装厂、窗帘厂等各种工厂之间来回奔走推销自己的布。面对客户的一次次拒绝，他也从不放弃，带着满脸笑容去迎接下一位客户。不得不承认，爸爸每天挂在脸上的笑容的确有唬人的功效，能让人感受不到他的疲惫和绝望。

如果不是我偶然见到过他隐藏在笑容之下的满是疲乏和"伤痕"的样子，我真的会相信爸爸每天都是顺利的。在一个普通的夜晚，和爸爸说了再见后妈妈就准备开着车带我回家了。爸爸在二楼看着我和妈妈的车开远后，便卸下面具，将心中负面情绪全部显露出来。可他却不知道妈妈让我回去拿忘在办公室的手机充电线。当我悄悄跑上楼，打算给爸爸一个"惊吓"时，却被办公室里传来的捶桌声和随后而来的呜咽声给吓住了。我从虚掩着的门缝中看到了瘫坐在角落里的爸爸，爸爸低着头一只手掩着面，另一只手指缝间夹着一根冒着白烟的香烟。忽然，爸爸抬起了头，深深地吸了一口手上的烟，烟雾慢慢从嘴中和鼻中飘出，萦绕在爸爸周围，模糊了爸爸阴郁和疲惫的脸。在经历了两年的沉浮与挣扎后，爸爸的麻布生意一直没有起色，家中的生活压力也逼迫着爸爸放弃。无奈之下，爸爸只好关闭了门市部，再次回到朋友的纺织厂上着朝九晚五的班，这时是2016年了。

第三次创业

2016年里爸爸虽然在厂中上班，但是心中创业的火苗依然不灭。这一年半的时间里，爸爸一直在积累自己的经验，扩大自己的人际网，只为了2017年下半年的再一次挑战。

2017年爸爸在准备好了后，又辞去了工作，在绍兴柯桥与朋友合伙开办了一家主营纱线贸易的公司。这次创业与以往不同，对爸爸和我们整个家来说都是一次不成功便成仁的挑战。爸爸在此时已经没有了任何个人收入，妈妈为了帮助爸爸打理公司事务，也从原来的纺织贸易公司辞职，家庭的生活只能靠着这家公司了，这无疑是一场"生死战"。可是，现实却是如此令人绝望，公司的经营再次出现了严重问题，由于对一次合作订单合同条款的一时疏忽，让对方钻了空子，将爸爸的公司诓骗了进去。公司出现了资金漏洞，爸爸为了挽救受损的公司，不得不与妈妈商量，将家中仅剩的维持日常生活的存款用来填补漏洞，以免出现更加难以应对的局面。当时家中还背负着100多万元的房贷。这次铤而走险的补救是唯一的希望了。然而，令人始料未及的事情发生了，与爸爸合伙开办公司的朋友突然撤资逃走了，公司亏损了100多万元。我从来没有想过这种只有在电视剧里看过的戏剧性事件竟然会发生在身边。这件事彻底击垮了我们家，公司的起死回生已经毫无可能，家庭的正常生活也因为这次失败变得十分艰难，连吃饭等日常生活的基本开支都无法支撑了。

而那时我正处于初三的最后阶段，即将面临中考，为了让我能够以最好的状态迎接考试，爸爸妈妈决定将这件事情瞒着我。爸爸四处卑躬屈膝地找朋友、亲戚借钱来维持我的正常生活开支，而他和妈妈却过着经常是吃了这顿没下顿的生活，欠下了一屁股债。当时的他们总是早出晚归，我经常连他们的面都见不到，两人回到家中也是周身的沉默和疲倦。好在当时的我没有辜负他们的期望，如愿考上了最好的重点中学。被蒙在鼓里的我有时却还是嬉皮笑脸地朝父母伸手索要更多零花钱，花钱也毫无规划，大手大脚。

为了整个家庭的生活，爸爸不得不再次回到纺织厂上班，偿还欠债和贷款，勉强维持生计。

第四次创业

2019 年，爸爸已经 47 岁了，他经过无尽的内心挣扎和思考，向妈妈提出了自己开办纺织厂的想法。当时的家庭虽能够正常生活，但也早已伤痕累累，面临着不小的生活压力，听到爸爸的想法，妈妈第一次表示强烈的反对，为此他们两人甚至大吵了一架，冷战了将近两个月。

在一次与我的聊天中，爸爸突然问我："彤彤，你说你在经历了很多次失败之后，你还想继续去追求梦想吗？"

当时的我愣了愣，看着爸爸，不明白爸爸为什么突然提起梦想，但却也十分坚定地回答道："当然！"

爸爸盯着我的眼睛，大笑道："不愧是我的宝贝女儿啊，有骨气！"接着，爸爸抬起手，深深吸了一口指缝中的烟，缓缓吐出烟雾，看着桌上的盆栽，又说："你老爸把大半辈子都花在布上了，但是老天爷好像不愿让你老爸有属于自己的布啊。我这一生只剩最后一次机会了，你说老爸还要继续赌一把吗？"我透过面前的烟雾，看到了爸爸布满红血丝的眼睛和花白的鬓角，那一瞬间，我的心突然抽痛了一下。爸爸老了，可是他没有得偿所愿，他背负着整个家，他被无数人劝告他不能让整个家庭陪他一起冒险。

"赌！为什么不赌！赌赢了我们家不就会更有钱吗，赌输了我和妈妈就陪你一起收拾残局嘛！"我突然坐直了身体，喊道。

或许是因为我给了爸爸信心，爸爸在 2019 年下半年最终得到了妈妈的支持，重新开始了办厂的规划。在家人的支持下，爸爸将房贷还了贷的那部分抵押继续贷出了一部分钱款作为纺织厂的启动资金，自此便开始在绍兴钱清经营纺织厂。起初，纺织厂的一切经营情况都在稳步向上，然而 2021 年政府出台了限电政策，爸爸的工厂因为规模不大，无法像大厂一样经受住限电带来的损失，险些倒闭。但是或许是上天看到了爸爸对布的诚挚情感，让爸爸找到了解决办法，几经周折后爸爸将厂房搬到了杭州萧山。搬厂后，也许是因为"大难不死必有后福"，工厂的经营状况创了新高，整个纺织厂至今仍然在稳步向好。家庭生活也逐渐变得自如，生活条件得到显著提高。

爸爸终于得偿所愿找到了属于他的“布”，开办了“梦工厂”，我们家也在这寻“布”途中逐渐实现了家庭生活水平的飞跃。

姓名：方诗彤
专业班级：新闻211
户籍：浙江省绍兴市
现居住地：浙江省绍兴市柯桥区柯桥街道

爸爸妈妈的生意经

刘晋廷

我的爸爸妈妈都是农村人，生长于台州的一个小镇，温岭市温峤镇。

我妈妈是外婆外公的大女儿。那时候受农村"重男轻女"观念的影响，外公外婆为了生男孩，一连生了三个孩子，但是事与愿违，随着一个个婴儿的呱呱落地，失望遗憾充斥着这个家庭。渐渐地，外公外婆也放下了这个执念，开始努力赚钱养活我母亲她们三姐妹。为了赚钱，外婆在舅公家找了一份工，外公则是外出做水泥工，帮别人盖房子。外婆为了照顾好两个不懂事的妹妹，带着她们一起去了舅舅家，而妈妈则是留在家里和她的奶奶一起长大。那个时候的孩子总是在贫穷的压迫下变得成熟，早早地就承担起家里的责任。妈妈说，她每天放学后都会拎上奶奶给她准备的小篮子，去田地里拔草、担水。而那个年代的农村并不重视教育，尤其是对女孩子的教育，因此妈妈在上完初中后就辍了学，开始步入社会。

爷爷奶奶是农民，靠种田为生，靠着大自然的馈赠，日子朴素贫穷，有时也会吃不上饭。吃腻了家里一成不变的饭菜，爸爸便会和他的小伙伴们去海边河边摸鱼、摸虾、钓青蛙，去山上采野果。爸爸说，那时候家附近还有片橘子林，放学回家路上，他们会溜进去偷摘几个解解馋，然后被橘子园主人追赶着逃跑。爷爷奶奶都在为生计奔波，并不关心爸爸的学习。爸爸在上完高中后便辍学了，到别人的店里打工。

妈妈辍学后去过一个工厂工作，经常会工作到很晚，然后一个人走很远的路回家。妈妈把所有的工资都用于补贴家用。有时候忙起来经常会忘记吃饭，因此落下了胃病。经过几个月的努力，妈妈用自己赚的工资买了一辆自行车，而这辆自行车也作为唯一交通工具，陪伴着妈妈走过那一个个回家的漆黑夜晚。爸爸当兵回来后，继续帮别人干活，赚了一点钱，买了他人生的第一辆车。

后来爸爸妈妈在别人的介绍下结了婚。随着婚礼的举办和我的到来，这对新人迎来婚姻后的第一个大问题。面对一些必要的产检费用和一本余额接近零的存折，他们开始发愁。据母亲说，因为开始爸爸不想用她的钱，她生我时的费用，是我爸卖了车才交上的。后来没办法，妈妈打工留的那一部分工资也用来买了奶粉。再后来妈妈向外公借了 3 万元作为给父亲做生意的本金，从此父母踏上做生意的路。一开始由于毫无经验和不高的学历，他们四处碰壁，借来的钱也花光了。

后来又向外公借了一次钱，再试了一次，他们终于成功了。2006年，爸妈偶然在上海进了一批货，赚到了第一桶金。他们立马拿着这一笔钱，买了第一辆轿车，那也是当时村里少数的轿车之一，算是弥补了爸爸当年卖掉车的一个遗憾。后来几年爸爸主要在苏州做生意。根据爸爸回忆那几年生意算是顺利平和，也渐渐积累了一些人脉。而妈妈则是拿着一部分钱和一个朋友在购物中心合开了一家鞋店。当时她们找的位置比较好，也有胆子去进一些价格稍贵的鞋子。开始一段时间存在亏损，成本远超了收入，但后来在妈妈的诚信经营下，这个店算是有了一批常客，而这些回头客也会介绍一些新客户，就这样这个店也盈利了。爸爸妈妈逐渐从愣头青变成懂得人情世故的生意人，也一点点有了积蓄。

再后来，炒股成为当时一大赚钱热点，我的父母也深陷其中投了大量的钱。而2008年金融危机给了他们当头一棒。钱财的大量亏损，二胎的到来，大女儿也要上小学了这一系列的事件，又使这个家庭不堪重负。当时妈妈很生气，爸爸也很后悔，妈妈甚至直接摔了家里的电脑，大吵一架后他们还是坐到了一起商量出路。那时爸爸听苏州几个朋友介绍说韩国的生活条件好，人均收入比较高，可能会比较容易赚钱。2010年，爸爸买好了去往韩国的机票，背上自己的行囊，要去闯一闯。为了更好地照顾我和妹妹，还有爷爷奶奶，妈妈关了店，成了一个家庭主妇。

开始的时候爸爸是被朋友带着做的，每天四处奔波，经常会开好几个小时的车跨过好几个城市去寻找客户。语言不通，生活不适，他在努力坚持着。生病了，看病不易，就随便吃点药应付一下。那个时候智能手机还没有普及，国际漫游又比较贵，所以也不能经常和家里人联系，而妈妈由于要照顾我们也不能去陪爸爸，爸爸就独自一人在异国他乡拼搏。

爸爸说那时他真的感受到了孤独，每天早上起床，工作一天，晚上回来随便吃个饭就睡觉了，人际交往也就是固定的几个人。由于文化差异，爸爸一些不经意的行为或者并不合适的称呼会受到许多白眼。但是爸爸的辛苦工作并没有白费，渐渐积累了固定的客户，不能说赚了很多钱，但至少生意也算是做了起来。同样妈妈也是一个人，面对两个还不懂事的小孩、四个思想顽固的老人，也很不容易。再后来爸爸妈妈都换了智能手机，以方便相互交流。

2012年的时候，爸爸为了更好地工作，找了一个翻译，也向银行贷了一点款作为生意的本钱。开始那个翻译挺负责地帮助爸爸，我们也请他来中国玩过。他们一起工作了四五年，爸爸渐渐信任他，但是没想到，那人竟趁着爸爸回中国的时机，卷走了一大笔钱消失了。当时爸爸听到这个消息，真的是受了很大的打击。这之后爸爸又回到了一开始的辛苦日子，还要还贷款。2016年的时候爸爸找了第二个翻译，由于之前的事情，爸爸谨慎了很多，生意逐渐恢复，也还完了贷款。再后来爸爸就一直和翻译及一个亲戚一起工作，收入算是稳定了下来。

2018年的时候，也就是我中考考完的那一年，我们家买了新房子和车子。生活条件不断改善，爷爷奶奶、外公外婆也渐渐步入养老生活，家人脸上总是洋溢着笑容。

然而做生意注定不会一帆风顺。我们家的那个亲戚为了赚得更多，开始做一些破坏爸爸生意的事情，恶意抬高价格，背后诋毁等。但是为了赚钱，双方虽然都心知肚明但还是会一起工作，而这样的工作不仅辛苦，更是心累。爸爸的好心在他的嘴里变成了居心不良。这种合作终于在2019年的时候彻底结束了，但是这也意味着在韩国的房租等各种费用爸爸要一个人承担，加大一倍的开销，没还完的房贷和车贷，又成了一大压力。记得那段时间，爸爸每天工作得更努力了，每次和爸爸视频时他都还在忙，说不上几句便匆匆挂断。好在，一切的辛苦是有回报的，家里的生活开始变得更好了，但是爸爸的身体经常出小问题，体检时被查出许多因为劳累引起的小毛病。有一次，他的身上长了一种叫做“缠腰龙”的皮肤病，而最大的病因就是太辛苦了。妈妈逼着他休息了一段时间，但是也只是一段时间而已。

2020年开始的新冠疫情，又使得爸爸的生意受到很大的影响。疫情阻碍了各地的联系，航班取消，签证失效，爸爸不得不在家待了一年，而韩国那边只能靠那个翻译在帮忙。刚好这一年我参加高考，这一年也是我和爸爸相处时间最长的一年，可能是家里让他感觉比较闷，想转移注意力，他总是很主动地去接我和妹妹放学，也总是会认真学做饭给我们做好吃的，但我注意到那一年他手机里的消息也一直没有停过，他经常会在休息时被电话铃声吵醒，然后和别人聊着生意上的事情，会在我们走近时偷偷把皱着的眉头转换成和蔼的笑容。每次在校门口，他笑着和我招手时，我也看着他，突然发现他老了许多，脸上打皱了，发际线后移了，我也知道这些笑脸背后隐藏着无数次的叹气。面对高考的紧张，爸爸向我讲了许多他生意上的事，而这也是他第一次在孩子们面前提起，这些事让我明白了一个真正的父亲，明白了他做生意的不易。

好在2021年六七月份，疫情渐渐好转，爸爸的签证也重新办了下来，他的生意也在逐渐恢复正常。他在送我上大学之后便出国了，韩国日益暴涨的病毒感染人数，一直让我们担心，但是现在也只能通过电话语音互相关心着。至少我们家现在的生活还算稳定，有房有车，没有房贷、车贷的压力，孩子们渐渐长大了，家里的老人也理解他们。爸爸不再像之前那么操心。爸爸说他要继续赚钱，等他回家就把家里乡下的老房子拆了重建，再买个新房子，让爷爷奶奶更好地养老。我和妹妹笑着回答道:“那你加油赚钱哦!”但是其实我想告诉他,要对自己好一点。希望疫情早点结束,我们一家人可以早日团聚。

总之,我们家在爸爸妈妈的辛苦打拼下,幸福与日俱增,也形成了我们家独一无二的生意经。

姓名:刘晋廷
专业班级:新闻212
户籍:浙江省台州市
现居住地:浙江省温岭市温峤镇青屿村

爸爸是个爆破手

孙忆杭

我的父亲1974年5月19日出生在吉林省桦甸市的大山里。我奶奶一共生了三个男孩，父亲排行老二。父亲的家庭条件特别艰苦，一开始住的是别人不要的房子，之后在邻居的帮助下才勉强盖起了一个小房子。

我爷爷是退伍军人，当兵时一个月只有6块钱，但退伍后没有被安排工作，也没有其他的谋生手段；我奶奶则是下乡的知青，也没有工作。他们要养活3个男孩，非常的困难。因此在我的父亲和他的兄弟三个人渐渐长大后，我的爷爷既要供他们念书，又要负责日常的开销，生活上实在是捉襟见肘。爷爷没办法只好去求助村主任，在村主任的帮助下他来到了煤矿，每次要背运120斤的煤，一个月可以挣到40多块钱。或者是替别人赶马车挣工分，一年也可以有50多块钱。而我奶奶则是去生产队做一些组织工作，一天所得是一斤大米、两块豆腐。

在很长一段时间里我们家都是“黑”户，没有平价米供应，只能去买高价米。平时肉也是不舍得吃的，一定要等到过年时才买点肉包顿饺子。亲戚朋友送的水果，因为不舍得吃，经常被藏起来，藏到烂了。正所谓靠山吃山，只要有空，兄弟三人就会跟着我爷爷一起上山砍柴，偶尔也会去挖野菜、摘野果、采蘑菇、打核桃用来补充伙食，或者是去山上挖一些药材拿去换钱以此来买一些过年的新衣服。经常是很早就必须起床，因为怕被别人抢了活。冒着雪挖各种东西，手指经常冻得僵硬，挖完之后必须自己走八九十里的路拿去卖。父亲回忆说：“有次过年，想要双新鞋。家里没钱，只能自己起早挖了几个小时的药材拿去换钱，才能在新年有双新鞋穿。”

父亲是兄弟三人中最懂事、最听话的。因为我奶奶白天要指挥工人盖楼，爷爷白天也要出门做工，因此我的父亲就要负责白天的生活，做饭，同时照顾哥哥和弟弟。有时候我奶奶很晚才下班，父亲就会把饭放在锅里保温，让我奶奶能吃上热的饭。父亲上初中时，我爷爷奶奶依旧很忙，于是他还照顾着他的哥哥弟弟，兼顾着读书。他随身带着要看的书，做饭时会在烧火的时候看看书，砍柴时休息的间隙也会拿出夹在衣服里的书本看看。在这种条件下，他第一次考技校时，仅仅差了0.5分而没有考上。得知这个消息后，全家人抱头痛哭，认为耽搁了父亲的学习。父亲也为此难过了许久，他决定再试一次。经过一年的准备，他又参加了第二次考试,天不遂人愿,这次居然差了3分。在这之后我的父亲放弃了考技校而选择去电大读了三年的书。

当念书回来时,1997年,父亲迎来了自己的第一份工作,其实只是在水电局做一个合同工,什么活都去做,要在工地上帮着卸水泥装水泥,同时也要当浇铸工。夏天隧道里气温高达40摄氏度,水泥的温度可以达到五六十度,为了避免被水泥灼伤,父亲就得穿着非常厚重的工作服,一次工作下来就汗流浃背不能动弹。那时候他的工作餐只是粥和馒头,工资一个月也只有四五百块钱。除此之外,他还会偶尔去河里挖沙子卖钱,补贴家用。

不久之后,因为觉得挣不到什么钱,我爸就开始想着自己做些生意,便买了烧烤用具,决定用烧烤来谋生。这份工作非常辛苦,早上四五点钟就得去早市采购烧烤必备的一些食材,采购完后,还得自己一串串地穿起来,经常是穿串的手臂酸痛得抬不起来。因为想多挣些钱,父亲总是会干到后半夜,而这份工作也不过是仅仅能保证吃饱。后来,父亲又换了一份工作,给别人去做小工,编扫把。这份工作也不怎么挣钱,因此在做了两三个月之后父亲再一次离开了。

1999年,父亲决定离开东北去外面找工作,于是他买了从东北去杭州的火车票,还买了些生活用品,最后只剩下50块钱。在检票上车前,他遇上了地头蛇。他们要求每人进站前,必须交50块钱的保护费。年轻的父亲从来没见过这种阵仗,无奈之下,我爸只得把仅剩的50块钱给了他们。等到下车之后他身无分文,也无处可去,只能打电话求助于一个在杭州的亲戚。这个亲戚是给别人做司机的,便开着车接了我的父亲,让他在家里住了几天,而我的父亲也一直在找工作,他说:“那段时间,自己其实特别迷茫,也不知道该干啥,只想着快点挣钱。”

2000年,我的父亲辗转到了金华,有人给他介绍一份工作,他便跟着人家一起在高速公路上修车,待遇是每月600块,以及每天一碗白菜汤。在做了几个月之后,老板跑了,因为我的父亲什么也不懂,并没有签什么有效的合同,几个月的工资都没拿到。没有办法,他又重新回到了杭州找工作,用仅剩的钱在涌金门租了一个房子,在一个爆破公司里工作,成为普通的小工。他在工地上有时要负责在爆破后清理河里的泥沙。在挖泥船上并不是那么安全,有两次他直接从船上掉进了河里。他是个旱鸭子不会游泳,这两次险些丧了命。这时候的工资待遇慢慢有了些好转,一个月能够有1500块的基本工资,在满足自己生活的同时,还能留下一些钱寄回家里。

也正是在这里,他遇到了我的母亲。两人同住在一个小院里,一次机缘巧合,两人聊天觉得投缘便在一起了。婚后的生活依旧非常的艰苦,他们住在工地的夫妻宿舍里,平时并没有什么额外的开销,日子过得还算平淡。

2001年，我的母亲怀孕了，两人决定结婚，于是我爸跟着我妈回到了安徽，花了几千块钱，简单地请了些亲戚朋友，完成了一次简单的婚礼。因为我母亲怀孕，我父亲身上的压力又多了许多，要承担起抚养我的责任了。母亲因为怀孕没法上班，辞去了原先的工作。单靠一个月2000块左右的工资很难撑起一家三口的生活，因此父亲下定决心考一个工程师证书，来提高自己的工资待遇。

为了不被人打扰，他便租了最便宜的宾馆房间，买了几箱泡面，带着自己的几本书，就这样读书。他回忆道："那时候只想拼命考个证出来，这样子工资会提高很多。"在2004年，他拿到了技术人员证书，可以成为一名工程师进行矿山爆破，工资待遇也有所提高，一个月可以拿到3600块左右，另有20%左右的提成，年底还会有不少的奖金。爆破是一项非常危险的职业。那时候我们住在工地的员工宿舍里，每次只要一施工，就会拉响警报，我母亲就会赶紧放下手中的事情拉着我急匆匆地跑出门去，撤离到安全线里。小时候的我只觉得新奇和好玩，因此每当警报响起，我便迫不及待地拉起母亲想出门。在一次施工的过程中，不知道是哪个环节出了问题，爆炸突然提前了，许多飞石砸到了别人的车上、房子上，所幸的是没有人员伤亡，我父亲因此赔偿了别人2万块。

我慢慢长大，我母亲找到了自己的一份工作，家里的条件也渐渐好了起来，两人的工资足够生活。2005年我父亲按揭购买了一套31万元的房子，这是他们的第一套房子，他们就此结束了租房子的历史。2012年，因为老板的经营不善，逐渐没有了什么工程，我父亲决定离开。

2015年，父亲来到了安吉，在永安爆破公司担任了中级工程师，此时他的工资已经达到了15000块一个月，一年有20万元左右的工资。我母亲的工资待遇也有了很大的提高，一年也有20万元左右的收入，在安吉这个地方我们家算是中等的生活水平。此时的我也已经快读初中了，不同于我父亲小时候艰苦的读书环境，我的生活算是富足。我父亲和母亲的工作在不断地变好，这之后不久我们家买了一辆价值40万元左右的车，这是我们家第一次拥有私家车。我的父母亲凭借着自己的能力在杭州又买了一套房子。爷爷奶奶习惯了住在安吉，父亲有闲暇时会去陪着我母亲一起住杭州的房子。现在我已经读了大学，爷爷奶奶都退休了，他们会去跳广场舞，出去游玩。我的父亲也不再那么辛苦，有着固定的休息日。他常会带着我的爷爷奶奶出去游玩。看着现在的美好光景，父亲不禁感叹："我的努力没有白费，我凭着自己的力量，从大山走出来了。"

短短的几十年，从一无所有到步入小康，从身无分文到生活富足，这是我的父辈们没有预料到的。原来只能住着别人不要的破房子，到现在拥有了自己的两套房子，这些生活质量的提升，离不开我父亲母亲的共同努力。

姓名:孙忆杭
专业班级:新闻 211
户籍:浙江省湖州市
现居住地:浙江省湖州市安吉县场所街道

藏匿在店铺里的记忆

董乐怡

矗立在织里镇人民东路的那幢小房子，是故事开始的地方。

记忆里，店里的每一个地方都有爸爸妈妈忙碌的身影。如果说要给这段记忆定一个颜色的话，我想，它是橙色的。

橙色，是最温暖的颜色，是幸福的颜色。

2001年，爸妈结婚了。结婚前，爸爸是打金器的，妈妈则是在工厂上班。婚后，爸妈考虑到日后要抚养小孩等问题，于是决定自己创业。

创业初期，爸妈租下了一个店面，用来做日用杂货批发。

刚开始的时候，因为没有人脉基础，经营得很困难，只有零星的几个人会进来光顾一下。看着这样的经营状况，爸爸妈妈十分发愁。

为了招揽到更多的客源，爸爸发现当时桶装水的需求量很大，于是做出了在经营店铺的同时也配送桶装水的决定。

面对桶装水的订单，不论需要配送的路程有多远，不论地址的楼层有多高，爸爸都一一接下。在没有电梯的小区里，爸爸只能一桶一桶、一趟一趟地来回搬运。

风吹日晒、大雨倾盆，无论是什么样的天气都不会阻碍他配送的步伐。一根牛筋绳、一件雨披、一辆摩托车、一个宽厚的背膀便撑起了一片天，也开始了拓宽人脉的第一步。

创业的第二年，我出生了。我的出生并没有打乱他们前进的步伐，为了给我提供更好的生活，爸爸妈妈反而有了更大的动力去工作。

同年，爸爸妈妈参加了吴兴区安全生产监督管理局培训中心的考试，考试合格可以持证上岗，还取得了烟花爆竹的经营许可证。于是，爸爸妈妈把烟花也纳入了售卖范围。

在这之后的两年里，爸爸妈妈把我托给了家中长辈，转身投入奋斗中，不过他们在努力工作的同时也不会忽略我成长的点滴。

经过三四年的奋斗，爸妈终于用攒下的积蓄外加贷款买下了这个店面。而之所以选择这个店面，是因为它较为优越的地理位置。它位于菜场附近，人流量很大，便利生活。另外，它楼上可以住人、楼下可以做生意的结构更是减少了在路上奔波而浪费的时间，因而，爸妈对这个房子更是满意。为了成功买下它，在这三四年里，爸爸妈妈一直在默默努力。

每天天不亮的时候，爸爸就起来开店了，6 点左右妈妈的身影也会出现在店里，两人一直到晚上 10 点半左右才打烊，一年四季都是如此。

打烊后，爸爸妈妈回到房间就开始准备第二天需要发出的货和需要进的货，提前和供货商联系好，忙到大概 12 点左右才准备睡觉。为了留住客源，甚至在半夜的时候，因为客户的一个电话，爸爸会马上从被窝中起来，下楼开门做生意。

当时，同行之间的竞争压力也很大，比如同样一箱香，爸妈卖 50 块，有的店就会压到 45 块。店内的客户明显变少，爸妈疑惑但不知道原因。直到爸爸碰到之前的客户，聊天的时候才知道另外一家的货物价格更便宜，所以很多人都去他店铺买东西了。爸爸得知了这件事后，无奈但也没有办法，最终选择把价格下调到 43 块。

爸爸说："就算一分钱不赚，我们也要把老客户留住。"

平时店里的小货品只能净赚 5 毛到 1 块钱，但爸妈也还是很开心。

爸爸妈妈总说："慢慢来，会越来越好的。"

家里的收银柜那里总是有一本厚厚的本子，上面密密麻麻地记了很多账，那都是赊账的客户留下的。我曾问过爸妈："不怕他们不来还钱了吗?"爸妈总是笑着回答我："不会的，他们一定会来的，我相信他们。"

凭借着相互的信任，这样一家不起眼的小店开始真正地成长了起来。

爸爸妈妈说："人活一生一定要有一个家。"

他们也确实做到了在织里镇这个地方扎根。扎根后，爸爸妈妈把我接了回来。店里依旧很忙，但在爸妈进进出出的时候，老客户们会帮着照看我。因此，无论从什么角度来说，这幢小房子都带给了爸爸妈妈浓浓的安心感，也是对他们当时努力的一种肯定。

第二个店面位于第一个店面的隔壁。

渐渐地，生意做大了起来，原来的地方已经没有空余的空间用来存放货物了。于是当看到隔壁店面出租时，爸爸妈妈毫不犹豫地租下了它。过了一段时间，坏消息传来，房东准备把这个店面卖掉，可爸爸妈妈当时没有足够的钱来购置这个店面。所以当房东问起爸爸妈妈要不要买这个店面的时候，爸妈的内心非常纠结，虽然生意还不错，但是前面刚还完贷款，家里的存款并没有很多，如果一下子都拿出去买店面的话，就无法应对一些未知的风险。

不过思来想去，最终爸妈还是打算买下这个店面。他们开口和亲戚借钱，借了好几家，最后加上自己的积蓄，终于凑够了买店面的钱，但是生活的压力也更大了。在这之后，爸妈更加投入工作中，依旧保持着以前的作息，依旧忙得脚不沾地。

再次有了一定的积蓄后，爸爸把理财也加入了自己的计划中。

2007年，爸妈的第二个孩子出生了。为了照顾好两个孩子，爸妈有了明确的分工。

妈妈开始退居幕后，认真照顾起两个孩子的起居。爸爸则是在生意场上继续闯荡。爸爸主外，妈妈主内。生意做得很红火，生活也变得更稳定了。

同年，爸爸买了我们家的第一辆汽车。车从二轮变成了四轮，家里也从两人变成了四人。

之后，爸妈把目光放得更加长远。因为织里有着"童装之都"的称号，而要做童装，就需要童装厂房。因此，爸妈用理财赚的钱和做生意赚的钱买下了一个地段还较为不错的童装厂房，用于出租赚钱。在那一年，也成功还清了向亲戚们借的钱。

但是这些成绩都是爸妈牺牲了很多才换来的。

节假日和过年，永远都是爸爸妈妈最忙的时候。别人在准备年货、休年假，我的爸爸妈妈却没有假期。年前的那段时间，他们从早忙到晚，仓库和店面两边跑，每当空一点想起来吃饭时，已经是下午3点左右了，而叫的外卖也早已变凉。但爸爸妈妈不会过多考虑这个问题，他们匆匆吃完冷掉的饭菜，又投入新一轮的生意中去了。每当我从外婆家回来时，看到的总是他们因为忙碌而消瘦的身影。

在这之后，爸爸妈妈用这些年赚的钱，外加再次贷了一部分的款，成功地买下了第三和第四个店铺。日子越来越好了，但是我们仍旧挤在那个小小的房子里。那个小小的房子，是我们的第一个家，它保存着不少回忆。

生活富裕起来的同时精神上也更需要满足，生活好起来的同时也要学会一定的享受。

因为小房子里更多的空间被货物占据了，所以爸爸妈妈决定买新房子，让一家人住得舒服点。

2018年，爸爸妈妈在小区买了房。记得刚看到这个新家的毛坯房时，大家兴奋地规划着这个家的布局，妈妈想要什么样的厨房，我和弟弟想要什么样的卧室等，每一个人的眼里都透露着激动和幸福。新家的每一件家具都是一起挑选，装修中也融入了大家的想法。因而，这是拥有独特装修记忆的第二个家。

当湖州开始施行禁止燃放烟花爆竹的规定时，家中的生意遭受了一定的打击。但爸妈并没有被难倒，两人立刻开始商量对策，尽可能地降低损失。功夫不负有心人，爸爸妈妈找到了用电子烟花和电子鞭炮来代替烟花爆竹的办法。借由多年的经营经验，电子烟花成功推行，损失被降到了最低。

2020年，我们家也迎来了第二辆汽车，同时我们也搬到了第二个家中。在第二个家中，我们又制造了崭新的记忆，但最珍贵的还是曾经的第一个家。虽然现在已经不住在那里了，但是它仍旧是我们无法割舍的一部分记忆。

如今，那幢小房子的二楼已经成为爸爸妈妈午休的场所。推开门，扑面而来的还是曾经熟悉的感觉，无论是楼上还是楼下的物件，都见证了那段努力的岁月。

摆在店铺里的桌子，比我都大 1 岁，它见证了店里从生意惨淡到红红火火，见证了家里两个孩子的出生到成长，见证了爸妈从脱贫到致富的道路。

生活富起来的同时，我们的精神层面也在“富裕”。爸爸妈妈会注重对我们精神世界的培养，同时也教会我们做人的道理。

爸爸说：“人要有梦想，要有追求。”所以对于我们的理想，爸爸妈妈会给出建议，但不会过多干涉，会鼓励我们勇敢追梦。

爸爸说：“希望你们可以做一个坦荡的人，做一个真诚的人，做一个善良的人，做一个有尺度的人。”做人不求事事完美，但求问心无愧。这些话也一直深深地印刻在我们的心中。

爸爸告诉我们，生意场上会有钩心斗角，但他的原则是做事要无愧于良心，不缺少真心，不负自己，也不强求别人。同样，爸爸也会用这个原则来要求我们。

藏在店铺里的记忆，有的不仅仅是我们家的奋斗历程，更是心路历程。富裕的不仅仅是生活，更是我们的精神世界。

姓名：董乐怡
专业班级：新闻 211
户籍：浙江省湖州市
现居住地：浙江省湖州市吴兴区织里镇

藏在平凡里的不朽年华

魏　菁

2002年，在广西钦州市这个普普通通的小城，我出生了。这里没有热闹的人来人往，也没有攀比高度的摩天大厦，有的只是清晨的鸟语花香和傍晚收工的晚霞。

“叮铃铃，叮铃铃”，闹铃声打破了宁静的黎明，家里的脚步声渐渐多了起来。“乒乒乓乓”，外婆在操弄着灶台，准备着一家人的早餐。“咚咚咚”，妈妈正穿着她的高跟鞋在拥挤客厅的镜子前照前照后，想要美美地开启今天的工作。此时的爸爸还在梦中，呼噜声仍然飘荡在这张一米五的床上。他不急着起床，因为我们就住在他的单位里。不一会就会有好多电话来找他。

这就是我们家早期的日常图景，从我出生到上小学，我们一直住在爸爸的单位公租房里。这间小房子在一楼，只有一室一厅，狭窄的客厅里除了放了电视机还放了一张床，是给帮忙照顾我的外婆睡的。南方的夏天总是会下倾盆大雨，雨水在我们家的露天阳台上聚积，总会聚成半米高的水洼，接着把厕所淹没，即使房间的门关了，水还是哗哗哗地渗进来。每次遇到雷雨天，和邻居叔叔共用的网线经常会断，就又会有很长的一段时间电视机蓝屏和电脑断网。

那时候在大多数人眼里我们是一个生活很稳定的家庭，妈妈是钦州市浦北人民医院的医生，爸爸是卫计局的干部，各自都有着稳定的收入。但是也只有我自己知道，我的妈妈工作很忙，经常得上夜班，爸爸工作相对轻松，但是他性格非常的散漫，有时妈妈上夜班，趁我睡着了爸爸还会偷偷溜出去打牌，所以半夜邻居们总是会被我的哭声吵醒。

“你知道哪里有地皮卖吗？”一转眼我就上小学了，妈妈想要尽快拥有自己的房子，就问爸爸。

“以前我见潘聪他们家就行动得快，在环城路那边十几万就买了块地皮，现在已经建起来进去住了。”

“最近有哪里开发了吗？”

“听说在旧粮仓就有，已经开发成一个小区。”

“得闲你跟我去看看吧。”

“买什么地皮，现在不是很多商品房已经建成投放了吗？”爸爸的嘴唇咧出了一条缝，仿佛在开玩笑。

“那不见你去打听一下，抓紧把房给买了。”妈妈着急了，坐在木质沙发上拿着饭盆瞟了爸爸一眼，随后陷入了沉默。

2008 年，奥运的圣火燃起了每个人的心，在这一年里仿佛每个人都充满着干劲。妈妈对爸爸会带我们住进新的房子不抱有任何期待，就决定自己行动起来。听妈妈说，当时她也不敢擅自做主去买地皮，何况不知道如何选择，还有后续一些事情也都一窍不通，所以叫来了外婆和舅舅帮她参谋。当时下定决心要买地皮后，妈妈就拿着存折和物业一起往银行走了，一口气把自己这几年的积蓄几乎都取了出来，一次性把四十几万元转进购房中心的账户里。买了地皮后，妈妈在爸爸面前对这件事情只字不提。那天，我在蒙眬的梦境中被一阵锅碗瓢盆的坠落声惊醒，原来是爸爸从妈妈的朋友那里得知了妈妈擅自买地皮的秘密后大发雷霆。等我睡眼惺忪地醒来，只见爸爸拿着一根长棍，“啪”地向衣柜捅去，衣柜的左侧留下了一个大洞。当然，妈妈是个强势的人，无论是经济和生活都非常独立，岂会因为爸爸的怒气而半途而废？爸爸知道后，妈妈更不会对这件事情躲躲藏藏了，光明正大地筹备起动工的事情。

2015 年过年后，万物复苏，一派生机勃勃的景象。就在这个春天，第一批建材运到了我们家地皮旁，地皮前的小花园里支起了帐篷，妈妈雇了一个工人在这里照看建材。2015 年 9 月 30 日凌晨，在一阵鞭炮声里，我们的房子建造工程拉开帷幕。一个星期的打地基结束后没多久，一楼铺面的砖块已经密密麻麻地布满了，第一批建材也随之用完。妈妈一边上班一边时刻关注着工地的情况，下班了便去建材店交涉。不久第二批第三批建材也到了……在这一年里，时常伴随着工人们用音响放的音乐，据说这样更有干劲，他们用水泥把红色的砖块错落有致地叠在一起。每天到傍晚的时候，我们的未来房子的形状又会更明显一点点。日复一日，我们的房子整体基本建好了，一幢四层的天地楼安静地矗立在小区的最深处。走上去看，有些支撑房顶的柱子还没有拆，但也能很明确地体验到 25 平方米和 120 平方米的区别。把房子静置了几个月后，是时候装修了，但是这时候妈妈的积蓄已所剩无几，爸爸对买地皮的事情始终耿耿于怀，妈妈肯定也是不能向爸爸低头的。乐观的妈妈也沉默了，垂头丧气地从外面回来，因为妈妈去银行得知了超额贷款需要夫妻双方共同担保。妈妈挨在客厅的门口上，拨通了同事的电话，为了借钱好声好气，从她徘徊的脚步也不难看出妈妈的尴尬和无奈。就这样，没过多久，在银行的小额贷款加上朋友借的钱和这几个月的工资积蓄支持下，我家终于迈出了装修的步伐。购进喜欢的瓷砖、门窗，再买好油漆，把所有交给工人，两个月后，原本红墙砖块的楼房焕然一新。

2017 年，经过将近两年的打磨，从打地基、建房子，再到装修，我们终于住进了属于自己的房子。那天,每一层楼都坐满了亲朋好友,大家聚在一起,夸着我们的新房子。我陌生地走着与以往不同的路回到陌生的新家,这是一条离我的初中学校很近的路,但仿佛走了两个世纪,因为这一路上都是如此的新奇。以前住在爸爸的单位房里,回家经过的路旁都是一些很陈旧的小店,街上的人很少,现在回家可以经过热闹的商场,晚上还有路灯,很多同学也住在附近。回到家,躺在小时候渴望的温馨又柔软的沙发上,看着大屏的液晶电视,还有了属于自己风格的房间,一切都是那么静谧美好。因为家里有两个车库,自然就解决了“停车难”的问题,不久,我们家的第一辆小汽车就由妈妈开进了家门,生活质量迅速上升了一个台阶。

搬进新房子后,我们的生活在不知不觉中有了质的飞跃,日子一天比一天滋润,不久又听到了喜鹊的叫声。

2019 年大年初二,妈妈在外婆的帮助下收养了一个女儿。虽然当时开放二孩政策已经 4 年多了,但是因为父母年龄和各方面因素,我们家没能立即跟上改革的春风。办完了各种手续,妹妹终于来到了我的家里。我仍记得,妹妹到来的那天,过年热闹的气息还没褪去,空气中仿佛还有着鞭炮的味道,只见妈妈神秘地叫我起床说要给我一个惊喜。我随着她的脚步走到二楼,见外婆手中抱着一个刚出生的婴儿,我当时愣了一下,还以为是舅舅家又生了一个宝宝,听妈妈说这是我的妹妹,虽然很吃惊但已经上高中的我能够明白父母的苦心,也坦然接受了。自从妹妹来到我们家后,四楼客房全都改成了她的活动室,沙盘、小推车、小挖掘机、做饭小工具应有尽有。妹妹每天都会说一些神气的话,做一些可爱的事情,时不时惹得全家人哈哈大笑,爸爸紧皱的眉头在妹妹面前也会舒展起来,家里总是洋溢着快乐的气氛。妹妹都能有自己的活动室,那我可不干了,为了公平起见我也得有个属于自己的“活动室”。因为我从小喜欢跳舞,当然对有大镜子的舞蹈室梦寐以求,妈妈也喜欢锻炼,二话不说就答应了这个请求。买好一些氛围灯,定做一面两米高两米宽的镜子,再从网上买一些瑜伽垫和瑜伽球,一个简简单单的舞蹈室诞生了。我们家可算得上是不仅能遮风挡雨,还能在其中活得快快乐乐。

2021 年,一场离别在我的 18 岁悄然而至。“过几天就是我的成人礼了,你和爸爸记得来参加。”我在学校的寝室里给妈妈打着电话。“我不知道还能不能参加,到时候看看。”妈妈说话中带着哽咽。“发生什么事了吗?”“没什么,你不用操心,到时候我和你爸爸都会来的。”“嘟”的一声,电话挂断了。就算不说,我肯定也知道发生大事情了。结果,好奇的我从表哥那里得知外公因肺癌去世了。我在室友的床旁愣了好一会儿,即使那边电话已经挂断,我手里仍然紧拽着电话,泪水浸满了眼眶,顺着我的脸颊滑到了嘴角……第一次面对亲人逝世,觉得突然又自然。成人礼那天,爸爸、妈妈、妹妹、外婆、姨母都来了,都在为我的高考送上诚挚的祝福……

今天,我在寝室的电脑前写着以往的故事,在平凡的家常事里感悟着人生的真谛。我们一直在变化,却不知不觉,蓦然回首,早已沧海桑田。

姓名:魏菁
专业班级:新闻211
户籍:广西钦州市
现居住地:广西钦州市钦北区

朝着富裕奔跑的父亲

叶　阳

我是个很挑食的孩子,而面对我的百般挑食,父亲不会生气、更不会打骂,他只会语重心长地教育我:“挑食可长不高。你得营养均衡,这样才能健康成长。”教育完他还开玩笑说,要是我饿个三天,那时再不爱吃的菜都会大口大口地吃。

当时的我并未多想,但是后来我细细思考,便从这话里读出了辛酸。

我的父亲1967年出生于黄岩一个名为岙里村的小村子。村子周围有着好几座大山,这几座山承载了父亲太多的回忆。

这山是供父亲长大的资源。当时的树虽然不能砍,但是地上的柴火是可以捡的。于是父亲一有空就上山捡柴,卖了补贴家用。靠着山上的柴火,父亲也因此赚得了不少学费,还会与小伙伴们一起去山上采蘑菇,甚至还抓过蛇去卖。父亲到现在都还记得,曾经有一条蛇逃到地洞里去了,但是尾巴还在外面,他便死命拉着蛇尾巴不让它逃走。那时候的他虽然怕蛇,但是这点害怕被补贴家用的念头给死死压住了。

这山也是父亲曾经的避难所。那时候村里有任务,需要村民一年养一定数量的猪。人们为省钱就会去拔自然生长的免费猪草喂猪。记得有一年的冬天,父亲和他的小伙伴一起去种了庄稼的地里割草。他们认为自己割的都是草,这事便没有问题。但这地的主人可不这么想。那人刚走到自己的田边,就看到这一群小孩在他的地里乱跑乱拔,当场发火,追着喊着要他们好看。小伙伴们被吓得四处乱跑。那时候瘦小的父亲,被伙伴们落在了最后,也被地的主人追到了最后。慌张又害怕的父亲一边哭一边往山上跑,他怕被抓住,怕给爷爷带来麻烦。那天,还是个小孩子的他在山上躲了很久,一直躲到了天黑。

这山还是父亲上学的必经之路。那时候本就没什么交通工具,再加上穷,父亲每次都要走十几公里去上学。有时是伴着山中呜呜的风声走的,有时是在漆黑的夜色下走的,有时是在滂沱的大雨中踩着泥泞的小路走的。山上的路很漫长也很难走,脚上的水泡早已起了又消,消了又起;山上的路很黑很可怕。呜呜的风声让年幼胆小的父亲觉得是鬼在嘶吼,漆黑的树林让父亲害怕会不会从哪里蹿出一只鬼,然后把他抓走。

父亲的童年是贫穷与不易的。家里没有足够的钱买吃的,饿肚子也是常有的事。即便有的吃，也是很不好吃的糙食。吃的是红薯，吃的是干巴巴的玉米饼，吃的是煮得稀烂的饭甚至可以说是米糊；因为爷爷家有两个儿子却没钱盖两间房子，而被人看不起；因为不得已而向亲戚借钱；没有得到较好的教育，甚至差点因为交不上学费而辍学；没有一个轻松的童年，有空就要帮家里干活减轻负担。要捡柴火，要到地里割草，要种地，还要喂鸡喂鸭……

艰难的童年让父亲早早就成长了起来。他看着他的父亲为了家里的生计四处奔波、各种忙碌，看着他的母亲为了这个家低头找人借钱，看着挨饿的姐姐与弟弟，他坚定了自己的心——一定一定要努力。

高考失利，父亲没有考上大学。为了不给家里增添额外的负担，爱学习的父亲最终放弃了复读，选择了直接工作补贴家用。

毕业那年父亲正好 18 岁。那年的 8 月份，为了让父亲跟着师傅学木工，爷爷托了很多关系，还狠下心买了几十块的礼物送给师傅，这才得以让父亲成功拜师。拜师之后只要跟着干两年，之后就能一天赚一块二。这在当时已经算可以了，但是父亲却并不满足于此，他想："干两年，一分没得赚。之后也才一块二，这要什么时候才能积累很多钱呢？"父亲怀抱着更大的抱负，在做了两个月木工之后便不想干了。爷爷看出了他的想法，并没有发怒，反而很体贴地由他辞去了这份工作，没有强迫他继续去做木工。

辞去这份工作后，父亲就开始了他的探索富裕之路。

一开始，父亲与他的堂弟，再加上一位同学，三个小伙子在所有家长都不支持的情况下，开始了他们的创业。至于本金，没有怎么办？"没有我就去借。"那时候的父亲背着爷爷偷偷向农村信用社借了一笔"巨款"，然后便启程了。由一个工厂的人搭线，他们将制作的刷子柄卖给这个工厂。柄是用毛竹做的，他们便去买毛竹。为了省钱，他们就自己上山把卖毛竹的人的毛竹背下来。毛竹很重，父亲和同学常常没背几根就累得不行。后来他们便想了个妙招——将毛竹绑好，让它直接从山上溜下去。结果有一次意外把毛竹溜丢了。"这可都是钱啊！"他们急坏了，满头大汗地找了一整天。好在幸运一直眷顾着他们，最后还是找回了丢失的毛竹。背负着债务的重压，承担着不支持的目光，他们艰难地坚持了下来，经历了双手、肩膀磨出水泡的辛苦与丢失材料的惶恐。半年左右的时间，父亲又成长了许多。虽然没有赚多少，但是至少没有亏。这也给了父亲不少信心。

结束了这段创业后，爷爷又托了人情送了礼，让父亲跟着另一位师傅在厂子里学如何在鸭蛋上画画。这次可与之前跟着师傅学木工不同。在这个厂子，一个月能赚 300 块！要知道在当时，外面工资一个月仅 100 块。可想而知这厂子有多难进。尽管爷爷已经送过礼物，而且别的学徒跟着他们的师傅进工厂，也是最多在起初送个礼物，并不会额外做些什么。但是父亲为了报答师傅、感恩师傅愿意带他,在白天干完自己的活之后,夜里还会继续帮师傅干活。当时的父亲早上七点起床,马不停蹄地干到下午四五点,将自己分配到的任务干完,然后吃完饭又接着帮师傅干活,一直干到将近凌晨一点。白天长时间的工作就已经让父亲手酸、眼酸,很累了,再加上夜里也干活,他经常困到睁不开眼睛,但是也依旧坚持。

但是这份工作也并没有成为父亲永久的工作。因为工作是按照能力高低的顺序来分配的,因此工作少的时候,作为学徒并且能力不算特别出色的父亲,常常会没有多少收入。尽管说一直坚持下去,总会有成为顶尖师傅的一天,然而父亲不甘于此。

在做了一段时间之后,父亲勇敢地辞去了这份工作,进入一个塑料厂画画。在塑料厂画画期间,他还孤身一人前往安徽,学习了半年的喷漆。在安徽时,父亲遇到了一位好心的油漆店老板,从他那里借到了一本油漆相关内容的书。从这本书上,父亲学到了很多的新知识。回去后,父亲一边继续上班,一边抽空自学喷漆知识。

后来他又做了份丝网印刷的工作。在这期间,父亲并没有停止学习,并且成功从理论逐渐过渡到了实践。他白天在丝网印刷的工厂上班,晚上就去外面接喷油漆的单。不断地学习,不断地摸索,不断地锻炼。最终父亲成功地开了家自己的小作坊,做着喷漆的工作。得益于过去画鸭蛋的画画经验,得益于父亲的努力,也得益于父亲的独具慧眼……种种因素的叠加下,父亲的小作坊开得很成功。"做喷漆加工,最好的时候一天甚至能赚到一千!"谈起那时候的成功与风光,父亲的眼里满是光芒,脸上满是高兴与自豪。

父亲赚钱后家里的生活条件便变好了。不再是上顿不接下顿,而是顿顿吃上了饱饭;家里的房子也盖上了,不再受他人瞧不起;不用再徒步走十几公里,而是有了自己的交通工具,他骄傲地买下了人生中第一辆摩托车——嘉陵70。

尽管父亲已经赚到了不少钱,但他依旧很节省,不乱花钱,并且还会记录自己的每一笔支出,计算自己的开销。

做喷漆生意时,父亲都是跟在别人后面做服务的。但是他想往前走,想要自己做产品、想要走在前面!于是父亲便去制作台灯的塑料壳来卖。那个时候电灯还是白炽灯。但是后来,节能灯出现了,白炽灯也就被淘汰了,父亲的生意也就随之不好做了。其实在节能灯还没有完全盛行的时候,父亲也意识到了节能灯的出现或许会使得白炽灯逐渐被淘汰。因此他也想趁机转行,加入节能灯的潮流之中。但是,这很难。因为父亲完全不懂这方面的知识,不了解其中的科技,没有相关的人脉。因此,父亲最终眼看着白炽灯的衰败与节能灯的兴起,而自己却只能被潮流抛在后面。也是这次的事情,让父亲更加深刻地认识到知识的重要性、学习的重要性。父亲说，当时广东的外企多，因此广东的人对这方面的新兴知识也更加了解，所以后来节能灯的生产在那边发展得很好。

白炽灯没落了，又难以转向节能灯。那么难道就这么因此沉寂在白炽灯的行业中吗？当然不。父亲重整旗鼓，转向了另一个相关性稍微多一点的行业——奶瓶行业。相对节能灯来说，这个相关性稍微大一点。但当然，这仍旧是一个全新的挑战。在那个时候，奶瓶是一个很难的领域，但是父亲很努力地去学习。他经常去别人工厂里面学习，请教相关行业的人。志向远大的父亲不甘于沉寂在这个没落的行业，他拼了全部的积蓄孤身闯入了奶瓶行业。那时的他，也才 32 岁。

父亲其实是个胆子很小的人。小时候的他天黑在路上走路，会死死低着头、不敢乱看。他担心有鬼：认为山里有山鬼，水里有水鬼。常常走到桥上，便害怕有水鬼把自己拉下去。但是，这么胆小的他却在其他时候很勇敢——他敢在父母都不支持的情况下和伙伴一起创业，敢一个人出远门闯荡赚钱，敢在不会的情况下跨入一个行业……为了父母和兄弟姐妹，为了妻子和孩子，他愿意做一个勇敢的人，去承担一切的风雨。

父亲的勇敢与奋斗，撑起了我们的家。如今的他已经 56 岁了。因为疫情与时代的变化，本该准备退休的他，又重新踏上了致富的探索之路，四处奔波，四处闯荡。

感谢我的父亲，感谢他带着我们脱离了贫困走向富裕，感谢他为我们付出的一切。

姓名：叶阳
专业班级：法学 214（原新闻 212）
户籍：浙江省台州市
现居住地：浙江省台州市西城街道

车即是家

王仪颖

“您已进入宁波市，您已进入宁波市”，导航在不停地播报着，母亲从驾驶座上望出去，说道：“我们到宁波了，你即将念四年大学的地方。”我最后再看了眼我们家那辆紫红色的车，走入了大学校园。

“从前的日色变得慢，车、马，邮件都很慢。”母亲说她小时候没有什么公共交通工具，都是靠走路出行，上了初中后每天骑着一辆红色的自行车上下学，家住嘉善县东门而上学是在西门附近的嘉善二中(现嘉善县高级中学)，每天单程就要半小时。母亲总是和住在附近的同学一起骑车，一次在上学路上她们比赛谁骑得快，母亲比她同学抢先冲上一座桥但在下坡时却没有刹车直接撞上了路边的一辆自行车。“我的车当时都变得扭曲了，疼得都哭了出来，中午去爸妈厂里吃了个午饭哭着说再也不要骑车了，但我爸爸跟我说不骑车就没人送你上学，第二天就只好继续骑车了。”读完初中后母亲上了嘉兴卫校，班上的一些同学会乘轮船回家，母亲则是要先花 5 块钱乘三轮车到公交车站，然后坐公交车一路开开停停地到嘉善，再骑半小时的自行车才能到家。虽然是在嘉兴读卫校，但由于当时交通不便，加上母亲学医学习压力大又担任学习部部长一职也不常回家，每次从家返校，都是外公骑自行车，母亲坐在自行车后座上，手里拎着大包小包吃的，赶去公交车站，再乘公交车回学校。

1999 年母亲与父亲结婚，父亲上门就送了件时髦的礼物——电瓶车。当时 5000 元的电瓶车能抵母亲两个月的工资，着实是贵了些，但出行却方便了很多，这辆“车”在我出生至幼儿园时期还有着极高的使用价值。1999 年至 2008 年，嘉善的电瓶车逐渐增多，由父母结婚时期的新鲜玩意到马路上随处可见，在我读幼儿园时期家长都是用电瓶车接送子女上下学，每天听见幼儿园外响起清脆的喇叭声就知道家长来接了。小时候的我对这辆“车”可算是爱不释手，有一次傍晚父母回到家而我想“独享”一会我和它的时光，便趁父母不注意一个人爬到电瓶车上去，那时的我太小了，人坐在电瓶车的坐垫上手几乎是够不着车把的，只能整个人趴出去以一种像骑摩托的姿态艰难地触碰到车把手，幻想着自己像平日里看到的大人那般开电瓶车，没想到因为整个人趴出去的缘故重心不稳，还没把电瓶车坐垫坐热，电瓶车就倒向了一侧，发出“砰”一声巨响，把我吓了一跳也惊来了父母，虽然当时我只是受了皮外伤，但却是再也不敢一个人去碰电瓶车了。

随着个子的长高，我由原先扒着电瓶车的头罩到坐在父母前面站着都没电瓶车车把高到渐渐地遮住了父母的视线。于是在2007年，我们家有了一辆真正的车，那是一辆银白色的斯柯达，流畅的线条坚硬的外壳，人坐在里面就再也不用受刮风下雨的影响了。据母亲回忆当时买辆车还要跑到嘉兴，“我们是坐出租车去然后把车开回来，很紧张的，一路上是开40码回来的”。然而当时的我并没有对这个真正的车有多大的好感，也不觉得有辆小轿车是多么神气的一件事，只是觉得父母每天晚上把它从没有停车位的现在的家中开到有停车库的但还未装修好的新家里去，他们对待这辆车的态度就好像对待贵客一般每天“请来请回”，而却把我一个人留在家里看动画片。以前的我并不懂得有一辆私家小轿车的好处，我的姑姑在2004年就买了车，不过我一直觉得车内味道很难受，还曾放下豪言不要坐这辆车宁可走路回家。这种情况直到我们家买了车后好了些，我并不那么抗拒坐车了，但让我无法想象的是当年的斯柯达居然能买嘉善差不多50平方米的房子。不过这些对于一个小孩子来说并不重要，我还是喜欢坐电瓶车出行。因为穿过街道时身边吹过的风会轻轻地拂到脸上，那是比起密闭空间的汽车更加自由的存在。

这种不愿坐汽车宁愿坐电瓶车的想法随着坐汽车的次数越来越多而开始改变。同年，也就是2007年，姑姑家购入了第二辆车，一辆黑色的七座的丰田。在我上小学一年级的时候姑姑一家和我们家一起，开这辆车从嘉善出发一路向南到厦门游玩。可能是这次长途乘车的关系，之后我对乘汽车就没那么反感了，也渐渐习惯了坐在汽车内的感觉，周末我们家常常开着汽车往杭州、上海跑。小学的时候母亲开车带我去上海，总是会将车停到莘庄地铁站附近，然后带我乘地铁一号线经过外环路、莲花路，望一下锦江乐园站等，到人民广场、上海科技馆又或者是去了哪个商场里溜冰、做陶土，回嘉善前总是还要在地铁站的苹果花园买一袋奶油蛋卷带回家。在21世纪初，普通人家基本上最多只有一辆车，因为父亲眼睛黄斑变性无法开车，所以我们家只有母亲能开车，但在那个时候母亲就经常上高速或者自驾去单程两三个小时的地方旅游。我曾经问母亲为什么在当时女性很少开也不太敢开高速的时候就敢一个人上高速带我出去玩，母亲说家里至少需要有一个人会开车，她若不会开车那我们出行就太受限制了，“不敢开也要开，硬着头皮也要上”，母亲说的这句话我到现在还记得。

有了车之后几乎每个周末母亲都会带我去周边的城市游玩，到我小学高年级后我家这辆银色的小车开始出现一些毛病，比如排气管接口断了一直漏水、钥匙拔了发动机还在发动等问题。于是在2015年我家将这辆银色的小车换成了紫红色的英菲尼迪城市越野车,虽然还是五座,但外观却大了不少、内饰更加简洁舒适、后排座位变高变宽敞了。这辆车独特的颜色让我一眼就能看到它。每天放学母亲来接时我都会焦急地张望着,当它朝我飞奔过来突然停下,伴随着"滋"的一声车门解锁的声响,以及母亲摇下窗来时的微笑,我的心才会定下来。母亲每天都会用这辆车送我上学接我放学,就这样度过了初中和高中时光。在我高考的那几日,母亲都将车停在我们学校旁的体育馆里,走出考场,在众多车辆中我总是一眼就能看见我们家的车,看见那辆紫红色的车就有种说不出的安全感,一种家的感觉,考完试之后的那种紧张、焦虑也就烟消云散了。

高考完的暑假,我也去学了车。在第一次上车的时候我的手脚无处安放显得不知所措,车辆刚缓慢前进两米就被我急刹车,刚松开一点点的刹车一下又一下、一秒又一秒地被我用力踩到底。就连一个最平常的倒车入库在我眼中竟成了世界级难题,对着虚拟的"库"车尾却不听使唤,打完方向盘自信地以为完美地倒进了黄色线所框的"车库"内,但没想到是直接整辆车被"平移式出库"倒到了黄线所划的"库"之外的空地上。我向母亲请教该如何成功地倒车入库,母亲对我说:"多练练就好,开车这件事很简单,多开就会了。"好像在学车时,我才真正意义上体会到了母亲的感受。第一次上高速时的那种紧张、每次倒车进车库时生怕擦到车的小心翼翼的感觉,此刻的我才明白。而当我刚有些体会时母亲便轻描淡写地对我说:"这不是很简单嘛,多开开就好了。"

上了大学,父母送我来宁波报到,依旧是开着车来。母亲说:"你想带什么去学校那就都拿着,我们家车大都能装得下。"听完这句话我就放心地去打包行李,等到出发去学校的那天,我的行李把这辆车塞得鼓鼓的,连副驾驶座位都没放过。

即使现在从宁波到嘉善高铁很便利,但是母亲担心疫情不愿让我一人乘高铁回家,就算因为疫情在基层忙碌的事情更多了,却依然会固执地说一句"哪天回家,我来接你",然后开着紫红车出现在校门口,就像以前接我上下学一样。对我来说这辆紫红车意味着很多,它陪伴了我从初中、高中到大学时期,舒适、能遮风挡雨、速度快,在车里我可以不顾形象地大口吃着东西或者任性地发脾气,这辆车装载着我学生时代喜怒哀乐的回忆。不过,不论是我们家以前的还是现在抑或者是将来的车,车本身并不重要,更重要的是开车的人从未变过。紫红车是好,但更好的是每天放学时母亲摇下车窗的微笑,放学时饥饿的我总能在车里找到母亲提前买好的我喜欢吃的东西,以及考试考差了与母亲发生争执,明明母亲也很失望,但最后都是她轻声安慰我……是这些在车里发生的事,是母亲工作很忙但依旧不管晴天还是暴雨每天按时接送了我 12 年,这所有的一切构成了回忆、留恋。每次看到紫红车就有一种到家的感觉,一种可以随便释放情绪带给我放松的感觉，因为我知道车里有母亲在等着我。车是我的家的一个象征，因为每次的接送也是在通过它传递着爱。

岁月见证着变迁，我们家的“车”随着时光、随着我的长大在不断发生着变化，但是家人永远没变，我们家不同时间段的“车”见证着我们一家人的生活变化。

“滋”的一声响过，我打开车门：“妈，我终于放暑假了，我们回家吧！”“您本次的目的地为嘉善，”母亲转过头冲我微笑，“出发，回家咯！”

姓名：王仪颖
专业班级：新闻211
户籍：浙江省嘉兴市
现居住地：浙江省嘉兴市嘉善县魏塘街道

穿越四十年的“家”肴

迟昊轩

大概是晚上 8 点，许久没有与父母联系的我难得拨通了一家三口的群聊电话，没想到开启了一些尘封了 40 年的往事……

搀扶住的佳肴

“牵住他。”

还在小学的父亲每每能在出门上学前听到奶奶操着地道的吴地方言对比父亲大四岁的姑姑说这句话。

“那个时候很多事情都不记得了，这句话倒还有点印象。”父亲对我说道。

20 世纪 70 年代的上海江湾五角场旁，曲曲折折的小巷子里，零碎的石子不经意散落在水泥路上，像是承载着无数个行人匆忙又细碎的回忆。

你总能看到一双姐弟轻快的步伐，他们不知尽头地往前走着……

那时吃饭用的都是铝制饭盒，里头装着奶奶每天为上学的爸爸和姑姑准备的午餐便当，说是便当，在当年不过是只能吃上猪油、酱油拌饭之类的简易米食，只是把调味料随意地浇淋在米饭上，似乎除了白糯干瘦的大米和神似黑色油墨的佐料，看不到别的颜色，是那种如今不容易让人产生食欲的简单，在当时却几乎是家家户户的日常。

不久，1979 年，爷爷从部队退伍，一家人便从上海搬到了嘉兴。爷爷与奶奶分别在嘉兴的医药公司与街道卫生院有了稳定的工作。

愈发充实的收入不断填充着铝盒里的颜色，随之丰富起来的，还有食物的种类和光泽。

“每天都会很期待地打开饭盒，每次便当里有新花样，就会开心一下午。”父亲对我这样说道。

小学时的父亲算不上是交际能手，在班上总属于默默无闻的存在。在一次不小心的玩闹中，他被同桌用铅笔划破了脸颊，鲜血一下子便从几厘米长的口子里淌了出来。

“惊吓，除了害怕好像什么都记不起来了。”父亲在回忆这件事时说道。

回家后内敛的父亲害怕家人的担心和责问，便始终侧着脸不敢提及那支带血铅笔的事儿，不过还是被细心的奶奶发现了。爷爷奶奶连忙帮他包扎、换药，一家人围在一个瘦弱却坚强的男生旁，细腻的手法容易让人觉得这是一个定格住的影像。让人没有想到的是，姑姑第二天找了自己的同学一同去训斥了戳伤父亲的同桌。

父亲在电话里向我打趣：“现在想想还挺有趣的，当时你姑姑都把他骂哭了，有点过分。”说着便笑出了声。

有爷爷奶奶的照顾，有姑姑的出头，一家人“搀扶”着走过了那些70年代的日子。

匆忙的佳肴

“凡音之起，由人心生也。”

在20多年前，无论是大城市还是小城市，形形色色的音像制品售卖店遍布在大街小巷，像是《海阔天空》《红日》那样的流行歌总是会回荡在熙攘的巷子里。

1994年，父亲在如今东升路旁的小弄堂里开了一家名叫“灵知阁”的音像店，在店里，各种碟片、磁带琳琅地陈列，配合着从如同小兽般大小的音响里传来的歌声，像是能走进影音世界营造的五维空间一般神奇。从小就喜欢音乐和演唱的父亲终于有机会将自己的热爱转变成了职业。

不过，为了减轻家里的负担，父亲白天在音像店经营，晚上仍然在丝厂上夜班。

“那段时间没有什么自己的时间。”父亲在回忆时提到。

那时因为时间紧张，总是从家里带盒饭去店里吃，而那时的盒饭也已经从铝制饭盒换成了不锈钢的便当盒。

“那个时候家里已经开始吃狮子头、排骨什么的了，也都是你爷爷奶奶烧好给我的。”

杉青闸路是原先嘉兴城北的一条小路，在翻修重建之前，这条水泥路大概只有四五米宽，只能勉强通过一些单车和行人。每当夜晚来临，挂在电线杆上的白炽灯会不知被谁打开，整条路便被这些零零碎碎的稀疏灯光不完整地覆盖着。

这条路，就是父亲每晚从音像店到丝厂踩着老式旧单车必须经过的路。一个人穿行在狭窄又昏暗的街头，来回地奔波，夜夜都要忙到将近一点钟。家里带出来的便当，有时一吃就是一整天。

因为担心打扰到家里人睡觉，父亲便会直接在音像店里搭床睡。那时的父亲还是个瘦削的小子，躺在像是香港电影里那种主角一个人躺下都不容易翻身的小床上，旁边总摆放着没吃完的餐点，是一种奋斗时骄傲的落寞。

那时的“家”肴总是匆忙的。

拥挤的佳肴

“客子出门已十载，飘零感此思回家。”

1992年，一位来自江西吉安的19岁姑娘只身来到浙江打拼。高考失利后，仅有高中文凭的她在嘉兴市政府的招待所当洗碗工，而像这样又脏又累的工作，她一干就是两年。或许是觉得应该由自己来决定命运，她选择了边工作边读书，在夜大拿到了大专文凭，随后便在嘉兴银行当一名职员，收入也开始逐渐稳定。

1999年，她在嘉兴遇到了一个刚刚结束创业，准备通过医药公司的工作走入稳定生活的男生，而那个男生便是我的父亲。

一年的相识，到了谈婚论嫁的时候。

千禧年的春节，父亲同母亲一起回到了江西吉安的永新县，一个热闹又简单的小城。

一张几乎能盖满整个房间的圆桌和圆桌上的红色塑料薄膜似乎是江西家庭的标配，若再和着几道地道的江西美食就更甚了。

母亲的老家是一栋位于吉安永新县建材街的四层楼自建别墅，一楼的厨房霸气地占据了很大的位置。

“那个时候哪里来的煤气，都是烧煤球的，往锅子下面摆煤球，在江西的时候都是你外婆做的饭。”母亲说道。

总有些外婆的家常菜是母亲现在也无法忘记的味道，辣椒炒小鱼、熏肉等，配合着弄堂里满地的地毯似的鞭炮渣和挤满房间的亲朋好友，让母亲到现在还总是会骄傲地说：“在江西的年总比嘉兴的有味道。”

而如今，老房子早已搬空，外公一家也搬进了城里的商品房，用上了煤气、热水器……

“条件是比以前好得多了，但总感觉还是在老房子过年会更有家的感觉。”当我正在绘声绘色地讲述我对江西新房的印象时，母亲突然打断我说了这么一句话。

春运是春节返乡的人们避不开的话题，因为买不到直达票的缘故，父母打算在南昌转车回嘉兴。

当时，几个足球场那么大的南昌站挤满了返程的赶路人，拥挤到几乎窒息的人流把每一个人的空间都压缩到了最小。所有人都在争先恐后地拿着单薄的车票、背着厚重的行李挤向目的地，乌泱泱的，密密麻麻的，似乎铺出了一个崭新的站前广场。

仅凭父亲母亲两个人的力量似乎永远也推不开这片用行人堆出的厚重围墙。

我好奇地向他们打听当时的场景，两个人几乎同时说：“人太多了，要不是你外公东奔西跑地帮我们买机票,我们都得在南昌住上几天。"

千禧年的年夜饭,是一桌拥挤的佳肴。

临行的佳肴

嘉兴的爷爷奶奶在1999年换了新房子,却直到我出生几年后才在除了卧室以外的一个书房装上了空调,但厨房里却依然只有一台老式的电扇。

于是,每每到夏天的周末,姑姑一家与我们一家都会在那唯一有空调的拥挤的书房里吃奶奶做的一大桌子饭,鲍鱼、笋干烧肉、红烧鲤鱼……菜肴变得越来越丰富。八九个人一同挤在狭小的书房里吃着奶奶做的佳肴,聊着些没有边际的话题。

记得有一年夏天与父亲一同去三峡旅游,回家之后便在那个书房里,用新换上的台式大屏电脑放着我们旅行的照片,一家人围坐,听我讲着远行的故事……

2017年12月15日,当我同父亲在医院楼下的快餐店买完糖醋排骨、土豆丝上楼时,听到了奶奶离开的噩耗……在此后的两年里,外婆、爷爷也相继离开了我们。

原先,每年的年夜饭爷爷奶奶都会带着我们一家人去嘉兴城北老房子附近的佳奇饭店点上一大桌子的佳肴。可是两年的时光从那几栋老房子里渐渐流散出去,变得几乎无影无踪。

于是乎,母亲接过了厨房的围裙,也接过了思念,为我们做了一年又一年的年夜饭,也为我和父亲做着日常的佳肴,粉蒸肉、烤鱼、辣椒炒牛柳……

母亲总是离不开围裙,就像佳肴离不开家。

让母亲印象最深刻的,是从前每每当她离开吉安的家,去辛苦经营嘉兴的家时,外婆在车窗外说不完的嘱咐。

车慢慢地开,人与景在后视镜里一步步地后退,告别变得越来越遥远,目光只能将我们送至路的转角,时间却在时刻不停地推着我们向前。

饭桌上的人,有人离开,有人变老,有人长大……

总有临行的人,也总有要送别的人,菜肴会不停地变,但是"家"肴的味道永远都会在。

姓名:迟昊轩
专业班级:新闻212
户籍:浙江省嘉兴市
现居住地:浙江省嘉兴市南湖区长水街道

刺桐故事

吴柠娜

有人说谈论未来是意气风发者的专属，我妈妈，她不能不讨论未来，谈论起未来的时候却总带着忧虑。在我上高二的那个寒假，我们家开的店面关门了。往常春节前闭店只是为了回福建老家团聚，只等来年开春再重新开张，迎接平淡却幸福的生活；但谁都没想到从此之后，我家的小店再也没开过了。

两年过去，那个开在物流公司后的带着灰尘气息的小小店面，因为地处偏远，我一次都未曾路过。

这应该是我最不熟悉的一处店面。搬到这里，大概有一年半，我却连仓库占地多大都没有印象了，只记得店铺后面连着一大片荒地，我爸在这开辟了三块小小的菜地，里面种了葱、蒜、西红柿、小青菜、空心菜。之所以只记得这些，是因为那段时间我正读高中，一周就回家一天多，大多数时候就待在家里学习休息。若在爸妈的店里连休息都困难，更别说学习了。2 平方米的厨房和 25 平方米的办公室是父母用瓷砖和砖头自己搭的，吃饭的桌子是大木箱子上放一块大理石板，也是自己找隔壁的石材加工厂做的；除了从之前的店铺搬过来的办公桌椅，一套木沙发，就只有那种粉红塑料椅。我那时候不常去店里，更多的是因为高中时我对家里的生意不怎么关心。倒是我妈心疼我读书辛苦，会提前炖一下午的鸡汤或者别的补汤，等我放学就开车载我到店面里喝一口热汤。我爸会从那块小菜地里拔几棵葱，切好撒在汤里。所以，我对这个店面唯一熟悉的地方就是餐桌和菜地。可我爸妈一整天忙前忙后，真正坐在餐桌前好好吃饭的时间反而很少，我和弟弟不在的时候他们经常只就一些小菜喝粥，或者炒个蛋炒饭、下个素面了事。

在搬到这个店铺之前，我们是在大众汽车的一家 4S 店的仓库后面开店。几排店铺，都是和我家一样做陶瓷生意的。我们待了不久，就进行了第四次搬迁。但爸妈有许多朋友至今还在那里做生意，我们也常去串门，我们曾经租下的那个店面的位置，如今堆满了另一户人家的物品。

4S 店外是一条宽阔的马路，距离不到 1 公里处有一个大院子，我家第三次搬店铺就搬到了这里。因为这里地段很空阔，2018 年在政府规划中被划为待开发地区，所以店面就不再出租了，我们才搬到了 4S 店后面。

那时候生意很好，蒸蒸日上，仓库占地就有五六百个平方米。爸妈隔三岔五就得四五点出门，因为又进货了。货是从广东或者山东、江西运来的，17 米长的挂车，一个集装箱里有 28 吨货，一个大车有 35 吨。请 4 个工人卸货都要到中午才能卸完。到中午，我爸会买几箱冰饮料分给工人，夏天还会有切好的西瓜。我爸妈虽然不用亲自卸货，但要在边上监工，走进走出，以免工人把货放错了位置，到了中午和工人一样也是满身汗。一箱瓷砖，普通的有 28 公斤重，61.2 米的大砖更是重达 50 公斤。砸在地上是哐哐地响，隔几秒就响一次。在嘈杂的环境里讲话是非常困难的，扯了一早上嗓子，我妈的喉咙也哑了。做生意这么多年，我妈也练出来了，说话不是轻声细语，而是中气十足。

比起经营前两个店铺时，我爸妈在这几年显得更轻车熟路。用我爸的话说就是："经济好，憨憨做，随便赚（闽南话）。有钱想买好东西的人很多。"有的客户到店里来，看都不看便宜的货，"反正我要贵的！"一个月收一次账，一次要收四五天，要跑很多地方，永康、缙云、兰溪、武义、东阳、澧浦、曹宅。有的客户很好，账单一递，钱就到账了；有的客户很不好说话，明明有钱都不给，直到现在还欠着款；有时候还会被人偷账，收不回来。"反正做陶瓷这一行会很辛苦。"我妈在帮忙装货的时候摔倒，尾椎骨受伤；脚骨折也有过；腰痛背痛什么的就更不用说了。但只要是有机会，爸妈都会很拼命地去做。

然而，2019 年开始，生意越来越不景气了。我爸说"大家都不好做"，我爸一个比较年轻的朋友，第一个面临了经营不善的困局。他的儿子和我弟弟一般大，是很瘦的一个小孩子，后来就跟着他爸爸妈妈回到福建老家去了，据说现在他家在做窗帘生意。接着是三步之隔的隔壁店倒了。几乎是同样的时间，我们家也关门了。因为政府规划，要搞开发，统一收购了这间院子。我们准备搬仓库，就把仓库里的货都处理掉了，可是却又找不到别的仓库，因为仓库费用太高，1 平方米 22 元，我们租不起。

那时正是 11 月份，我爸妈也就顺势休息了，准备第二年再重新找地方开店。没想到第二年还没来，疫情就先来了，厂家停产了，我们也没法再做下去了。回忆起几年前闭店的过程，我妈的心情不是我想象中的沉重，甚至还开玩笑道："隔壁店的老板娘，现在在拖鞋厂里上班，前几天还说要送你一双拖鞋呢。"

自结婚开始，辛苦打拼 20 年，从泉州到福州，从河南三门峡到郑州，几次奔波后定居金华，我妈从勤劳肯干的女青年变成了有主意能干的女老板。在 2020 这一年，却又不得不考虑去别的老板手下打工，个中艰辛我不忍心去说。

不仅仅是我，我那正在上初中的弟弟也越发乖巧起来，本正是顽皮的年纪，在饭桌上也常常想给家里出点主意。我想我爸也不会不心疼，他虽然没有去打工，但家庭的责任却不会平白消失。因为早年干活太拼伤了身体，这会儿那些重体力的活他是没办法干了，在家里的压力想必会更大。

我妈打了一年的工就没再去了，伤身，再说家里肯定也不能就靠我妈打一份工支撑下去。可是，再接下去能考虑的工作只会更劳累，收入更少。要再投资做点生意吗？

除了老本行，我们对其他行业都很陌生，并且，任何投资都伴随着风险，在实体生意难做的情况下，我们不敢再轻易使用之前辛苦积攒下来的积蓄。在这种"不敢"之中又过了一年，我和弟弟在父母的庇护之下投入学习，对窗外事假装不闻不问。我爸有次却和我说："你妈都快得抑郁症了。"

我妈一直是坚强乐观的妇女，给予全家很多支持，她是始终没有放弃想办法的。能问的门路都去问了，每天都在考虑是要去找工作还是创业，没法做到休息得安心。

2022 年 3 月，我妈给我打电话的语气中才有了久违的兴奋。她说，你叔叔婶婶他们的生意要做大了，想叫我们投资。

这个消息让全家都活过来了，像在冬天打蔫的草竟不知不觉熬到了第一缕春风吹拂。

叔叔一家没有如同我家一样出远门打拼，而是在老家做百货生意。叔叔婶婶是想拉我们家一把。我们家的氛围一直是这样，互相关心，互相爱护，互相帮助。我爸作为长子，过去辍学打工给叔叔姑姑出学费，在叔叔组建现在的家庭时提供了全部资金。

"梅溪吴氏，瓷镇望族，素有亲仁积善，勇于进取之美誉。"除此之外，我们老家有"当头家，趁大钱，起大厝"的文化，要当老板，赚大钱，盖大屋。我爸妈在外打拼，赚了钱第一件事就是回老家盖房子，哪怕在外买了几套房子，在村里没有一栋自己的房子，那感觉终究是不一样的。我爷爷他们苦了一辈子，钱是不会拿去享受的，大屋子却是一定要盖的。

宅基地不好批，村里有分户的兄弟，哥哥家抢着先盖了三层小楼，弟弟家又是等了几年，紧挨着哥哥家又盖起四层楼，两楼之间逼仄得两个人并排走都费劲。听说还有"千里捎书为一墙"的事，为了院子的大小而争吵。

2016 年，宅基地批下来，我们家和叔叔一家走了一条少有人走的路，决定两家共同盖一栋房子，你两层我两层地住在一起。4 年后，房子落成，爷爷在村里很是风光了一把，不但是因为两家人一起住所以楼高，更是因为我家人感情好。

爷爷的两个外孙也有共同的感受，每年放了寒假，这两个小孩最喜欢跑到外公外婆家待着，因为舅舅舅妈都对他们很好，还可以跟几个哥哥姐姐上下跑来跑去地疯玩。别人家年夜饭才有的热闹，却是我家一整个春节不消散的空气。

入伙叔叔一家之后，我妈在他们的百货店边上也开了一家自己的店铺，照样是做一大锅饭，中午大家坐到一起吃。叔叔阿姨他们帮着进货，我妈不懂百货，不知道怎么定价，叔叔阿姨也放下手里忙着的生意来帮忙。家里人的支持让我妈妈的忧虑消散了很多，虽然百货生意才是刚起步，但是未来总是有了盼头。

家里新的庭院已经建好了，我妈问我的意见，想种点什么花花草草。我说，刺桐吧。刺桐花红似火，花繁叶茂，寓意红红火火，吉祥富贵，因此也是我老家泉州的市花。性强健，萌发力强，生长快，耐旱耐湿，我想没有什么花比它更适合栽在自家门前。

姓名：吴柠娜
专业班级：新闻212
户籍：福建省泉州市
现居住地：浙江省金华市金东区东孝街道

从蹬缝纫机到开小卖部

金佳媚

我的老家位于浙江省温州市乐清市雁荡镇的一个小小村庄——松垟村。我的老家离雁荡山特别特别近，走两步就可以看到绵延的山，雁荡山也常年出现在我们雁荡镇小孩子们的作文之中。整个村子四面环山，村子中心有一棵巨大无比的槐树，它静静屹立在那儿，每一天，每一年。村子里的居民都可爱可亲，他们总是聚在一起聊天喝茶，每天的时光就在这样闲聊的惬意中缓缓溜走。

我的妈妈是在她 30 岁的时候才来到这个村庄的。在那之前，妈妈四处奔波，因为任性而放弃了学业，选择一个人到外面打工。第一次去外面打工，她选择到离自己家不远的地方做枇杷罐头和杨梅罐头。那个时候，妈妈的工作还算轻松，吃苦耐劳，没有体会到生活艰辛。于是很快，她开始了自己的第二次打工经历，选择和同村的人坐车去北京打工。

这一次，她才体会到工作的辛苦。去北京的路非常长，长时间的奔波劳累让车上的大部分人都受不了。终于到达了打工的地点。那是在北京丰台区，是一个很大很大的厂子，里面有噪声，里面的人大多有着自己的事要干，没有亲昵与熟悉，让妈妈感觉到惶恐与不安。在厂子里，妈妈是做羽绒服的，每天要干的事有很多，一整天腰也直不起来。甚至有一次，妈妈说"我干着干着，感到一阵昏天黑地，一下鼻血就冒出来了"。从那之后，流鼻血是一件常事，但是当我问妈妈那时候有没有去医院看一下的时候，妈妈却摆了摆头说："那个时候，一天只睡三四个小时，连着一个多月，估计就是累着了，根本没有看的必要，还浪费钱。"

在北京的日子里，妈妈和其他的员工一起住在地下室里，那是厂里给她们安排的宿舍。地下室难免潮湿阴冷，当我听到时，不禁流露出嫌弃的眼神，但妈妈却说这是很常见的，有个地方住就不错了。在北京的宿舍里每天晚上会有人在外面巡逻，妈妈说，没有居住证的人是不被允许住在那里的。所以每天晚上她们都担惊受怕。

从北京回来后，妈妈又是马不停蹄去了温岭横峰打工。在那里，妈妈度过了她最美好的 10 年青春。那里遇见的事和遇见的人，妈妈到现在还会时常提起。在横峰，妈妈主要做的工作就是打鞋包，刚开始的时候，也不是很熟练，经常会扎到手指。妈妈曾经给我展示过她的手，不是白皙嫩滑的，上面长着七八个老茧。

到了中年的时候，妈妈经常为了美化自己的手去做美甲，但是却也遮不住手的老态。妈妈说那是打鞋包留下来的痕迹。打鞋包不是一件容易的事，在板凳上一坐就是五六个小时，需要很高的专注力。妈妈之所以在那里干这么久，主要还是因为她认识了很多好朋友。并且也是在那里，妈妈认识了她人生中最好的朋友，原先无聊的生活变得有趣。有了好朋友的陪伴，自己做什么事也不会显得孤单，做事情也会更有力气。妈妈说，自己完成任务会比别人快，所以还会有多余的时间去帮助自己的朋友。那个时候，她们被安排住在员工宿舍的五楼，每次洗澡上厕所都需要爬上爬下。有一次，妈妈半夜拉肚子，疼得一点力气也没了，因为没有手机，也没有力气，她一个人从一楼爬了两个小时才爬到了五楼。回到宿舍后，她也只是喝了一杯水就睡下，对于看病和安慰来说，明天的工作对妈妈来说更加重要。

10 年匆匆过去，妈妈到了需要成家立业的年纪。很幸运，她遇到了我的爸爸，于是嫁到了这个村庄来。据妈妈说，当她第一次到这个家的时候，这个家连门也没有，很多必要的生活物品都没有，家里过得很拮据。她还是选择在家里置办了缝纫机，在家里打起了鞋包。

我的爸爸是一个理发师。他曾经学过很多技术，但是都只是学点皮毛，没有过深入学习。他和朋友一起租了一个房子，在里面理发。没有很多客人，只有村子里的老人和一些小孩会来理发。我爸爸理发收费很便宜，平均是 7 块钱一个人。后来爸妈商量着从别人那里接手了一家小卖部。那一处就离我们家 10 步远。那是一家很老旧的小卖部，但是因为开得时间久了，很多人会选择来这里买东西。小店一共有两个店面，其中一个用作卖烟酒和零食，另一个则是我爸爸的理发区域。

我爸爸的理发收费虽然便宜，但是每次的程序都很烦琐。每次有人要来理发，需要先用热水壶烧一壶水，调试好水温，给顾客洗头，然后是理发，再是吹干、剃胡子还有造型，最后是把地上的碎发给扫干净。每一次理发要花上近乎 1 个小时。因为家里开了小卖部，爸爸每天 6 点就要起床，11 点才能把店面给关掉。每天晚上还要把店里的贵重物品整理好给带回去。白天爸爸还需要干一些体力活，比如进货和运送啤酒。

爸妈因是第一次开店，所以有很多事是不懂的。刚开始被告知要跑到街上去进货，自己也不清楚哪里的货比较便宜，只能一次次试错盲选，还要学会和进货商搞好关系。爸爸是一个粗人，做不来这些细活，所以每次都是妈妈去，妈妈一直坚持自己进货到怀孕 8 个月的时候，后面去了医院才没有去做了。有一些客人会要求派送啤酒到家里，住得远的顾客，爸爸会开电瓶车去送，住得近的顾客，爸爸就是用手直接抬着过去。至于配送费，爸爸则是摆摆手说算了。所以，我妈妈说，我们家的钱，每一分都是来之不易的。

小卖部经营得很不错，我们家的日子也过得越来越好。家里安装了精美的门，地上贴上了瓷砖，楼上也铺上了木板，从一楼到三楼安装上了扶手，妈妈笑着调侃，这次再也不怕晚上上楼梯踩空摔倒了。爸爸妈妈商量着把三楼给装修起来，用作我的房间，以便他们晚上回来不会打扰到我。那个时候科技已经有点发达了，可是我的爸爸妈妈都还是用着小小的诺基亚手机。后来经人介绍，他们入手了一台台式电脑，一方面方便我的学习，另一方面他们也可以选择网上进货，大大节省了时间。网上进货其实不是一件容易的事，爸爸妈妈都不太会使用键盘，于是妈妈想到了把货源代码一个个写下来抄在纸上，每次输入的时候，再一个个和键盘上的字母对照。每次的进货日子是我们家的大日子，因为需要花一大笔钱，爸爸会去银行存一大笔钱。妈妈在电脑上把需要的东西一个个敲进去，然后等很久很久，货才会来。

现在的生活也就是坐在椅子上，给来买东西的顾客结账，比以前四处奔波的日子好太多了。我的妈妈也从年轻时候的瘦弱女子，变成一个刚强的母亲，到了现在有了中年的幸福胖。我问妈妈觉得这种人生算不算先苦后甜，妈妈笑了笑，“哪里有，只不过是一个普通人的人生罢了”。

疫情来临，小卖部关门了。爸妈几乎没有了收入。那几个月我们一家一点笑脸也没有。直到后来，全面复工复产，小卖部终于重新开张了，可是生意却也不如以前红火。我高考刚刚结束，妈妈为我大学的学费发起了愁，爸爸自告奋勇出去找了工作。这次是我爸除了开小卖部以外的第一份工作，他成功应聘了一个小区的保安一职，虽然每个月收入也很微薄，但有着五险一金，就有着工作下去的信念与保障。家里的小卖部由妈妈一个人全权经营，同时还要安排我和弟弟的早中午饭。我来宁波上学后，妈妈打来视频，问我有没有好好吃饭，认真读书。我问妈妈累不累，接送弟弟上下学还要每天洗衣服、打理小卖部的上上下下，妈妈不善言辞，没有说话，摇了摇头，眼里却泛起了涟漪，只有那么一秒的微小情绪也被我捕捉到。然后妈妈用有点发哑的嗓音问我什么时候放假。这个学期我因为疫情一直没有回过家。我才明白，比起辛苦，让妈妈更难熬的是孤独。

过年的时候，我们一家才有团圆的时间。我们会一起去爬旁边的狮子山。每一年都是这样，即使这条路已经走过很多次，但我们还是不厌其烦地去走。因为我们能够在一起过平平淡淡的生活就已经很满足了。爸爸妈妈奋斗了一辈子，在自己中年的时候享到了共同富裕的福，也享受到了最珍贵的富裕——爱与亲情。

姓名:金佳媚
专业班级:新闻212
户籍:浙江省温州市
现居住地:浙江省温州市乐清市雁荡镇松垟村

从空白开始的日子

戴语娴

“苦啊，苦死了，怎么会不苦呢？”

老一辈的人身后总是埋藏着很多艰辛，但我的外婆总是乐呵呵的，让人忘记了她也曾经历过数不尽的辛酸苦楚。

外婆虚岁 64，身份证上写着 1958 年 3 月 3 日出生，实际上她自己也记不清了。她出生在浙江省台州市黄岩区上垟乡下方村，那里有著名的长潭水库。外婆一共有四个兄弟姐妹，两男三女，其中一个哥哥是盲人，外婆排行第四。

外婆自打一出生就被别人剥夺了新房子，住在原先的老房子里，9 岁上了小学，但迫于家里太穷只上了一年，年幼的她就这样失去了学习的机会，一年学下来最后几乎还是个“文盲”。她的爸爸在她 11 岁时得了胃癌，那时候医疗条件不像现在先进，没有技术治，也没有钱治，太公最后在外婆 12 岁那年去世了。太公的去世对整个家庭来说无疑是一个巨大的打击。在太公去世后，太婆作为一个寡妇经常遭到邻居的白眼和冷嘲热讽，这几乎是把她逼到了绝路。在家里待不下去的她，最后选择在外婆十五六岁时改嫁，离开了所有儿女。其他的姐妹都成家了，当时家里只剩下外婆和她年幼的妹妹，还有一个比她大 4 岁的盲人哥哥。

凌晨四五点，天边还泛着鱼肚白，外婆瘦弱的身影开始在田间穿梭。那是最艰难的时候，外婆几乎一瞬间变成了家里的顶梁柱，哥哥是盲人必须有人照顾，妹妹却又因为太年幼离不开人。因为年纪小没有劳动力，他们常常吃不上饭，吃了上顿没下顿。实在没有饭吃的时候，只能到处向别人借来吃，再给别人家干活。他们对食物也没什么讲究，能填饱肚子就行，连发芽的马铃薯也会去吃。外婆心里无法释怀的还有小时候的一头猪。那时候他们兄妹三人一起养了一头猪，起早贪黑干活，早上拔草回来后却发现猪已经死了。原来还是因为那户邻居，他们看不惯外婆，早就结下了梁子，那天他们家的鸡和鸭死了，怀疑是外婆干的，默不作声就去给外婆家的猪下了毒，毒死了那头唯一的猪。那一头猪在那个时候值二三十块钱，别人一个月工资才两三块，外婆心疼得哭了好几天。已经记不清分到农田是什么时候，在那之后家里条件才好了些。

外婆 14 岁的时候就被人介绍给外公，1979 年，21 岁的外婆出嫁。嫁给外公之后外婆开始拉车。1980 年我的妈妈出生，当时外公在外面工作，生孩子也是外婆独自一个人。凌晨1点，一间破败的屋子一盏煤油灯，外婆就在这样昏暗的环境下生下了我的妈妈。之后又继续拉车，过着日复一日的平淡生活，一拉就是3年。1981年，外婆生了个男孩，这婴孩天生有些外貌缺陷。他1岁时有天半夜发了高烧，外婆背着他走了好几个小时的山路去看病，但最后他还是去世了，外婆又只有妈妈这一个孩子了。

外公外婆最初的家是一个破旧的木屋，外婆带着妈妈住在里面，那是一个四合院，阴暗又潮湿，外婆一家只有一间，楼下是杂物间和厨房，堆了很多东西，拥挤不堪。"晚上三个人挤在二楼的一张床上睡，下大雨时屋顶会有雨滴下来，很不好受。"这段经历是外婆不愿再回忆的。

1983年，我的舅舅出生了，这时外公在外打工赚钱，外婆在家里又种田又带小孩，还要去附近做衣服的厂子上班，家里三个人相依为命，她又得凭借一己之力撑起这个家。

1984年，外公去了河南建造黄河大桥，后来他又去甘肃、天津、宁波北仑港走了一遭，虽然很辛苦但也确实比留在大山里挣的钱要多得多。1986年，外公和外婆稍稍挣了些钱，两个人拿出积蓄建造了新的平顶房，这两间屋子花了七八千元，外公外婆也得以从破败不堪的老木房里搬出来。从那之后，家里的条件日益好转了。

1988年，家里迎来了一个重量级电器——电视机，花了七八百元，这也是外公造桥赚的。那时候电视是稀罕的东西，谁家有电视机村里的孩子都会争着去看，舅舅也不例外，为此还和别人为了看电视打起来了，也因为这个原因，外公索性出钱买了一台，那段时间舅舅成了村里的"风流"人物。也是同一年，妈妈在她8岁生日那天收到了外公买的自行车。在那个年代，拥有一辆自行车同样是值得炫耀的事情，直到现在回想起来妈妈仍然觉得感慨，外公在那些年给予他们的物质条件虽然不能与当时城里的孩子相比，但确实已是比村里的同龄人好很多了。遗憾的是这辆自行车在妈妈骑到河边玩的时候弄丢了，不然可就成了老古董。

1989年，外公又去武汉造长江大桥，负责管理施工。"一开始我在工地当会计，后来又成了队长。工地人不够，我回家去叫人一起干，带来了十几个人一起去，南岸一个工地北岸一个工地，都是我带过去的人。当时施工的地方一大半都是我的熟人。"说起这段经历，不善言辞的外公脸上露出少有的自豪的神情。1991年外公的爸爸死了。祸不单行，过年时外公仍然留在武汉造桥，器械掉在他腿上，他的腿粉碎性骨折，缝了足足71针，工地赔了他8000元。外婆听闻此事坐了好几天大轮船赶去武汉的医院照顾他，在医院里一住就是10个月。家里只有妈妈和舅舅了，无奈之下外婆将他们托付给他们的奶奶。老太太七八十岁走不动，孩子小什么也做不了，妈妈和舅舅的日子也不好过。当时家里没有手机和电话，外婆想与他们联系也联系不上，只能靠思念度日。

外公在外面打工造桥，积蓄越来越多，赚了四五万元准备再在村里盖一栋大房子，那年是1994年。外公特地选择了一块好地方，外公外婆找村里的人帮忙一起盖房，山里的人善良淳朴，大家都是你家有困难我去扶一把，我家有事你来搭把手，因此帮忙盖房子也是无偿的。那段时间家里人都忙起来了，外公买材料，妈妈和舅舅帮着搬砖，乡亲邻里都来帮忙和水泥、铺砖或是驻足围观，轰轰烈烈，热热闹闹，很有氛围。外婆连续烧了好几天的饭菜款待这些"师傅"。最后搭起了房子的基本构架，盖了三层楼。

外公由于之前摔过腿不便去太远的地方，之后就一直住在新盖的房子里，在家附近赚钱。他在摩托车厂工作，当保安、会计。外公当会计时做事认真，被老板赏识，于是便去跑销售。可惜好景不长，没几年，工厂又倒闭了，本来可以得到提拔的外公又失去了升职加薪的机会。后来他凭着一份残疾人证明开残疾车，赚赚小钱。外婆40多岁之后在当地羊毛衫厂工作，忙的时候要到晚上一两点钟才能下班。工厂采用多劳多得的制度，外婆很能干，赚到的钱也多。后来工厂倒闭了，外婆便去别人家里做保姆，日子稳稳当当，钱赚得也踏实。

1997年，17岁的妈妈放弃学艺术的梦想，为了支撑舅舅的学业，她开始走出大山，去外面学习剪头发的手艺。妈妈18岁时在外独自开了一家理发店，理发店生意很好，因此妈妈现在总会得意扬扬地和我炫耀说："我在你那么大的时候都已经自己开店了。"舅舅读书不算好，没有走上文化这一条道路，他高中毕业之后在亲戚家的厂里工作过一年，后来怀着一腔热血去西藏当了三年兵。

2001年妈妈嫁给爸爸，帮助他一起经营家里的绣花机厂，也就关闭了理发店。等舅舅当兵回来的时候，我刚好出生了。据舅舅描述，我当时看着他陌生又黝黑的脸庞哇哇直哭。舅舅回来以后当过消防员，有一次化工厂着火了，他过去救火的时候有一个铁块飞出来，从眼前划过，差点没了命。之后他又去国土局工作了七八年，但工资不太多。他一狠心决定去云南种西瓜，虽然辛苦，但也得到了应有的回报。现在舅舅已经用自己多年打拼的积蓄买了一套小小的房子，虽不大却也住得温馨。

这些年下来，外婆有了很多积蓄，但仍是不知疲倦地工作着，觉得自己还能再多干几年。外公则已经"解甲归田"，回到山里盖的房子里一边种菜一边生活，偶尔给我们寄一些菜过来。如果说人生是一场苦旅，那么外婆可以说是一直艰难地行走着。这些关于她的故事她在从前几乎没和我提起过。岁月流经她的生命，只在她脸上留下了道道皱纹，却不曾改变她钢铁般坚韧的意志。外婆的一生是从空白开始的日子，她用血汗和拼搏将其填得满满当当，因为她相信，只要愿意去做，日子总会好起来。

现在逢年过节时妈妈总会带我回去住一阵子，这套山里的房子，是外公外婆半辈子的心血砌就的，承载了他们无数的回忆和心酸往事。我想，这也是他们对生活感到疲惫时心灵的皈依之地。大山里的人家，来自大山，走出大山，最后终将回归大山。

这样的故事，也许是千万个诞生在同一年代的家庭的缩影，我们在时代中进步，又在为了这个时代而不断拼搏，谱写一代又一代平凡而伟大的篇章。

姓名：戴语娴
专业班级：新闻212
户籍：浙江省台州市
现居住地：浙江省台州市椒江区葭沚街道

从乡下拼进县城

陈恋如

我的老家在浙江省温州市泰顺县三坪村岩坪，一个偏僻的小村庄，就像歌词写得那样，山路十八弯。虽然我没有在那里住过，但为数不多的几次回老家的记忆里，印象最深刻的都是坐车的过程中被好多个 180 度大转弯晃得头晕目眩。但在父母他们小时候，连盘山公路都是奢侈，他们踏着泥泞的山路，一步一步地，从乡村走进了县城。

1967 年我的爸爸出生了，在他 6 岁那年我的爷爷因病去世了。奶奶一个人拉扯着三个女儿和两个儿子，因此爸爸上学的时候条件非常艰苦。他早起把家里打扫干净之后才去上学，经常是上午上半天课，下午就帮着家里干些农活，锄草、砍柴、放牛。他说那时候家里有一头牛，一开始是他大姐放牛，大姐嫁出去了之后轮到二姐，二姐嫁出去了之后就轮到了他，所以，他初一只上了一个学期就开始帮家里放牛了。每天把牛牵到田里之后，他就去生产队背稻谷。直到现在，他还常常因为没有机会完成学业而感到遗憾。

爸爸很喜欢读书，常常是天还没亮就起来背课文。小学期间他一直都是班长，到了初中之后，每个周一都要走二十几里山路到乡里上学。可是这样的情况只持续了一个学期，后来，由于家庭条件困难，哪怕是免学费的情况下他也没有办法继续学业了。从小到大，他一直坚信知识可以改变命运。他觉得如果再读几年书，就可以成为一名教师或者是政府工作人员，这样生活会轻松很多，但是当时的环境无法支撑他继续完成学业，他只能成为一名体力劳动者。于是，他离开了家乡，外出学手艺来谋生。

1984 年，爸爸 17 岁，开始出门打石头。从学徒做起，一年只有 120 元。当了两年学徒之后，19 岁那年他出师了，之后一年也只有 1000 多元收入。他在江西、湖南、广东、福建等地奔波，帮别人砌墙、打磨。听到这我很疑惑，我问他："为什么不能在一个地方待着，要到处跑啊?"他回答我的是："一家只有打一户磨，用来磨米粉磨豆腐的，哪里要这么多啊，如果有的话我肯定想在一个地方待着，到处跑多累啊，没办法啊，只能是哪里有活干去哪里。"听到这里我感触很深，十七八岁，我们这一代人是衣来伸手、饭来张口，还是不懂事甚至还叛逆的年纪，他们已经要为了生计四处奔波了。在我们眼中，读书、上课已经是一件很疲惫的事情，每天早起都是怨声连连，但上一代无论经历了多少艰辛也很少喊苦喊累。我们觉得烦恼的学业是他们多少人羡慕的啊，当初的他们很多都是想上学却没有条件的。

我的妈妈因为家里条件困难，从小被寄养在福建的一户人家，十几岁的时候才回到老家。1992 年，爸爸妈妈结婚之后，两人一起去了福建南平。在南平打石头的时候，一天只有三十几块钱，承包一个塘口，找几个工人，一车一车的石头装箱运过来，然后打成一个个方块，打下一块石头才得 3 块钱。那年他打石头的时候，还不小心把中指打断了一截。我的妈妈就待在那里，给厂子里的工人做饭。1993 年，妈妈怀孕了，挺着大肚子还要继续给工人煮饭。后来他们又在福建各地流动，我的爸爸继续帮别人打石头。

1995 年，父母带着 2 岁的姐姐一起回到了老家岩坪。他们把爷爷奶奶留下的房子重新装了一下，改建成了两层的木头房子。到了岩坪之后，妈妈在家里带孩子，爸爸就继续出门打工，用白铁皮帮别人做水沟水槽(就是在屋檐下排水的那种)。他在福建跑了大半个省，建瓯、南平、顺昌、邵武、光泽、永安、三明等等，都是他去过的地方。他挨家挨户地问有没有需要做水槽的。刚开始那一年他给很多家做了水槽，一年就赚了一两万，后来可能大家都有了水槽之后再就没有人要做了，生意慢慢地变得不是很好。有一次在顺昌，在帮一家做水槽的时候，架在屋檐上的梯子滑落，所幸他手抓住了屋檐没有摔下去。这可是把他吓得不轻，他用打趣的语气跟我说："如果没抓住掉下来可能就没命了，还好运气好。"那天之后，他觉得做水槽很危险，于是就到了石材厂工作。

2003 年，我出生之后，他们搬到了南院乡，租了个木头和砖瓦搭成的小平房。我的妈妈把家里划出了一块开了个零食和杂货铺子，然后在家对面租了个铺子开肥料店。而我的爸爸就在乡里的石材加工厂工作。那时候我还很小，没有什么记忆，现在知道的事情都是他们告诉我的。我小时候睡觉是日夜颠倒的，白天一直睡觉，晚上一直哭，有时候爸爸下夜班回家很累，我一直哭他就睡不了觉，妈妈只能把我抱在肩头一直哄我，落下了很严重的肩周炎。

爸爸在石厂的工资最开始是一年一万多元，干久了之后涨到了三四万元。那时候，爸爸的工资每年都在涨，肥料店的生意也不错，经常有别的村子的农户来我们家买肥料，也会有很多乡里的大人小孩来我们的杂货铺子买日用品和零食。我印象最深刻的就是，每年过年的时候，都会有很多小孩子来买鞭炮，然后我们一群人在马路上嘻嘻哈哈扔摔炮。那段时间日子过得比较快乐，攒了一些钱之后，我就到县城里上小学了。我上的是一所私立学校，也是县城里最好的小学，跟老家那种免费的不一样，我们学校一个学期学费就是五六千，后来涨到了上万。由于我的学费贵，父母又想在县城买房子。我妈妈决定出门到上海务工，而我的爸爸继续留在石材厂里，他们俩差不多一年都有六七万的工资，每年都是能攒下钱的，过得也还算不错。

然而在我六年级那年，家里发生了很大的变故。那是我快要小学毕业的时候，考完试回家的那一天，姐姐告诉我爸爸受了很严重的伤，已经在温州住了一个多月院，做了四五次手术。他受伤是因为在石材厂的时候，捆石头的链条断裂了，他的手就被压在了下面，被一个两米长的大石头压住了，我根本无法想象那种疼痛。我回想过去的一个月，爸爸从来没有来接我回家，每次打电话都说工作忙，我问他为什么说话那么小声，明明是因为痛得说不出话，他还是骗我说手机可能坏了。只是因为我要小升初考试，不想让我担心他而影响考试，所以让所有人都瞒着我。那天，他回到家里，几次手术过后手里的钢筋还没有拆除，我看着他的手，是粉碎性骨折之后只能靠着钢筋固定的手，是连伸直都没办法做到、连手指都动弹不了的手。那天，我坐在床边哭了很久，但是爸爸还在一直安慰我。

在他受伤前一天，刚签了购房合同。他们打算买房的那个小区是县城里最好的小区，签下合同的时候房子还没有建好，但是我爸爸对它一直抱有很深的期待。他受伤之后，妈妈想把房子退了，但是爸爸怎么说都不同意，他觉得如果退了可能以后就真的买不起房子了。直到现在，他还常常欣喜地感慨：还好当初没有把房子退了，没想到有一天我还能住上这么好的房子。

那一年，是我们家里最艰难的时候。爸爸受伤了还要经常去医院复查，妈妈只能待在家里照顾他，我们失去了收入来源，吃的用的都是过去存下的钱。爸爸那个石材厂的老板仅仅支付了医药费后便拒绝承担后续的赔偿，他们俩进行劳动仲裁，找律师，到处找人帮忙，奔波了许久才拿到后续的赔偿款。但一年吃穿用度以及律师费等已经耗费了很多精力和财力，房贷和我的学费就像一笔巨款压在他们的头上。我一直读的都是私立学校，每个学期仅仅是学费就要一万多。但是他们不想给我压力，经常对我说，你只要好好学习就行了，就算是把房子卖了，我们也会供你读书的。父母因为没有文化吃了很多苦，所以对我的成绩一直都特别重视，希望我以后能有一个平稳安定的工作，而不是做四处奔波的体力活。

在我爸爸恢复得好一些了之后，我的妈妈继续外出打工，爸爸的情况已经很难找到工作了，很多事情都干不了，但是为了维持基础的生计，他选择去当保安。他是一个要强的人，哪怕家里贫穷，也没有向谁低过头。他一直教导我的是：“不要跟别人比有没有钱，要比就比成绩。我们就算穷，也要有尊严，要好好读书。”但是保安这个职业往往得不到别人的尊重，有时候他会碰到喝醉了发酒疯的客人说一些很难听的话，他也只是忍着。甚至有一次上夜班的时候，他被一个醉酒的客人打了一拳。而我的妈妈就一直在上海，自己经营过足疗店，但更多时候是在别人的店里工作。十几年外出务工，每年只会回来一两次。因为过年的时候店里的生意很好，能比平时多赚好多倍，所以有几年连过年都没有回家。妈妈也说经常会碰到态度不好的客人，但也没办法，生活就是如此。

他们都在为了生活低头，但却从不放弃对美好未来的期许，一直没有放弃努力，凭借着自己的力量，为了让我们的家庭过上更好的生活而始终奋斗着。他们一路拼搏很艰辛，也遇到了很多困难，但终是在县城里最好的小区买了套房，送我上了家乡最好的学校。现在付清了房贷，我也已经上了大学。我相信，我们未来的日子会越来越好，人生没有吃不尽的苦，熬过去就会苦尽甘来。

我的父母就是这样，一步一步地，靠着自己的努力，从乡村走进了县城。以上就是我们这个平凡家庭不平凡的故事。

姓名：陈恋如
专业班级：新闻211
户籍：浙江省温州市
现居住地：浙江省温州市泰顺县罗阳镇

从修车店到有限公司

潘柄莹

我的家乡在浙江省杭州市萧山区靖江街道的一个小村——靖南村，它位于杭州萧山国际机场附近。小时候的我，白天听到飞机发出的阵阵轰鸣声，总是迫不及待地跑出门，好奇地望着飞机划过天空拖出的白色长尾；晚上，爸爸会拉着我的扭扭车带我去附近的桥边散步，每一次他都会指着远处发出密密麻麻光束的地方，跟我说："喏，那是飞机场。"

已经有很长一段时间我和爸爸妈妈没有坐下来好好聊聊天了，自初中青春期开始，我的叛逆性格让我们越发疏远，就连"爸爸妈妈"这两个本应最平常的称呼，我也很久没有喊出口了。直到这次采访作业，我跟他们打了很久的电话，我才对他们的前半生有了基本的了解。结束通话后，我的心里五味杂陈。

几经辗转

我爸爸出生于1965年，他的年纪在我同龄人的父亲中，应该是最大的了。几十年前，许多人都没钱读书。我爸读书只读到三年级，他每每回忆小时候，都会感叹我现在生活的幸运，"当时家里穷没东西吃，去上学前会揣着个蛋在口袋里，中午再拿出来当午饭吃"。家里的不富裕让他从小就不怎么读书，必须为了家的生计奔走干活。

那时候，村里的小孩会帮忙一起拔草，在稻田里赶鸟，就这样忙活了半天，赚的却连一分钱都不到。后来去厂里做灯具里的东西，从早上4点到晚上12点，从天黑工作到天黑，工资也只有每天1块多一点。由于赚的钱太少，我爸又参与了数百亩荒地的开垦、种树工作，每天骑着车去种苗木，那时人们做活时从不戴手套、帽子等劳保用具，所以伸出手掌来，都有被树皮、杂草划破的血痕和握锹铲土磨出的血泡。12月的大冬天，为了尽快把土压实，我爸赤着脚挑土，手脚冻伤对他来说如同家常便饭，但他从不说一个"苦"字。做了一段时间后，我爸觉得付出和回报不对等，就去了舅公新开的服装厂熨衣服，这个工作相对轻松了，然而还没等拿到工资，服装厂就倒闭了。之后，舅公决定重新开始做木工，我爸于是跟着他学习，但木工技能最后还是没能学精湛，做出来的东西不能令人满意，只能另觅出路。

开修车店

没有其他擅长的事情，但我爸从小喜欢拆装东西，这让他最后想到了修自行车这个活，村里也少有人会修自行车，于是他在只有三间平屋的家旁边开了个简单的修车店，尝试修自行车。一开始因为没学过，对自行车的构造也不太熟悉，只能对着辆自行车瞎摸索，就连套钢丝也要去别人那里学。后来经常看别人修，自己也动手练习，熟能生巧，补轮胎、修链子、换车把都不在话下。附近来修车的人越来越多，慢慢生意好起来，修车店的名声也传了出去。就这样，我爸用一把螺丝刀打开了做生意的大门。

好景不长，竞争对手很快就出现了。附近的邻居看我爸修自行车有钱赚，也去开了间修车店。附近的人往往去离得更近更方便的店，这样生意就被分走了。不仅如此，两家店在价钱上也会互相竞争，赚的比之前少很多。为了招揽更多生意，我爸灵机一动，在街道转角租了个小隔间开修车店。当时的租金是 25 块钱一个月，对我爸来说不便宜，但街口这个好位置更容易被看到，能让更多的人来修车，长远来看是最佳的选择。

1990 年，在媒人的介绍下，我爸认识了我妈，俩人相处不久后就结婚了。我妈也是出了名的能吃苦，17 岁就在袜子厂里工作，一天要工作 12 个小时，织布织了十多年。逢人提到我妈，我爸曾这样评价："她很能吃苦，人也心直口快。"我爸正是被我妈那股不怕吃苦的冲劲吸引了。结婚后，我妈也向我爸学修自行车，平常会跟着一起修，两个人一起修效率高了很多，装完一部自行车能得 1.3 元。有时候一些自行车会出现特殊情况，现有的工具不能修理，所以赚了一些钱后，我爸花了七八百块钱买了电焊机。有了电焊机就能够焊接了，能修好的自行车更多了，生意蒸蒸日上，这时候只靠我爸妈已经人手不够了。一个经过的叔叔看生意好，正好也会些修理技术，找了我爸，提出想跟着一起做工。他们商量了几天，修车店有了第一个真正意义上的员工。

之后绣花机普及了，烧金属的需求增加了。我爸想买新的机器，无奈手头上挣的钱远远不够。我妈为此还卖掉了缝纫机、手表这些嫁妆。那时，姑婆家里开了做雨伞的厂，家里比较宽裕，"我去向他们借借看"，话音未落，我妈就出门买了几袋礼品，踩了一个小时的电瓶车去姑婆那里借了 4000 块钱买新的机器——铝焊机。

1991 年 12 月 21 日，我哥出生了。我哥从出生开始就一直很消瘦，我妈怀疑他可能是得了什么病，就带他去医院，医生一检查诊断，还是个疑难杂症，需要长期吃药。吃了一段时间药后，我哥的身体还是没有起色，于是我妈又借了钱带着我哥跑了杭州的很多家医院，钱大把大把地用来买药和看名医专家，爸爸修车店做一个月工的钱都不够给我哥看几次病。那段时间，家人过得很拮据，每天吃的是地里自己种的白萝卜和青菜，再配上一碗白粥，但他们依然会买点肉给我哥吃。过了一段时间，我哥的身体终于好了起来，不用再一直吃药了，家人的生活条件才慢慢改善。

因为修理业务需要，我爸在门口贴上招聘启事，我妈又去了人力市场，总共雇了 3 个人。后来开始使用折弯机，修梭子，加上开夜工，一天能有几百块钱赚。家里产业主要靠修梭子做大了，慢慢也能够把欠的债还上了。

转修理厂

村里只有我们家是干修理的，有小厂的机器或者工具坏了会拿到我们这里来修，但是有些情况没有车床修不了，只能拿到其他地方去。一两次还没放心上，但不能修的次数多了，我爸不想就这样把生意让走，就跟关系很好的叔叔一起讨论想改用车床修理东西，但由于空间不足，最后还是搁置了计划。

2003 年 8 月 23 日，我出生了。由于不断地买新机器，自行车店的空间已经不够了，为了有空间放新的机器来扩大生产规模，我爸决定把场地迁回家旁边。从此，自行车店正式变成修理厂。

在家旁边建了个新厂，空间大了很多，正好长车床的计划也能够付诸实施了。东拼西凑花了几万多元买了 5 米的长车床。因为别人家没有长车床、改得少，于是大家都到我们家来修东西。印染厂、纺织厂的工作也开始多起来，慢慢跟很多厂都建立了长期合作。

厂的规模逐渐扩大，也有足够的钱把住的三间平房建成楼房了。不管是工厂扩建还是造房子，都离不了我爸的殚精竭虑。有时为了让进度快点，我爸这个“万能工”会亲自参与施工。

不久，镇里出了新的政策，开办公司有 1 万块的补贴。另外在没注册公司前，发票要到别人那里开，不太方便。在这些原因推动下，我爸决定改了抬头，把厂变成了公司。门口挂上了白色的竖门牌，附近的小孩经过总会看两眼，“哟，你家开公司的呀。”而我也会在心里偷偷乐着。

我 5 岁时，家里买了辆轿车。每到双休日，爸爸或是去萧山商业城买机器零件，或是去几个厂里送货谈生意，我总会坐在汽车后座。我坐在车里看着车窗外变换的风景，有时候困了躺下睡上一觉，偶尔爸爸会带我去买一顿肯德基。打开车窗，吹着夏风，抱着全家桶啃着鸡腿，对我来说就是童年的幸福之一，而我爸，只是匆匆吃完一个蛋挞，就要继续开车跑工厂了。

后来需要运送的大型零件多了，小轿车装不下，于是我爸买了辆五菱宏光的载货车。载货车的声音比小轿车大很多，每次开过，发动机的声音震耳欲聋。坐进车里，总是能闻到汽油味。没过几年，这辆车报废了。从崭新到陈旧，它也是我爸为家庭奔波、费心劳力的见证者之一。

爸爸今年已经57岁了，近花甲之年，本应坐享清福，但他仍在一个个工厂间奔波，什么事情都亲力亲为。他忙碌了大半辈子，脸庞刻着岁月风霜。然而，再多的辛苦，都在看着孙子孙女幸福的笑容时一一化解。

从螺丝刀到长车床，从修车店到有限公司，是我爸爸的打拼史，也是我家走出的一条步履蹒跚的小康之路。

姓名：潘柄莹
专业班级：新闻211
户籍：浙江省杭州市
现居住地：浙江省杭州市萧山区靖江街道靖南村

从一碗螺蛳粉开始

庞雅天

2021年4月26日，那是一个风和日丽的日子，晴空飘云。柳州螺蛳粉特色小镇迎来了一位贵客——我们敬爱的习近平总书记。在这里，总书记考察了小镇的特色产业——螺蛳粉产业的发展情况，与在场的员工们亲切地会面聊天。

"'绿水青山就是金山银山；只争朝夕，不负韶华；鼓足干劲，实干快干。'我大概就记得这些。当时，大家都听得热血沸腾，手掌鼓麻了都不知道……"我爸爸边回忆边说着，当时他就站在人群中，作为柳州螺蛳粉产业大军中的一员。

时间回到1973年。

柳州，俗称"龙城"。秦末汉初的南越之地，是新中国成立后广西重要的工业基地。在风雨桥的山林风景，鱼峰山下刘三姐的妙音，柳宗元故居的光影之间，柳州这片曾经的南蛮之地，正在书写着自己的故事。

我的爸爸是土生土长的柳州人，出生于一个教师家庭。学校在太阳村边，奶奶是当时学校的特聘教师。爸爸很小的时候就跟着我的奶奶到学校，奶奶讲课，他便和大自己十多岁的孩子们坐着同一张长凳上，两只眼睛炯炯有神。

"他小的时候啊，班上的同学都可喜欢他了，每次都逗他玩儿。我在批改作业的时候呢，你爸爸就和那些大哥哥大姐姐们在学校的小院里跑来跑去，下班了我就又用布条子把他背到背上。"奶奶说这些的时候，我好像能回到几十年前的夏天，一间教室，一张木椅，一群孩子。父亲就是在这样的环境里生活着，一直到了读书的年龄。

还是70年代。妈妈小时候，家里条件不好，小孩又太多，我的姥爷一人奔忙难于照顾，为减轻家中压力，她从小就和我太公太婆住在柳州东门巷的老屋里。东门巷是柳州著名的老街巷，新中国成立后一直都靠近着经济最繁华的位置，是柳州的烟火人间。太公身体不太好，主要靠太婆经营米粉维持生计，经营的也就是现在这个网红——螺蛳粉。妈妈说："那时候螺蛳粉没这么大的名气，就是小街小巷的普通吃食，但很能养人；一个小摊或小铺子，寒来暑往都一样，抓一把米粉，烫热了放在大碗里，加一勺锅里熬煮了一天的大骨螺蛳汤，再来上一勺子红油，夹一筷子酸笋，撒上一把香葱，酸辣鲜香，是那个年代的人间美味。"

7月的龙城，江边的东门巷。妈妈在放学后没有第一时间往家里赶，而是跑到太婆的米粉铺子上，铺子不大但小食的种类却不少，卤水鸭脚，大小卤蛋，酸菜，烫粉……下班后的东门巷是最热闹的，骑着单车的人们陆陆续续往家里赶，也会有人为酸坛子停留，买上一小袋子酸爽可口的菜卷豆角腌萝卜。妈妈从店里搬出来一张小木凳，坐在门口的大坛子旁边，她小小一只，差不多也就比那坛子高出一些。太婆也走出小铺，把刚刚洗净的新鲜原料放在两个大桶里。妈妈就帮着太婆将明日要用的菜梗子摘好，也会帮着回应来来往往的客人。伴随单车的叮当铃响，在石子路边的小铺，到了晚上又是另一番景象了。

夜晚时分，小铺子就将范围扩开来，不止太婆的一家，这一片的小铺都变了新。江边的街巷在外看是平静的，但真正走进去之后才知道什么是柳州的夜市。不同职业、不同年龄的柳州人都会走进这里。

“老板给二两粉，烫个 ong 菜梗(空心菜)，酸笋料我自己来!”

“好哩!”

“记忆里最好吃的螺蛳粉还是当时那种。柳州人的螺蛳粉情结，大概差不多就是这种味道，家乡的味道。”妈妈在采访的最后这样说。

奶奶有两个儿子，作为家里的老大，爸爸很早就进入了国企参加工作。

1997 年，年轻的爸爸已经是大厂里的优秀工人，领导们都看中他的才能，在妈妈的回忆里他经常去各个省市的地区出差，有时候长至一周都不能见面。

2002 年，原工厂改制裁员，爸爸随大流，买断工龄，下了海。

“我当时去过安徽，跑过山东，最后到了深圳。什么苦都吃过了。给老板打工的，无论职位大小，始终都还是脚不着地的感觉。”老爸啰啰嗦嗦地说了很多，他用轻描淡写的几句话，将十几年的经历在十几分钟里讲述给我，我能感觉到他的释然是多于苦涩的。我们这个三口之家常常有一个人奔波在外，那就是我的爸爸。记忆里的孩童时光父亲一词是沉重且模糊的存在。他曾在山东东营、安徽芜湖、广东广州等地工作，家中的日子虽说不上富裕但也是衣食无忧，爸爸的奔波是支撑起这个家的很大一部分力量。

在外的最后几年，爸爸公司的领头人走了，剩下很大一个烂摊子。突然的葬礼，突然的断链，都让本来规则的人生从未有过地无序起来。那段时间，他总是会选择从工作的办公楼步行走回住处，南方的夏天好像每年都一样，潮湿，闷热。但危机与机遇总是会不知不觉地并肩而来。

我爸爸的螺蛳粉故事，得从 2015 年他决定回柳州重新创业开始。

2015 年，负债累累的爸爸最终还是决定回家创业。外面的路好像始终不能给他理想的结果，他还是选择回到家乡，相信这里有更好的机会。

柳州虽然是广西数一数二的重工业城市，但周围的区县发展还是较为落后的，只能靠山吃山。2015 年党的十八届五中全会决定，绿色发展是未来中国发展的五大理念之一。之后，国家开始落实各种促进绿色发展的惠民政策，依靠青山绿水，在家门口的创业成为不错的选择。

放在几年前，单独提起螺蛳粉大家可能都多少会有一些印象，但直接说柳州可能你还会思索片刻，甚至是无从想起。现在大家都知道了，但以前螺蛳粉并非有如此名气。2015 年初，柳州市提出螺蛳粉“产业化、标准化、品牌化、规模化”发展理念，确定了柳州螺蛳粉产业做袋装走机械化生产的道路。此后，柳州陆续出台一系列螺蛳粉生产标准和发展规划。从制定袋装螺蛳粉标准、申请“柳州螺蛳粉”国家地理标志产品，到建立螺蛳粉产品质量检测中心和螺蛳粉原材料基地，使柳州螺蛳粉产业走上了高速发展的道路。

回家的老爸，和他的几个同学合伙，就是借着这股东风开始重新再创业。这次他成功了，在自己家乡的土地上，依靠国家的惠民政策，依靠青山绿水的资源发展起来了。爸爸和他的老同学们搭上了这一班来自家乡的共富车。

他首先是下到边远的乡村，和那些交通不便但生态环境良好的村寨合作，这些村寨大多数都还是传统的人工作业模式。在政策支持下，村寨的工厂可以收购到优质又便宜的绿色原材料，加工生产螺蛳粉的配菜(酸笋、豆角酸等)。爸爸以最基层的身份加入工厂，成为螺蛳粉产业链中的一员。

那段时间他和几个工友一起住在农村的老房子里，白天在工厂里上班，晚上回到宿舍，恍惚的白炽灯下蚊虫很多，但也无法阻止爸爸对自己螺蛳粉创业的构想。那一年，他到不同的厂子里去实操，有原料加工厂，也有包装厂，担任过市场营销的工作。几年苦干积累，爸爸清楚了一碗袋装螺蛳粉是如何从一种种普通原料来到人们的碗中的，他发现螺蛳粉的制作中，“酸笋”原料的选择和汤底的制作是“重头戏”，很多小企业之所以无法脱颖而出就是因为没有将螺蛳粉这一美食的风味在浓缩后仍然发挥到极致。他拜访了我大姑婆一家，想寻找曾经制作的配方。在美食的制作里“秘方”总是一个必不可少的部分，但很可惜的是，当年太婆小铺的卤制配方都是口口相传，到了大姑婆的这边已经是二次加工的版本了。缺少了捷径，他还是没有放弃对螺蛳粉汤底配方的坚持，在拜访了很多“老柳州”之后，爸爸发现螺蛳粉在柳州经过几十年的发展以后，已经成为一种多元化美食，在不同地域的柳州，甚至是同一区域的柳州人眼中，它都是不同的。萝卜青菜各有所爱，柳州人对于螺蛳粉意义的诠释可以是独有的，而他最终选择了在妈妈的回忆里的那个小铺子，创造了属于自己的配方。

2019 年，爸爸终于拥有了属于自己的螺蛳粉生产企业，还注册了一个螺蛳粉品牌——螺外婆。这个名字也和妈妈的童年有关，在东门巷的那些年里，每当有一碗热气腾腾的米粉由太婆手中递出，就有了一刻的幸福。从柳州人的一小碗到如今走进千家万户，走出国门，走向世界，这是我们家在柳州这个小小人间的证明。习近平总书记那天到小镇考察,这碗粉还有幸被拍成照片记录在新闻报道中。

时间回到2021年,柳州螺蛳粉销售达到110亿元,创造就业岗位30多万个,小小米粉真正成就了大产业。2022年,这里一方水土养一方人的故事仍在续写,而未来,是属于我们年轻一代的。

姓名:庞雅天
专业班级:新闻211
户籍:广西柳州市
现居住地:广西壮族自治区柳州市鱼峰区五里亭街道

从云南拼到浙江

梁　萍

1980年，爸爸出生于云南省昭通市大关县打瓦村，是爷爷奶奶生的第五个孩子。在“人多力量大”的口号盛行的时代，大家普遍认为孩子多干活的人就多，生产力就越强。尤其在贫困的家庭里，孩子们更是早早成熟懂事，帮忙分担家庭的重任。在拥有7个兄弟姐妹的大家庭里，爸爸也是个懂事的小孩。

小时候，爸爸在早上天没亮的时候就得起床去捡柴火、割草，维持一天的生活需要。那时没有手表，爸爸只能靠看太阳升起的位置和天亮的程度估算时间，估摸大概到点了，才急忙赶回家里，囫囵吃一碗冷水泡玉米饭赶去上学。学校离家有四五公里山路，山路滑且崎岖，爸爸穿着不合脚的破损鞋子来回得走好几个小时，放学回家天都黑了……

爷爷奶奶的文化水平并不高，靠务农和打工的微薄收入才勉强将8个子女拉扯大。温饱问题勉强解决，读书自然是没有余钱的。因此，爸爸虽有着还可以的成绩，却不得不因为没有钱而停下求学之路，干一些活帮衬着家里。没有机会继续读书成为爸爸心中的遗憾，这让他一直注重对我和弟弟的教育。

爸爸初中毕业后就开始工作了，贫困的小乡村并没有很多工作机会，他只能在家乡接一些帮修路、修房子的活计，可惜年轻的爸爸没有精进的技术，只能顶着炎炎烈日，在工地上当小工搬砖头，搅混凝土，扛麻袋……有时候短短几天就会黑上几度，甚至晒到脱皮。为了在短时间内赚更多的钱，爸爸多量少次地搬运，十几岁的少年纤瘦的背上经常一次性背上两三百斤的东西，往返于狭窄易打滑的山间小道……

妈妈生于1982年，是家里的老大。外公以前是语文老师，外婆以前也在家附近开过一家面厂，在离爸爸家不远的周家山上。当时重男轻女的问题严重，外公外婆为了生一个儿子，接连生了四个女儿。后来，外公因为超生丢了教师的工作，外婆的面厂也倒闭了。为了养活腿脚不便的两个老人和五个小孩，外公外婆作为年轻的劳动力，双双离开昭通去了耿马县，以种植售卖甘蔗为营生，常年不在家。父母不在，祖母又腿脚不便，身为老大的妈妈便在十几岁的年纪以小小的身躯扛起了这个家。

1998年，爸爸偶然间结识了妈妈，二人感情发展迅速，但是他们结婚领证的道路并不顺利——外公外婆并不看好爸爸：一个初出茅庐，一穷二白的愣头青，能带我女儿过上好日子么……两人都这么年轻，只怕是一时被感情冲昏了头脑。妈妈第一次把爸爸带回家跟外公外婆见面时，外公外婆面色不悦，并不认可爸爸，爸爸甚至被赶出了外婆家。然而爸爸老实能干，厚着脸皮，没事儿就往外婆家跑，割麦子、收玉米、砍柴等样样抢着干，向外公外婆展示了一个勤劳上进、老实可靠的形象，外公外婆逐渐松口。两年后，他们结婚了。

爸爸妈妈带着一口锅、一张床、两床棉被、一个衣柜开始了新生活。他们婚后的生活一贫如洗，尽管二人勤劳能干，家里仍然十分拮据。“那时候我和你爸什么也不懂，对庄稼一窍不通，不知道什么时候播种最好，不知道每一个坑应该点播几粒种子，也不知道一个坑与另一个坑之间距离多少合适……由于缺乏经验，我和你爸第一年种的玉米产量只有别人种的一半……”从第二年开始，爸妈逐渐摸索出来种庄稼的规律。

爷爷奶奶家世代务农为生，分家后我家也得了几亩地。2002 年我出生后，妈妈只能一边种植玉米、红薯、小麦、土豆等庄稼，一边带我，还要喂两头猪。“有时上坡干活没有空照顾你，就在地上刨个坑把背篓放上去，把你放在背篓里呢！”妈妈陈述道。爸爸也不得不一个人出去务工维持家庭开支。在外地，有时候只干几天又来不及找房子居住的时候，他经常会在路边凑合。爸爸每天天没亮就起，天黑了才停止工作。在几年之间，他一个人辗转各地，从只能干苦力，到学会了工地上所有工种，精进了建房技术，学会了打隧道，也挖过地井……

聊到爸爸当时最难忘的经历，他心有余悸地说：“有一次打隧道的时候，工作到很晚，已经是大半夜了，隧道里黑漆漆的一片，只有一点亮光，而且施工场地非常危险，当天施工的十几个人中有三个人都出了事。我才二十来岁，我怕呀，但是怕没有用，工头来叫我，我还是硬着头皮上了”，他松了一口气，“还好没事”。

还有一次，也是在修隧道。包括爸爸在内的三人本正在工作，突然看到前方的一团亮光正由远到近，他们很快便惊觉到是火车，可是隧道狭窄，安全的地方离他们很远，以当时的速度根本来不及在火车掠过之前跑到安全的地方，并且当天他们并没有携带任何正在施工的标志！如果继续下去，三人将遭受生命威胁！情况危急，千钧一发之际，爸爸拿手电筒照着头上取下来的黄色头盔，举在了显眼位置。行车人员得以看见，及时减缓了速度，让他们躲进安全区域内，否则后果将不堪设想……

类似的危险还有很多，比如在工地上一次性背两三百斤的沙，每顿吃两碗猪油泡饭才能保证正常的工作；比如有一次和人去干活的路上，载着爸爸的摩托车直接冲出护栏飞下河，还好有水的缓冲不至于丢命……爸爸讲这些的时候语气轻飘飘的，甚至还带着笑意，其实，当时正在经历危险的他，那个和我现在差不多大的他,也很怕吧。

爸爸不要命一样的工作劲头,很快让他攒了3000元。房子是一个家的基础,他准备用这笔钱修房子。这点钱自然是不够的,没有钱请人,爸妈就自己上;没有合适的建筑材料,爸妈就自己找:有时去务农,路上看到适合打地基的石头就顺势背回来,自己去山脚下的河边挖沙,自己建房子……

2004年弟弟出生了,房子有了个样子,但是生活还是很艰难,妈妈每次上街购买油盐等还要借钱,每次都是10块20块地借,爷爷,叔叔,姨娘……账本都记了厚厚的一叠。“借钱也很难的呀,当时我们家情况不好,很多人家都不肯借,生怕我们还不起。就连后来你生病了需要钱去医院手术,都是辗转了好几家才借到的……”

后来他们也尝试在街上租店铺卖米线。他们选址在本地比较热闹的街上——双河街,靠近一棵大榕树,树下冬暖夏阴。店前的路是大部分人回家的必经之路,且环境清幽。他们是街上第二家开米线馆的店,加上那时很多人都待在老家,生意稍好。但毕竟是农村,周围的娱乐设施并不发达,只有“赶集”的日子,店里的人才多些,生意最好的时候,也只能勉强糊口。他们有时为了制作新鲜的米线忙到深夜,怕错过清早赶集的人,天没亮就起来备菜,最忙的时候直接在店里打地铺,一日三餐都在收拾卖不掉的米线……可惜地方落后,后来大部分人外出务工,本地人的消费能力并不强,很快米线馆入不敷出,店最终倒闭。

也是从这里开始,爸妈意识到一直待在家乡根本没有出路,有意外出务工。经过综合考量,再加上远嫁浙江的姑姑的劝说,爸妈卖掉了家里所有值钱的行当,总计5000多元,带着我们在2010年动身去了浙江。

从此,爸妈在浙江开始了新的奋斗生活。2010年,初到浙江金华,住的是就读学校对面楼的五楼,一间一体式公卫浴厨房的出租屋,时年我读二年级,读过半学期的弟弟读一年级。为了方便照顾我们,爸妈放弃了工地等居无定所的工作,决定找固定的工厂上班。爸爸在家具厂,妈妈在包装回形针的厂里工作。他们的工作地点很相近,却都离家有点远,为了上下班方便,买了第一辆车——自行车。每天天没亮,爸爸就用自行车送妈妈去上班,然后回到自己的工厂,时常加班到八九点才回家,午饭也是早早做好带去吃。

爸爸在家具厂并不是一帆风顺。刚去的时候,处于学徒阶段,早出晚归一个月也只能赚1000来元,难以支撑房租水电和日常开销。除此之外,厂里的人非常排外——做的人少,好做的货分到的就多,就能多拿钱。因此他们不仅不教新来的学徒,还经常向公司投诉,劝他们离开。不仅如此,由于打磨钻孔等机器的后劲极大,从来没做过的人极难控制住。懂行的人都知道,入这行,得先让手熟悉机器。这一熟悉,就是十几年。爸爸从刚开始工作时手酸痛得整宿翻来覆去睡不着觉，到慢慢磨出茧子，打磨钻孔抛光等样样精通，成了经验丰富的行业精工……

爸爸不仅以出色的工作能力得到了赏识，而且由于当时厂里扩建，缺几个分管领导，爸爸的领导能力也被挖掘了出来。在五年间，爸爸先后当上负责人、班长、副主任、主任，带领大家创造出了许多良好的业绩。

爸爸为人确实靠谱，也很会处事。在工作岗位上能认认真真干活，在领导位置上也能安排好工作，对待所有人都会将心比心、设身处地。不放心厂里的电器，担心出事，他就等最后一个人下班后，才逐一检查好场内的全部设备，锁好门回家；做家具的大机器往往要提前预热到几百度的高温，花费时间久，然而工人们早上来上班就要开始，因此他就掐好时间，有时半夜十一二点就去厂里提前把机器开起来；厂里有工作人员出了事故也是他第一时间赶到现场送去医院并买水果慰问……

妈妈在几年间辗转了几个行业，包装回形针，踩缝纫机，伞厂包伞，最后也跳槽到了爸爸的厂。包装回形针的时候，爸爸每次下班都要去妈妈那帮着做一两个小时才下班。等到伞厂包伞的时候，妈妈虽按时下班，却将材料带回家来，一家四口分工协作做到八九点才完工……到了爸爸的厂，也经历了学徒期，一开始用机器的那一个月，甚至大拇指都被弄得没了知觉……但是妈妈并不依靠爸爸一开始就获得轻松的工作，而是勤勤恳恳打好基础，学会了所有的东西。

十几年间我家改租了两次，从一间房住一家人到有独立卫浴和厨房的两室一厅，再到环境优美的三室一厅一厨一卫，离超市学校都很近，居住条件大有改善，生活也非常方便。爸爸的工资稳定，妈妈的工作也逐渐娴熟起来，干得多赚得多，爸妈积极性高，工资也越来越高，甚至有余钱作了理财投资。

交通工具也从最初版的自行车到电瓶车、摩托车、轿车。那时候一家人出行全靠电瓶车，但电瓶车遭了贼：我们住在二楼，电瓶车就放在楼下车库，而且爸妈也是一点动静就能醒的人，可是那天早上醒来去上班时，却发现只有一个坐垫孤零零放在台阶上，电瓶车已不见踪影。爸妈遂出去寻找，看到四五百米的地方有一辆电瓶车的空壳，电瓶早已不见踪影……爸妈顺势换了摩托车。摩托车陪伴了我们两三年，一直到我初一的时候，爸妈多次去店内看车选车，决计买了轿车。

在浙江多年，我们一家人有了固定的居所和交通工具，我和弟弟也留在了金华读书。2020 年全面建成小康社会的时候，爸爸感叹道："没想到我们也能有步入小康的一天啊！"只要勤奋肯干，有什么事是不能实现的呢？

从农村到城市，爸妈用双手奋斗出了属于他们的共富之路。

姓名:梁萍
专业班级:新闻212
户籍:云南省昭通市
现居住地:浙江省金华市武义县白洋街道

从浙江到浙江的旅程

蔡妮娜

1970年，舅舅出生在浙江横街镇的一个小乡村里。我的外公，也就是舅舅的爸爸，以养牛为生。听舅舅说，外公养牛是有一套的。他记得外公当年买一头牛，养个一年，拉到外面卖，可以卖到1000块钱，这在当时来说是一笔不小的钱。外公就想要舅舅继承他的养牛事业，可是当时的年轻人大都会选择出去闯荡，舅舅也不例外。1985年，舅舅中考失利，没考上高中，于是初中毕业的时候，他就跟着表哥离开了浙江。

就这样，从浙江出发，舅舅开始了他的旅程。

第一站：广州

1986年，舅舅跟外公要了300块钱。他趁着赶集的时候，去了一趟路桥，在那买了一整套修鞋的工具，决定去广州修鞋。那年冬天，舅舅就跟表哥一起，背着足足十六七斤的行李，踏上了去广州的旅途。舅舅说，那时候的火车是绿皮火车，只要买了一张票，所有行李都可以上火车，所以火车里很挤很挤，而且可能因为是下半年，出行的人格外多。为了省钱，舅舅只买了一张站票，背着对16岁的他来说还很重的行李，踏上了去广州的旅程。

终于到了广州，舅舅看到了在农村他从未见过的景象。广州的火车站那么大，让从农村来的他开了眼界。一到广州，舅舅先到白云区的三元里租了一间房子，为了节省开支，除了表哥外，还跟几个陌生人一起合租。没有店面，也没有固定的地方，舅舅就带了地毯和修鞋的工具，找个人多的空地摆地摊。因为没有什么经验，舅舅一边实操一边练习。舅舅说，在广州，全国各地的人来来往往多得不得了，但就是没有什么生意。技艺长进了，来的客人也不多，大家仿佛更相信隔壁摊看起来“资历更深”“技术更好”的叔叔。一次在三元里的街头，迎面走来一位身宽体胖的大哥，手里提着后跟脱离的皮鞋。舅舅为了能够多招揽到一个生意，赶紧热情地招呼着大哥来补鞋，可谁想到这大哥嘴里嘟囔着：“谁在你这补，小屁孩。”年轻气盛的舅舅又急又羞，却说不出一句话，正要上前理论时，被他的表哥一把拉了回来，这才避免了一场“战斗”的发生。在广州的一个礼拜没有赚到钱，但是在广州的吃住花销却很大，这不得不让舅舅在广州干起了副业。有一天，舅舅在摊子附近遇到一户居民正在装修房子，需要一些人挑砖，挑到七楼，挑一趟给 1 块钱，那一天，舅舅和朋友合作，两个人赚了 40 多元，一人二十几。舅舅说，那时，广州一份炒河粉大约两毛钱，这一天，他赚了差不多一星期的生活费。但是从那之后，舅舅再回到摊子上摆摊，也没赚到钱。就这样在广州，舅舅急速成长，见到了许多人，各种各样的人。

在广州半年，舅舅把外公给的本钱都花光了，没挣到钱，就去长了个见识回来。

第二站：福建

在广州没有什么生意的日子里，舅舅经常溜到隔壁摊子上看打铜首饰。看着看着，觉得自己看出了门道，在补鞋的生意失败后，回家研究起了打铜首饰。

回家了几个月，舅舅在家准备了一套打首饰的工具，并且自学了一下，又跑到了福建。

在福建的龙岩，舅舅落脚了，在那里摆起了地摊，帮人家打铜首饰。一天挣个三四十块钱，跟当时上班族比还是挺多的。可是奈何当时社会风气不好，舅舅曾经在福建遇到几个地痞流氓，他们到舅舅的摊子前面把玩着舅舅打好的首饰，趁着女顾客在挑选，舅舅没有盯着他们的时候，就把手上拿着的首饰顺走了。舅舅一回头，反应过来，急忙追上去，找那些流氓理论，奈何流氓就是流氓，拒不承认。在大街上招致很多路人观看，他们都劝舅舅算了。舅舅年轻气盛，奈何人生地不熟，虽然火冒三丈却没法为自己讨回公道，只好把首饰给那些流氓了。就这样过了一年，福建逐渐开放起来，打金银首饰的风潮开始兴起，舅舅觉得打铜首饰已经没有势头了，就拿着挣来的钱到劳动局牵头的金银首饰学校去学习打金银首饰。回到福建龙岩，一天能挣七八十块。在福建的日子里，舅舅感受到了人心的险恶，却也认识了很多朋友。舅舅在福建待了六七年，他二十四五岁的时候，外公因为不停咳嗽被查出患有肺炎，舅舅为了照顾外公和自己的家庭，便回了家。

第三站：浙江

回到家后，舅舅继续开打金店，他在路桥正中路刚刚发展起来的一条比较新的街道里租了一间房。打金店主要是帮人家加工制品，生意刚开始也不是很好，甚至连房租都不够付。但也就这样坚持了一年，正当生意渐渐好起来的时候，房租也随之涨价，从原来的一年 9000 元到一年 3 万元。快速涨价的房租让舅舅压力更大了，他打金赚的钱已经付不起那个价位的房租。舅舅只好把店面挪到对面的小巷子里，但是新店的地理位置不好，店铺里的生意也因此差了。新店开了半年多，又是没赚到什么钱，舅舅又打道回府了。舅舅回家后，有点心灰意冷，感觉自己创业一直失败，没有做出成绩。舅舅因此在家里休息了一段时间，那段日子里只是靠着舅妈在外面打工维持家里的生计。一直在家无所事事的舅舅，却在这一年将要迎来他的第一个孩子，也就是我的表哥。为了舅妈不再那么操劳，可以安心生育这个孩子，舅舅又重整旗鼓，想着出去拼一拼、闯一闯。

第四站：西安

1997年，西安正在开发，抱着试试看的态度，舅舅又孤身跑到西安。在市场上考察时，他去到当地的集市上逛了一圈，发现当时的西安还是比较落后，市场上的东西和南方也有很大的区别。舅舅决定发挥他浙江人的特殊性，销售浙江本地的一些产品，就开始给西安本地的店铺供货。1997年，正值全国上下都在庆祝香港回归，彩灯霓虹灯这类生意特别好。对于当时的西安人来说，这种彩灯霓虹灯稀奇，售价高，很多大的单位买来庆祝香港回归。舅舅就从浙江进了各种灯饰，提供给当地的店铺，因此赚了一点钱。就这样，日子一天天忙起来，舅舅的表兄弟和爸爸妈妈就一起跟着舅舅干，几个人在市场里待了一段时间。舅舅说，记忆中，夏天西安特别热，所以他就想着进一些风扇来卖。舅舅卖的风扇价格实惠，销量特别好。舅舅说在他记忆中一个夏天能卖一两万台，每个月几卡车几卡车地拉货。可是后来大家都觉得这个生意好做，周边卖风扇的就越来越多，大家相互竞争，各家都来压价。大家之间打价格战，厂家做的风扇质量越来越差，需要返修的产品也越来越多。加之到后来房租上涨，装产品的仓库也要很大，运输的车费又是比平常翻了一番。所以这个生意是越来越难做了，做着做着，这条路就做死了。

2005年在西安的生意开始滑坡，这一年表哥8岁了，舅舅担心自己儿子的读书问题，害怕爷爷奶奶带不好表哥，决定回家发展。之后半年里，舅舅就开始陆续处理产品，有些商品退回给厂家，有一些则打折处理。

就这样在西安待了七八年的时光。

第五站：浙江

回到浙江的日子，虽然有曲折，但总算是好了起来。舅舅回家后，一直找不到合适的行业，他总想着做些什么生意支撑家庭的生活。借一次跟朋友聊天获得的机会，舅舅进入了喷涂行业，花了将近30万元接手人家的小厂，在路桥区横街镇四甲村里，给一些五金类物品喷漆，例如一些灯具的铁支架。为了送货，舅舅还去二手市场买了一辆大卡车。舅舅在外闯荡的这些年积累了一些人脉舅舅就动用这些人脉，招揽了一些生意。刚开始，舅舅就是加工出口小商品、工艺品。做了两年时间，还没有把投入的本钱赚回来，又碰到国家推行环保政策。舅舅如果想要做下去就要增添环保设备。舅舅当时很纠结，如果想继续，就意味着他必须继续借钱来购入环保设备，如果不继续，那之前一切的努力都白费了。环保设备都挺贵，一个设备要几万块钱，如果要借钱，前路未卜，舅舅要承受更大的经济风险。但舅舅还是想着赌一把，于是到处问亲戚借钱购买了设备。没有多久，政策又变了，说舅舅的厂房不是国有的，村民自己的厂房不能做，要挪到工业区，那是离村庄比较远的地方。因为这是政府的政策，所以也没有办法。舅舅就找了一家在滨海工业区的厂家合作，这才稳定下来。爸爸妈妈、我的阿姨的儿子（也就是我的表哥）一家，都相信舅舅，跟着舅舅做喷漆，这些年，日子是越来越好了。2009 年，在回到浙江打拼了 4 年之后，在舅舅的带领下，我们三个家庭相继购置了自己的私家车，过上了跟外公截然不同的生活。

“舅舅打拼的这些年，总感觉少了些运气。”舅舅对我这样说。是啊，从浙江出发回到浙江的这些日子，舅舅总是在经历跌宕起伏，但那又有什么关系，人生少不了跌宕起伏，只要我们一直在努力，不停地往前走就好了。

姓名：蔡妮娜
专业班级：新闻 212
户籍：浙江省台州市
现居住地：浙江省台州市路桥区横街镇洋屿山村

大山里走出来的工人之家

黄婧旖

“做人要脚踏实地，来不得半点虚假。”“你们一定要好好读书啊，读书无论在什么时候都是有用的！”这是我外公时常挂在嘴边的话，也是他一直以来对后辈的教导。

我的外公于1949年12月出生在浙江省宁波市下山坑村的一户人家里。他的家庭和那时候大多数人的家庭一样，有许多个孩子，他排行老二，上面有个哥哥，下面有两个弟弟。他小时候一直是那个起得最早干活，但是却只能吃着最稀薄稀饭的人。按他的话来说“哥哥是爸爸妈妈的第一个孩子，所以受到的爱自然要多一些，弟弟们又比我小，所以自然比我更需要关照”。于是，外公一直是家里面吃苦最多的人。但也正是他养成的能吃苦的精神让后来的我们家可以有越来越好的生活。

在外公21岁的时候，乡里有来进行征兵宣传的人看到外公人高马大能干活就把他介绍去当兵了。在部队的日子很辛苦，训练的强度很大，外公的手上脚上经常都是水泡，想把它挑破，但还没痊愈新的又长出来了。我的外公没有放弃，他甚至还在这样艰苦的环境之下开始了学习之旅。在平常高强度的训练结束了之后，其他人可能回寝室休息了，但外公常常窝在他们部队的图书馆里，去识字，去自学数学、文学，遇到看不懂的地方就去查字典努力弄明白。因为他太渴望读书了，所以经常在晚上9点熄灯以后，还经常举着个手电筒在被窝里读书。在听外公讲起这段故事的时候，我时常会想，到底是什么让外公在这样艰苦的环境下还可以继续坚持学习呢？后来，外公跟我说，其实那段日子对他来说是很幸福的，正是因为有了那段日子里的学习，他才可以在后来的日子里有能力去养活自己的家人。

7年之后，在外公28岁的时候，他退伍回家了，和我的外婆结婚，被安排在农机厂做看管柴油发电机的工作，正式开始了他的工人之旅。外公是个好学的人，他虽然只是做看管发电机的工作，但经常向厂里老一辈们的工人们请教，久而久之就也会使用那些机器了，这也为自己增加了一份谋生的本领。

在机电厂做了两年半以后，他去了横溪区梅岭乡电力管理站也就是后来的浙江省电力有限公司工作。在镇上做了15个年头的电力管理员，因为能识字会计算，所以又去做了10年的资料员。在梅林镇做电工管理员的日子很辛苦。梅林镇总共有12个乡,外公每天都要去检查这几个乡的电表,确保他们可以正常运转,也要负责他们电路的抢修,让工厂不因为断电而停摆。即使电路坏在了半夜,他们也要起来去把它修好,确保第二天大家可以使用它。12个乡隔得很远,分布在大山上,最远的村庄来回要走3个小时。在天晴的日子里情况还算好,只是正常的检修电路,并且路也没有那么泥泞。最要命的是台风天和下雨天,毛竹常常会被吹倒或者压倒,然后导致电线杆被压坏,供电中断。这个时候,外公和其他工人们就要连夜走进毛竹山去砍毛竹,让它别压到电线杆,然后再一起抢修电路。外公说,他印象最深的是有一年正月里的时候雨雪很大导致酒呈岩的电路系统坏了。接到消息的时候他还在家里招待客人,但是当同事们来告诉他这个情况的时候,他立马就放下了筷子,穿上雨鞋和他们一起去抢修了。那个时候风雪很大,伞的质量又不像现在这样好,于是他们就基本上半淋着雪,踩着雨靴走了40里路去抢修电路。还好到了以后发现问题不是很严重,他们靠手上的工具就可以修好,不会耽误第二天的用电。一天天一夜夜这样的工作,让家里逐渐富裕了起来,也让我的母亲和阿姨有了机会走进校园接受教育。外公是很重视对妈妈和阿姨的教育的,他总说:“我吃苦不要紧,但是家里的孩子一定都要读书!”所幸,我的母亲和阿姨也没有让他失望,在自己的岗位上做到了最好。

在1997年的时候,全乡都通了电,电力情况比以前好多了,外公也带着全家从山里搬到了横溪镇上,调岗去做了资料员。刚搬到横溪镇上的时候,家里的条件依旧不是特别好,门是简陋的两块木板,地板是水泥地。但这丝毫不影响他们对于生活的热情,他们甚至还养了一条叫小白的小狗。虽然只是听外公和妈妈讲过他们那个时候的故事,但是光听这条小狗的事,我也能完全领悟到外公那句“日子虽然很苦,但是我们也要好好过”的意思。

在把家搬到镇上以后,我母亲和阿姨也一起转学到了镇上。因为学校的饭菜很贵,所以阿姨和妈妈的饭总是由外公和外婆在中午的时候送去的。那时外公和外婆过得很辛苦,每天早上5点出门工作,又要在中午的时候抽空给阿姨和妈妈准备好饭菜送过去。但艰辛的日子终于还是熬过去了。我的妈妈和阿姨都顺利完成了学业,开始工作了,外公也顺利退了休。作为一名电力工人,外公总是说:“可以很不夸张地讲,我作为一代人中的一个,见证了中国逐渐发展起来的过程。也很荣幸我是一名电力工人,见证了中国农村电力条件慢慢变好的过程,看着一代又一代的小辈在光明之下健康地成长。”

在2001年的时候,我的爸爸妈妈结婚了,外公和爷爷一起购买了一处房产,作为爸爸妈妈的新婚礼物,就是我现在住的家,家里的奋斗历程又拉开了新的篇章。2003年我出生了,开始和这个家庭一起经历成长。为了家里的条件能更好一点,爸爸在我3岁的时候辞职开始了创业。但是创业的路途并不好走,爸爸和妈妈时常在厂里加班到凌晨，经常连饭都来不及吃。在我大一点的时候，他们开始把我一起带去厂里。从小时候只能跟在爸爸妈妈后面，努力不添乱，到后来可以慢慢地帮助他们做一点事，比如包装、写产品编码，到现在基本上厂里的每一道工序我都可以略懂一二，我成功地继承了爸爸和外公，成了半个小工人。可以毫不夸张地说，如果外公的小办公室见证了妈妈和阿姨的成长，那么爸爸的工厂和厂里所有的工人都见证了我的成长。

随着厂子开始慢慢有起色，我们家的生活条件也慢慢好了起来。在2007年的时候，外公家的房子也翻修了，贴上瓷砖，铺上地板，有了城市里房子的样子。很多不在学校也不在厂里的日子，我基本都是在外公家度过的，外公是我的启蒙老师，他教我读书写字，也给我讲他们以前的故事。他认为读书不仅仅是读书本上的知识，实践和体验也很重要，所以在我还没有开始上小学之前，他就经常带着我上山下河，感受大自然。我经常听到有人说，现在的孩子真的很可怜，他们从小就被局限在了小小的教室之内，不像以前的孩子可以到处去感受自然。但我从来没有过那样的烦恼，我的童年也体验过自然之美，我也尝过野果，也去玩过泥巴。对于我来说，外公不仅仅是带领我们家去拼搏的人，更是带给我无限精神财富的人。

后来厂子开始慢慢扩大，爸爸妈妈忙不过来，而我也到了中考的关键时刻，无法分心。外公挺身而出，表示自己曾经就是工人，可以一起去厂子里帮忙。于是已经快70岁的外公开始了他的“再就业”之旅，又一次为了这个家开始奋斗。

从去年开始爸爸的厂子慢慢进入了稳定状态，外公也已经很久不去帮忙了。他现在热衷于尝试各种新鲜的东西，从广场舞、智能手机甚至到AR设备，他一直在努力学习，希望可以不被时代淘汰。

虽然生活还是辛苦，爸爸妈妈还是需要经常加班，我还是在慢悠悠地成长，但我们的工人之家确实正在走上越来越好的道路：外公家的房子翻修了，爸爸妈妈又换新车了，我们家又添置了一处房产，外公外婆的身体都很好。

我们家的生活虽然平淡，却是无数个工人之家的缩影。他们通过自己的双手让自己的家庭慢慢富裕，也通过双手把孩子送进了校园，让下一代的孩子开始接受教育，开始让下一代的精神更加的富裕，他们也正在用自己的故事和精神去创造着每一个工人之家的独特家风。

姓名：黄婧旖
专业班级：新闻211
户籍：浙江省宁波市
现居住地：浙江省宁波市鄞州区横溪镇

二十七与二十七的奋斗岁月

欧阳苗苗

在江西的二十七年

1968年,我的妈妈在江西省丰城市铁路镇一个叫庙下的小村子出生,住在一个只有四间小房间加一个小厨房的土砖结构的老房子里,家里一共有6个孩子,她排行老二,作为家里的大姐,她从小的生活就是放牛,挑水,砍柴,下田种地,照顾弟弟妹妹,帮别人做一些农活维持家里的生计。那时家里非常穷,最小的妹妹因为没有饭吃而饿死,因为营养不良,妈妈的身高连1.5米都不到。

妈妈的文化水平不高,11岁那年才开始读一年级,读到三年级时因为外公生病家里急需用钱,加上家里劳动力不足,家里的牛也没人看顾,她就放弃读书回家放牛照顾弟弟妹妹,维持家里的正常生活。

在我们聊到彼此的学习时,她都会很骄傲地对我说她当时可是家里最聪明的小孩,老师都会经常夸她,接着又会十分惋惜自己没有继续上学,并语重心长地嘱咐我:"你要好好读书啊,到时候你就是我们整个家族里第一个大学生,以后也就不用像我和你爸现在这样整天卖苦力了。"

1995年,妈妈27岁,在这27年间她的生活都是围绕她的爸爸妈妈家,为了维持七口之家的生活而劳作。而在这一年后,她与我爸爸结婚生下我哥,她的生活是为了自己小家庭的美好而奋斗。

打工的二十七年

为了赚钱养这三口之家,1995年下半年,她跟着舅舅去福建打工,这是她第一次离开江西去外省,刚到福建的时候,她身上一穷二白,没有钱没有技术没有学历也没有地方住,只能在老乡的饭店打地铺。

"那时候我刚到福建,人生地不熟,也不怎么会讲普通话,找工作可难了,我每天都是一个人徒步几十公里去找工作,找了一个多月才找到第一个我会做的,就是进鞋厂做鞋。"

"为什么不坐公交或者骑自行车?那时候哪有什么公交车,自行车我也买不起啊,水泥路修建得也是坑坑洼洼的,一到下雨天,踩进一个水坑,半条裤子都要湿了。你们现在才好啊，种田、放牛、农活家务你们都不用做，只需要好好读书，上学还有车接送，手机电脑空调也都有，生活得有滋有味的。”

后来我爸爸也跟着她来到福建打工，找不到工作就在我舅舅工作的厂里做临时工，做一天的事得一天的钱，过着朝不保夕的日子。回忆起在福建的日子，她每每都会感慨自己，“那时候我们就像个要饭的，什么都没有，衣服破了也舍不得扔，缝缝补补好几处也勉强可以穿。”就算生活过得如此拮据，他们工作了半年也才攒了 800 元，而且在回家过年的时候，因为村里大队要修路，每家都要交钱上去，他们辛辛苦苦一年赚的钱又没了。后来，他们还是选择继续在家里种田。

直到 1999 年，村里人大多都去浙江打工，他们又跟着我舅舅到浙江省台州市温岭落脚，最开始是在石粘镇的鞋厂做鞋。

他们说当时自己住在厂里分配的附近一个小平房里，睡觉、做饭、上厕所、洗澡所有的设施都是在这个小房间里，生活条件很差，工作环境也很差。那时候的鞋厂不像现在这样，每个任务间都有专门的房子分区，那时候一到夏天厂里就变得闷热杂乱。做鞋的材料散乱地堆在每个缝纫机旁边，人一经过它们就会被踢翻在过道上，缝纫机滋滋的声音、大功率电风扇的嗡嗡声和人喊人的吵闹说话声夹杂着混成一片，比菜市场还喧闹。

2002 年父母来到路桥区峰江街道叫安溶村的地方租房，但因为我妈怀孕了，房东不让孕妇租房，他们在连续换了两处地方之后才安顿下来。

在怀我和生下我后的这两年，妈妈都没有工作，那时的我身体不好，经常生病，不断地去看医生，要花很多钱，但是家里只有我爸爸在工作，全靠我爸一个人养着我们四个人，过得十分艰难。妈妈也经常因为家里赚不到钱而一个人躲在被子里哭诉：“太难了，真的赚不到钱啊，怎么办啊？”但是第二天她又会继续打起精神来去找工作，不让家人感受到她一丁点的脆弱。

这种艰难的情况一直到 2005 年他们将我带回老家挂名给小舅抚养后才改善一点。我妈后来就跟着我小姨在一个露天工厂里做着挑拣金属的活，而我爸则是在工厂里拆解金属。那时候台州兴建这种工厂，需要大量劳动力拆卸金属货物和挑拣有用的金属，一个工厂倒闭了，他们可以换一家工厂，家里也就不存在找不到工作的问题了。

而这个工作妈妈这一做就是十多年，工资也从一天 25 元到 40 元到 120 元再涨到一天 130 元。日复一日，每天早晨 6 点天还没亮她就骑着自行车去上班，晚上 6 点伴着夕阳的余晖下班，下班之后还要负责家里做饭、洗衣服、洗碗的活，这一忙就又忙到很晚。而她每天在工厂里的任务就是挑拣混合着土渣碎石和废弃金属中的有用的材料，她们每天面对着地上各种土渣，坐在一个小板凳上，头上包着一块破旧毛巾，弯着腰，戴着手套，一挑就是一天。十几年如一日的弯腰工作让她得了腰伤的毛病，坐太久不动就会感到腰酸背痛，因为舍不得花钱，她也不曾去看过医生，只是买几片狗皮膏药贴一贴。

我曾经在夏天去过一次他们的工厂。那里环境非常差，整个工厂都是泥土混合着金属铁锈味，风一吹尘土满天飞。头顶只有一个铁皮大棚遮阳，不远处只有一个大型的强力风扇在吹着十几个人，有的人热得受不了了才会去边上吹吹风。附近出入口随时有大货车在拆卸货物，有些危险。

我妈曾经因为工厂里的一个氧气瓶爆炸被碎片击中头部受伤，虽然工厂老板负责赔了我们医药费和其余费用，但我妈心疼钱，只是休息了一个多月就继续回去上班，因此留下了后遗症，直到现在她还会时不时地头痛。现在想起这件事她也只是非常庆幸地说还好自己命大。

2007 年，我爸爸的兄弟姐妹都在老家盖了自己的新房子。因为我们家之前住的老房子厨房塌了，之后也不得不跟随他们盖新房子，东拼西凑问亲戚借钱才凑出盖新房子的钱。

在回老家过年时，看到这新房子我都会嫌弃它的构造设计有问题，不符合我的审美，我妈就会大声反驳："我们那时候什么都不懂啊，也没钱请专业的人，我看大家都是这样盖的，你还嫌弃上了？这房子还有你出的一份力呢！"我说我不记得有这回事，她就笑着跟我回忆："那时候盖房子请的都是村里人。我们房子地基在村里的最高处，当时的路还是大家踩出的泥路，车开不上来，我们啊，都是拿着扁担一筐一筐地把水泥砖头挑上来，当时你们几个小孩也都在帮忙搬砖呢。你累了我就一边用篓子背着你一边给盖房子的人做饭帮忙……新房子建完之后，虽然我们家还欠着亲戚家的债，但是日子也算穷出了盼头啊。"

2011 年，我来到浙江读书的第三年，我们家租住在一个小型工厂附近的出租房里。夏天总是断电，每到这时候，我妈妈都会睡在我旁边，摇着一把小扇子催我睡觉。那时我哥哥也来到浙江，我们家就有了三个人在打工赚钱，生活也算过得去，不仅有了自行车，有了手机，还买了电视机。

在我上初中的时候，我妈妈跟着我哥哥在包厂上班，工作时间自由，强度不大。我爸爸在一个私人老板家里打工，工资待遇比之前好了很多。我们家生活越来越好，他们也时常会用电瓶车接送我上下学。

但是因为拆迁政策，许多老房子都要拆迁不让租住，因此我妈妈每天工作之余，就是去寻找新租房，最后我们搬家到了一个两层楼的老房子里，还买了冰箱。

在我上高中时，包厂生意很好，他们的工资也随之增长，我们家里生活水平相比之前提高了不少。买了一辆小轿车，牵了网线，搬家到了一个条件更好的两层楼房，不仅有阳台、单独卫生间，还有一个可以停车的小院子。此后我们家就一直住在这个小楼房里。

今年是2022年，我的妈妈已经54岁了，到了退休的年龄，但是她依旧在跟着我哥哥工作赚钱。她人生的前27年是为了自己爸爸妈妈家的生计而劳作，到今年的后27年是为了我们这个四口之家的富裕生活而奋斗奔波。人生没有多少个27年，如今我们家的生活越来越好，我也希望今后她能在繁忙中放松下来，卸下家庭的重担，接下来的生活就交给我们来创造。

姓名：欧阳苗苗
专业班级：新闻212
户籍：江西省丰城市
现居住地：浙江省台州市路桥区峰江街道路西村

父母的创业路

吕昂泽

“我们家没什么特别的，就是普普通通、平平淡淡的小康之家。”妈妈笑着回答。但我知道，如今“平平淡淡”的背后，他们付出了巨大的艰辛，一条创业路，贯穿他们的人生。

1999 年，爸妈开始了人生第一次创业，在农村卖农药和化肥。照理来说，生意本该很好，但事与愿违，最后亏损了，不得不关店，还负债 1 万多。在当时，1 万多不是小数目，所以，他们只能打工还债。

“2003 年到 2005 年，真的是多灾多难啊。”爸妈回想起那段时光，不禁感慨道。2003 年，爸爸感到腰部疼痛难忍，本以为只是小事，但一天天过去，疼痛感越来越强烈，爸爸就去医院检查，结果发现需要做手术。这让本不富裕的家庭雪上加霜，所幸前两年做生意存了一些钱，爸爸的手术也很顺利。几个月后，见情况好转，爸爸打算外出打工，就在出发前带上家里的煤气罐去加煤气。当时他骑的是摩托车，煤气罐是用绳子和拉环固定在车后座，但因为乡村的路并不平坦，在颠簸之下，负责固定的拉环逐渐松开，等到了目的地，爸爸下车准备解绳子时，被飞起的拉环打中了眼睛，所幸伤得不深，可因为眼睛受伤，他不得不将外出打工的计划延迟。

到了 2003 年下半年，爸爸找到了一个开铲车的活儿：去上海的一个码头帮雇主卸沙子。因为之前就有开铲车的经验，所以爸爸做得得心应手，工作完成得很合老板的心意。在爸爸外出的半年里，妈妈就在家里照顾鱼塘。当时的鱼塘可以说是家里唯一的经济来源，为了防止鱼被偷，必须得有人守着，于是我和妈妈晚上就睡在鱼塘边上的小房子里，早上再起来回到家里。当时姐姐已上小学，住在外婆家里。那所小房子里没有厨房，所以我们都是吃完晚饭再过去。乡下没有路灯，妈妈就抱着我，打着手电筒，在黑夜里向鱼塘走去。在鱼塘之间有一个田坎，每次过去前，妈妈都会拿着手电绕着鱼塘转一圈，怕有些人会在角落里放鱼笼。塘边的田埂很窄，杂草很多，偶尔能听到鱼扑腾出水面的声音，年幼的我就站在屋前等妈妈回来。鱼塘旁边都是山，有很多坟墓，甚至屋子前面就有一个，但妈妈似乎并不怕，同村很多人都说她真大胆。现在回想起来，其实也没什么，所谓的牛鬼蛇神都是人们自己想象出来的。正如我妈自己说的：不做亏心事，不怕鬼叫门。

2005 年，爸妈萌生了到城市创业的想法，但当时家里经济并不景气，没有多余的钱用来开店，所以他们在村里承包了 30 亩田。庄稼长势很好，收成应是不错，但意外又再次来临。就在即将收割时，台风来了，一个晚上，30 亩田全倒了。水稻倒伏，收割机无法收割，加之时间又紧，第二天天一亮，爸妈就拿着把镰刀出了门，两个人割完了 30 亩地，妈妈就是在那时落下了病根。或许是天公作美，收割那天是晴空万里。

因为水稻都倒伏了，实际收获很少，所以为了能开店，爸妈出去打工赚钱。一直到 2009 年，我们家翻开了新篇章。

2009 年，我们从农村搬到了城市，并在武义开了一间移门店，这是爸妈第二次创业。因为我们家做的是门业，需要不断补充样品门供顾客挑选，所以爸爸留在永康，不断将新的样品门送到武义的店里，而妈妈去武义看店。但异乡人在人生地不熟的地方开店诸多不利，最后亏了。其中缘由，妈妈只是很平淡地说："因为武义人不相信永康人。顾客是有，但都只是看看。隔着一家店，有相同的产品，就算你便宜卖他，他也会选择到武义人那里买。"

在武义创业受挫后，妈妈就回到永康，继续开店，这是他们第三次创业，开的依旧是移门店。所幸的是，在后来几年，生意逐渐好转，照妈妈的话说，那是生意最好的几年。

但生活不可能一帆风顺，永康作为五金之都，移门业者众多，竞争激烈。2015 年，许多新兴产业崛起，生意逐渐难做，而家里又有两个孩子要抚养，所以，爸妈把目光转向了农村。"我们这也算重回老本行了。"妈妈笑着说。生意不景气，所以爸妈决定用空余时间回乡下种田，就在我外婆家廊下村和我老家油麻山承包了 300 亩田。当时正在放暑假，所以也有机会体会了农民的生活。最开始要插秧，爸爸在 2003 年时腰部动过手术，而妈妈在 2005 年抢收稻子时背部也落下了病根，所以他们都不能长久地弯腰。因为要种 300 亩田，他们就雇了几名工人来插秧。而我也下到田里，正值夏天，最酷热难耐的时候，每个人都戴着草帽，大人们做活整齐划一，而我显得格格不入，手足无措。

接下来就是施肥和杀虫，这里我记忆最是深刻。为了方便施肥，爸爸买了一辆三轮车，上面装着一个大桶，里面倒入配兑好的农药，旁边的管子连着发动机。他负责将三轮车开到田边，然后背起喷药器除草杀虫，妈妈负责拉着管子走到田里施肥，确保每一亩田都尽量均匀。因为是夏天，又是在傍晚，田里蚊虫多，有些地方又很泥泞，很难行走。我负责管发动机的开关，坐在车上，看着夕阳发呆。很多时候，因为坐在发动机旁边，轰鸣声盖过了妈妈的声音，她叫我把发动机关了，但我听不到，她不得不从田里走出来自己关发动机。300 亩田，我们三个人就这样一亩接一亩地换，一亩接一亩地洒，每次干完活儿，那才是真正的汗如雨下。特别是爸爸，因为要背着喷药器，很多时候一背就是一下午，他的肩膀上就有了两道很明显的勒痕。

最后是收割和烘谷，因为当时廊下村的土地很分散，而且土地肥力也不足，加之那一年天气比往年都热，很多稻子都晒死了，有些地方收割机不能下去，只能人工收割。那段时光我也经历过，我印象中最快乐的就是，爸妈将收好的稻谷打包好，我开着三轮车将这些稻谷运回仓库。乡下道路没什么车，我就带着一车谷子，马力开到最大，享受着疾驰的快感。最有意思的一次，爸妈将稻谷都搬上了车，我坐上车，动力直接开到最大，但车却没有飞奔而出，我很疑惑，结果发现，手刹没放……爸妈下午四五点从城里回到乡下，开始收割稻子。除了一部分地方无法用收割机外，其他地方都用收割机，所以效率很高。但一个下午加晚上的劳作，爸妈的手难免有地方被割破。稻子收割回来之后必须烘干，烘干机必须保持一定的温度，所以每个晚上都必须有人守着。爸妈就这样轮流守着，在炉子旁一坐就是一个晚上。我偶尔也坐在旁边烤几个地瓜，听着机器的轰鸣，吃着地瓜。

“这么多稻谷，都是拿来卖吗?”妈妈回答道:“一部分自己留下吃，其他的拿来卖。那年收成不好，很多水稻都晒死了，还好政府有补贴，也还是赚了一点的。”所以，现在我外婆家的仓库里，还堆着一袋袋谷子，这些陈谷，吃起来也别有一番香味。

2020年，新冠疫情暴发。生意本来就很惨淡，加上疫情的冲击，更是雪上加霜。那一年，爸妈也想过转行，去做早餐餐饮行业，但在疫情的影响下，他们打消了这个念头。房租一年接一年地涨，店面前本是车水马龙，因为疫情显得空寂，最常见的长途火车也少了很多。看着开了6年的店面，虽然不舍，但还是将它转让了。“房租一年比一年高，现在生意这么难做，你和你姐还要读书，新房子还要装修，负担太大了，如果继续这样下去，一年的收入，都进了房东的口袋。”妈妈无奈地说。

在一年后，店面到期，爸妈搬离了经营6年的店面，找了一个房租低的仓库，重新将样品门组装，一切都继续有条不紊地进行着，只是地方变了，人并没变。2022年，新房子装修好了，我们终是搬离了生活6年的西城街道。

到现在，我考上了大学，姐姐参加了工作，爸妈经营着自己的店面，或者说不是店面，只是一座仓库，顾客基本都是回头客，一切都是在向着美好发展。从1999年开始，到现在2022年，24年的时光，爸妈一路摸爬滚打，先后创业三次。“我们当时就是有钱了就去创业开店，亏了就打工。钱攒够了，继续创业。”爸妈笑着说，“做生意肯定有赚有赔，失败的时候，大不了重新再来一次，又没什么。”或许，正是这样的信念，支持他们完成着自己的创业路。

姓名：吕昂泽
专业班级：新闻212
户籍：浙江省金华市
现居住地：浙江省金华市永康市西城街道楼塘村

父亲的裁缝店

吴　昕

仙居县，隶属于浙江省台州市，地处浙江东南、台州市西部。仙居是历史文化悠久、人杰地灵的千年古城，有“八山一水一分田”之说。我的父亲出生于此，他的故事也由此开始。

对于“贪玩”这两个字，我的父亲可太有体会了。

父亲跟我说，他小时候学习还是不错的，只是后面太过于贪玩，成绩逐渐下降，等到真正要开始考虑职业选择时，背后的难题便渐渐显现，他的懊悔也渐渐深刻，但该面对的还是得面对。父亲上学那会儿，村里有搞生产队，他看农民们每天干农活又苦又累太辛苦了，所以坚决不选择在农村务农这条路。另一方面也是因为对于技艺学习方面非常感兴趣，他便选择了去学一门手艺。很幸运的是爷爷奶奶对于他的想法没有施以过多的阻碍，于是不久后父亲就去了台州黄岩一个当时叫“十里铺”的地方学习有关裁缝的技艺。

因为经历过贪玩带来的后果，父亲在黄岩这段时间学习得特别认真，进步也就非常快。甚至在闲暇时刻，还会揽下别人的请求，帮他们写写作业，换来的是同学们炎炎夏季一根解暑的棒冰，“以及自己技术提高的机会。多做了一次题目也算自己多温习了一遍嘛。”父亲嬉笑着给我讲。大概学习了三个月后，因为明白了理论和实践总是有出入，学来的东西总归要落到实践，才能融会贯通，真正受用，父亲做出了决定——他准备出去实习。恰好父亲的小阿姨有朋友在苏州那边经商，苏州那边怎么说条件也很不错，于是介绍并建议他也可以去那边试一试。父亲当时年轻气盛，很想出去闯荡闯荡，看一看更大的世界，感受一下别的地方的风土人情，于是毅然离开了黄岩，离开了仙居，离开了家乡，于 1990 年独自起身去到了江苏苏州市的吴江区，那会儿他还只有 21 岁。

父亲在苏州的一个小镇子里开了第一家自己的小店。他的店铺前铺有一道窄窄的石子小路，再往前便是一条宽阔的、翠色的小河流过，四周矮脚楼房的硬朗被这波潺潺的碧玉流水中和，呈现出刚柔兼济的模样。连接河道两岸的是一拱弯弯的石桥，偶有小木船缓缓驶来，穿梭于拱桥之间，宁静而祥和。那里显然是一副典型的苏州古镇的模样，“鱼米之乡”的称呼绝不是浪得虚名，江南古镇的美丽也绝对不止于此。父亲的裁缝小店、门口的石子小路、门前的翠色小河以及弯弯小桥，再来几簇雨季的丝绵雨水……一切都是那么的祥和美好，父亲的第一家小店就开在这样美丽的地方。

父亲称自己运气很好，一去那边不久后就碰见了一位小有名气的老师傅。老师傅来自上海，和父亲年龄差有整整 49 岁，无论是裁缝的技术，还是涉世处世之道，水平都比父亲高出许多。虽然年龄差距这么大，但是在工作方面，他们交流起来非常同频，毫无代沟。父亲的店开在距离老师傅比较远的地方，说是江湖规矩，不可以和自己的师傅抢饭碗。而即便如此，他们依旧经常相互走访，探讨一些职业感悟之类的话题，久而久之便成为好朋友。再多交流后，父亲决定回炉再造，跟老师傅好好学习一番。老师傅毕竟是老师傅，手艺有多精细那不是一两句话可以言尽。父亲拜师学艺，边工作边精修自己的裁缝技艺。他总会给我讲老师傅曾经对他告诫过的内容，老师傅曾告诉他在夜晚睡觉前，可以像放电影一般在脑海中再过一遍今天学习的内容，这样记得会更牢固一些；与顾客沟通时要讲究沟通技巧，绝不可随便给下承诺而不去履行；在给顾客做衣服时，一定要像给自己做衣服一样认真，绝不可有半点马虎，顾客满意了，自己的名气也就能做出来了。时间过去，父亲的手艺日渐提高，老师傅年龄也逐渐增长。因为老师傅年纪实在太大，他女儿放心不下，后面坚持将老师傅接回了上海生活，从此父亲也就和他失去了联系。没有任何的联系方式，只剩下他们之间相处过的回忆和爸爸那一手无形的技艺。

1995 年，父亲认识了妈妈，他们结婚了。因为妈妈不想离开家乡，不想去到离家太远的苏州，于是父亲就回到仙居开了店。那家店开在一家医院不远处，我就在那家医院出生。父亲告诉我，也许是因为熟悉了的原因，当时医院医生的服装也找他定做，现在听来觉得有趣。2008 年，我只有 5 岁，依稀记得在那个炎炎夏季的晚上，父亲把电视机从店里搬出来，在店门口摆上几张椅子，大家伙包括隔壁一个开服装店的阿姨一起坐在父亲的店门口，而我就坐在妈妈怀里，看着电视机里播放的北京奥运会。在第二天，隔壁服装店的阿姨让我选了一个奥运会吉祥物款式的布料，给我做了一个小枕头。这样充满回忆的小店铺，我们最后还是离开了它，似乎是因为嫌店面太小，父亲在不远处更大的地方新开了一家店。

新店环境空间更大也就更便利了。关于夏天，我的印象总是很深刻。有一次因为特殊原因，我和爸爸决定在店里凑合着睡一晚，那时的夏天非常的炎热也非常的闷，空调也刚好坏掉了，我和父亲翻来覆去了好久才终于睡着。不过还是逃不过被热醒的命运，醒来发现父亲早已不在旁边，四周黑漆漆的环境让我感到有点害怕，于是起身四处寻找，结果发现他正悠闲地躺着躺椅，在店门口睡觉呢。外面非常凉快，此时天还是漆黑的，我也跑到店里拿上手电筒和椅子，学样躺在外边。父亲听到了我搬椅子的动静，睁开眼，看了下手机，扭头跟我说："外面凉快吧。一会儿太阳估计也要升起来了。”听到他这句话,好奇的我决定躺着等太阳升起来。于是我们父女俩,一老一小共同等着日出。只见夜色渐渐明亮,太阳光一丝一缕慢慢将黑色的夜空占据,呈现出好看的渐变色。对面不远处的早餐店也开了门,蒸笼冒出的白色雾气腾空直上,与那渐变色的天空对撞。道路上的行人渐渐变多,偶有几个老大妈老大爷骑着自行车缓缓驶过。太阳光渐渐明显,照射着小店的地面,照射着小店的布匹,照射在小店的墙面上。

小时候我的许多衣服都是父亲制作的,我跑到布匹前,挑选一个喜欢的布料,他就给我做各种各样的小连衣裙、小短裤、小短袖衫。那一针一线都是父亲多年裁缝技术的实体表现,也是浓浓的父爱。

现在父亲依旧经营着自己的店面,由于技术、手艺上的精湛,他总是能够吸引各个地方的顾客前来定制服装,父亲非常有成就感,毕竟这是大家对他手艺的肯定,他总是骄傲、得意扬扬地告诉我自己经营得小有名气。不过,少时贪玩带来的后果以及懊恼一直存在于父亲的脑海里,并没有因为时间的流逝而消退。他总觉得自己的手艺永远是比不上高知识高文化,正是因为有了那些高水平人才,我们国家的发展才如此之快,互联网的诞生与发展带来的利好我们将终身受益。父亲说他以前拉货总是要大半夜线下自己跑去拿,非常的辛苦烦琐,现在可以使用互联网,足不出户便可以在网上订购下来,随后布匹通过快递邮寄到指定的地址,非常的方便与快捷。如果布料质量哪里有问题,还可以立马申请七天无理由退换货,使得经营风险进一步缩小。不仅如此,互联网的出现与发展在一定程度上打破了地域距离以及信息的封闭性,现在通过互联网可以很容易地面向全国,父亲能够接收到来自全国各地顾客的购买需求。而且,通过微信视频实现实时交互,可以很方便地与顾客沟通款式、面料、颜色等要求,衣物成品做好直接寄过去也非常的便利。开在苏州的第一家店那样的凹凸曲折石子小路早已是过去式,现在的道路都修成了宽阔的大马路,霓虹灯闪烁更是添上几分别样的美。

父亲总带着感激的语气跟我说科技的日益发展与祖国的繁荣富强,在祖国日益强大的发展之下,父亲的小店也开得风生水起。现在我们一家人生活过得非常稳定,幸福感持续增强,父亲就这样经营着自己的小店,经营着一家人的小日子。

姓名:吴昕
专业班级:新闻212
户籍:浙江省台州市
现居住地:浙江省台州市仙居县官路镇后里吴村

父亲的光辉岁月

徐艺倍

父亲的老家是安徽省铜陵市郊区老洲镇，他在安徽老家上高中时家里穷，生活条件也差，吃不饱饭，没有心情上学，厌学，所以不想上学了。但因为我爷爷奶奶觉得上学才有出息，有出头之路，逼迫他上学，父亲无奈想到一个不用上学的方法，于是想要逃跑。当时害怕逃跑到周围的省容易被抓回去，想去西藏呢海拔又太高，而且老家比较穷，他想要赚钱，听说新疆好赚钱，所以我的父亲萌生了一个想法，决定前往新疆。

1982 年 17 岁的他带着 48 块钱，独自一人坐上火车前往新疆。一切都是未知的，心中出现无数的想法，虽然中途有想过要回家，但是没有办法，身无余钱，所以只有继续前往新疆。当时通往新疆的火车只有到达吐鲁番的，但父亲并不知道，下火车时才知道这是吐鲁番，但他想要去的是乌鲁木齐，身无分文的他只能徒步前往乌鲁木齐。他第一眼看到的新疆是荒凉的沙漠和戈壁，感受到的是空气干燥、缺水，这与南方的绿树成荫、空气潮湿、多水形成对比。巨大的环境差异，导致他非常的不适应，还流鼻血。但是现实很残酷，没有办法，父亲也不可能回到安徽，所以只有慢慢适应新疆的环境，既来之则安之。父亲刚到乌鲁木齐时身上没有钱，就在沙依巴克区要饭，睡桥洞，吃别人剩下的饭，勉强维持着生命，日子过得很苦，只能咬牙坚持。父亲觉得自己四肢健全，不应该就这样过下去，该找点活干谋生。机缘巧合下，遇到一个裁缝，父亲就拜师学艺，打工养活自己。当时打工是没有工资的，只管一天三顿饭，父亲当时的想法是只要不饿死就行，而且心里有一股韧劲，努力干活，就这样干了三年，积累了些经验。出师后，在乌鲁木齐红旗路百货商场，他在两个摊位上打工做事，还要扛 60 公斤左右的麻袋大包，就和我们在电视上看到的扛麻袋的一样，十分辛苦。后来赚到一些钱，再加上自己也有手艺，给别人打工也是打工，还不如自己搞，可以挣更多的钱，于是父亲在大西门裁布料，在小西门租摊位搞衣服加工进行批发。生意不错，一步步下来，赚到一些钱，这也是父亲赚到的第一桶金，他当时的心情无比激动。父亲总共在乌鲁木齐生活了 17 年。在他来新疆的 12 年里从来没有和我的爷爷、奶奶联系过，父亲十分要强，觉得他必须在新疆出人头地赚到钱才能联系他们。我的爷爷、奶奶都以为我的父亲人间蒸发了，非常的难受，其间我的父亲只和我的亲姑姑写过信,报过平安,但我的爷爷、奶奶从来都不知道。

随着生意的扩大,1999 年我父亲去往阿克苏参加展销会。机缘巧合,1999 年 8 月遇到我的妈妈,我妈妈是阿克苏本地人,在塔城上大学 2 年级,假期回阿克苏打工赚钱,碰巧给参加展销会的父亲打工,两人一见钟情,坠入爱河,当时父亲 34 岁,妈妈 19 岁,虽然有年龄上的差距,但是依然抵挡不住爱情的降临。妈妈假期结束回到塔城上学,但他们的故事并没有结束。几个月后,父亲也前往塔城继续他的事业。2001 年妈妈大学毕业,本想留在塔城在校任职或者继续求学,但最终因为爱的力量,选择和父亲回阿克苏创业。父母最终定居阿克苏。父母恋爱三年,父亲是妈妈的初恋。我姥姥、姥爷是不同意这门婚事的,他们年龄差距太大了,而且父亲之前有过一次婚姻,所以姥姥、姥爷百般阻挠,劝说妈妈,争吵无数,但父亲拿出行动,证明可以给妈妈幸福,感动了姥姥、姥爷,他们也拗不过妈妈,于是 2001 年父母在阿克苏结婚了。他们继续从事服装行业,生活持续好转。2002 年妈妈怀上我,父亲按捺不住终于要当父亲的喜悦,他细心地照顾着妈妈。十月怀胎,终于瓜熟蒂落,2003 年 3 月 25 日,我降临到这个世界上,父亲无比开心。我是父亲的掌上明珠,我的到来让他多了一份父亲的责任,肩上的担子又重了许多。父亲把他绝大部分的爱都给了我,我就是他心中的第一位。他为我操劳了许多,我没怎么让他省心过。尽管我做过一些过分的事,但他仍然包容着我。他把我爱护得很好。我能有今天的见识和三观,都要谢谢父亲,是他教我一直正确地走下去。我在家还经常和他拌嘴,他虽然很生气,但他已经习惯了。现在我上大学走了,没人和他斗嘴,他还不习惯了。他真的很爱我。他和妈妈结婚这么多年,虽然有过争吵,有过分歧,但他依然爱着妈妈,他们俩现在谁都离不开谁。

2004 年巧合之下认识了一位石河子的朋友想开连锁饭店,父亲选择转行加盟“包不同辣子鸡”饭店,毕竟“民以食为天”。父亲每天早上 7 点起来买菜,一直工作到晚上,生意非常火爆,赚到了一些钱。最有趣的是,有几次厨师闹小脾气,父亲便临时去炒菜,没想到老顾客根本没吃出来不一样,可见父亲手艺有多高,炒菜有多好吃。只要是父亲炒的菜,我都能多吃两碗饭,我天天吵着要吃父亲炒的菜,搞得我姥姥都吃醋了,要和父亲学做菜。我父亲最拿手的是糖醋排骨,就算姥姥学了以后,用一样的配料,都炒不出父亲做出的味道。后来因为禽流感,鸡肉不能吃,而我们家饭店是清真的,以大盘鸡为主,无可奈何,便关了门。2005 年,我家积累了许多创业经验,想着我国是农业大国,对农业需求量大,在阿克苏这个地方农资行业只处于刚开始阶段,还没有饱和,于是具有远瞻性地创办了“心连心农资有限责任公司”。我的父亲跨行业从技术小白到总经理,在这个行业里摸索,摸爬滚打许多年,服务“三农”,干得越来越好,小有名气。他也苍老了许多，付出许多汗水。由于经常下乡给农民做技术指导，新疆的太阳十分毒辣，本来白净的父亲也晒黑了，胳膊上两级色差十分明显。2012 年我的父亲在袁隆平院士办公室里与袁隆平院士合影、聊天，这是每个农资人梦寐以求的，也足以证明父亲的努力。在父亲的带领下，公司经营状况良好，到现在已经营 17 年了。同时期当地的一些农资公司倒闭、转卖，而我们家农资公司一直带来收益，父母还打算把它做成百年企业。这 17 年里父亲付出了许多的汗水和辛劳，他和母亲一起携手将公司做得越来越好，我们的生活水平也越来越好，走向小康。

父亲在新疆生活了 40 年，算是地地道道的新疆人了，他见证了新疆的巨大变化，以前新疆最高的楼就是首府乌鲁木齐的八楼，今天的新疆遍地都是高楼。今天的新疆绿树成荫，冬暖夏凉，道路宽敞；今天的新疆经济快速发展，家家走向小康生活。随着新疆生活幸福指数提高，父亲现在觉得在新疆生活很幸福，让他回内地他都不愿意。他说内地旅旅游就够了，新疆要什么都有。他将南北方气质结合起来，身上既有南方人的情调和精致，也有北方汉子的豪爽和野性。

父亲经历过失败，也迎来了成功，一路吃过许多苦，经历坎坷，从身无分文到我们家今天的小康生活，都是靠他的双手去奋斗出来的。他当好了好领导、好老公、好父亲的角色，他是我的榜样，值得我去学习，同时他也向我们展示了他当时选择来新疆是正确的。

姓名：徐艺倍

专业班级：新闻 211

户籍：浙江省宁波市

现居住地：新疆维吾尔自治区阿克苏地区阿克苏市兰干街道

父亲的旅途

冯龄萱

“人就是要多出去见见世面，看不同的风景，体验各种事情。”疫情好转之后，爸爸就在家中兴致勃勃地谈论起了出游计划，虽然只是去周边小地方游玩，但他还是事无巨细地规划路线、计划行程，当问起爸爸为什么这么喜欢出去旅游时我便得到了这样的答复。

当我回想自己过往的19年，的确都充满了坐在各种出行工具上的记忆，汽车、火车、轮船、高铁、飞机，通向不同的目的地。

这次的出行爸爸选择了自驾，他觉得疫情防控期间还是自驾游相对安全。我坐在后座为了不晕车而望向窗外，视野内是青绿夹杂着斑斓闪过随后淹没于黑，短暂的黑暗之后汽车驶出了山洞，重新映入眼帘的上行坡透着熟悉，与记忆中那相似的场景重合。

2000年爸爸从温州跑到无锡创业，一待就是10年，中途回到温州和妈妈结婚，而2003年出生的我最熟悉的道路就是温州无锡之间往返的路线。

爸爸出生于1976年浙江省温州市龙湾区沧河村，作为家中的第一个男孩从小就被宠着，在父母都是农民的家庭里没干过一件农活，但他并没有溺在宠爱里，凭着优良的成绩一直读到了高中。爸爸最后还是选择不读大学出去创业，他觉得读完大学毕业找工作要托关系麻烦得很，还不如自己创业给自己打工。但他也明白创业需要基础，于是爸爸通过招聘进入一家当时在全国不锈钢行业有名的公司“丰业集团”，开始了他的工作生涯。

创业缺不了交际，当时身为员工的爸爸就已经展现出了过人的交际能力。丰业集团在当时与被称为“天下第一村”的华西村有商业合作，然而当时两者的合作并不算顺利，公司有很多交易款没能拿回，这份合作转手交给爸爸负责后，不但拿到了回款，还拿到了一大笔订单以及很多预付款。爸爸和华西村老板的关系打得很好，甚至要比公司老板和华西村老板的关系更好，从此以后基本每年我们一家人都会被邀请去华西村做客游玩，我至今都记得当时迈进华西增地空中新农村大楼时的震撼感。爸爸被老板重用，决定派他去开分公司。

想要创业就得去有市场在的地方，作为具有当时全国最大的不锈钢市场并且距离温州也不算太远的无锡成了爸爸的第一选择。分公司的建设除了租店铺的钱以外大部分款目都由总公司支付，而爸爸因为在温州工作时就已经有了人脉，开业第一天就有很多客户来捧场，订单很多，刚到无锡一次性交了好几年的租金在开业第一天就全部赚回来了。

2004 年华西村办了炼钢厂，华西村老板找爸爸去做技术指导。在持续兼任两年的技术指导工作后，爸爸已经打下了坚实的人际基础和经济基础，自立门户的想法也就此产生，于是在 2006 年脱离原公司独立创业。原先公司是销售成品，在自立门户之后他想着自产自销形成小小产业链，于是在温州开了拉管厂主攻生产。

至此爸爸的第一次创业可以说是一帆风顺，但行驶在海上的帆船总会遇到风浪，再平缓的道路也会有石子，爸爸在自立门户没多久之后就跌入了游戏的沼泽。2001 年由盛大网络旗下代理的网游《传奇》仅用一年的时间达到同时在线人数超过 50 万的成绩，成为当时世界规模最大的网络游戏，爸爸也不例外成为 50 万用户之一并且沉迷其中，一陷就是 5 年。在被网游荒废的第二年，我出生了，发着蓝光的黑框，无数特效混乱的画面，戴着眼镜蹲在电脑前紧盯屏幕的爸爸占据了年幼的我大部分的记忆。

然后是弟弟的出生。2010 年他看着 5 岁大的弟弟和 7 岁大的我终于从网瘾中清醒，意识到属于他的沉甸甸的家庭责任，就此卸载了网游，停止了对时间和金钱的浪费。

在荒废工作的这 5 年里，公司的一切全权交给了销售员小王处理，爸爸已经完全同市场脱节，拉管厂因为没空经营而关厂，客户资源也基本掌握在了小王手中，而有了客源基础的小王和当年的爸爸一样已经打算自立门户。小王原先是丰业集团车间的一个工人，爸爸觉得他老实能干很有前途，所以把他带出来一起创业。如果爸爸继续在无锡发展难免会出现两人竞争市场的局面，他不愿意把两人的关系搞僵，于是决定回温州开启第二次创业之旅。他在 2010 年开年就已经提前找好厂房，待厂房一定下便即刻回温。

这次创业为了避免同熟人竞争从本来的贸易转向了生产，重新开了拉管厂，这样一来原本做贸易的熟人就可以来找他做生产，不会出现无基础客源的情况。不过这次就没有第一次那么顺利了，由于之前 5 年的荒废导致很多人脉已经疏远，对市场也没那么熟悉了，但好在那 5 年他身为老板还是有钱进账，在资金方面没有太大问题，所以刚回温州时爸爸做得最多的事情就是一有空就打电话联系以前的客户朋友，每年都去无锡好几趟了解市场，一次要去无锡前我开玩笑和爸爸说我想吃以前无锡家附近美食广场里卖的章鱼烧，于是在晚上我拿到了爸爸带回来的一大盒整整 50 个章鱼烧，虽然已经坨成一大块，但我还是吃得很满足。

2013 年爸爸身边的朋友做外贸颇有成果,他观察发现外贸势头不错,于是打算也着手做外贸,一方面是他本就有做贸易的经验,另一方面是做外贸能够避免和小王在国内贸易市场产生竞争。外贸公司就此建立,并且确实如同爸爸预期的一样获得了不错的成绩,做到了当地龙头企业的位置。爸爸创业总带着亲戚一起,在无锡时是舅舅一家,在外贸公司里是二姨。二姨拉着我看电脑满屏的英文问我认不认识,我当然是摇摇头然后逃走。后来有印度客户来访,爸爸领着十几岁的我一起去会客吃饭。我在饭桌上攥着衣角强装大方地用英语同对方打招呼,不过由于对方英语口音独特所以我也没能听懂几句话,最后只是全程拘谨地坐在一旁听着双方的翻译交流生意合作,饭也没吃几口。回去的路上爸爸和我说胆子要大些,我只是笑着说那我可能不适合这行。

由于 2016 年新兴市场国家的经济明显减速等原因,外贸需求变得低迷,另外人民币兑美元汇率在近两年来贬值了约一成也拉低了按美元换算的贸易额,因此中国对外货物贸易在 2016 年下滑,爸爸发现外贸势头明显下降加之员工难找而且利润不高,于是马上停手不再做外贸。同年为贯彻“绿水青山就是金山银山”这一理念,地方政府要求生产类厂房必须全部外迁至福建或松阳周边。爸爸考虑到我和弟弟年纪已经不小,想在温州稳定发展而不是跑到外地再每年经受舟车劳顿,于是索性关厂,第二次创业就如此突然地结束了。

汽车在红灯前停下,后来的一辆车并排停在了我们边上,车窗摇下,坐在车内的人和爸妈打招呼闲聊起来,后座的小孩扒着窗叫喊着把坐在我身旁浅眠的弟弟叫醒要他去他们的车里坐一起玩。我们两家关系要好得很,经常一同出行,连新房子都要买成上下层的邻居,而坐在驾驶座的人就是爸爸现在公司的合伙人。

2016 年那位叔叔打算转做贸易正在找合伙人,和正打算关厂在考虑下一步动作的爸爸一拍即合,一起做起了回收原料贸易,这便开启了爸爸的第三次创业。这次创业有了人脉以及经验的铺垫进行得十分顺利。在爸爸几次创业的这几年,2003 年成立的青山控股集团以极强发展势头崛起,现在已经成为世界 500 强企业。而青山控股集团的董事长项光达的两个儿子和爸爸一同长大,因此公司在成立的第一年就为青山控股集团供货,后来在 2018 年为了保持生意稳定直接合并到了青山控股集团旗下作为子公司继续运营直至现在。

坐在副驾的爸爸又接起了电话。印象中如果是一家人出门基本上都是妈妈开车,因为爸爸总有接不完的电话谈不完的事情。当铃声终于消停了会儿,他又说起更远的旅行计划,想要等疫情结束之后带我们补上越南之行。2020 年初的出国游被疫情阻止,爸爸对于不能自由地出游这件事耿耿于怀。虽然他总有忙不完的生意,但每年也总要抽空和一家人旅游,在丰田越野车上颠簸一整天,在火车卧铺睡到凌晨下车，在轮船上犯晕，在高铁上打游戏，在飞机上扒窗穿梭云层；到60公里外的洞头玩水，到500公里外的厦门看海，到2000公里外的菲律宾潜水。爸爸创业之途已经走得稳定，而我们一家人的旅途还有无数的目的地。

姓名：冯龄萱
专业班级：新闻212
户籍：浙江省温州市
现居住地：浙江省温州市鹿城区滨江街道

父亲的面包车

葛馨怡

周五，父亲开着车来接我放学，在回家的路上，我们正聊着天，父亲像平常一样和我聊天。他问我，坐之前的面包车和现在的小轿车有什么区别，我望向窗外开始思考……现在我们的生活逐渐好起来，父亲便把之前的面包车卖了，买了一辆新的小轿车。

记得那天我们在楼上聊天，我踮起脚，从阳台望向窗外，父亲告诉我，那是他的车，只看见一辆银色的面包车停在楼下，格外耀眼。在我的成长过程中，我的脑海里都忘不掉那辆车，每周父亲接送我的任务都是由它执行的。而我们的故事也是从面包车开始的。

1971 年 10 月 7 日，父亲出生于浙江省杭州市富阳区东洲街道学校沙村，他是家里的长子，家中还有一个姐姐和一个弟弟。父亲小时候家境还算不错，家里是做豆腐的，曾被评为“五好家庭”。家里有三个叔叔和两个姑姑。我爷爷是家里的老大。改革开放之后，三爷当兵去了，小爷开始送报，而我的爷爷则是承包鱼塘，干着辛苦的农活。因为自己的小叔叔是送报的，父亲每次都会帮忙把当天的报纸送到学校，这样他从一年级就开始看报读报，增长了很多知识，小时候成绩也还算不错，甚至高中还考上了富阳中学，那可是当时整个区最好的高中。后来因为高中不努力，成绩平平，没有考上大学，即使复读了一年，也还是失败了。父亲因为是家里唯一会读书的人，便有了一种骨子里的清高。

因为没考上大学，父亲便考驾驶证，出来开出租车。

2002 年，他去永康做生意。可是遇到 2003 年“非典”，生意不景气，就又选择回家。

2005 年他去新沙岛搞房地产，成绩也一般。

2009 年，父亲想自己当老板，不想去打工上班。去永康做生意的时候，就有朋友说有认识的人卖机器。没有什么理由也没有分析过市场，当时也没什么钱，为了节约，父亲便在家前面的围墙内弄起了一个小作坊。作坊里面有两三台主要的机器，非常简陋。父亲说如果要办厂就要批营业执照，可是那标准是起码得有 600 平方米空间，而当时只有 100 平方米，所以这只能算个小作坊。父亲主要是做印刷纸板和装订纸箱的工作，原材料还需要向龙门纸板厂进。父亲一开始的固定客户是自己弟弟所在的公司，虽然有一定的收入来源，但是也只有每月一两千，根本不够支撑生活。于是父亲想着去拉点客户，他选择了当时的富生公司。富生公司在我们那边非常有名，父亲送过七八次自己做的纸箱，可是每次都是品质部的人接待他，说是质量不行，次次碰壁。其实也是因为人家大公司有了固定的合作伙伴，如果父亲想要和富生公司合作，就必须有两个优势，一个是价格优势，必须把价格开得很低，可是父亲本身就是个小作坊，也赚不了很多钱。第二个是质量优势，可是一个小作坊怎么可能和专业大工厂相比。所以父亲失败了。后来，也零零散散拉过一些客户，给中建地板厂送过一次纸箱，失败了。又去杭州微光电子设备有限公司，送了一次也被回绝。即使希望渺茫，父亲也想试一试。

为了节约钱，父亲决定自己买一辆面包车，方便装货运货。有时候如果客户只想要少量的纸箱，父亲便自己运送，这样也节约了人工费。2009 年 10 月 11 日，父亲选了这个他认为好的日子，贷款两万元买下了面包车，剩余的费用是分期付款。这是他人生第一辆属于自己的车，父亲的喜悦写在脸上。父亲每次送货都会把后面的座椅拆了，这样节省空间。父亲说大的纸板箱可以装 250 只左右，小的可以装 400 到 500 只。每次父亲一个人开着面包车，从富阳开到临安，差不多一个多小时的车程。

小时候，我经常和姐姐躺在后面的座凳上。因为姐姐比我高，前面短的座凳归我，后面长的座凳归姐姐，每次我们都会躺在那儿安静地进入梦乡，等到醒来后也就到家了。还记得每次我因为后面太颠簸而迷迷糊糊睁眼看见父亲正坐在驾驶座开车的画面，看到父亲的背影让我觉得很安心。父亲有时候因为要送货而把座位拆掉，我们都会一屁股坐在地上，虽然经常摇摇晃晃，可我却也乐在其中。

在 2013 年之前，父亲的小作坊因为有固定的客户，有时还有别的小生意做做，员工也只有一两个，还都是家里的亲戚过来做的，整体还算不错。可是小作坊终归是小作坊，纸板箱的原材料越来越贵，意味着父亲进货的价格越来越高，而当时纸箱厂越来越多，各个厂之间的竞争也越来越激烈，大家都在打价格战。父亲原本就只是赚一点小钱，根本比不过大厂，生意也可能这两天做了非常忙，接连着十天半个月又没了动静。市场总是物竞天择，适者生存。2013 年，父亲的生意就有点惨淡下去了。

可是 2013 年，我们家却发生了一件非常大的事：爷爷被查出肺癌。那一天，爷爷正在干活，突然发现自己没有力气，怎么也使不上力，可是他清楚地知道虽然自己老了，但是不应该完全没有力气啊。第二天，爷爷觉得不放心，就假装去外面工作，其实是瞒着所有人自己偷偷去医院检查。当时爷爷因为没有手机，但是又需要给医生留下电话方便告知检查结果，爷爷便填写了小爸爸的电话。诊断报告出来之后，医生第二天就打电话给小爸爸，说："你父亲的病情非常严重，已处于肺癌晚期。"当晚，全家就召开家庭会议，爷爷坐在沙发上，垂着头，心里满是愧疚，他害怕自己拖累大家。当时父亲下定决心，花再多的钱也要治好爷爷的病。那天晚上，父亲躺在床上，一直睡不着，他的内心非常沉重。他问自己：为什么突然就查出是肺癌晚期？又为什么之前一点也没有在意过一些前期的征兆？自己的父亲瞒着所有人去医院检查查出肺癌，又一直闷闷不乐，怕连累大家，他的内心更多的是自责和无助，可是又必须在大家面前表现得很镇定，因为他是家里的长子。第二天，爸爸、小爸爸、姑父就带着爷爷去了杭州的邵逸夫医院，父亲还记得当时的情景，他们给邵逸夫医院的医生看了爷爷前一天在富阳人民医院做检查的报告。当时那个主治医生看了很久，没有说话，他放下诊断报告，摘下眼镜看着父亲，说："可以带你父亲先出去测一个血压，让我看看情况。"父亲就带着爷爷先去外面量血压，其实医生是为了支开爷爷，医生的回答和那天电话里医生的回答一样，爷爷已经处于肺癌晚期。小爸爸走出医院，打电话告诉姑婆（爷爷的妹妹）这个消息。小爸爸已经有点支支吾吾说不出话了。而父亲却在这时候变得冷静，他一把接过了电话，告诉他们不要怕。他的这句话给了所有人定心丸。

后来，他们让爷爷住在邵逸夫医院，由奶奶照顾。每天需要花大量的费用，父亲和小爸爸两个人一开始用自己的积蓄还可以应付一阵子。马上要春节了，大家决定把爷爷接回家过年，让爷爷开心一点。过完年后，又送他去杭州半山的浙江肿瘤医院。当时每周父亲和小爸爸都要凑好5000元开着面包车去杭州。那时父亲的生意开始惨淡下去，根本不够支付医疗费，便四处借钱，但是他不会放弃任何一个希望。过了一段时间，他们把爷爷接到了富阳的人民医院住了20多天，当时的主治医生是父亲的高中同学，父亲便对他说，你觉得我父亲什么时候可以接回家再通知我。其实父亲心里比谁都清楚爷爷的病已经到什么程度了。再到后来，他们把爷爷接回了家，装了氧气瓶，父亲告诉我这样爷爷会舒服一点，因为可以躺在家里。2013年7月的一个晚上，爷爷去世了。这对于父亲的打击非常大，可是他没有说一句话。

直到很久之后，在一次父亲与朋友的谈话中，我才知道父亲心里的难过，他一边抽烟一边说："我有时候在深夜做梦都会梦见我的父亲，自己的父亲一辈子都没有休息过，一直在勤勤恳恳地干活，也没有享过一天福。"有一次下雨天，爷爷不能出去干活，就早早地起来帮父亲捆装订好的纸箱。父亲还没有起来，只有爷爷一个人在默默地做着。等到父亲起床，爷爷又帮父亲搬运纸箱上面包车。看着爷爷佝偻的身影背着重重的纸箱，只为了能够帮自己的儿子干一点活，分担一点，默默地做着，父亲心里很不是滋味……

“自己的父亲不在，心里会觉得空落落。有句话说得很对，父母不在，你和死亡的距离只是一堵墙，父母在，你会觉得人生尚有来处。”

在2013年之后，父亲的生意就不太景气，只是偶尔接一些小的单子，小作坊才会开始运行。

2014年5月6日，一个噩耗传来，我姑父因为一场事故去世了。当天晚上我正在睡梦中被叫醒，家人们都赶去医院，最后父亲把我安顿在小奶奶家。我姑父是父亲的亲姐夫，每当父亲有困难，他都会帮助父亲，包括资金方面的一些支持。他们比亲兄弟还要亲，姑夫的去世又一次打击到了父亲。他一方面要照顾自己的家庭，另一方面，还要去照顾自己的姐姐一家。姑姑之前一直是家庭主妇，表哥刚刚上高三，处于人生非常重要的时刻，外甥女也还在读大学，一切都乱了。父亲帮着安顿好他们，想尽最大的努力去帮助他的姐姐。

第二年的正月十五，父亲的奶奶也走了。

大家好像都没有反应过来，看着亲人一个个离开了自己，那种悲痛我的拙笔竟写不出万分之一。父亲很喜欢抽烟，抽烟好像成了他伪装自己的武器，他总是喜欢站到外面，背对着我们抽烟。我总是觉得，父亲的外表看似坚强，可是内心的痛苦不愿与别人诉说。

父亲的小作坊越来越惨淡，甚至都无法支撑我们的生活，可是他每周开着面包车来学校接我，第一句话就是问我晚上想吃什么菜，下周想带什么水果回学校。父亲每次与我的交谈都不和我诉说他的困难。2016年年底，父亲已经有一段时间没有收入来源，可是马上就要过年了。那天我坐在饭桌上，一边夹菜一边和父亲说快过年了。当时的我竟然丝毫不知父亲的心酸，还在饭桌上任性地发脾气说要买名牌的衣服裤子，而当时父亲并没有生气或者和我诉说自己的不易，只是说：“等下饭吃完给你。”其实父亲是开着面包车去找朋友借了钱来给我买衣服。父亲从不让我担忧资金问题，当时我补课需要大量的费用，他却非常支持我。直到现在我才了解到，其实父亲在2016年底时觉得日子要过不下去了，甚至没有了希望，还是靠借钱才勉强度过。

2017年，父亲经过慎重考虑，决定把这个小作坊给拆了，接受自己创业失败的事实。他也分析了自己失败的原因是从开始就没有好好分析市场环境。父亲被生活重重地击伤了，他决定不再做不适合自己的事情，明白自己只要脚踏实地勤勤恳恳地工作，生活肯定是可以越来越好的。2017年12月，父亲通过朋友介绍进入了一家公司，从此他开始转变性格，脚踏实地地工作，这也改变了我们的生活。父亲慢慢把之前欠下的钱给还了，到2019年年底已全部还清。在2018年11月22日(农历十月十五)我家买了一辆小轿车，分期付款，父亲说自己每次买车都会挑一个特别的日子。慢慢地，家里的条件也在改善。

阳光透过窗户洒在我身上，其实我的答案很简单，我说："没有什么区别，因为坐在我旁边的人还是你。"也许现在面包车已经被卖了，家门前的小作坊也已经拆了，打了围墙，建了小院子，可我依旧忘不掉父亲的面包车陪我们度过的酸甜苦辣那几年……

姓名：葛馨怡

专业班级：新闻212

户籍：浙江省杭州市

现居住地：浙江省杭州市富阳区东洲街道学校沙村

父亲的辗转人生

倪嘉亨

在父亲的印象里，第一份真正意义上的工作是在袜厂。由于当时父亲家里就是办袜厂的，顺理成章，父亲就得到了这份工作。后来爷爷因病去世，袜厂的主管权就传到了父亲手上。起初，一切都还顺利，但是好景不长，几年后由于行情不好，再加上父亲对机器的陌生，以及管理经验的缺失，袜厂很快就办不下去了。虽然办袜厂没有收获财富，但却让父亲收获了更珍贵的东西——爱情。母亲的姐姐也是办袜厂的，夏天的时候，母亲到父亲厂里做工，就此与父亲结识，两人也因此一见钟情。等到母亲回老家，父亲也被带去了。此后父亲就一直以各种理由去母亲家蹭饭，与母亲的感情日益深厚。第二年夏天母亲又去了父亲的袜厂，但袜厂就是在这时候开始每况愈下，到最后濒临倒闭。母亲在那时一直支持着父亲。尽管父亲的事业正处于低谷，但母亲还是义无反顾地选择了与他步入婚姻的殿堂。这故事在当时也成为一段佳话。结婚后，父亲另寻出路，办起了织布厂，袜厂和织布厂看似接近，其实也有很大的区别，开办不久，还是遇到很大的困难，最终也没能经营下去。

在经历了办袜厂和织布厂的两次失利后，父亲没有低沉，开始另寻出路。这次他拿出家里的余钱买了一台压路机，自己开着压路机进了工地，开始了另一番打拼。工地的生活可想而知的艰苦，每天暴露在烈日下，回家时衣服都已经被汗水湿透。但那时候父亲并不觉得累，因为母亲肚子里已经有了我。为了供养这个家庭，父亲用自己年轻的资本在打拼，虽然很累，但是收入还算稳定。或许是造化弄人，父亲在奋斗的路上总是少了一点运气。在我出生不久后的那段时间，全家都沉浸在喜气洋洋的氛围中，工地的收入也在稳定中逐步上升。但是命运却对他开了一个小小的玩笑。父亲迎来事业中第二次打击。当时的情况非常惊险，父亲正驾驶着压路机在工地作业，旁人跟他交代着今天的工程任务，但是父亲并没有停下对压路机的操控，不小心开到了工地的一条沟壑。压路机发生侧翻，父亲的手摔断了，骨头都暴露在了外面。医生告知父亲可能一段时间内都无法再工作了。这则消息给我们的家庭带来了极大的打击。由于父亲还要在医院治疗并休养很长一段时间，母亲只好抛下手中的一切事，去医院照顾父亲，而我就留给阿姨照看。支付父亲的医疗费需要一大笔钱，这无疑是对一个正处在上升期的家庭的巨大打击。家里的顶梁柱无法工作了，所有的压力都到了母亲身上。母亲作为一个女性，面对生活的重担，压力一点也不比父亲少，但她还是尽自己所能，把家里的一切都打理得井井有条。而父亲也是被母亲的坚强所打动，很快振作起来，为谋生寻求新出路。当时的情况看来，父亲的手已经不能支持他在工地的高强度工作了，又因为看手，家里欠下了一笔债，迫于无奈，父亲只好变卖了压路机，离开了这份他得心应手的工作。之后的日子，父亲虽然一直没有放弃寻找工作，但是始终无果。或许是前几次接连的失败挫伤了父亲的锐气，面对一些新的机会，父亲开始显得有些畏首畏尾。就这样持续了一段时间，迫于经济的压力越来越大，父亲在他小姨的规劝下去了她的保险公司上班。用父亲的话来说，这是迫于无奈的选择，现在看来，或许确实是这样的。

此后的很长一段时间，父亲都在保险公司上班，过着一成不变的生活。在我的印象中，父亲一直是一个不爱说话的人，而保险很大程度上就是靠说的，所有的业务几乎都是要靠说出来的，你能说会道的程度，决定了你业务的多少。显然，父亲不会这样，下班之后，优秀员工已经去了别人的家里，推销公司最新的保险产品，宣传最划算的套餐，而父亲却已早早地回到了家里，拿出啤酒看起了电视。仅有的一些业务，差不多就是来自几个家人和朋友。可想而知，在其他人拿到各种佣金的同时，父亲领的几乎是最低的工资。渐渐地，母亲也越来越不满父亲这种颓废的样子，于是家里的争吵也越来越多，大有愈演愈烈的趋势。每次争吵的时候，我只能躲在房间里哭，我感觉这个家庭开始出现了裂痕。直到有一天，或许是怨气的积压已久，或许是再也无法忍受这种枯燥麻木的工作环境，又或许是父亲依旧年轻气盛，一次与同事的争执，点燃了父亲的怒火，他在公司与之大吵一架后，毅然决然地离开了公司。

之后的日子无疑是最黑暗的一段时光，父亲再一次失去了工作，与小姨的关系也闹得很僵，与母亲的吵架还是时有发生。但是，在 2016 年的夏天，家里又一位新成员的到来，给我们这一家子又带来了一丝曙光。那时我母亲带着我和朋友们一起在桂林旅游，但是过程中一直有不适的症状，直到发现自己又怀上了二胎。我至今都记得母亲与父亲打电话时那种微微带着颤抖的惊讶又高兴的语气。我强烈恳求，父亲与母亲也一致决定留下这个孩子。当然，多一个孩子就意味着生活的担子又重了一分。父亲又开始寻找工作，最后在大伯的帮助下回到了工地这个他万分熟悉的地方，只不过这次不同的是他做起了管理层，待遇比开压路机好了许多，但是各种责任也来到了肩上，依旧不能有半点懈怠，早出晚归，烈日暴晒，没空吃饭，这些问题依旧存在。但此时的父亲却显得很有干劲，因为他想给我们，给这个家庭一个更加光明的未来。同时，要管理好一片工程的顺利实施，也会遇到各式各样的问题。父亲说了两个他们项目部的事。

第一件事是修一个小工程的时候。当时运材料到工地需要经过一个村子，他们可以选择穿过这个村子或者绕过这个村子。但不管怎么样，当前的土路都达不到走大车的标准，都要修路。而绕过村子修的路比较远，路程和时间都很浪费。项目部就索性和村子谈判，说我们项目部给村子修一条路，不用村子掏钱，我们用个一两年，这条路就送给村子了。

和村委会还有村里的代表谈得好好的，大家都很高兴。项目部就速速花了几十上百万修完了路。可是，新修的大路刚用了几天，村里就有人找来，路不让用了。说村民意见很大，你们还是绕着走吧，我们也没办法，哎。然后路上就出现了各种遛弯的老爷爷老奶奶，也出现了很多悠闲的家禽牲畜。最奇幻的是，有些老太太，干脆就直接躺在路中间，如果你想从这过，那就得从她身上碾过去。工程停工一天就烧掉几十万，扛不住。最后只好不用那条路了，重修了一条绕村子的路。

第二件事是他们修隧道的时候。修隧道要炸山。山其实离村子很远，远到村里只能听见微弱的暴破声。但刚开始爆破，村民就来了。生气、难过，拉着人去看自己家房子，指着墙上的一道道岁月的裂缝，说就是刚炸的。看果树，果子也被炸掉了几颗。老爷爷炸得心脏病都犯了，在屋里躺着。那怎么办，赔钱呗。这事不解决还想开工？好在村民要价公道，也不多要。后来就是有一个人站在工地旁边，手里拿着一堆五块十块的小票子。只要炸药一响，就一堆人拿着小石头啊小树枝啊什么的过来换钱。两边配合默契。

听到这两个故事，我切实感受到了父亲的变化，以前他一直都是一个脾气火暴的人，经常是一点就燃，甚至在路上都能和人吵起来，我也经常因为这个生他的气。但是现在，父亲面对这些村民，能够不被激怒，采取一个比较适当的解决方式，或许也是这些年来锻炼出来的结果吧。

现在父亲的工作终于稳定了下来，能够自己承包一些工程，收入也可观了许多，可以过一点享受的日子，再也不用像往日那么辛苦。弟弟也上了幼儿园，正在快乐地成长。一切都步入了正轨，但回看父亲的经历，我和父亲都不免感叹，这真是辗转的一生。

姓名：倪嘉亨
专业班级：新闻 211
户籍：浙江省绍兴市
现居住地：浙江省绍兴市诸暨市浣东街道

敢于漂泊在异国

徐卢琪

如果让我用一个词去代表温州精神，我想会是“敢于漂泊”；如果让我用一个词去形容我父母的故事，我想也会是这个答案。

温州是一个飘散而又聚拢的城市。它分散在很多地方，或许是城市闪烁的霓虹，是偏远山镇的烟火气息，也可以是唐人街的那几句温州话。但即使这样，漂泊在外的人总会想要在终点回到原本生长的地方。在20世纪90年代，也就是改革开放浪潮愈发翻涌之时，温州曾刮起过一阵出国热的风潮，无数的青年人随着政策的开放前往远方。我的爸爸妈妈也跟着这场热风去往了意大利，他们的故事或许正是这个大背景下典型的小小缩影。

我的爸爸出生在温州瑞安的一个偏远小城镇，他说从他记事起，奶奶就开着小卖部，爷爷则为要从小镇去往市里的人拉车。爸爸是很有勇气的人，他敢于漂泊在异乡之地。虽然生长在这样偏僻闭塞的环境里，他却一直渴望着能去外面闯闯。所以当出国的政策机会出现在他的眼前时，他便毫不犹豫地决定动身前往。当时家中的长辈并不是很支持，因为国外的一切对于他们来说都太未知太遥远了。像爸爸的哥哥一样，选择在附近的皮鞋厂做工在大家看来是最理想最安稳的。但少年意气，爸爸还是怀着满腔热血跟着某艘游轮动身出发了。

故事的开头像所有奋斗电影里一样。1999年，漂泊过海，面对着陌生的环境、语言和人群，爸爸只能从最基本、最简单的苦力活干起。他选择了去餐馆当一名跑腿洗碗的杂工，因为在他心里能够从陌生城市向上生长的基础是语言，而除去跑堂带来的大量语言交流外，餐馆每天下午的休息时间为他去语言学校的学习提供了空间。爸爸便这样开始了他最初在意大利的生活。边打工边学习的生活并不容易，他说他真的在晚上轮班的厨房里，在昏暗的灯光下读那本薄薄的意大利语入门课本，他也笑着说希望我能好好读书，因为跟他比起来我的学习环境已经好太多啦。

2001年，在两年的学习后，所有的付出终于得到了回报，爸爸已经可以用意大利语与他人进行基本的沟通了。他辞去了在餐馆的工作，打算去找一份工资高些的工作。在大家的建议下，他去了一家服装厂做皮衣。据他回忆，做皮衣的工资一个月有1万元左右，在当时已经很高了。也就是这时，他才终于能够在打电话回家时，肯定地说出自己不后悔当时做出出国的决定。

而也是在这家服装厂工作的日子，我的爸爸认识了同在厂里工作的妈妈。我眼里的妈妈是风一样坚韧乐观的人。妈妈回忆道，她刚来到意大利时还没满20岁，从1995年开始，外婆自产自销羊毛衫的生意越来越不好，后来压货很多，欠的债也越来越多，外婆便把妈妈寄养在姑婆家，自己在外奔波想要将压货卖出去。后来当温州兴起了出国风，外婆的表哥早早便已在国外打工。有熟人照应，外婆本来打算自己出国的，打听下来考虑再三，最后还是决定让排行老大的妈妈出国。妈妈来到国外后有过茫然无措，有过对家乡亲人的无尽思念，但还好有外婆的表哥照应。因为小时候家里就是做羊毛衫的，妈妈对这个行业多少了解一些，所以她便决定去服装厂上班。当在异乡的两个同乡人相遇时，总会尤为亲切，两人很投缘，不多久便结婚了。

2003年4月我出生了。这一年，妈妈说她第一次感受当妈妈的幸福与不易，也是第一次真切感受到漂泊在异乡的艰苦无奈。初到异国茫然无措的那个女孩已成为一个母亲。因为有了小孩找工作很困难，妈妈没有工作没有收入，就仅靠着出去摆摊卖点东西来支撑着生计。一家三口和另一户家庭合租在90平方米的房子里，只有一个房间的使用权，有时候一天也就能吃上一餐。妈妈说那时意大利的治安并不好，当时又住在街边的出租屋，一天夜里爸爸还在外做工，小偷却进了家门，势单力薄况且只有几个月大的我睡在身侧，还醒着的她只能装作已经熟睡过去。小偷偷完钱包里的现金离去，她吓出了一身冷汗。她抱紧了只有一点点大的我，哆哆嗦嗦穿好衣服去了警察所报警。妈妈说那天警察所的灯光很白很亮，她却只感到无力绝望和对外婆的想念。她说，那时孩子是她唯一坚持下去不回国的理由。

但万物生长总有裂缝，那是光进来的地方。即使是这样困苦的日子，也有温暖的时刻。他们到今天还记得的，那是在我差不多9个月大的时候，因为没有人照看，他们只能带着我一起去摆摊。那天是圣诞节，天很冷，我坐在推车里手露在外面，路过的意大利老爷爷老太太看到我露出的冻得红通通的手指，都会随便拿一点东西，不问多少钱便5欧元10欧元的直接给。这样的善行温暖了挣扎在严冬的两人。

后来等我大了一些的时候，爸爸妈妈便将我带回了中国，交给爷爷奶奶抚养。两人也回到了原来的服装厂继续工作。

2008年是妈妈印象最为深刻的一年，原因很简单，因为那时欧元的汇率1兑10。小小的汇率成为妈妈每天干劲十足的来源，也支撑着她坚持漂泊在离家万里的异乡。同时也是在这两年二人开始了自己开工厂的尝试，那时候虽然每天不仅要做工还要不停地寻找厂房，日子很紧张很辛苦，可是对于妈妈而言却是最开心的，因为一切都终于走上了正轨。很幸运的是，工厂的开办很顺利，随着各项证书的敲章和工人的招募，工厂逐渐有了越来越多的订单。但故事似乎总有起承转合。

2010年便是另外一个重要节点，爸爸是不甘于现状的人，他的心中始终燃烧着渴望向上生长的火焰。随着工厂的稳步运作，爸爸妈妈积攒下了一些钱。也就是在这个时候，爸爸打算将工厂转为公司。第一年很顺利，但在第二个年头，公司的情况便不景气了起来，或许是恰逢整个产业的严冬，许多公司都接连倒下。在第三年，爸爸妈妈经营的公司便也宣告破产了，还欠下了许多债务。爸爸说那是他最消沉的时候，好像回到了最初，这些年的时光只换来竹篮打水一场空所激起的水花。从头再来似乎需要更大的勇气。喝酒，抽烟，睡觉，就这样浑浑噩噩地过了一个月，但妈妈说来到意大利的目的就是为了挣钱，为了以后的好日子努力，颓废是没有意义的。在妈妈的鼓励下，爸爸重新打起精神，两人又开始了在服装厂做工的日子。

他们的故事似乎总与厂房息息相关。一年多的时光，两人小心翼翼地生活，努力存下能存的每一分钱。终于，他们又能办属于自己的工厂了。在上一次的经验基础上，工厂的开办十分顺利。对于异乡的环境越来越熟悉，之前积攒的客户源也不断壮大，五年后的今天，爸爸妈妈又办了另一个工厂。爸爸说日子很忙，却忙得快乐。

因为疫情等各种原因，爸爸妈妈已经有多年没有回国了。当我在杭州的时候，爸爸叫我拍几张西湖的照片给他看看，他说很早很早以前他也来看过的，就是不知道现在是什么样了，那一刻我感到了漂泊在他乡的父母那些深藏在心里的无奈。他们可能不知道家门前的马路拆了又修，以前出门经常坐的三轮车早已了无踪影，常去的那家超市老板已经换了第三轮，刚结婚的叔叔新房买在什么街道。他们可能无法陪伴在生病住院的父母身边，无法为去异地上学的女儿送行，无法见见少时朋友。原来在不知不觉的光阴里，他们和故乡遥遥相望，可能是他们抛下了故乡，也可能是故乡抛下了他们。

这是拼搏在异乡的20多个年头，这么多的辛苦坚持在几个事件节点的叙述中便这样匆匆讲完了。爸爸说当一切安定，在意大利再坚持几年，等到事情都搞定了，就可以回国养老了。他们也交了很多意大利朋友，习惯了很多意大利习俗，但温州还是他心中永远的归处。他笑着说这些年的时光是他老来在公园和其他大爷遛弯时的谈资，是和妈妈相濡以沫的见证。

追风赶月莫停留，平芜尽处是春山。共同富裕浪潮下的道路有很多条，我的父母，他们敢于漂泊在异乡，找到了属于自己的那条。所幸，晦暗不清的日子终会看到头。我想，我会永远为他们骄傲。

姓名:徐卢琪
专业班级:新闻212
户籍:浙江省温州市
现居住地:浙江省温州市瓯海区梧田街道

姑姑的水果店

陈萌萌

我的姑姑姓陈，名红梅，寓意是迎雪吐艳，凌寒飘香，铁骨冰心的崇高品质和坚贞气节，一如她坚韧不拔、自强不息的心性。

从小我就喜欢黏着我的姑姑，伸出双手嘟囔着："红咪抱红咪抱"，小小的我不知天高地厚，喜欢直呼姑姑的大名，但又因口齿不清时常叫错，姑姑不以为然，会笑眯眯地抱起我。姑姑很瘦，但在她怀里我却格外安心。我很爱我的姑姑，我想用笔写下她永远不会忘却的故事。

我的爷爷奶奶有三个孩子，姑姑，大伯，爸爸。我的姑姑是家中的老大，也是唯一的女孩。那是个缺吃少穿的年代，像我们老家江西省宜春市樟树的小乡村里，耕地贫瘠再加上干旱等自然灾害，食物少得可怜。那时候，一家子少的五六个人，多的九十个人，没有几家人可以吃得上一顿饱饭，忍饥挨饿那是常有的事情。但在13岁之前，姑姑和现在我们大多数孩子童年时一样，有着爸爸妈妈的宠爱，和小伙伴一起去躲猫猫、到小河去捉鱼，无忧无虑，不谙世事。1989年，奶奶去世了，仿佛半边天塌了下来，所有重担落在年龄最大的姑姑身上，可是那个女孩也才13岁。洗衣服、洗被子、割稻子、照顾弟弟等，以前从来没有做过的事，现在全部都要学会。因为家庭变故无心学习再加上没有钱交学费，姑姑初中便辍学在家了。朝看水东流，暮看日西沉。姑姑的童年在模糊和懵懂中就这样结束了，快得就像一场梦。在梦里，岸上的老黄牛散漫地咀嚼着夕阳，在村口母亲的叫唤声中，蹒跚着步履将夕阳下的剪影拉长。时过境迁，梦境与现实对视。

17岁，姑姑便跟着她的大阿姨来宁波这边打工，只带了一个包一件外套和一床被子。简陋的火车站锣鼓喧天，人山人海，火车门口被堵得水泄不通，很多人都是从窗户爬进火车的，她瘦小的身体被挤在人群之中，无奈力气太小，根本没有缝隙可找，费了好大的劲，才行动艰难地上了绿皮火车。怀揣着对陌生环境的不安、好奇和期许，姑姑到宁波北仑的一家公司打工，做尿素袋，这是用于包装尿素肥料的编织袋。姑姑需要用缝纫机将经过高温塑化的成品丝锭缝起来。年龄很小再加上经验不足，姑姑的手经常被割得血淋淋的，那时也没钱买创可贴，就用老板发的胶布简单地处理一下，把胶布撕下来的时候可痛了，一不注意皮也会撕下来。住就和那些阿姨奶奶一起，夏天夜晚的寂静显得蝉鸣格外聒噪，蚊子也不闲着，被咬得一身包也是常有的事；冬天，床上就一层薄薄的被子，宁波的冬天冷得彻骨，姑姑就蜷缩在被子里，有时整晚都冻得睡不着。

熬过了第一个月，发工资时姑姑可开心了，230 块钱，自己只留了 30 块钱，将剩下 200 块全部寄回了老家。那 30 块钱撑了一个月。一年四季就只有一件短袖和外套，都是很旧很旧的，她说："根本舍不得买一件啊，因为家里条件不好，想让你爷爷和爸爸他们过得好些。我宁愿自己苦些，弟弟就不会因为吃不到糖而哭了。"17 岁的年纪，总是很容易饿肚子，看到什么都想吃。可是姑姑根本舍不得吃，可以买两毛五、三毛的饭，她就只买一毛五的。因为她觉得五毛钱省下来，省了三次就又可以吃一顿饭了。菜呢，就是一个阿姨去菜市场买的一棵大白菜，用电磁炉烧一下放到杯子里，七八个人就只吃那一杯子的白菜。姑姑每天都忍着饿，却从来不会多吃，只吃一点点，懂事得令那里的阿姨奶奶格外照顾她。上班的地方，人家做多少姑姑就要做得和她一样多，因为年纪比较小，年少气盛，总有股不服输的劲。"我就在想我家条件不好，我要更努力些，要和他们做得一样多甚至要超过他们。"姑姑对我说这话的时候，眼神里闪着坚毅和永不服输的光芒。

后来实在太苦了，再加上和姑姑一起来的阿姨回老家了。姑姑便和另外一个老乡转行去镇海做针织的服装，一干就是 15 年。"第一次做衣服都不知道袖子缝在哪里，编码也不会做，我还不小心给人家的衣服割了一个洞，给我吓死了，都不知道怎么办才好嘞。我们那个老乡胆子大就告诉我把整件衣服都剪掉，后来我真的昧着良心把这件衣服剪掉了。做衣服以后工资就高了，有 1000 多块了，给自己留的钱也多了些，我还给自己置办了家具和自行车，可开心可开心了。当时最高兴的事就是过年回家了，我印象最深的就是 17 岁出来以后第一次回家哦，兴奋得不得了，早上 6 点的车，我们就一直坐着等天亮，阿姨说你们不睡一会吗，我们就是高兴得睡不着，一直等到 6 点就去赶火车回家。那个绿皮火车开得很慢很慢，到老家要十几个小时，里面又臭烘烘的，有抽烟的有打牌的有泡面的，人又很多，有时候连站脚的地方都没有，挤来挤去的，我们就要站十几个小时，从小港转车到宁波还要到杭州，运气好的话可以有个座位。当时那个座位不是现在一个人一个位置，是五六个人一起坐一排，也很挤。但是回家了就很开心啊，我买了好多好多吃的给你爷爷大伯和爸爸，一大包里面全是好吃的。在我 22 岁时，过年回家以后，你姑父来找你爸爸玩，看到我一见钟情，就和他的爸妈说，又去找了你的姑婆来做媒，我们就在一起了。我们两个一起来宁波打拼，生活也就没有那么艰辛了。"姑姑笑着说那时的趣事。

和水果结缘是一次很偶然的机会，姑姑听别人说卖水果很赚钱，一年可以赚好几万，她便狠下心决定不去上班了，去卖水果。姑父一开始不同意，但姑姑坚持一定要去,就用几千块去菜市场租了个摊位。第一次去进货没有车只好坐公交车去,路程很长,姑姑又晕车,咬着牙坚持几个小时,当时就进了几样东西,黄金瓜、香蕉、苹果、西瓜这些,再在那里打了辆车回来。“第一次做生意吓死了,别人来买东西,我们都不知道价格怎么定,卖得可便宜可便宜了。进了很多的西瓜,可是自己又不会挑,别人来买说这个粉红色的全是生的,就全扔掉了,其实不是的,这个西瓜本来就是这样的。可我们又不懂,人家说不好,我们就全倒掉了,好几百块钱呢。”我从姑姑惋惜的语气听出了她深深的遗憾。刚刚开始的时候,三年一分钱都赚不到,还需要拿姑父的工资去进货,白天就在菜市场卖,菜市场关门后,没有卖完的水果,姑姑就用从收破烂那买来的破三轮车拉到别人厂门口去卖。有时候好晚才卖得完,周围黑漆漆的,我姑姑一个人推着破三轮车回到家。年复一年,日复一日,重复着这样的生活。冬去春来,与蚊子、城管斗智斗勇,是姑姑那时唯一有趣的事了。

再后来些,姑姑生下了我的表弟,那时表弟的奶奶生病了需要做手术,一下子更缺钱了。姑姑白天要一边在菜市场卖水果一边带孩子,菜市场很吵,蚊子又多,小孩子午觉都睡不好也吃不好,姑姑就想买个店面开一家自己的水果店。租下店面的时候根本就没有钱,几万块钱全给奶奶做手术了,家里就只有 3000 块,是姑父去找他厂里的人借了 7000 多块,还问一些亲戚朋友借了几千块,才把这个店开起来的。就这样,姑姑有了属于自己的水果店,叫秋意果园。秋不是春的生机勃勃,不是夏的骄阳似火,不是冬的万籁俱寂,秋意渐浓是丰收的喜悦,还有荣誉感和幸福感。

水果店开起来后,早上姑父进完货就去上班,姑姑一个人在店里卖,虽然很累但是生意很好。没几个月,就把借的钱全还清了。刚开始开店的时候,早上很早就要去田里摘西瓜,有时候得中午去,夏天的太阳很是毒辣,蚊子也跑来凑热闹,又晒又热,摘了一车的西瓜还得往店里一趟一趟地搬,“还记得你小时候,人小小一个,也要来帮忙,有几次搬的时候还摔了好几个西瓜,坐在地上不知所措,傻傻的可滑稽了。”姑姑说着说着笑了起来。虽然有些辛苦,但万物皆有裂痕,那是光照进来的地方。姑姑在困难的时候总会遇见好心人,“在开了水果店以后,一个小学的食堂阿姨让我去申请开发票,然后让我送两个学校全体师生的水果,一送就是好几千个,每周送一到两次,我特别特别感谢她。职高的一位老师,只要学校开会要买水果,她就打电话叫我送,人真的很好,很照顾我的生意。还有一次就是我去摘葡萄,一不小心掉进田里,整一个泥人,我打电话给和我一起卖水果的,人家马上骑摩托车来接我,村里几个人一起把我拉上来,我也很感激他们。”

“现在的日子可真好呀,不用去和别人比,就是拿自己现在跟以前比,真是天壤之别，一个天一个地。”每当姑姑讲起从前的事，都会发出这样的感慨，“我现在感觉真的好满足”。每当我迷茫不知道人生的路该怎么走的时候，姑姑会告诉我：“人生没有标准答案，从来都没有什么是必须经历的和必须完成的，千万不要陷入大众所制定的条条框框里，也不要被世俗的声音绊住手和脚，人生只要还是过得去，照样可以耀眼和风生水起。清醒的人都是在努力活着的人，这一生能够做自己喜欢的事，能够热爱自己的生活，就已经很好，很厉害了。”

如今已经是2022年了，由之前姑姑独身一人在宁波打拼到现在我们一大家人在宁波定居，这段时间内发生了翻天覆地的变化，由吃不饱到吃得好，由穿不暖到穿得美。姑姑在浙里的奋斗史，是很多家庭走向全面小康的缩影。

姓名：陈萌萌
专业班级：新闻211
户籍：浙江省宁波市
现居住地：浙江省宁波市北仑区小港街道高河塘

瓜果蔬菜堆起的楼房

童梦佳

从三楼搬出一年没有用的躺椅，爷爷熟练地连接水管，用水浇去堆积了一年的痕迹。看着初夏刚刚建好的四层楼房，当我在感慨"墙壁在梅雨天气里终于不会因为潮湿而掉皮了，大门在台风天气终于不用摇摇摆摆了"的时候，正在冲水的爷爷抬起头，"这才到哪啊，我年轻的时候住的那个小房，到处通风，矮小漏水，到了台风天气啊，就拿好几个盆来接水。"饭后茶余，夏天的6点天还是亮的，我们一家人坐在刚冲洗好的躺椅上，听爷爷讲着我们家的故事。

我们家住在宁波市慈溪市，别人都是海曙区、鄞州区，我们偏是慈溪市，其实我也不是很明白。在改革开放前，吃穿收入都是靠生产队的，大家一起干活，一起吃饭，虽然能吃得上饭，但是总体来说还是非常贫困的。到了改革开放后情况才有所改善，我们家终于有了自己的地，可以自行去种地。那时候为了生计，爷爷承包了很大的一块地，每一块都被划了区域，西瓜、花生、玉米、白菜，都在大棚底下。当时的周围一片，没有建筑，没有柏油马路，一块块立牌插在看不到边的天地间，来帮助初得土地的人们认识哪些是属于自个儿的。在有了田地的那会儿的每一天，爷爷几乎都泡在田地里。新鲜的瓜苗被安在事先准备好的小坑里，用着自己做的农具，对每一棵瓜苗进行松土。从隔壁的河道里挑水灌溉。很快，在爷爷的细心照料下，田地里的瓜长得很好，也卖得很好。因为有了自己的收入来源，来钱很快，爷爷便用攒了很久的钱去买了一艘机动船。在我的印象里，我们家是有船的，不过爷爷是用来做每天的河道清理。据爷爷说，不是我看到的那艘船，因为要去很远的地方卖货，所以肯定是不能靠自己划的。有了机动船，省时省力，到了卖的地方，还可以抢到有利位置呢。去卖瓜果蔬菜的那些天，爷爷奶奶都是凌晨即起。正常情况下，六七点就可以卖完了，还能顺便回家赶上早饭。而我有幸在有印象的时候，和爷爷奶奶一起去过城区里的集市。我从小和爷爷奶奶待的时间比较多，因此会习惯于黏着他们。那天是凌晨4点多，奶奶把睡眼蒙眬的我从被窝里捞出来，等我有意识时，已经在去往城区的路上了。40分钟的电瓶车车程，让我美美地在车上又睡了一觉，到达那儿的时候5点整。看到带了一个小小的我，周围的商贩都在打趣着"孙女啊，欧呦，真可爱，好乖得嘞"。我坐在爷爷为我安排的小板凳上，为来赶集的人算着找钱。很快，太阳升起也意味着今天早上的售卖即将结束，再不收摊，恐怕城管就要来了。这就是爷爷奶奶一辈人的赚钱方式。在那时，家里的收入只能靠卖菜。只是，因为收入来源的单调，也让家庭风险变大了。

爷爷因为年轻的时候当过兵，对自己在各方面都有很严格的要求，因此在处事方面几乎是没有什么问题的。只是有一年，由于通风不及时，瓜苗受不了高温全被烧坏了。爷爷说到这时，忍不住叹了一口气，继续回忆着。当时是盛夏，爷爷正躺在家里的椅子上享受着难得的清闲，邻居的二爷突然跑过来说闻到我们家的瓜棚有点奇怪的味道，提醒爷爷去看看。爷爷猛地想起，上次搭好棚子之后没来得及通风，坏了！到田地里一看，果然瓜苗都烧了，整个棚子里弥漫着烟熏火燎的气味，满地都是瓜苗的残骸。值得庆幸的是，没有波及塑料棚子，不然可能周围的整块田地都会遭殃。但也就是这一点失误，给我们家造成了不小的经济压力。当时爷爷刚和奶奶结婚，家里正是缺钱的时候，那批瓜苗也可以说是我们家一年的收入来源。那件事情后，爷爷说他把自己关在房间里，没日没夜地想法子。经过台风侵袭的小屋破旧漏雨，本该要靠这笔收入来修缮。爷爷很快从失落的状态中恢复过来，准备扭转局势，他开始向别人买苗。但是因为家里土地多，品种杂，根本买不齐想要的品种。实在不行就重新养那个高温烧过的瓜苗，可是尝试了一段时间，尽管是细心地培育，瓜苗不仅生长速度慢，果子也是又少又小。到了最后，还是选择重新育苗，因为已经比别人远了一步，这次瓜苗的培育，几乎加上了全家的努力。爷爷和其他伯伯早起为瓜苗搭棚子，每天定时定量进行农药的喷洒。在瓜棚旁为自己支起了一个小棚，在那段时间里每天都住在那，奶奶身体比较差，不能长时间晒太阳，就负责每天在家里做饭然后送到地里。另外在田地里，爷爷也购入了好几批梨树，梨树的个头都不是很大，但量产足够达到丰收的程度。很快在爷爷一群人长时间的努力下，瓜苗和果树获得了极好的培育，由于晚上市，还得了高产，那一年的收入出奇的高。

很快，这笔收入便有了可用的方向——盖房子。爷爷从旁人那里购买了砖头和水泥，没有请专门的人，而是自己用机动船一船一船地运，运到家门口后，又开始一担一担地送，很快家门口堆起了大量的水泥、沙子和砖头。因为我们家和几户亲戚是住在一起的，在造房阶段，二爷他们也来帮忙。从打地基开始，每个人都分了一块区域，在一块块砖的堆叠下，房子的整体轮廓很快就出来了。推开木头大门，正对着的就是中央间，往左走是奶奶缝衣服的地方，往右走是厨房和杂物间。到了二楼总共有五间屋子，两间是卧室，一间是厕所，另外的便是储藏室。这样的二层楼房用了一年多的时间建成，直到 2019 年，我上高中的时候才拆了重建。那栋一砖一瓦都是爷爷一辈人努力成果的楼房居然陪伴了我们家 31 年，我为自己刚开始说的嫌弃而羞愧，我没能感同身受，没能体会从通风漏水到安固稳定的那份喜悦。

在我出生之后，爷爷不再每日每夜地往田地里跑，跟着他“征战”四方的机动船也正式退休，在一个台风的晚上沉入了河底。好在村里给爷爷分配了一个清理河道垃圾的工作，并给了他一艘水泥船，让会摇船的爷爷并没有太大的落差感。我也跟着爷爷去过，那是一艘小巧的石船，需要自己划桨，因此在整一趟旅途中节奏十分缓慢，爷爷慢慢清理河道的垃圾，时不时和岸上的人聊聊天，不用担心今天的菜能不能很好地卖出去，今天的收入好不好。船儿慢慢摇，我缩在石船的一角，静静地听着船桨拨动河面轻响，爷爷随心哼的部队歌曲和专属于夏天的蝉鸣。在家门口，我们也开了一块地，种另外的瓜果蔬菜，用于自家的吃食。同时为了拓宽收入来源，在我们家楼房的基础下，围着房子一圈，我们加建了一排小屋用来出租，现在每年都有一笔固定的收入。田里的瓜果蔬菜仅供自家吃，偶尔也会分享给邻居和亲戚。如今的爷爷没有了年轻时候那么重的担子，他常常在家里修理破损的电器、摆件。即使是所有事情都做完了也不让自个儿停下来，又在前院儿里自顾自地完善着自己的清理工具。时不时也去村子里当当小工，帮忙去分配发放信息和物资，帮忙为街里街坊解决各种各样的矛盾和问题，人称“村内老娘舅”。

故事讲完了，时间回到了2021年，耳边是依旧响亮的蝉鸣。眼中瞄过了每个人的表情，有好奇，有震惊，也有幸福。手里捧着自己种的大西瓜，吹着东风，我想小家的快乐应该就是这样吧。从漏雨的小平房到防风防水的大建筑，爷爷在里面付出了太多，准确来说，这就是爷爷用一瓜一果、一砖一瓦造出来的房子，承载了我们家从贫困到小康的过往。看着眼前光鲜亮丽的新房，以及已经被水泥填补的田地，我想有些东西是该舍了，舍了那些不利于我们家发展的，而那些包含着家里故事的东西舍不了。如今，我们住在重建的新房子里，唯一没变的还是那条河，变的东西太多了，我们居住的环境，我们生活的方式，我们持家的途径，可是那也不就意味着我们的生活在变好，家庭在变富裕吗？

姓名：童梦佳

专业班级：新闻211

户籍：浙江省宁波市

现居住地：浙江省宁波市慈溪市坎墩街道坎东村

杭州升起故乡的炊烟

岳　瑞

听父母说，我刚出生没多久，他们便带着我离开了故乡河南，那个在他们口中美丽又有生命力的地方。

我的父母都出生在农民家庭，很小的时候便开始帮着家里做农活，在他们那个年代，好像也没有小孩与大人的身份差别，因为大人能做的事他们也都能做。耕地，放牛，喂鸡鸭，收稻谷，做饭，下水抓鱼，这些我现在听来觉得很遥远的事情，是他们儿时的白天黑夜而已。“那你们现在回想起来会觉得小时候的生活很苦吗？”我这样问母亲。“当然不会啊，那是我们这一代该有的生活，现在回想起来还是很怀念的呢，那时候啊，你的外公外婆还是多么年轻啊……”他们同我讲，金灿灿的油菜可以变成黑色的菜籽，榨出喷香的油；丝瓜藤可以爬到屋檐那么高，开出黄色的花，结出一米长的果；池塘里的菱角有的脆甜，有的像板栗一样细糯。他们好像对于那片土地上生长出的瓜果鱼虾都充满了感情。

“那片土地那样好，为什么你们还是离开它了呢？”

“为了让日子过得更好些。”

但其实刚到外地的日子没有更好些，离开了熟悉的故土，身边没有了家里人的帮衬，一切都变得更难了。父母带着我来到了浙江杭州，一个在农村里人们口口相传的大城市。城市里的生活和日出而作日入而息的乡村自然是相当不同的，没有了菜地里刚拔出来的萝卜，没有了刚从藤上摘下的带着露水的黄瓜，也不能去鸡窝里拿母鸡刚下的土鸡蛋了。自给自足的生活一下子都被现金和几斤几两的单位代替。刚来杭州的日子父母过得很拮据，租了一间小屋，厨房是和邻居共用的，说不上来算不算有了家，但是总算有了个落脚点。所有的都安顿好以后，该考虑如何开始在这座城市生活下去了。选择哪份行业呢？这是困住父母最大的问题，他们也像任何一个异乡人一样，为了寻找工作，在街头、在小巷询问着来来往往过路的人。

直到有一天，那天是端午节，也是我的生日，那时的我还很小，刚刚学会走路，那是来到杭州后我的第一个生日，是对于漂泊在外的父母来说值得庆祝的好日子。父亲在狭小的出租屋里烧了一顿很丰盛的饭菜，邀请了隔壁同样来自外地的邻居一起过端午。红烧肉是用糖水炒出来以后上的色，甜甜的但是不腻；糖醋排骨是先炸一遍再放到糖醋汁里翻炒的,连骨头都是喷香的;粽子里的糯米是从老家带过来的,是外婆家自己种的,粽子过一遍冷水,蘸着白糖最好吃。每一道菜都和外面餐馆的滋味不一样,父亲说那是他的独门配方,是他从小到大做饭积累出来的经验,但我觉得,那是他对于长在故乡菜园子里的瓜果蔬菜的感悟。可能是这独门秘方太特别,或许是带着乡土别有的滋味,一顿饭下来,父亲被邻居夸赞得找不到北了。"你要是开个饭店啊,保准生意不用愁的!"也就是这句话让"开个饭店"成为父亲脑海里挥之不去的念想,而这个想法也得到了母亲的支持。

可是对于两个刚刚来到这个大城市的他们来说,开个饭店绝非易事。饭店选在哪,门店怎么租,营业执照怎么拿,包括开业的钱从哪借,这些问题都是很大的阻碍,但是用母亲的话来说,"好在生活也算有了个盼头"。在亲戚的帮助下,父亲借了一部分钱,也基本把家里所有的积蓄都拿了出来,找了一家小门面,饭店终于是开了张。刚开始那几天,父母忙得几乎连一日三餐都没法正常吃上,因为母亲还要照顾年幼的我,所以采购物品、搬运材料基本靠父亲。每夜在饭店里母亲把我哄睡着后,就开始帮助父亲准备第二天要用的食材,洗菜,洗碗,打扫卫生,备料,每次都忙到半夜。谈到那段时间,母亲常说:"那是最苦的一段时间,但是你爸爸从来没喊过累,总觉得好日子快来了。"

饭店开在很多工地周边,刚开始的时候,有些工人因为距离近会常来,后来因为父亲厨艺好,菜品多样新鲜,价格又实惠,上菜快,越来越多的工人来用餐。每每下工,他们都戴着安全帽,肩膀上挂着浸湿的毛巾,穿着皮胶鞋,满身油漆走进饭店。母亲说,他们每次进门都会在门口的垫子上把鞋上的泥土蹭掉,每次走的时候还会把椅子用自己的擦汗毛巾擦一遍,有一次母亲同他们说:"不用擦的哦,没关系的。"工人们总是憨笑地答:"我们身上脏,得擦一擦。"母亲说这句话她记得很深,可能这座城市没人会在意,但是她却真真切切记在了心里。因为她从来没有觉得他们身上是脏的,那是把日子的难与甜都穿在身上的冲锋衣啊。"就像我的红色围裙一样,不也是沾满油盐酱醋嘛。"

饭店的灯从凌晨点到深夜,火越烧越旺,生意也越来越好。每到饭点,店里都坐满客人,父亲在后厨做菜,母亲在前台点菜,上菜,忙前忙后,不得停歇,也因此常常没时间照顾我。母亲总是让我待在前台的桌边,接一盆水,放在那让我玩。很多次,我蹲在地上玩水,一不小心就翻倒在盆里,而母亲总是因为在前台后厨之间奔走看不见我,这时候总是来吃饭的工人们连忙把我从水中抱起,拿毛巾擦干,笑着叫道:"老板娘,你女儿又掉水里啦!"

母亲说也许有一部分我的原因,工人们总愿意来我们饭店,每次来吃饭却又像是回家看孩子一般。"小朋友,叔叔阿姨又来了",也正是因为有他们的照顾,母亲每次忙碌的时候都会更放心我。他们有时还替母亲给我喂饭，会在母亲忙完以后一起唠家常，聊聊他们在家乡和我差不多大的孩子。“我儿子啊，家里爷爷奶奶带着呢，半年没见着了，上次打电话叫妈妈，我的心都不好受啊，快过年了，马上能回去了……”兴许是在我身上看到了自己孩子的影子，又或许是在母亲身上看到了自己的影子，工人们来饭店也就不仅仅是为了吃饭了。

于是，这座城市便不再只是一个水泥浇筑的没有温度的钢铁森林。

身处异乡的旅人是会把感受到的善意在心头加倍放大的，对于父母来说便是如此。开店没几个月以后，他们决定把店里的米饭免费，可以无限续加，母亲知道工地上长年累月要晒太阳，干体力活又容易出汗，工人们一定需要补充盐水，便每天早上煮好汤放凉，等他们中午下工以后来喝。母亲说，有时候一个城市能留住人的，不是那多赚的钱，而是感受到的温度，因为人心是温热的，它总是需要温暖的东西去滋养。

就这样，出租屋里的东西越添越多，小屋也越变越大了。日子越过越好的时候，我们开始称这里是家了。

只是后来我慢慢长大，开始问问题、会学习，父母想多点时间陪伴我的成长，便把饭店关了。也许是受了一些工人们的影响，父亲也对工程建筑起了兴趣，开始承包工程，进入了建筑行业。而母亲便全身心在家陪伴照顾我，空闲时就去亲戚家开的超市里帮忙。

也许是有一些缘分在的，超市周边也是许多工地，每到傍晚，工人们三五成群地来到店里，戴着安全帽，穿着橡胶鞋，肩上是擦汗的毛巾。不是一群人，却又是那么像，所以母亲说，每到傍晚等着他们来买菜的时候，就会想起曾经开饭店那会儿，每到中午备菜等着他们来吃饭。变了的是时间，是人，不变的是心里那份情结。

这片工地的工人大多数是来自河南的，也就是我的故乡。都说“老乡见老乡，两眼泪汪汪”，虽然说不上两眼泪汪汪，但的确他们一张口的家乡话总是让母亲多一份亲切感，所以每次见着总会多聊几句。河南人喜欢吃面食，面食品种有很多，他们只选择买五毛钱一个的馒头。母亲很了解他们的习惯，总是在他们来店里之前就装好几袋白面馒头，有时候还会多放两个豆沙馅的花卷。母亲从来不说，但是你要说他们知不知道呢，我想，是知道的。不然怎么会在端午节拎一袋粽子过来，说：“这是老家带过来的糯米包的，蘸着白糖最好吃。”

母亲常同我说，这个世界除了朝九晚五，还有很多人要加班到深夜，没有双休没有热好的粥，没有灯火通明的家，用尽全力去生活不过勉强温饱，他们只是我们的曾经，以后也会像我们一样，日子越过越好。

漂泊的旅人会在外找到家的，也会有越来越多的人走到一起，从此啊，城市里的人不再孤单,故土的炊烟也不用越飞越高去寻找在外的旅人。

姓名:岳瑞
专业班级:新闻212
户籍:河南省信阳市
现居住地:浙江省诸暨市暨阳街道

轰鸣声里说丰年

姚梦怡

“轰隆隆……”

“咔咔咔……”

“哒哒哒……”

“砰砰砰……”

“嚓嚓嚓……”

我家的故事在轰鸣声中展开。

1948 年，我的爷爷姚蓉候出生在宁波庄桥一个地主家庭，在家里七个兄弟姐妹中排行第五。

1951 年，爷爷全家乘着小船，顺着甬江，从宁波庄桥来到余姚丈亭镇龙南村大池头，并定居下来。“慈江、姚江分流处有石矶十七八丈，上筑方丈室，为老尉解宇，旧称丈亭得名。”70 多年来，丈亭的土地见证了我家两代人的奋斗。

爷爷的童年过着吃不饱穿不暖的生活。那是一个寒冷的冬天，漫天飘雪，冰封大地，参差不齐的冰柱悬挂在屋檐上，凛冽的寒风呼啸着，爷爷蜷缩着，哆嗦着，光着脚走在上学的路上，手上提着那双唯一的过冬的棉鞋。雪水湿透了他破旧的袜子，刺骨的寒冷从脚底直穿而上。等他走到教室，脚已经失去知觉，冻得通红。“爷爷那时候，为什么不穿鞋子?”我疑惑道。“你爷爷就只有一双鞋子啊，一天就穿烂了，以后穿什么?”爸爸说。

小学毕业后，爷爷开始在家务农，将汗水挥洒在田野上。

“姚江乘潮潮始生，长亭却趁落潮行。参差邻舫一时发，卧听满江柔橹声。”17 岁，爷爷在姚江上从事船运，满载石头和沙子的货船在甬江和姚江上行驶着，东至宁波，西至余姚。船运一干就是很多年，爷爷从毛头小子成了“船老大”，货船从手摇木头船换成柴油机船，“姚阿强”的名号渐渐闯了出来。1971 年、1974 年，我的姑姑和爸爸相继出生，四口之家在姚江边生活生产。姚江上，货船的轰鸣声此起彼伏，母亲河的水缓缓流淌，哺育了我们全家。

随着铁路、公路运输的兴起，船运生意越来越难做。1984 年，35 岁的爷爷开始跑供销——外出采购、推销商品。去外地出差，爷爷常常要坐十几个小时的长途客车。老式的客车十分颠簸，车厢闷热无比，一趟坐下来总是腰酸背痛、头晕眼花。跑供销的那几年,爷爷的足迹遍布浙江、江苏、安徽,积累了许多人脉与经验,也攒下了一笔钱。我们家从大池头的老房子搬出来,在龙南村田屋盖了一间砖头小平房。

乘着乡镇企业异军突起的快车,1991年,爷爷创办了自己的工厂——梅溪机床电器配件厂。20多平方米的一间小厂房,两三千块钱买的3台车床,包括爷爷在内的3个工人,共同组成了这个小工厂。爷爷铆足了劲,一心扑在订单上。抛光、磨片、装车、扳车床、检验、搬运、包装……从白天到黑夜,爷爷忙碌的身影从未停歇。然而,因为急于求成,只求数量不求质量,导致很多发出去的产品都被退回。有的经过再加工重新发出,而有的却成了一块块废铁,堆积在工厂的角落。寻找合作商之路亦困难重重,爷爷一边维持老客户,一边拓展新业务。请客户吃饭的时候,爷爷又是递烟,又是陪酒。酒一杯又一杯地灌下肚,有时甚至需要中途跑出去抠嗓催吐,来让自己保持清醒。

技术问题对于小工厂而言是一大难关。钻孔尺寸不符,废料堵穴,表面粗糙,切边不齐……这些都是常见的问题。爷爷一个只上过小学的人,在日光灯下,拿着图纸,握着铅笔,研究各种毫米、厘米、正弦、余弦、度数,专注得如同初学知识的孩童。爷爷还常跑到大工厂的车间,向那里的师傅请教学习。尺寸不对就研修刀口、重装车床,废料堵穴就加大落料孔,切边不齐就调整定位,技术难关一点点被攻克。

那时候资金常常难以周转,就只能四处借钱,周围的亲戚朋友都被借怕了。有一次,爷爷去看望他的姑姑,还没进家门,就听到邻居在窸窸窣窣地讨论:"呐!又来借钱了!"爷爷心里很不是滋味,但却只能假装没听到,挤出笑容,走上前去。"那时候最难的,应该就是年底吧。"爸爸回忆道。每逢过年,上门讨债的人总是一波接着一波,家里"热闹非凡"。有的债主比较和气,埋怨几句,倒倒苦水,喝杯茶,坐一会儿,也就走了。可若是遇到脾气暴躁的债主,情况就有所不同了。他们不仅破口大骂,而且嗓音震天响。甚至有一次,一个债主把家里做祭祀用的椅子给踢翻了。面对这些,有错在先的爷爷只能强颜欢笑:"老板,实在不好意思啊!今年实在拿不出钱来了,开春我一定想办法还上!你理解理解。"

后来,在江苏盱眙一位姓李的老总的介绍下,工厂引进了一批新业务,逐渐发展起来。渐渐地,这间小小的厂房,半夜也常常灯火通明,传出机器的轰鸣声。车床一台台增加,工人一个个增多,债务一点点被偿还。

2001年,我们买了地,在龙南村田屋建造了新厂房,面积约为350平方米,在工厂对面,还建了一栋两层的楼房。这一年,我们家买了第一辆红旗牌轿车。这间厂房摆放着30台左右的机器,是当时很多年轻人的启蒙地。周围村庄的许多小伙子中学毕业后都来这里打工,他们在这里学技术、学经验,爷爷既是厂长也是师傅。后来，当他们选择自己创业打拼时，爷爷也会热情地提供帮助。

2002 年，爸爸与妈妈结婚，同年，我出生了。由于工厂正处于上升期，“老姚”和“小姚”这对父子总是格外忙碌，不是在车间干活就是在外地出差。虽然童年缺少爸爸的陪伴，但我并不孤单。工厂就在我家对面，因此我常常去工厂玩。我用包装的纸箱给自己“搭房子”，把推车当成滑板车玩，童年的时光在一台台机器之间穿梭，留下了许多难忘的记忆。橱柜里排列整齐的产品样品、散发着独特气味的机油、产品经过加工后产生的五花八门的铁屑、洗手台上混着木屑的洗手粉……这些都是我童年的回忆。爷爷和爸爸每次出差回来，还会给我带很多好吃的，比我的脸还大的山东大馒头，喷喷香的江苏盐水鸭，又酥又香的安徽烧饼。

2009 年，我们把本来在家和工厂中间的圆形花坛拆除，将工厂扩建。这一年，在六十大寿生日宴上，爷爷西装革履、容光焕发，头发梳得锃亮，他笑着，一道道皱纹活泼地跳跃着，阳光照在他身上，银发闪亮。亲戚好友纷纷到场，各地的合作伙伴前来道贺，“阴云忽扫尽，朝日吐清光”，这样的光景与 10 年前形成了鲜明的对比。2011 年，我们家在余姚城里买了第一套商品房。

随着时代的进步，爷爷与爸爸在工厂的发展方向上有了分歧。爷爷认为应该求稳，走传统路线，爸爸则认为应该采用新技术新机器。后来，爷爷拗不过爸爸，我们换了一批数控车床。数控机器在效率与质量上都大大好于原先的传统车床，实践证明，爸爸的选择是正确的。在之后的几年中，我们陆陆续续把原先的车床换成了数控机器，员工也逐渐从中老年为主变为中青年为主。2013 年，我的家乡余姚遭遇了“菲特”台风，暴雨肆虐，江河猛涨。在水还没有大量淹进工厂的时候，我们全家出动，有的扛着沉重的沙包，堵在厂房门口，有的搬起一箱箱产品，架到高处。我拿着畚斗，把厂里面的水一畚斗一畚斗地往外舀。然而，水位越来越高，我们也只能“望洋兴叹”了。第二天醒来，外面的世界已经成了一片汪洋大海。我和小伙伴坐在皮筏艇里，爸爸拉着我们在水中行进。对于小时候的我们而言，发大水的这一周乐趣无穷。现在，印在我脑海中的，除了玩水，还有许多印象深刻的场景：村干部蹚着水，在水中艰难前进，挨家挨户地送食物和水；整齐划一的人民军队扛着沙包在泥水中穿梭……大约一周后，大水退去，厂房前的空地上晒了满满一地的产品。这一年，爷爷逐渐隐退，工厂的接力棒完全交到爸爸手上。

爸爸从 18 岁起就开始历练，跟着爷爷跑供销，外出闯荡，“虎父无犬子”，他的身上有很多爷爷的影子。在爸爸的带领下，工厂的发展日新月异。2015 年，工厂搬到丈亭镇龙丰村方家工业园区。乔迁酒席热闹非凡，一道道热气腾腾的菜肴被端上桌，一阵阵欢笑声从各个角落传出，在推杯换盏、觥筹交错之中，我看到了爷爷与爸爸春风得意的笑容。第二年，我们家重建了农村的楼房，老式的楼房换上了新颜。

“天有不测风云，人有旦夕祸福。”2017年，爷爷被查出晚期癌症。一生要强的爷爷，面对病魔并没有屈服。尽管身体不适、毫无胃口，但他总会强迫自己吃点东西，努力吞咽。一天傍晚，我看到爷爷坐在病床上，瘦得像一片凋零的树叶，手背上千疮百孔，面色枯槁如一张干瘪的黄菜叶，他的眼窝凹陷，静静地望着窗外，望着远处的高楼大厦……最后，手术和靶向药都败给了病魔，半年之后，爷爷永远离开了我们。

五口之家成了四口之家，但生活还在继续，工厂的轰鸣声也还在继续。

疫情危机之下，订单难找、成本难降、账款难收、物流难通，爸爸激流勇进，开拓新客户、寻找新渠道，在种种困难之中谋求发展。2020年，我家在余姚城里买了第二套商品房，生活水平一点点稳步上升。

我站在工厂中央，看着工人忙碌的身影，听着机器“隆隆”的轰鸣，抚过震动发热的机器，一种难以言喻的澎湃感油然而生。在过去的30年里，在爷爷与爸爸两代人的奋斗下，我家的工厂从一个只有3个人的小作坊蜕变成为如今初具规模的五金工厂，我家的生活水平也随着工厂的发展越来越好。这家工厂倾注了爷爷与爸爸的心血，见证着我家的变迁。我们从艰苦岁月中走来，在风雨里成长，一步步迈向如今的小康生活，一家四口，丰衣足食，其乐融融。

工厂里，各台机器的轰鸣声相互交织，音符在零件上跳跃，磅礴有力，奏出独属于我家人世间的华美乐章。于我家而言，这轰鸣声，生生不息。

“轰隆隆……”

“咔咔咔……”

“哒哒哒……”

“砰砰砰……”

“嚓嚓嚓……”

姓名：姚梦怡

专业班级：新闻211

户籍：浙江省宁波市

现居住地：浙江省宁波市余姚市丈亭镇

家，家，家

王睿宁

母亲在结婚照旁贴上一张照片，并雄心壮志地向我们宣布，2015 年我们也会住上像照片里那么漂亮的公寓。

母亲出生在浙江省长兴县洪桥镇的周家滨，家里有两个孩子，她是姐姐。

父亲出生在浙江省长兴县洪桥镇古龙村里的陈家村，一个村里少有的姓王的人家。家里也有两个孩子，他是弟弟。

母亲读书时成绩好，中考成绩较当年重点高中分数线只差 4 分。她不会拒绝总容易跟着别人的建议走，高中毕业本可以上个大学却被人哄着进了大专学会计，毕业后进厂做了纺织女工。母亲说，外婆很厉害很辛苦，早年开过拖拉机，跟着外公搬过石头，哪怕后来得了风湿性心脏病，她也还是开起水泥店，成为洪桥镇上有名的卖水泥的老太太。她说，她也想像外婆一样有能力买下自己的一套房子。

父亲就不爱读书，对他来说，能早些挣钱才是好的。父亲的姐姐 3 岁时被剪刀刺瞎了一只眼，他十几岁时生病被道士骗去了好几万。他没选择上高中，学了几年木匠又跑去船上做水手，一直在水上晃荡到我出生后。

母亲嫁了人，外婆家里她的房间就不是留给她一人的了，母亲的家渐渐变成她和父亲的婚房。

我家住在田埂边，是一栋三层的自建楼。第三层是阁楼，放着杂物，久久不见天日，阴森恐怖。第二层由楼梯间隔开，西面是爷爷奶奶的住处，推门便能一览全貌。靠里是主人睡的，靠门口又摆了一张床，父母不在家我就和奶奶一起睡一张，有时那张床也腾给放假的堂哥。东面是套房，两室一厅一卫，朝阳一面是主卧，另一间是书房，也安了床。楼下正对着是烧火的炉灶，一面墙都被熏得发黑、受潮发霉，不太睡人。一层是生活区，在灶台旁的桌子上吃饭是常态，只有来了客人或是年夜饭才去堂厅搬桌子吃。

2004 年到 2005 年，母亲先后进了精艺、兴达公司做出纳，父亲仍然在船上飘荡，不过已做了船长。不久后，父亲下了船，上岸和朋友合伙开起防盗门店，那时防盗门还不普及，父亲又恰恰是第一次创业，似乎还不适应陆地法则，他的创业初体验以失败告终。

2005—2006 年间电瓶车行业的发展进入井喷状态,如今耳熟能详的超威电池正是由长兴县的超能集团制造,电池行业在 10 多年前正以蓬勃的态势发展。2007 年父母收拾行李奔赴河北唐山,靠批发电瓶车的电池谋生。也许追逐中的人总会怀念最初的起点,留在故乡的孩子总是一天一个样,母亲生怕错过任何一个阶段而令对家的回忆多添遗憾,她匆匆地去又匆匆返回。

水往低处流,人却往高处走。父母托了关系四处打点,9 月,一家三口在县城长安桥租下铺面安家,父母经营起移门店,我便在离家一公里外的中心幼儿园读书了。

被褥里温热潮湿,母亲一把掀开被子,“尿床啦,快醒醒,起来换床单。”阁楼里漆黑一片,但父母早就习惯这种黑暗,熟练地下床开灯。一张床满满当当占了阁楼的大半,从一尺宽的楼梯上来,跨一步就能踏上床。角落里是叠好的衣物,放在箱子里,痰盂也是必需品。晚上上下楼梯总是不安全的。晃晃悠悠荡着的灯泡竭力照亮每个角落,然而昏黄的光总让人昏昏欲睡。不开灯时,唯一的光源便是母亲在靠墙一侧开了小小一扇窗,父亲说母亲用美工刀仔细地扩大小小的裂缝,用报纸包起边缘。母亲说这是她做过最明智的事。

从小窗洞里探出向外看,卷帘门一拉,浮尘为光线的到来指路,地上是钢材,走动要千万小心,两侧是各式的移门,供客人挑选样式。店主人要朝着店面坐才好招呼客人,店中央便架着一把蓝色折叠桌,吃饭休息都坐在桌前的塑料板凳上。母亲坚持购下一台电脑,于是小桌板勉强为电脑桌让地方向西挪动了些,父亲用电脑打植物大战僵尸、看纪录片,母亲用电脑看免费的电影。

母亲喜欢记日记,从读书开始就坚持着,她说记性不好得用笔记下来,生活也会拥有仪式感。母亲的日记和少女的日记一样重要,哪怕是小孩也不能看,但母亲的账本可以看,账本密密麻麻记着材料的进价,写着每日蔬果采买支出,小孩看了也不懂,这是大人们的语言。

母亲的账本里多了一笔大支出。父亲变卖了订婚时购入的黑色小摩托,换了新车。

某天放学路上母亲牵着我的手,听我吹嘘怎样英勇机敏地成为抢凳子大王的经历,抬起空起的手指向前方:“看看谁来接我们?”

父亲常年不换的黑色外套被夕阳披上金纱,他骑着通体雪白的崭新的摩托车驶来,童话书赞颂王子骑着白马而来的辞藻都显得欠缺,在这个小小的三口之家的“马车”上,父亲是独一无二的“国王”,哪怕这位国王仍需要为 5 分钟的路程亲手拉上卷帘门。

强劲的发动机轰隆着,驱动一家人走得再远一些。

2010 年,父母带着我挤入建材城的一角,租下加油站后的铺面,仍然做移门生意。租金由每月 1100 元跃至每月 5000 元。像节能灯取代白炽灯一样，新的阁楼取代了昏暗的阁楼在我心中的地位。灯光很亮，把房间照得一片白茫茫，墙壁也是雪白的，没有报纸粘贴的痕迹。

在电视上看到的笨重的老板桌和老板椅“腾”地出现在我家，但父亲不爱坐在那，他说，生意是跑出来的。

周末小学生放假生意人不放假，但周五也早早收拾赶回陈家村吃晚饭。不管我们几点到家，奶奶总是站在绿瓦红漆门下等待。奶奶是天生的好性格，所有人都说她一辈子没和人吵过架，她的时间被各种农活排满，只在日头最盛的午后坐在厨房的红木凳上昏昏欲睡却不肯真正睡一觉。母亲对奶奶却有怨言，说她总不肯在吃饭的时候闲下来，非要拌好了鸡糠、给鸡喂饱了肚子才坐下来吃顿饭。

没过几月，每周便只有我和母亲回乡下了。父亲独自离开故乡，去重庆寻找商机。

母亲和我搬入不到 30 平方米的出租房，做起全职妈妈。小学没有食堂，中午回家吃饭，饭后母亲边绣着十字绣边让我打开电脑播《甄嬛传》，我也能坐着小板凳蹭看。

母亲的账本又换了新的，还增添了新的食谱本。她试着用电饭煲做蛋糕，做包子，不管做得怎么样，我都捧场。

父亲几天来一通电话，他在重庆租了房子店铺做起窨井盖，变得很能吃辣，做什么菜都爱放花椒，重庆人四和十不分，没有自行车也没有电瓶车，山路太陡，这里人大多开车。

我和母亲暑假去重庆探亲，那里的空气里都飘着辣味。父亲租的房子像没装修的毛坯房，但干净整洁，东西少得可怜，父亲得意地展示他花 80 元淘到的小电视，和我的脸差不多大，却能放电视节目。去他的仓库得穿过一片草丛，他做模具总能搞得满头白屑，眉毛也是白的。离仓库不远有一棵结满果的樱桃树，我问父亲那甜不甜，父亲说他也不知道，没尝过。

假期中接到房东电话，说整一层都被盗了，让母亲清点损失。我忧心忡忡，害怕小偷看上我用了一年多的点读机，那可是最值钱的了，哪怕它可能被拇指长的蟑螂爬过好几遍。母亲说她把最值钱的旧手机充电器都装在垃圾桶底下用塑料袋盖着呢。父亲拜托姑姑去收拾，姑姑说，一样东西都没丢。我有点庆幸又有点生气。

姑姑说，奶奶最近总不记事了。

父亲回来和姑姑陪奶奶去医院，回来了嘱咐爷爷提醒奶奶吃药。

最近回乡下，都是爷爷做饭了，因为奶奶会忘记有没有加盐。

母亲又开始工作了，我每天都去楼下的老爷爷面馆买一碗干挑面或者馄饨吃，干挑面两块五，馄饨四块，加肉圆多给一块五。

在亲戚手底下做活也不容易。母亲做前台，其实也就是看店面的。母亲长得漂亮面相好坐中间吸引客人。住别墅的姑婆明明是敞开门做生意的人却不同意在白天开灯，母亲暗暗和我琢磨，或许是有钱人都这样抠。

第一次去重庆在火车站差点与母亲走失。后来我们不坐那两天一夜的绿皮火车了，倒不是有了阴影，而是高铁开通了，经过四五个小时我们就能呼吸到重庆那灼热的空气了。母亲又换了工作，在义康生物科技有限公司做了出纳。父亲打来电话，是很少见的兴奋，他打出了点名堂，荣获“重庆卖井盖的长兴人”称号，接了笔大单，得有 10 万块！

舅舅的叛逆期持续到结婚前，他像外公，喜欢歌舞厅，喜欢打麻将扑克。父母总是会把目光投向更爱哭的孩子，又或许是，舅舅能留在家，留在他们身边。大概心力交瘁的时候还能撑着一口气，等一切都平静了反倒没了精神，外婆突然病了。小城市的人不相信当地医疗水平，到大城市去、住大医院才能安下心。母亲陪着外婆去上海动手术。

母亲不在家，我借住在姑姑家里。姑姑家房间比家里要大得多，我一个人独占一间房，应该是很快乐的。

外婆治好病回了家，我又生病了。母亲带我在当地检查后又哭着给父亲打电话，第二天我们一家人就又到了杭州的大医院里。

病治得差不多就回了家，父亲也回来了，我被带着见了各路神仙菩萨，喝过“南天王”的烟灰水。“南天王”说，要除病根，得到庙里攒功德。父亲问，怎么攒？“南天王”说，得捐几万块。从那天以后，我就成了彻底的唯物主义者。

父亲托了人替他接单，生活重心渐渐转回到长兴。在重庆时为了方便跑生意买的车也开了回来。他发现奶奶的记忆力越来越差，于是带着奶奶离开她几十年来都没走出过的县城去上海看病。医生说脑子里有个肿瘤，或许是压迫到了脑神经，但他并不能确保，只说开了刀看看。

奶奶的头发被剃光了，干枯得像僵尸，我望着奶奶混沌的眼睛，回忆她乌黑的短发和她的“吃饱了没有”的询问。奶奶长久地沉默，比昏昏欲睡时的样子显得更冷淡而无生气，我担心起爸爸，每个孩子都害怕妈妈的衰老。

好在奶奶的精气神逐渐恢复了。父亲和母亲也满怀兴奋地宣布，我们家要买房了！那一年，是 2015 年。

小县城就好在从没有学区房这一说法，学校彼此间建得很近。但位于金临小区的我家也算是宝地，小区里有幼儿园，南面是所重点高中，西面是教育局，东面是体育馆、青少年宫，银行就在小区门口，诊所、小卖部、饭馆一应俱全，开车 5

分钟就是大超市,小区门口是公交车站。我家在五楼,不到100平方米,但足够3个人住。小区里的一棵松树栽在我房间窗前,下雪时很漂亮。

父亲偶尔还是会出差,但多数时间都留在家。父亲总是不愿意添置新物件,母亲却爱购置,家里被填得满满当当,父亲嘴上说着不用这些,最后也只好承认买东西是必须的,是非常有意义且实用的。母亲有心进入证券公司,报上成人大学,拿到了迟到十几年的本科学历。她好像有使不完的精力,在我不知不觉里拿到证券从业证书、基金从业资格证书、期货从业资格证,通过了投顾、AFP考试。她说:“我厉害吧,我和应届生竞争呢,我要赚钱还房贷换新车。”在加入财通证券公司后,她一路从理财经理做到财富顾问,每天的生活也不再围绕家庭打转,也真的做到了她说的那样。她的日记本里有没有记录她的成功呢?

没过多久,外婆家也重建了,是新中式的三层房,很宽敞,房间有很多,都是客房。我长大了,母亲留宿在这的机会也越来越少。在长兴话里媳妇叫“堂客”,好像结了婚就会成为客人。

2017年7月10日晚10点半,奶奶失踪了。

第二天下午,她在睡梦中回家。她新长出的头发仍然是乌黑的。

葬礼举行了3天,3天里我没见过父亲落泪,但在夜里我听到他沉重的呼吸声。

父亲和爷爷的矛盾加深了,他说自己不要成为爷爷这样的人。我们回乡下的次数越来越少,年夜饭后也不再在乡下留宿。母亲说,被子是潮湿的,睡不了人。

女儿离开家,成为妻子。儿子离开家,成为丈夫。妻子和丈夫建立起家,又成为父母。

家在扩大又收缩,家在靠近又离别。

家,家,家,我拥有家,守护家,也在寻找家。

姓名:王睿宁

专业班级:新闻211

户籍:浙江省长兴县

现居住地:浙江省湖州市长兴县雉城街道金临小区

家有桃园

包婧妤

"下午好啊囡囡!"

视频电话接通时,爸妈正在桃园里忙碌,妈妈一只手举着手机对着他们俩,另一只手在忙着用黄色的油纸包桃子。爸爸听见声响后,伸手轻轻压低桃枝漏出缝隙来,笑眯眯地向我打了招呼。在我说了这次打视频的主要目的后,爸妈表示明白,回忆了一番,随后开始向我娓娓道来关于这一片承载了我家发展的桃园的故事。

"我们家啊……"

我们家坐落在浙江省台州市丫髻岩山脚下的村庄——上山童村梁家。这里青山绿水相伴,田地肥沃,生态环境良好。改革开放刚开始时,我们家里依然一穷二白,碗是缺了口子的,筷子是长短不一的,衣服是补丁打补丁的。随着家庭联产承包责任制的推行实施,我爷爷务农赚钱,但因为家里有 4 个孩子还是难改贫穷。我爸爸是家里唯一的男孩子,他 17 岁就外出打拼了,在服装销售方面有过创业经历。但是刚刚有起色的时候,由于一起合作的那个叔叔卷走了资金,爸爸最后创业失败了。23 岁时,他回家务工,成为一名农民工,靠在工地上运沙石、混水泥、搬砖搭建等苦力活赚钱。后来在媒人的介绍下,爸爸和我妈妈相识相爱。

"家里日子本来就过得勒紧裤腰带了,生了你和你姐之后,我和你爸只能更卖力地干活,能省一点是一点,好在后来我们家种了桃树,生活改善了不知道多少呢。"妈妈说这话时,眉眼间透露着苦尽甘来的幸福,看向桃树时,目光带着感激。

2014 年,听闻拆迁的风声,为了改善家里的经济条件,我爸爸产生了一个大胆的想法,他想跟别人一起,把田里的水稻全部拔掉改种桃树,而我妈妈则认为不能全部拔掉,得留一些保底。

"那你们那个时候是怎么决定的?吵架了吗?"我好奇地问。

妈妈看了我一眼,而后她接着说:"当然了。毕竟我们家此前从来没有种过桃树,我们那一片并没有人尝试过种桃树。如果盲目跟风,别人种我们也种,万一没种成功呢?而且拆迁只是风声,并没有明确提出要拆迁,况且就算要拆迁,也没有划分拆迁范围，万一没拆到我们家这边呢？总而言之，不确定因素太多，我们家可没有那个资本可以什么都不考虑直接放手去做，得谨慎一些，给自己留足余地嘛。”

“但是我坚持全种桃树”，爸爸的声音从枝繁叶茂的桃树后面传来，“我当时想啊，水稻不种了，我们还能去买米吃，桃树要种就干脆多种一些，只种一半有些不上不下的。而且囡囡你不知道啊，种水稻不知道多少累呢，就是那种投入的精力大时间久回报还少，而桃树结果了便能拿去卖，卖得的钱会是水稻收成的五六倍，然后如果拆迁了的话，一株水稻只赔几十元，而一株桃树可以赔几百元呢。再讲了，种桃树投入的人力也少，我和你妈两个人就够啦。之前水稻农忙的时候，我白天基本要在工地上干活，没空去干插秧收割之类的农活，你妈妈白天也需要去工厂里上班，也没空，总不能叫你爷爷奶奶去田地干活吧？他们都一把年纪了，腿脚不方便，又有些老眼昏花，哪里来的精力去插秧种稻呀，对不啦？”

2014 年那年，是我们家第一次种桃树，由于不懂桃树种植时要注意什么，最后能够结果的桃树并没有几株，搜罗好一阵子，也只能抠搜出几十箱的桃子来。那一天我去了田野，我犹记得偌大的田地里，从前遍布的水稻不再，取而代之的是一株株桃树。那些桃树初初移植到我们家的田里，或许有些水土不服吧，有些甚至都枯瘦枯瘦的，别说结桃子了，连桃叶都稀疏。那个时候，爸爸妈妈会很早就起床去田地用油纸将桃子包上，以防虫蚁破坏了桃子。等到成熟时，他们也会天不亮便去摘桃子。他们会先借助太阳光，透过油纸看是否有红色透出来，而后再将油纸撕开一点点，看一下是否已经泛红。确认桃子已经泛红之后，他们才会将油纸撕开，再仔细检查一遍桃子是否成熟。若是撕下来发现没有成熟，这颗桃子是不能够进行售卖的，也很难继续生长，基本等于报废了。第一次摘桃子，爸妈并不熟练，每天四五点起床去摘到 7 点左右，也就只能摘差不多 10 箱桃子。摘完后，爸爸去工地上班，妈妈便在家里挑选桃子装箱装篮准备进行售卖。她会将早上摘来的桃子再次进行挑选，将品相不好、软硬度不对的桃子淘汰，最后能够进行完整装箱的大概只有七八箱。

桃子熟时，正值夏天，烈日炎炎，风送进屋中时都透着烦闷的躁意。妈妈坐在家里的一楼挑选品质高、能够售卖的桃子，那里并没有安装空调，连风扇也没有，我单是下楼去吃饭都热得汗如雨下，妈妈却忍受了几个小时。但她并没有抱怨或者滥竽充数地做事，依然仔细挑选桃子。我问妈妈有些桃子明明也还能够凑合，放在篮子底下的话，别人也看不太出来，为什么都要淘汰掉。“做生意不是一次性的呀，这次放了不好的桃子进去，这一次的钱赚到了，那下次顾客就不再买我们的桃子了，那以后上哪里找生意嘛。我们的桃，50 元一箱，一箱也没有多少个，还不放点好的桃子进去吗？做生意要讲良心和诚信，真心才能换真心嘛。

是不啦?”妈妈笑着这么告诉我。

当时网络还不发达,家里桃子虽有亲朋好友们的宣传,还是有些积压。我家没有从事贩卖的经历,要上街头去摆摊叫卖,我爸妈坦言他们那个时候特别不好意思,扯不开嗓子,只能静默着坐在原地,看着来来往往的行人,自己却怎么都张不开嘴去推销自家的桃子。但是桃子不能不卖,放久了会腐烂,投入的钱没法得到回血,家中还有老有小要养,能多一笔钱是一笔。后来,在生计的压迫下,我爸妈还是叫唤着推销了。他们回忆起第一次喊出声,只是一句简单的“买桃子吗”,这普通的四个字,仿佛抽干了他们的力气,喊出这一句后,良久不知道该说什么。但是一回生二回熟,他们调整好心态,将家里剩下的桃子卖完了,差不多赚了600块。

第一年种桃子,赚了大约3000块。尽管不算多,但也是多了一份收入。有了第一年的经验,2015年我们家的桃树种植情况比2014年好了很多。我爸妈知道了什么时候是合适的包桃子时间、什么是正确的包桃子的手法、浇水浇多少……这一年的桃树基本上都结出了桃子,赚的钱也比去年多了,差不多有5000块。

2015年后,随着互联网的发展普及,在朋友圈的帮助下,我家的桃子越卖越多。我们家桃子给得良心,分量足、品质好,回头客有很多,有人送礼时也会想到我们家的桃子,经常会100箱100箱地购买。我们家卖桃子的收入差不多稳在了10000块。这10000块真的帮助我们家改善了很多,电视冰箱都买了新的,还积攒了一些钱。我爸爸觉得自己还有多的精力,于是将我叔叔家闲置的田地借了过来也种上了桃树。

2018年,随着助力农产品销售、帮助脱贫的政策推行,政府想了很多办法,类似于举办枇杷节、建立集中的销售点、发布微信公众号推文等活动,来助力农产品的销售。我们家的桃子越卖越多,从之前的10000元逐渐增加,到现在每年卖桃子能赚30000元左右。

2021年,随着全面脱贫攻坚战、全面奔小康的胜利,我们家也走向了小康。家里的积蓄渐渐积累,桃林也不再只是用于维持生计。春日里,虫鸟啾鸣,桃花会羞答答地开了满园;待到夏日,桃子会在烈日朗照下挂了满枝;秋日风萧瑟,桃叶簌簌抖动,恋恋不舍地化作春泥静待护花;就连冬日,那桃枝光秃秃的,但枝头却总是映出粉嫩嫩一片。

我们家看着桃林一点点变化的四季,而它也安安静静地见证了我们家生活慢慢起色。我们家也没有让它孤单,在旁边空余处,又种上了橘子树、枇杷树,搭了个小支架,让猕猴桃能够攀爬,地上的小沟里,还躺着几株西瓜。小桃林慢慢长大,逐渐丰盛,现在,它已经是我们家的小果园了。

“差不多就讲完了，我们家的故事，其实就是和桃园一起成长啦。囡囡，你说是不啦？”视频通话的最后，妈妈这么问我。

我点点头，抬眼看向视频中的桃园，恍然，原来桃园中的每一片叶落下、每一朵花飘零、每一个果摘下，都满满地承载了感情。我们家寒来暑往多少年浮沉，最后便是桃园带着我们家走向岁月安然、走向共富年华。

我们家行至桃园，行在桃园，行与桃园。我突然明白了，为什么妈妈看向桃树时，眼神中带着感激。

姓名：包婧妤
专业班级：新闻211
户籍：浙江省台州市
现居住地：浙江省台州市路桥区桐屿街道上山童村梁家

坚守心中的农民“本分”

王华姣

我的父亲出生于20世纪60年代萧山县(现杭州市萧山区)一个叫陈家园的小村里。我的爷爷奶奶一共生育了8个孩子,我的父亲在家中排行最小。

我的爷爷奶奶都是农民,靠种水稻、养猪等农事维持着家庭的温饱。因为家里的贫困,我父亲的衣服都是哥哥姐姐穿过再传给他,甚至是3分钱的白糖棒冰对那时的他来说都是一种奢望。即使是过着这样一家人随时都有可能吃了上顿没了上顿的生活,我的爷爷还是坚持让自己的孩子有接受教育的机会。但其他孩子大都是因为成绩差,只是小学读了两三年就作罢回家帮助父母亲干活。我父亲是他兄弟姐妹中成绩最好的,即使是家里穷得连3分钱的铅笔都是需要用鸡蛋来换,是我的爷爷还是坚持让我父亲继续读书,他深知读书是寒门子弟的最好出路。

我的父亲先在新街建一小学读了五年半,后来6年级转入了过渡班,随后他又在建一初中读了两年。他白天读书,放学后会像哥哥姐姐一样,割草喂羊喂猪,来帮家庭分担家务。父亲考入了萧山四中后刻苦学习,成绩名列前茅。他还担任班长的职位,以至于现在同学聚会,他的同学还会亲切地称呼他为老班长。当时应届生是很少能考上大学的,我父亲也以为自己的求学之路到此为止,他像哥哥姐姐一样参加生产队,在种了半年水稻后,去了纺织机械厂工作。不久,萧山县招收全县乡镇企业优秀高中生去定点培养,因为父亲的表现出色,随后他被选拔前往重庆工业学校学习机械制造专业。当时的他可能没想到日后他会靠着这一谋生技术,过上了自己小时候从未想过的生活。在完成3年学习后,他又回到原企业担任技术科副科长。

父亲在纺织机械厂打工的日子,我的父母亲还有当时我5岁的哥哥,这个小家生活过得也算不错。1995年父亲买入了五羊本田摩托车,我父亲骄傲地对我说这在当时约等于现在买了奔驰。

父亲凭借一腔热血和想要闯荡出自己一片天地的心,在33岁时,向亲戚朋友借钱加上自己打工的积蓄一共付了二十七八万元,在新街邮电所对面,租了一个200平方米的集体厂房,购入车床等工具,创办了“金鸟减速机厂”,他创业的故事也由此开始。创业的条件很艰苦,生产、技术和销售都需要他一个人忙前忙后。早上7点就要上班，父亲和母亲还有员工3个人一直需要加工零件到晚上十一二点。因为父母亲工作忙碌，当时我的哥哥只好自己上下学，平常不得不由奶奶带。在事业的起步阶段，父亲是经验不足的，一切处于摸索阶段，如在黑夜中打灯前行。公司的优势在于我父亲之前在重庆学习过，可以自己设计图纸。在当时集体单位很少有工程师和技术员。勤劳和努力最终没有辜负父亲，公司的产品推销到了长春和北京。创业的第一年——1998年赚了五六万，第二年收入有10多万。生活条件好转后，2001年，为了拉货和方便家里的出行，他购入了一辆面包车。

但是事业不是一直都是一帆风顺，其中也难免会遭遇挫折与陷入困境。2002年，一批滚轮和减速机准备销往长春，正在我父亲为这笔买卖信心满满时，突然传来消息长春那边公司因为资金运转出问题，人都跑路了。他心情很是焦急，连夜坐火车前往长春。他看着火车窗外的茫茫夜色，心也陷入黑夜。赶到对方公司时，面对的是人去楼空。父亲直接损失了10多万元，血本无归。这件事后，他从中吸取了教训，与对方订合同时要谨慎，不可只埋头死干活。也是恰好这一年，我出生了。因为当时还有计划生育，我的出生面临着一笔几万元的罚款，公司又恰好面临了亏损。父母亲从我记事起就总是会向我提起这件事，说我那时晚上不停地哭不肯睡觉，只有被抱在怀里才会安分点，于是爸爸妈妈只好晚上轮流抱着我。那段时间，父母亲都很是煎熬，白天要在厂房干活，晚上又不能好好休息，爸爸说妈妈在那段时间好像一下子老了10岁。

但这些困境都只是暂时的，父亲一直都说自己是农民，是从农村来的孩子，他就像世人所定义的典型的农民形象那样，处事讲一个“信”字，老实守本分，不会因为“利”去侵占别人的利益。也因为他这样的为人处事风格，别人都很信任他，都会很放心地把东西送到我父亲这里来加工。渐渐地，因为我父亲加工零件的技术好，并且价格实惠，别人十分信任他。越来越多的人找他加工零件。其中更是有雪花啤酒厂和万向钱潮这样的大公司，它们的设备是进口的，当设备坏掉时很难找到配件，就会找我父亲来做零件，渐渐地长期合作了起来。父亲在赚钱后，会拿出一部分去买设备，来扩大再生产，促进产品的更新换代。父亲的生意慢慢地凭借他的热心与技术过硬走向正轨，我们家的生活条件也改善了很多。2005年，生意好转了许多，父亲买了一辆广汽丰田的黑色轿车。这辆车占据了我很多小时候的记忆，那时我会坐在车里，陪爸爸去采购材料，和他一起送哥哥去上大学。这辆车父亲开了很久，即使后来换了车，这辆车也停在厂房内很久。我想可能是父亲也觉得这辆车代表着他的一个不停地奋斗而苦尽甘来的阶段吧，凭借自己的辛勤劳动，他对生活一直保持着希望，最终熬过了黑夜。

2009年在我父亲记忆中或者于我们的家庭是特别的一年。之前的厂房就搬迁过，这一年，由于马路扩建，厂房不得不面临再一次的搬迁，加之事业慢慢发展壮大，父亲开始觉得买一片自己的土地，有一个自己的厂房还是很有必要的。于是，他通过政府购入了一片土地，在这片土地上，建起了自己的厂房。也是这一年，我的舅舅打算去城区购入商品房，他也建议我父亲和他一起去，毕竟我哥哥以后结婚也是需要有一套房子的。当时父亲没有什么概念，但觉得去城区买一套房总算是好的，就花了157万元直接买下了。这件事是在我采访他时才第一次告诉我，语气很是云淡风轻，我倒是震惊了一会儿。2013年和2014年是父亲生意最为红火的一年，公司的员工也由最开始的1个到了最多时候的20多个。

小时候，父亲总会和我讲哥哥小时候体弱多病，每个月的工资都是收到就又给我哥哥看病而花费掉。他开玩笑说钱在钱包里没捂热就又花出去了。有天，我哥哥在医院看完病后，被医院旁边的服装店的一件红色棉袄所吸引，红色棉袄上有个按钮一按就会唱儿歌，小孩子当然是对这个感到很新奇的，就吵着闹着一定要父亲买下，但是那时哪里有钱买这个，爸爸就拖着他走出店外。长大后，因为家里条件改善，只要是力所能及的范围内，我想要什么东西，他都会满足我。如今我在外地上大学，离开了家乡，他时常给我微信发消息，都是说多花点钱没事，只要照顾好自己就可以，像大多数的父母一样，只希望我身体健康就行，一个最质朴最简单的愿望。

我父亲的创业故事就是一个“共同富裕”的缩影。他从一个当时连几分钱的学习工具都需要用家里的鸡蛋去换，一个过年的时候没有新衣服只能穿两条单薄的裤子过年，一个因为学校没有自来水而早起去大寨河洗漱晚上点蜡烛在寝室看书的农村孩子，到现在让我们全家过上这样不愁衣食相对富裕的生活，他的创业故事的曲折也映射着我们家庭的生活条件的变化，这都是息息相关的。父亲一直没有忘记自己的农民出身，现在会在厂房后面的空地上种辣椒、白菜，在我老家后门的土地上也有他种的一片玉米地，这也可能是在坚守他心中的“本分”。我对父亲一直心怀敬佩，敬佩他在这样艰苦的家庭条件里仍然坚持读书，敬佩他在生意遭遇挫折时，仍然保持着向上的心，去努力摆脱困境。

姓名：王华姣
专业班级：新闻212
户籍：浙江省杭州市
现居住地：浙江省杭州市萧山区北干街道

居有其屋

杨宇辰

1968 年 12 月外公中专毕业被分配来到浙江省内地县城永康工作，1970 年 10 月才 17 岁的知青外婆怀着“一颗红心两种准备”被分配来到同一县城。我的外婆是工农子女，还是家里最大的孩子，因此才有机会被分配到条件尚可的永康。也许是冥冥中注定，他们俩在一家地方国企单位相遇了，相逢、相识、相爱，志同道合，于 1976 年春节喜结良缘。

民以食为天，家以居为安。外公外婆结束单身，开启了家庭生活。他们的新家坐落在工作厂区北围墙外的家属集体宿舍区内，建设于 20 世纪 70 年代中期，砖木结构，面积约 13.86 平方米，坐北朝南。在 13.86 平方米新房里吃、喝、拉、撒。早晚洗漱、做饭炒菜都只能在走廊里完成，十几户人家争抢几口锅，下班后本就很疲劳的外公和外婆基本是从厂里食堂买菜回到家吃，偶尔开伙改善伙食。洗衣则要跑到公共水龙头取水。家属区内置有唯一一处日常公共取水口，早上上班前、晚上下班后、休息日，取水的队伍都会排起长龙。为了节省时间，外婆外公洗衣物及大件都会选择到浴室。家属区内还有一处宽敞的空地，晴日里便可以看见各家各户大显神通，利用多种工具为这片空地“遮阳”，有的在树与树之间拉根绳，有的自制三脚架再横上一根竹竿，有的用细铁丝扎在铁杆上。五颜六色的印花被单、床单随风飞扬，朴素清爽的男女老少的衣服整整齐齐地晾晒，为拥挤的居民楼增添了一抹亮色。空置的空地还有另一个功能：供小年轻们聊天、幼稚孩童玩耍取乐。小女孩们跳橡皮筋、小男孩们趴在地上玩玻璃球，还有男孩女孩分成一队队玩老鹰捉小鸡……周围建有一个公共厕所，每当春夏交替和秋冬换季，那个恶心的家伙蝇蛆——两头尖带着微黄色的外衣，会时不时和你进行“亲密接触”，大人小孩见到它们都心惊肉跳，一不留神它们也许会不动声色爬到你的脚或者屁股上。

十月怀胎，一朝分娩。1976 年 10 月妈妈诞生，为三口之家添加了喜悦，但也给生活空间带来了局促。其间我的太爷爷曾来住过一段时间，在这样一间小小的 13 平方米的房子里，满满当当塞下了三代同堂。当时的艰苦条件是我现在难以想象的，更别说房子只有这么点大，外婆为了挣钱养家还经常三班倒，腾不出时间来照顾我妈妈。于是妈妈被外婆寄养到 300 余公里之外的太姥姥家。

1982 年妈妈要上小学了才又回到外公外婆身边，同年厂里给外公外婆第一次调房。新房位置与原住房只是一墙之隔，朝东，砖混结构，面积 25 平方米，二室，新房的空间比原房整整翻了一倍。房间内并排可放一大床和一小床，床头朝东窗，两床之间可以摆放一张写字台供妈妈读书写字。每当妈妈拉开窗帘便可见晨日升起，春天向远处眺望可以看见一片油菜花田，春夏之交农民兄弟们在田里抢收抢种，秋冬之际一片金灿灿的晚稻将迎来丰收收割入仓，一幕幕年复一年重现。房间的面积小，必须利用好每一块地方。外公巧妙利用空间，在屋内放置了三门大衣柜、五斗橱、独立三脚小圆桌、温州风格全木质沙发，真是麻雀虽小五脏俱全。除去卧室的面积还剩约 6 平方米，用作厨房，外婆终于可以在外公和妈妈面前大展厨艺，不用天天打包食物回家了。

当时的住房都是由企业分配的，根据你的工作能力是否出色，为企业奉献的多少，企业会为你分配相应的房子。外婆外公都是对生活有期望有追求的人，他们通过自己出色的工作表现“逃离”了那 13 平方米的房子。

20 世纪 80 年代，紧跟改革开放的步伐，镇海新办了一个大型棉纺厂，急需纺织人才。幸运与实力并存，1985 年 6 月，作为技术人才的外公被引进镇海工作，外婆也跟随着外公终于回到了自己的家乡。他们从此告别生活、工作了 17 年的第二故乡，将单身时共四次换宿舍的难忘回忆封印在时光里。外公作为技术人才先行前往镇海，暂与外婆分开了 2 个月。8 月中旬的某一天，外婆和妈妈才回到阔别 15 年的故土——镇海。新单位属于区重点国有大型纺织企业，这里已经建造起气派的五层家属楼。新家在四楼，虽然需要爬多层楼梯，但他们依旧兴致勃勃。用钥匙打开房门看到的第一眼，便注意到了卫生间。这是第一次，他们在自己的家里有了可以淋浴的卫生间，可以随时随地地在干净整洁的地方享受热水澡。新家是砖混结构，共五层，一梯四户，建筑面积 49 平方米，二室一厅一厨一卫，卫生间 0.9 平方米，东房带南阳台。

大概又过了 5 年，1990 年，他们接受了新单位的第一次调房。房子也是砖混结构，建筑面积 58.68 平方米，二室一厅一厨一卫，其中客厅约 6 平方米，卫生间 1.8 平方米。

1999 年喜迎澳门回归，外婆外公也迎来了一个好消息，他们可以第二次调房了，新房砖混结构，建筑面积 85.39 平方米，二室二厅一厨一卫。生活条件又得到了进一步的提升，有了可以全家人围在一起聊天、招待客人的客厅，外公甚至添置了录像机，我妈还记得她用录像机观看的第一个影片是《泰坦尼克号》，并且厨卫面积也随着总建筑面积的增加有了相应的改善。另外特别值得一提的是外公将双阳台进行了改造。两个阳台都用铝合金包起来，减少了灰尘的“入侵”，便利打扫。他们将一个阳台改造成书房，摆放了桌椅，未来成为我写作业的宝地。另一个阳台改造成洗衣房，在家里就可以清洗衣服，后续又添置了洗衣机。

外婆外公在工作上任劳任怨、尽职尽责，多次被评选为先进工作者，并凭借自身的不断学习和努力进取获得了他人的尊敬。一开始我外婆是最普通的厂车女工，她意识到自己的学历不够高，便努力学习考得资格证书，成为纺织技工。她在自己的岗位上兢兢业业，升职为车间主任，最终又成为分厂厂长，员工们都尊称她为“梅厂”。我的外婆是典型的新时代独立女性，事业有成，受人尊敬。而外公也从一名技术人员发展成为部门领导。当时厂里看到外婆出色的工作能力，并且还是双职工家庭，才给了他们这套房。实际上可以说，这一次是外公借了外婆的光才有机会住进这么好的房子。

我是在4个月的时候跟着妈妈住进这套房的，在这个房子里度过了快乐童年。我对其中房间印象最深的是外婆和外公的房间摆放了两张床，这在当时是十分超前的，除酒店外很少有家庭会在房间内摆放两张床。可见他们是很有前瞻性的，两张床不仅便利了亲戚、朋友来家里居住，也可以让两个人睡得更舒服。

小时候邻居爷爷（我称他为“奥特曼外公”）会开着他的电三轮车带我在小区里兜风，我会在棋牌室里围观爷爷奶奶们打麻将（虽然到现在也没学会），更有趣的是每逢中秋佳节大家会在楼道口架起一张张大桌子，每家每户都献上拿手好菜。直到小学二年级我搬离这里，之前的每年都会参加这个“聚会”。

以上分房和二次调房，房源均属厂管用房。第一次调房和第二次调房是在国家准许批准的房改政策下进行的，充分体现了国家对社会各层次群众的关心和重视。随着房改房的政策结束，国家大力支持房地产业发展，镇海区同步在健康发展房地产业，来更好地满足社会各层次对住房产品的需求，房地产如雨后春笋般在各地扎根发展起来。

2001年，他们的家庭经历了一次大动荡。当时民营企业快速发展，国有企业竞争不过，只好大量裁员，外公外婆在那时双双下岗。当时他们已经到了五十知天命的年纪，但仍不肯向命运妥协。外公前往杭州工作，跳出自己的舒适圈投身房地产行业。而外婆则在上海、宁海、舟山等地都工作过。令我很敬佩的是外婆名声在外，都是别人主动邀请她去工作，并且提供的也是企业的管理岗位。

步入21世纪后，外公越来越感到老城区的城市发展已经受到地理位置等因素的限制，于是2007年4月在距离镇海主城区直线距离约11公里的新城，他经谨慎考虑以楼面价4800元/平方米下单购买了一套商品房。当时该楼盘属于最好的小区之一。这套房子是小高层，一梯两户，楼层9层中间户，建筑面积120平方米，三室二厅一厨一卫，南北各一阳台还另带独立露台，这是他们买的第一套带有电梯的住房。外婆外公于2010年6月入住，还带上了他们在布置第二套房子时淘来的桌椅。直到现在他们还会经常在日落时分坐在那两张椅子上看报纸,就如同30多年前他们做的那样。

当时周边环境还比较差,现在旁边建造了体育公园、学校,周边矗立起越来越多的新小区和写字楼,地铁也即将开通。外公的选择为他们获得了优质的晚年生活条件。

如今,人们不再一味追求有房住、住得大,而是开始关注居住空间的安全性、生活环境的舒适性。人车分流,立体式小区绿化,亭台水榭,曲径通幽,游泳池、网球场会所等设施,全方位的物业服务都是人们购房考虑的因素。

为了购买这套房子他们花光自己毕生的存款付了首付又贷了款,买下没几年,外公外婆都到了退休年龄,为了不增加爸爸妈妈的房贷压力,他们将第五套房子卖了出去。

外公外婆忙碌了一辈子,现在都是七十好几的古稀老人。他们是国家发展建设的亲历者,是见证国力增强、科技进步、城乡变化这些改革开放成果的幸运者。他们自青春时代步入社会,经受岁月的磨砺,艰苦朴素,自律做人。我们青年一代,一要学习老辈的精神,二要增强自身的素质,在中国共产党的正确领导下,珍惜来之不易的日子,努力学习奋斗!

姓名:杨宇辰

专业班级:新闻211

户籍:浙江省宁波市

现居住地:浙江省宁波市镇海区招宝山街道

苦尽甘来一杯茶

周弈如

我的外婆家在杭州市西湖区九溪村，面朝钱塘江，背靠五云山。这里是著名的西湖龙井一级产茶保护区之一，茶叶生产是全村村民主要的收入来源。

外公外婆的大半生都与茶相伴。种茶、养茶、采茶、卖茶，几十年如一日。

1982年，家庭联产承包责任制出台，没过几年，分田到户政策便落实到了家门口。外婆家分到了8.5分地。然而除了照顾年幼的妈妈，还有两位年迈的阿太需要外公外婆赡养，8.5分地并不足以养活一家5口。

1984年春节，家里没有过年，因为没钱过年。外公翻来翻去，只摸出两张绿色纸币。"一共就两块钱，要过到月底。这怎么买菜呀?"外婆笑着和我聊起那年。那一年，妈妈8岁，刚上小学。外婆在村里的小卖部干活，每天站柜台十几个小时，夜晚轮流值班，卖货、理货、盘活，干了一整年，年底却没拿到一分钱。外公那时才刚刚进入工程队，收入微薄。在此之前外婆还干过很多活，在生产队采茶叶、割稻、种田，去钟表厂做零件、磨喇叭，给收音机的磁铁抛光、给自行车做把手……这都是些小杂活，赚不到什么钱，家里的日子总是很苦。

外公想尽办法为外婆弄了一条船。那年的年三十，小篷船的一角，挂着煤油灯，年轻的女子摇着船，带着客人夜游西湖。

从此，外婆和西湖的故事就开始了。

妈妈给我发来几张老照片。那天阳光很好，外婆穿着白衬衫，正坐在船头摇着船橹，皮肤被晒得黑红黑红，她回头朝镜头笑得灿烂，亲切又淳朴。那时候的她30岁出头，一米六四的个子，九十几斤。其实我很难想象她是如何一个人摇着船、讲着故事，带着一批又一批的旅客在西湖的各景点往返。外婆因为故事讲得好，性格开朗外向，为人真诚实在，收获了不少回头客。

物有甘苦，尝之者识；道有夷险，履之者知。

1985年寒冬，漆黑的夜里，外婆独自一人收完船，一脚踩空，半个身子掉入西湖。外婆是不识水性的，凭着年轻还有些力气，她抓住船篷，挣扎着爬上岸。"那时候湖边一个人也没有。路上也没有出租车，只能坐4路公交车一站一站晃回家。到家洗澡时才发现，半边身子已经冻得失去知觉。"外婆和我慢慢地说着，"心里多少慌啊，但是没办法，船还是要划的。"她没有因惧怕而放弃，第二天4路公交首班车，这个老面孔和司机问个早，又匆匆上车了。

1988年8月8日，12级的超强台风让杭州交通瘫痪，风吹倒了电线杆、吹断了高压线。一夜之间，西湖边的树被连根拔起，横七竖八倒在路边，一片狼藉，那年的10万杭州市民自发上街救树。"那年的西湖也是真的凄凉。"外婆说她赶到西湖时，岸边的船早已脱绳从湖滨码头不知漂到哪儿去了。和其他的船工一行人划着小船，便开始绕着西湖找船。最终在湖心亭找到了，岛上、船上早已是一片狼藉。

外婆刚开始划船的几年，妈妈读小学。双休日、寒暑假，她会去帮外婆划船。"划个几下手上就有老茧了。那时候中饭装一个保温瓶，划一点点就很累，饭要被我吃掉一半多，轮到外婆吃，就只剩下一点点饭了。"妈妈笑着和我聊着年少"不懂事"的故事，"我以为在帮她减轻负担，其实我在她饭都吃不饱。"一条船最多可以坐6个大人，若四五个游客包船，妈妈是最开心的那个，因为可以跟着一起去。有时候船上人满了，妈妈上不了船便只能在岸边等着，一等就是两三个小时。外婆对妈妈总是怀有亏欠，母女俩经常一个礼拜也见不到一次，家长会也是外公去。但妈妈并不责怪外婆，"你外婆那时候真的很辛苦，脸被晒得很黑很黑，我知道她在忙着赚钱。家里的条件确实越来越好了。"

过去几十年，4路公交车的首发站是九溪。早上5:15坐首班车去湖滨，晚上10点坐末班车回家的日子，外婆坚持了12年。划着船从湖滨出发，绕三潭印月到湖心亭、中山公园、岳王庙……游湖一圈，最后转回湖滨。途中，会给游客讲解西湖故事。而一趟，少则两三个小时，多则四五个小时，很辛苦，但外婆干得充满希望。那时候他们是自己揽客的，顺利的话一天可以划三四趟，收入便非常可观。也有时候一天一个客人都没有，但仍要支付100多元一天的租船费用。她从没有向疲惫与艰难低头，而是积极地调整、面对一切突如其来的变化。后来几年，外婆不再当船工了，改做帮工。虽然单次收入降低，但不再需要顶着高昂租船费的压力过日子了。

时光铭记奋斗的步履。

外婆划船的这些年，家里的生活有了巨大的改善，造了三层新房子，购置了全套新家电，淋浴器、电冰箱、洗衣机、电视机，一应俱全。"那时候亲戚啊邻居啊，家里还是烧柴火的，我们家有热水器。过年他们就来我们家洗澡。"外婆兴奋地和我说着，"那几年真的很苦，但是生活条件是真的变好了很多。不再愁吃不上饭了。"妈妈也有了很多漂亮的新衣服、新文具，可以订购班里其他同学订不起的营养品。

1997年8月，游船公司改革，外婆回了家，全心全意种茶。

外公在舟山岛上当过5年炮兵。踏实肯干，是他对自己5年军旅生涯的总结。退伍后外公一直在市政工程队工作，事业单位早上8点上班即可。但外公仍然每天早起，帮外婆做好早饭和要带去的中饭，然后再骑一个多小时的自行车去上班。有时看外婆实在辛苦，外公就会3点起床做完饭，骑车去湖滨，把船收拾好，等外婆来了再去上班。修路铺路是很看天气的，每逢重大节日前，没日没夜修路是常有的事儿，最久的一次熬了3天。

世纪初，外公拼命加班，月收入过万。退休前，钱江四桥建造完毕，外公和同事们日夜兼程为桥铺上了崭新的沥青路。退休前，茶忙时节，上班前采茶、下班后炒茶是外公忙碌的日常。

退休后，外公除了照顾我，便一心扑在了茶地上。

2003年，时任梅家坞村主任卢新，辞官上山开荒，开辟出200余亩龙井庄园。外公外婆受到鼓舞，也决定开荒。挖掉已经深埋在地里腐烂的树根，清理土面，施肥浇水，养土、种新茶，两个人陆陆续续干了几年，终于养出了一块地。相比龙井43，老茶树的亩产低、售卖价格也低。2005年，外公退休后，趁还干得动，和外婆两个人翻地、挑土、挖沟、种苗、浇水，把近1亩地的老茶树全部挖掉改种成最新的龙井43。3年后，茶叶出产，产量大幅提升，收入也有了显著的增长。

一杯西湖龙井茶，三分靠茶青，七分靠炒功。

外公的炒茶技术炉火纯青，但一个人的效率总是有限的。记得小时候，炒茶机的声音彻夜不绝。这些年，外公陆陆续续购置了数台炒茶机器，炒茶效率有了质的飞跃，基本晚上10点前就能炒完当天的所有茶叶了，有时候还可以帮邻居或是亲戚炒炒茶。但外公若是得空，还是会固执地用手工炒茶。他表示虽然机器可以代替人工、解放劳力，但情怀和手艺还是要靠这种古朴的形式传承。

外公有厚厚一箱子的书和不少笔记本。除了养生保健类，便是茶树种植管理相关的。“不一样的虫和病菌要打不一样的药水，这些没人教的，都是这些年自己买书看学来的。”外公一向如此，对待生活中大大小小的事儿，乐观积极、认真又踏实。他会教外婆如何用微信社交，研究什么设备新、什么设备好，会用淘宝买药水、买机器，会自己研究如何申请行程码、通行码。他虽是一名茶农，却时刻紧跟时代前进的脚步，感受时代发展的脉搏。

每年的三四月，九溪村都茶香四溢，这是茶叶丰收的时节，自然也是一年中茶农最繁忙的时节。清晨，天未亮便起床准备一天的饭菜。太阳出来后，背着茶篓上山采茶，十指翻飞，于茶树间穿梭。直到星星爬上了半山腰才收工。不光是我家，这里家家户户的村民都是如此。春茶过后，便开始修剪茶树，5月前一次，立秋前一次，修剪后25天左右，新的枝叶长出来后就需要进行农药管理。打药水、除草、除虫，甚至有时翻地。陆陆续续干着，直到冬天，歇一歇，很快又是一年春茶的采摘时节。

天时人事日相催，冬至阳生春又来。

“一年就这样过去了。”外公说道。

外公外婆经历过艰难的岁月，却仍对生活报之以歌。他们淳朴善良、脚踏实地，从不投机取巧，绝不掺杂一片假茶叶，更不会虚抬价格。浮生若茶，甘苦一念。他们勤勤恳恳、平平淡淡，用双手支撑起这个家。

人生如茶，苦尽、甘来。

2000年起，杭州发展日新月异。妈妈买了自己的房子，过起自己的小资生活。外公外婆还是住在九溪村里。市政美化工程翻修了九溪的道路和房屋，环境清新宜居，建筑古色古香。外公时常更新家里的电器、家具，添置些高科技的新鲜玩意儿。2016年，杭州举办G20峰会，房价飞涨。我家虽没有购置很多套房子，却也在这样大环境下有了更足的生活底气。没有大富大贵，却也在走向小康的路上，安安稳稳，且歌且行。

姓名：周弈如

专业班级：新闻211

户籍：浙江省杭州市

现居住地：浙江省杭州市上城区彭埠街道

兰城往事

方可沁

我们的故事发生在浙江中部的一座小城——兰溪。兰溪自古有“三江之汇”之称，衢江、金华江、兰江交汇于此，两个原本毫不相关的家庭也在这座小城有了交集，而后组成了新的家庭。三个家庭就像三条相交线，相逢、融合，又各自离去，永不回头，但交点永远存在。

而我，就是这个交点。

平行

我们家说来也奇怪。户口本上的籍贯，爷爷奶奶写的是杭州，父亲写的是丽水，而我写的是金华，乍一看，不像一家子，但我们是货真价实的一家人。

2014年的暑假，父亲提议带着我和爷爷奶奶自驾去丽水游玩。丽水对我来说，只不过是地理书上的“浙南绿谷”，抑或是朋友打趣间的“浙江西藏”，但爷爷却动作缓慢地摘下他的老花镜，用眼镜布仔细擦拭着，而后望向前方，仿佛可以透过空气看见什么。我不解地用眼神向父亲求助，后者则是一脸了然，“要说啊，这丽水还是我和爷爷奶奶的第二故乡呢。我初二之前的日子，都是在那度过的……”

爷爷是个老杭州人，家住杭州上城区鼓楼附近。他下乡当过知青，也上岛当过兵，而后被招进位于丽水的浙江省国防工办下属的永新化工厂工作。29岁那年，爷爷回杭州省亲与奶奶相识，不久后结婚，奶奶便这样跟着爷爷去了丽水。

那时奶奶扎着两条麻花辫，头发又黑又亮，婚后一年，姑姑便出生了。也是在这一年，爷爷由计划科副科长晋升为计划科科长，工作更加忙碌，经常被委派到杭州、上海等地参与培训和化验室筹建。

有一回，工厂里80个青年被派去山东张店市（现山东省淄博市张店区）的山东铝厂化工培训，爷爷学习最为认真，被评为唯一一个“优秀学员”。因为工作忙碌没时间照顾孩子，爷爷奶奶便把姑姑送回杭州老家抚养。

两年后，父亲出生了，此时爷爷已经由计划科科长晋升成了机动车间党支部书记兼任劳动人事科科长，工资水涨船高，生活也逐渐稳定，于是父亲得以留在爷爷奶奶身边。

因为离开了杭州,爷爷奶奶把房子留给了兄弟姐妹,还每月寄回工资接济家里,家庭氛围异常和谐。

1973 年,爷爷被外派到上海化工研究院无机实验室深造,跟着张东南老师学习。爷爷说,那时上海实验室的天平准确度已经到达了十万分之一,那是之前从未见过的,因此肉眼无法看到,必须得用光幕看刻度。那是爷爷第一次感受到时代在往前飞速地发展。

一次做燃烧沸腾炉实验时,有人不小心打翻了器皿导致着火,大家都张皇失措,爷爷却异常镇定且果断,立马切断了火源,因此得到了老师的青睐。培训结束后,老师在他的鉴定报告上这样写道:"工作积极认真负责,且具急智,为国家减少了损失。"同时还赠予他诗一首,写在笔记本上:"我发两鬓白,喜逢君来学,恨乏同事缘,暗自悔泪伤。"

这个笔记本,爷爷到现在还好好珍藏着。

虽然家庭条件还算不错,但爷爷奶奶十分节俭,衣服补了又补,舍不得买新的,唯二的大支出还是奶奶补衣服用的缝纫机和爷爷听新闻用的收音机。

爷爷常说,生活朴素点可以,精神和眼界不能朴素。即使现在爷爷已经 82 岁高龄,还是每天准时观看新闻联播以知晓家国大事,这一点,连我一个学新闻的都自愧不如。现在想想,也许我当初那么坚定地要学传媒,是有爷爷潜移默化的影响在的。

20 世纪七八十年代的交通非常不方便。寒暑假,姑姑需要一个人坐火车从杭州到遂昌和他们团聚。

那时候的火车车厢里闷热且昏暗,只有一个小小的窗户,没有座位更别提卧铺,乘客都要自己带小板凳,坐上一天一夜。

那时候的丽水没有火车站,只能先坐到龙游再乘车去遂昌再坐三四个小时的大货车到十三都村。

货车车厢也是露天的,同样要带着小板凳挤在后车厢。冬天遇到大雪堵路车开不过去,便只能下车走,一走就是一两个小时,然后可以看见厂里来接家属的大货车。

……

1986 年,父亲到了上初中的年纪,此时爷爷是副厂级的干部。因为职工兼职的老师无法胜任中学教学,父亲便要独自拉着大行李走一两个小时的山路到车站,再坐三四个小时的货车到县里上学。

一次大雪天,父亲在上学途中摔了腿,冬天冷,当时没什么感觉,到了学校去医务室处理了一下也没当回事。结果腿越来越肿,伤口因为耽误了治疗已经全是脓液,学校没法治便只能回家。后来在厂里的医院做了个小手术,还为此休学了半学期。

因为这件事，更因为交通的不方便，爷爷向厂里申请调到兰溪，筹备即将建成的永进化工厂。

那时候家里没有热水，大家都要去厂里烧锅炉打热水。父亲去打热水的时候在楼梯上踩空了，热水全泼洒在了腹部。

夏天衣服穿得少，他掀开衣服一看，皮肤全被烫红了，用手一摸皮就掉下来。腹部大面积烫伤让家里四处求医无果，幸好最后在附近的学校门口遇见一个赤脚大夫，用土方子给治好了。

后来爷爷又凭借出色的工作能力逐步晋升为八四车间党支部书记。为了上班方便，爷爷买了一辆凤凰牌自行车。父亲也顺利考上了高中。

爷爷很喜欢《钢铁是怎样炼成的》中保尔·柯察金说的这段话："人的一生应当这样度过：当一个人回首往事时，不因虚度年华而悔恨，也不因碌碌无为而羞愧；这样，在他临死的时候，能够说，我把整个生命和全部精力都献给了人生最宝贵的事业——为人类的解放而奋斗。"保尔·柯察金用一生去践行的话，也是爷爷的人生格言。

社会动乱时期，厂里两派斗争得十分激烈，爷爷没少受折磨，被隔离审查后贬职为苦工，但他心态一直很好，因为"身正不怕影子斜"。后来"文化大革命"结束，爷爷恢复了原职，并且主持处理相关案件。他从来都公私分明、秉公办事，不会因为受到迫害而滥用职权。

几十年后，在工友们组织的退休大会上，当年与爷爷针锋相对的同事也表达了对爷爷工作的高度认可。

爷爷说，他这一生不负自己，不负他人，更不负国家。

相交

听母亲说起以前的事，我除了感慨，更多的是震惊。父母的相遇像是所有浪漫故事的开头。那时两人都喜欢跳舞，在舞厅一见钟情，而后陷入热恋，顺理成章地结婚，再后来有了我。但，这和我印象中的他们不太一样。

母亲在我心中一直是成熟的、理性的，反而父亲像个小孩幼稚得不行，总是和我打打闹闹，男人，果然至死是少年。但无论如何，我是万万不能把他们和爱跳舞的潮流青年联系在一起的。

母亲出生在兰溪的双职工家庭，那时兰溪还是被称为"小上海"的繁荣之地。母亲从小衣食无忧，思想也相对活跃不少。十八九岁时，每月的工资一到手就去买衣服和尝美食，她算是最早的"月光族"了，后来又因为厌倦了一成不变的工作而两度裸辞，母亲性子里的洒脱是我们能够一直以朋友身份相处的秘诀。

2002 年，我出生了，这时父亲 29 岁，母亲 27 岁。

我从小身体很不好，才两个月就因高烧住院，一吃奶就上吐下泻。一吹风就感冒，一晒太阳就发烧，母亲为了照顾我，在我两岁前都没有出去工作。后来我长大了一点，她便自己在青松附近开了家床上用品店。因为价格公道、花色好看，母亲还懂得做人，这家店生意很好，在兰溪小有名气，多的时候一天能进账上千元。

店里的布匹都是母亲亲自去杭州挑选进货的，她会租一辆大货车，车载着她，也载着货物。

一次进货回来已是午夜，司机为了省钱走的国道。国道一边是山，一边是崖，夜里司机犯困，看不清眼前的路，差点连人带车翻下悬崖，十分惊险。

我们家人丁稀少，和我同辈的只有一个表姐，大我 8 岁，又远在杭州。

母亲这样辛苦，而我从小就衣食无忧，可以说是在万千宠爱下长大的，现在细细想来，长辈们竟没有一次拒绝过我的要求。

我 5 岁时，家里想换套房子，便把原先的婚房卖了。因为怕摩托车风大吹着我，家里买了第一辆汽车。买车的时候父母特意请假把我从幼儿园接出来让我挑选，车的颜色便是由我定的。

买房时也询问我的意见，楼层数便是我的杰作。

父母给我爱，给我尊重，从不会因为我年纪小就忽略我的意见，家中大大小小的事我都有平等的发言权。

装修新家时，母亲和我商量能否从我的压岁钱中拿出 1 万元，因为家不仅是父母的家，还是我的家，我也有义务出一份力。

房间的墙纸、顶灯和衣柜都是我自己挑的，父母的这般“纵容”让长大后的我看着和整体风格格格不入的粉色房间哭笑不得。

还是那一年。圣诞节早上醒来，我看见床边有一只很大的红色袜子，袜子里面是一双漂亮的公主鞋。我很惊讶，问母亲是怎么回事，她说这是圣诞老人带给我的礼物。

母亲一直在保护我的童心。

日子越过越好，母亲却还是很累，特别累。每天去爷爷家吃饭，母亲有时等不及吃饭便深深睡去。

常年在灰尘中工作，母亲变成了极易过敏的体质，鲜花过敏，灰尘也过敏。

2010 年，这一年母亲 35 岁。家里终于在兰溪最新开盘小区买了房。母亲觉得开店太过辛苦，于是把店转让了，准备和朋友去深圳闯闯。

这年我 8 岁，还离不开母亲。把母亲送到火车站后，我会在副驾驶座默默地流泪。我每天最期待的就是和母亲视频，那时候家里用的还是台式电脑，放在阳台上，一放学我就喜欢缩在小小的阳台等母亲打电话来。

我最爱的动画片是母亲推荐的《葫芦娃》。她去深圳后我愈发迷恋它。

母亲在深圳的饭店生意很好，但是没人懂如何定价，导致定价太低最后入不敷出被迫关门了。不到一年，母亲便回来了。

后来我和母亲抱怨这段时间太难熬，母亲说："我只会比你过得更加艰难。"她每天4点起床买菜准备，白天招呼客人，晚上记账复盘，半夜躺在陌生的床上想女儿想得泪流满面。

失眠、早起、工作，失眠、早起、工作。

就这样往复循环着过了一年。

分离

有时候我在想，如果当时母亲成功留在深圳，是不是我们的人生就会和现在完全不一样？

但生活没有如果。

从深圳回来后，母亲在家休息了一阵子。朋友邀请她去宁波做电梯生意，但是母亲拒绝了。

我们家把之前买的房子转卖了，置换了另一套上下两层的房子。

母亲闲不下来，又去忙装修的事。

她亲自设计，亲自定制家具，亲自在新房盯工，新房一砖一瓦皆是母亲的心血。为此，母亲因长时间吸入甲醛患上了甲亢。

在母亲的努力下，2013年4月，我们顺利搬进了新家。

同年9月，一个深夜。我早已入睡，却被客厅中的动静惊醒。父母的争吵声一阵阵闯进我的耳朵，我缩在被子里捂着嘴哭。

我知道，家里出事了。

但父母没有一丝要告诉我的意思。他们不说，我便不问。

我们达成了一种诡异的默契。

白天一切如常，每到夜晚，他们在客厅中争吵，我在被窝里流泪，如此过了几个月。

这种暴风雨下的平静终于在一年后被打破。

那天母亲红着眼来问我："如果爸爸妈妈想离婚，你同意吗？"

这是我第一次见到母亲哭，也是我第一次要做出这样艰难的回答。

但我还是很平静、很懂事，我说："我同意，你们各自幸福就好。"

再后来母亲便搬走了。我趴在窗户上看母亲一件一件往外搬行李，父亲就坐在沙发上沉默着。

父亲总是沉默着,和母亲吵架时沉默着,母亲想分开时沉默着,现在也沉默着,我们就这样在沉默中告别,家也在这样的沉默中走向灭亡。

但母亲不知道,父亲诺基亚手机的开机提示一直是“要对英、沁好呀,开心每一天!”英是母亲的名字,沁是我的名字,这是我偶然间瞥见的。

幸运的是,父母的家灭亡了,我的家还在。

父母都没有再婚。

我该有的父爱和母爱一分也不缺,他们由夫妻成为朋友,都从未缺席过我的成长。

离婚的导火线是父亲投资失败,这是我现在才知道的。

房子被卖掉还债了,先前积累的存款一分不剩,母亲便去干了销售。

工作两年多,积累了一些人脉后,母亲出来自己单干了。

她办了自己的厂,日夜在外跑单子应酬,她跑遍了兰溪、义乌、浦江以至整个金华,慢慢积累了一些老客。

日子又朝着希望的方向前进了。

但我不知道这是她做出了多少努力换来的。

2018 年,母亲不想再留在兰溪,我们终于又在金华市区买上了房子。

两年后,母亲突发奇想想开咖啡店,便火速盘下了一家店面。同一年,又依靠在日本的朋友做了代购。

母亲一直在前进的路上。

闲聊时她说,其实大家都以为当时她那么坚定要离婚是因为钱,只有她自己知道,一条路上,有人想往前跑,有人想停在原地,他们注定无法一起走到最后。

后来

2021 年,我考上大学来了宁波,母亲也跟着过来,说想试试在宁波拓展业务。这时母亲已经 46 岁。

兰溪这座小城,见证了爷爷的努力、母亲的奋斗和我的成长,也见证着我们家是如何一步步迈向更好的日子。往事已如过眼云烟,生活正在蒸蒸日上,我们得到幸福,遇见苦难,分道扬镳,又放下释怀,我们一直在往前走。

姓名:方可沁

专业班级:新闻 211

户籍:浙江省金华市

现居住地:浙江省金华市婺城区安地镇

老王家的张支柱

王裕婷

我们老王家是江西省上饶市珠田乡江田村的一个很普通的家庭，因为家里经济不宽裕，即使爸爸考上了高中，也因为经济问题早早外出打工了。

年轻时的爸爸可以说是十分的放荡不羁了，他早早独自在外地打工，染上一些坏习惯，抽烟、喝酒甚至赌博都是常有的事。即使在外打工也只是能勉强养活自己，到了年底能买上一张通往家乡的车票。当我听到爸爸说着他年轻时的“风光事迹”时，不免有些惊讶，不仅惊讶于这样的爸爸居然成功娶到了老婆，更惊讶于老爸的改变。

我的妈妈出生于江西省上饶市珠田乡江田村这样一个小山村里。因为外公很早去世，她也很早就外出打工，但与爸爸不同的是妈妈是一个精打细算的女人，也没有什么不良嗜好，所以一年下来可以存下不少钱。对于嫁给我爸的原因，妈妈没有跟我说什么具体的理由，只说：“村里很多不平的事都是老爸搞定的，虽然他有些不好的习惯。你爸爸会因为看不下去一堆年轻人欺负开小卖部的老爷爷买东西不给钱而去找他们要钱，即使知道寡不敌众，也还是会义无反顾。”

爸爸和妈妈于 2002 年结婚，由于家里穷，爸爸娶妈妈是借的钱，结婚后妈妈第一件事就是先把借的钱还回去，然后他们来到了浙江温州，在那里有了一个我。

爸爸那时在温州的皮鞋厂上班。妈妈在那里的铜材厂里面做包装，即使怀着我也还是会连轴转，经常上 30 多个小时班，可这一天下来也只赚 50 块钱。这个家有了妈妈以后，爸爸也就彻底和他以前“自由”的生活再见了，上班不再是“三天打鱼，两天晒网”，在闲暇之时还要被逼着去拉黄包车。但黄包车其实是不被允许的，那个时候又是纯人力骑的，所以逃得也很慢，很容易被抓到。那个时候温州的治安差，在路上都会有抢劫的，爸爸被抢过一次之后，出去拉黄包车就没怎么带过零钱。结婚以后，爸爸觉得日子是有盼头的，开始在慢慢改变自己，在妈妈的监督下成功戒烟戒酒戒赌，成了一个“三好青年”。

2008 年妈妈独自一人带着 6 岁的我和 3 岁的弟弟来到了宁波。那个时候的绿皮火车人很多，短短 5 米的距离就要挤二三十分钟，而妈妈当时一个人带着我和弟弟，还带着一个很大的包和许多其他的行李，多亏了其他人的帮忙，一个个轮流接力把我和弟弟先送下了车。刚刚请假赶来、步履匆匆的老爸看到我们三个狼狈的样子红了眼眶。

我和弟弟在宁波上了幼儿园，妈妈在宁波找了个包装的工作，爸爸在铸造厂上班，很累但钱相对赚得多。在工作日时还好，可周末是个问题，周末爸妈还是要上班的，可我和弟弟没人管，爸妈就把我和弟弟留在家里，把中饭放进保温瓶里让我们到时候自己吃。这点在别人看来可能会觉得很震惊，但我的妈妈就是有这个魄力。在一个很平常的周末，我照例去保温瓶里弄饭出来吃，但很快闻到一股呛鼻的烟味，我转头一看是淘气的弟弟在玩打火机，把窗帘给点着了。那时的我其实很不知所措，呆呆站了好一会儿才知道要先把弟弟抱出去，可我那时候力气很小，弟弟又是一脸好奇不肯走，我看着火势越来越大，就只能生拉硬拽地把他拽出来，过了不久一个收废品的叔叔看到我家冒着很大的黑烟，就帮我们把火灭了。那时的我才 6 岁，我还记得妈妈回来时着急的样子，那时不太懂，现在想来妈妈应该是很后怕的吧。妈妈说那个时候我们一家 4 口就住在一个大概 20 平方米的小房间里，火已经很快就要烧到电视机和煤气灶了，等妈妈进屋一看，已经是一片狼藉。房东很生气，让我们搬家。

到了 2009 年，虽然爸爸妈妈都不是文化人，但他们靠着自己的双手，在妈妈的精打细算下，我们家也存了十几万元了。妈妈觉得钱攒得差不多就带着我和弟弟回老家造房子，爸爸则还是一个人留守宁波。妈妈一个人在老家忙前忙后，爸爸虽然也是经常江西和宁波两头跑，但总有无暇顾及的时候。刚开始造房子时因为路很窄，所以装砖头的大卡车开不进去，只能靠人工用那种小推车搬进去，那时才 7 岁的我也经常被拉去搬砖，妈妈更是从来没有缺席过。有时候半夜下雨，也是她一个人过去盖材料。她不仅要忙着造房子，还要种田、做饭、洗衣，打点其他许许多多的事。那时的妈妈在我心里已然是个闪闪发光的“女超人”了。到了年底，爸爸带着他独自在外赚的几万块钱回来，结完工人的账手里就只剩下一张孤零零的 20 块，根本没钱过年。舅妈打来电话邀请我们过去过年，但要强的妈妈不愿意去，即使是自己的弟弟也不愿意麻烦。最后是爸爸借了 200 块才勉强把年过了。造完房子妈妈的心才算真正安定下来，可紧接着又开始为我和弟弟在哪上学的事操心。因为这一年我的爷爷奶奶相继去世，妈妈怎么都不愿意把我和弟弟放在老家，就把我们带来了宁波。

这次的火车之旅本来因为有爸爸在可以不那么狼狈，但精打细算的妈妈巴不得把所有东西都带到宁波来，打了大大小小 4 个包。我们挤在人海里，虽然很难，但始终没有放开拉紧的手。风尘仆仆的一家四口终于到了宁波。来到宁波首要大事就是我上小学的问题。因为我没有在宁波读幼儿园，所以不可以直接升学，又因为是下半学期，插班更是不易，爸爸去找校长也是碰壁，校长压根就不搭理他。妈妈后来听说厂里好几个小孩都是他们老板托的关系，就让老爸也去找找他。爱面子的老爸怎么可能轻易答应，但架不住老妈软磨硬泡，最终还是去找了老板，我得以顺利进入了小学。

进入小学后，我们家在宁波开始安定下来，本来可以搬到一个稍微大点的房子里去，但妈妈想着还要存钱装修，就还是只租了一个小小的房子。那时我们房间里没有空调、冰箱等一系列电器，只有最基本的电视和风扇。爸爸又开始兼职拉黄包车。日子虽然过得简单，但也算安稳。到了我四年级那年，妈妈开始教我煮饭和做一些很简单的菜，让我可以照顾自己和弟弟，那样他们就可以加班。从那一年开始妈妈就没怎么在晚上 8 点前回来过，爸爸的黄包车也是换了一辆又一辆。渐渐地生活好起来，开始租大点的房子，同时老家的房子也装修好了。

记得小学的时候，我不太喜欢妈妈，因为妈妈一直很节俭，平时从来不会给我和弟弟零花钱。别的同学一放学就往小卖部钻，我只能绕开那段路一个人回家。妈妈也不太会给我们买新衣服，导致我小时候有些自卑。2018 年暑假的一个晚上，我照常在家做晚饭，一个叔叔敲响了家里的门，说妈妈出车祸了。我当时是懵的，直到爸爸打来电话才让我反应过来。他让我先不用过来，自己在家关好门窗。那天晚上我是没怎么睡着的，心里一直想着妈妈的病情，脑子里闪过她过往许许多多忙碌的身影，有她在工地搬砖的身影，有她半夜回来还在收拾家里的身影，有她早起洗衣服的身影。我惊讶地发现她好像从未怎么停歇过，不善言辞的她一直在默默地忙碌着，我才明白其实我们这个家是多亏了妈妈。虽然她对我们有些“小气”，但要补课时几万块钱拿出来她也从来都是二话不说。她对自己更是吝啬，没怎么买过什么新衣服，厂里发了什么好吃的也是第一时间带回家来，即使只是一杯香飘飘奶茶她也不舍得喝。

前几年回老家，妈妈去银行取钱，把 30 万元霸气地往桌子上一拍，我们家就多了一块地。我从来没见过妈妈笑得那么开心的样子，明白过来这是她这么多年来辛辛苦苦攒钱的目的。他们的工资并不高，我和弟弟又都在读书、长身体，其实家里的开销是很大的，但妈妈居然真的一点点攒了这么多。这两年家里的大事渐渐有了着落，我考上了大学；爸爸不再拉黄包车，在兼职送外卖；家里租了一个大房子，虽然不说是大富大贵，还没能在宁波买房，但也过得很安稳，很幸福。我觉得这样的生活很好，只要家人平安健康，快快乐乐生活就行。我现在已经长大，再过几年也可以出来赚钱了，希望我们家的“张支柱”也可以早些休息，享受她的退休生活。

姓名：王裕婷

专业班级：新闻 212
户籍：江西省上饶市
现居住地：浙江省宁波市鄞州区姜山镇陈家团村

老物件下的小家庭

曾琳博

外公名为罗世福，他确确实实做到了让家庭的世世代代都有福气。

掐着手指头算，外公已经去世 10 年了，他过世的时候我才 9 岁，因此我对外公并不是十分了解。在我的记忆里，他是一个十分顽固且脾气大的小老头，我们这一代小辈小时候都很怕和外公讲话，给他拜年的时候也是心惊胆战的，都觉得他不喜欢我们这群小辈。今天的我才知道外公并不是不喜欢我们，而是对我们特别喜爱，他只是在军营生活太久了，不知道怎么对身边人表达自己的情感，就像传统中国式的家长一样，对孩子的爱表达在严厉中。姑奶奶说，我们现在的好生活和外公有很大的关系，就是因为他，我们这群小辈才能像现在这样无忧无虑地生活。外公就像一根扯不断的线，串联起外公家从贫穷到小康的生活。

外公的人生是从 1936 年开始的，他在广西北流市清水口的一个贫穷小山村里长大。当时家里已经有了一个哥哥和两个姐姐，他是家里最小的孩子。俗话说，穷人家的孩子早当家，外公上完小学就没有再读书了，而是在家里帮忙干农活。农忙时节，天刚蒙蒙亮，外公就会被外祖父叫起来去放牛或帮忙下地。外公最喜欢的就是去放牛了。那时放牛的基本都是各个家里的小孩子，把牛拴在树旁边吃草就可以去玩耍，饿了就去树上摘果子吃。外公和小伙伴们经常玩到天都黑透了还不回家，所以经常挨骂。那时候没有钟也买不起表，外公对时间的判断都来源于天色，太阳下山了，他就可以回家吃饭了。

时间过得很快，转眼外公就 22 岁了，田里和山中依然有外公忙碌的身影。外公 18 岁那年和太外祖父提出想去当兵但是太外祖母不同意。在这一年外公想做出改变，他不想一辈子被困在山里，不想让他的子女也在田里长大，还有他想圆了自己的军人梦，所以毅然决然瞒着母亲去当了兵。外公被分配到河南洛阳，他的日记里写道：第一堂课，便是忆苦思甜教育，为了激发斗志，焕发我们的训练热情，弘扬吃苦耐劳、刻苦学习的精神，军队领导精心安排，大会小会进行忆苦思甜，吃忆苦饭，观看忆苦电影，使我们这些新战士个个都泪流满面，义愤填膺，化悲痛为力量，化仇恨为动力，以饱满的精神、优良的状态，投入军营生活中去。因为常年下地干活，外公的身体素质十分强并且能吃苦，所以在前三年经常在部队各种比赛中拿第一，因此领导推荐他去军校念书。这段经历不仅让外公圆了读书梦还开阔了外公的眼界，让他觉得教育是一件很重要的事情。妈妈和我说正是因为如此，外公一直为妈妈、舅舅和大姨提供力所能及中最好的教育。在军校毕业后外公回到部队，当上了后勤部连长，领导还赠予了外公一块怀表。外公当时十分激动，因为他终于有了属于自己的一块表。这块表伴随了外公的后半辈子，也见证了外公家由贫致富。外公在部队这几年，工资一分没花，全都存了下来。吃穿用度都是军队里统一下发的，就算别的战友在休息日拿酒馋他，他也不为所动，所以在休假省亲时带回了一笔不小的积蓄。

1965 年，外公怀着忐忑的心情踏进 7 年没有回过的家，太外祖母见到他便抱着一顿哭，外公将怀表给了太外祖母。太外祖母天天拿着它和村里其他人炫耀。就这样外公在家里安生地待了一周，媒人开始上门，外公特别抗拒这种包办婚姻。虽然部队里不许谈恋爱，但他却和一位洛阳当地的姑娘在悄悄谈恋爱，外公和太外祖母说了此事，太外祖母却不同意，因为她觉得不知根知底而且是大城市的姑娘，娶回来怕不安生，本村的女子更适合外公。母子二人谁都不服谁，外公也不论太外祖母怎么闹，他就不肯结婚，这件事就随着外公回部队而告一段落。但当外公回到部队时，那位洛阳姑娘却向他提出了分手，因为她家里人不许她嫁这么远并且给她安排好了结婚对象。与此同时另一个噩耗又从家里传来，外公的哥哥和父亲因为意外去世了，家里就留下他一个男丁。外公一时进退两难，为了让太外祖母不那么伤心，他答应了和太外祖母选择的同村女孩子结婚。他向部队请假回家，结婚两天后又匆匆返回了部队。

大女儿和大儿子慢慢长大。小女儿出生后，外公思虑再三，父母逐渐老去需要儿子尽孝，孩子们渐渐长大需要父亲陪伴，于是他将幼小的小女儿留在母亲家，把妻子、儿子和大女儿带到部队生活。外公嘱咐太外祖母，小女儿哭了就拿着怀表和她说："乖囡囡（乖孩子），看这里，看到这个最短的指针了吗，等它转够一千圈，爸爸妈妈和哥哥姐姐就回来陪你玩啦。"妈妈和我说："这个方法真的很神奇，你外祖母说她一这样对我说，我便会立即停下不哭了，一直盯着怀表的指针看。"外公回到部队后，便着手开始准备转业的相关手续。1978 年部队批准申请，将外公分配至南宁公安厅工作。外公带着家人从洛阳去了南宁。在公安厅待了一年，外公发现离家还是太远了，于是又申请调回北流工作。他没去北流公安局，而是去附城公社工作了一段时间后调到了县政府。后来外公又调到二轻局，在二轻局担任局长直至退休。

外公转业回来时，发现事情并没有这么简单，他的生活方式被迫发生了很大的变化。在部队里 5 点起床和半夜集合都是很常见的事情，部队生活比较雷厉风行，但转业后生活速度一下子就慢了下来，让他十分不习惯。早上 5 点醒了之后他就会盯着手表发呆，一直到去上班的时间。但是外公并没有告诉身边人自己的不适应，而是努力调整自己，好好工作，并将小女儿和母亲接到城里一起生活。为了弥补小女儿前几年父爱的缺失，他带着小女儿去商场，让小女儿挑选心仪的东西。进到商场，小女儿看见了时钟就走不动道了，直直盯着时针看，外公顿时很心酸，对小女儿说："爸爸已经回来了，不用再盯着时针看了，但是你要是喜欢这个的话，爸爸给你买回去挂在家里好不好？"于是外公一下买了两个老式的那种时钟回去。一个到点了布谷鸟就会出来报时的被放在一楼大厅，因为它一报时整栋楼都能听见。另一个落地的精致的时钟被放到了外公外婆的卧室里，妈妈就住在外公外婆房间旁边的房间，经常跑到外公的房间看时钟转动或者站在大厅里盯着布谷鸟出来。直至现在，妈妈也很喜欢各种各样的钟和表。

外公人生中的20年献给了土地，20年献给了部队。外公的一生献给了家人，一直到去世外公还在为这个家操心。外婆后来和我说，外公退休后攒了将近50万块钱，但他自己从来不舍得花，而是将钱全都留给了他的家人。2011年外公不小心从楼梯上摔了下来，送到医院后，医生说可能就几个小时的生命了，外公还强撑着说："钱你们平分，不要吵闹，也不要为了钱伤了兄弟姐妹之间的和气，你们要互帮互助，要好好照顾妈妈和奶奶，要让我们家和和睦睦。"外公去世后，怀表被放在棺材里和他一起长眠。时钟因为停转了，所以被舅舅放到柜子里封存了。手表在外婆去世后被表哥保存收藏了。

这几个老物件见证了外公家由贫至富。它们或长眠于地下，或蒙尘于柜子里，或还在运转，由它们为我讲述的外公的故事让我重新认识了外公。跟随着它们，我回到了外公出生的三四十年代，我看到了外公在部队里的意气风发，我体会到了外公尽力为家人提供优渥生活的艰辛与努力，它们为我刻画了一个完整的外公形象，也让我从外公身上学习到了坚持。

姓名：曾琳博
专业班级：新闻212
户籍：广西玉林市
现居住地：广西玉林市北流市大兴路

老张家盖房记

张嘉欣

"你老爹我要开始盖房子了!"

"什么?! 盖在哪啊? 这么突然!"

"在老家村子里新买了一块地,宽敞得很,正对高速公路,房子前面是田地,没有楼房,太阳照进来舒服得很! 我们家要盖一幢七层的房子,你就等着享福吧!"

2018 年,爸爸在他向往的养老之地——温州老家买了一块地,准备盖一幢七层的房子。从那时起,每当有人提起盖房子,爸爸的脸上都会浮现出难以掩饰的开心且自豪的笑容。"你爹我这人俗,就是爱显摆。这个房子盖起来,全村的人都知道我们老张家这么多年在外面不是白混的!"爸爸是典型的温州人,是典型的"温一代",时刻秉持着"四海为家、艰苦奋斗,四海为家、坚韧自立"的信念。

在申请建筑许可证的路上,车里一家子的回忆来到了 1989 年。爸爸妈妈住在温州乐清市张瞿村的老房子里,在自己家制作交流接触器再卖出去,自产自销。当时哥哥才刚出生,爸爸妈妈忙得分不开身,于是外婆来帮忙带娃。虽然每天忙得日夜颠倒,但生意却像老天爷开的玩笑一样,日渐衰落,没有盈利,一直亏本,一家三口可以说是真的吃不饱穿不暖。哥哥的衣服都是亲戚看他们可怜送来的,一件衣服一穿就是几个月不换,直到不能穿了为止。就这样,这一家子在艰苦中度过了创业的第一年。

在给新房子设计图纸时,爸爸想起了当时和妈妈两个人商量改变自己的创业道路。因为那时温州的生意甚至不能用不好来形容。温州柳市镇是"电气之乡",当年整个小镇都在做电气生意,竞争压力太大了,所以爸爸妈妈决定去沈阳打拼,于是老张家就开启了沈阳故事。

设计完房子的基本构造,爸爸就马不停蹄地找工人开始量地基,开挖地槽,于 2019 年底开始动工。在这过程中,爸爸和我说道:"这建地基是盖房子的基础,一定要盖牢了,不然以后不好建,就像我当年去沈阳打拼一样,是之后成功的基础。"

1990 年,老张孤身一人来到沈阳,在那边租了个柜台,柜台里摆满了杂牌电气产品,柜台后便是埋头吃着方便面的老张。为了节省时间,爸爸他常常两三口就吃完了,长此以往,吃出了胃病。3 个月后,爸爸回老家把妈妈和哥哥接来一起过日子，一家三口住在一个租来的烧煤的小房间里。有一次哥哥不在，爸爸妈妈煤气中毒，幸好坚定的求生意识让两个人得以自救。爸爸每天是骑自行车去柜台的。东北冬天湖面结冰，爸爸在冰上骑车，骑一下摔一跤，长此以往，手肘上全是伤口。妈妈对这些伤口心疼不已，而爸爸却不以为然，挑了挑眉说道："男人嘛，身上总要有些伤。"在沈阳创业的这些年也并不是全无获益的，1995 年爸爸用在沈阳赚到的钱，把老房子拆掉盖了一幢三层的房子。在问到爸爸妈妈在沈阳生活得如何时，他们重复提到的一个词便是"艰苦"，有多艰苦呢，可能只有亲身经历才能感受得到。但也是在这样的苦日子下，爸爸妈妈才真正体会到了创业的不易，才开始懂得如何在创业这条路上越走越远。

2020 年的一个大晴天，阳光落在爸爸的脸上，爸爸的脸沧桑却又幸福。我坐在爸爸的车上，跟着爸爸去谈水泥和钢筋的价格，准备开始房子主体的砌筑。

"咱们家的房子要建好咯，见到希望咯！"……

随着时间逐渐推移，越来越多的人开始卖品牌电气，这让在卖杂牌电气的爸爸嗅到了危机。当时沈阳已经有人卖品牌电气了，浙江嘉兴还没有，而且舅舅也在嘉兴，去了之后互相有个照应。于是，1996 年，一家子离开了沈阳，来到了嘉兴这片新土地，做了嘉兴德力西分销商。但干劲十足的爸爸似乎不满足于此，想要做自己的品牌。1998 年，爸爸租了一个很破旧的厂房，按月付租金。从那时起，爸爸开始到处应酬，请客户吃饭喝酒，每天都在酒桌上应付，其实身体不舒服，回家总是挂着脸。虽然赚了些小钱，但人已经被搞得身心俱疲。

鑫乐成套电气有限公司在 2001 年成立了！那一年，爸爸在嘉兴大桥买了一块地皮，盖了自己的厂房，在嘉兴市区买了个门店开了鑫乐门市部，有了自己的生意、自己的顾客，日子逐渐开始好过起来了，爸爸的嘴角都快咧到天上去了。

但在这一路上并不都是绿灯。2005 年，嘉兴下了一场大暴雪，正在店里闲聊的爸爸妈妈突然接到了邻居的电话："你们家的仓库被雪压塌了，快来啊！"爸爸妈妈赶过去一看，仓库早已一片狼藉，房顶掉在地上，上面积满了雪，里面的货物湿的湿，扁的扁，无一幸免。塌下的不仅是房子，还是爸爸妈妈的心血。爸爸绝望地看着这一切，看着多年的心血被雪压塌，但他马上就开始联系厂里继续加急把货物直接配送到客户手中。这仓库后来拆掉重建，花了万把块钱。

能代表爸爸妈妈在嘉兴的生活的，毋庸置疑，就是他们的搬家经历了。刚来到嘉兴市区时，在虹桥小区租房子。那里都是很便宜的房子，很破很破。当时我刚出生，蜈蚣都爬到床上来，把我咬得身上一块一块的包。哥哥睡的是上一任租客留下来的中巴床，一躺下就滚到了中间去。2004 年，爸爸妈妈因为舍不得我们小孩过苦日子，就咬咬牙租了个好一点的房子。当时店面开在铁路商场，所以我们就租在了铁路商场楼上。那个房子也只是比原来的好了一点而已。下雨天，房子会漏水。除了爸爸妈妈的房间，其他房间全漏水，连床上都是水。特别是哥哥的房间，一到下雨天根本就不能进人，甚至到了进去要撑伞的程度。有一次姨公路过嘉兴来看我们，那天下大雨，我们只能都坐在床上招待他，他回去就和奶奶说我们一家人在外面过得很艰苦，说我们真不容易。虽然日子过得很苦，但是我们在哪，家就在哪，家是温暖的港湾。对于温州人来说，无论身在何处，"家"都尤为重要。爸爸妈妈不论在外面日子过得有多苦，在过节过年的时候，借钱也要回温州家里看看岁数越来越大的爷爷、奶奶、外公、外婆；爸爸的创业目标便是以后能回到老家好好养老；"温州女儿不外嫁"是一句广为人知的传言，"你以后要找个温州的老公，最好是乐清的。"这句话也时常挂在爸爸的嘴边。

"要封顶了！房子终于要建好了！过几天就是我们家的封顶仪式了，到时候把我的亲朋好友全请过来，大家一起高兴高兴！"封顶仪式在几天后正式开始了，爸爸的好友纷纷赶来祝贺："老张啊，这下真的成功了，过上好日子咯，我们都要向你学习！"爸爸迎接着每一位客人的夸奖与祝福，是真真切切地感受到自己真的成功了。

在嘉兴生意越做越好，越做越大。2007 年我家买了第一辆车也买了房子；2011 年买了第二辆车；2015 年买了第三辆车；2015 年哥哥娶了老婆，开启了他们一家三口的生活，日子过得蒸蒸日上。

爸爸站在房子前，皮肤早已因为盖房子而被晒得黑黑的。他望着建好的房子，热泪盈眶，感叹道："真是幸运，要是一路上没那么多机遇，没那么多恩人，估计做不成这样。"妈妈走了过来，拍了拍他的肩，轻声说道："我们的坚持也是其中很大的原因吧，这样的苦日子，放在别人身上，不一定能坚持得下来，没亲身经历，真不知道其中的苦，也算是先苦后甜吧，没白苦。"我在他们身后喊道："对啊，我有记忆开始，我们家就没怎么过过苦日子，我能有这样的生活，还是多亏了你们，谢谢爸爸妈妈，你们辛苦了。"

我站在窗前远眺家前方的高速公路。在这一路上，有多少坎坷，多少不易，如今说起却一笑而过。爸爸妈妈肯定走过无数遍高速公路，我想，在爸爸妈妈每次开上高速公路的时候，心中总会想起他们那一条条艰苦的创业之路。在这路边不一样的景色，正是爸爸妈妈创业碰到的机遇、困难甚至绝望，但走上高速公路就一定有目的地，这个目的地便是成功。如今，时代在进步，我们家也不会停下脚步，爸爸还在嘉兴温州两头跑做生意，妈妈也在爸爸的身后把这个家照顾得有条有序。阳光毫无保留地照进家里，嗯，老张这个房子盖得不错！

姓名：张嘉欣

专业班级：新闻212
户籍：浙江省温州市
现居住地：浙江省嘉兴市南湖区南湖街道

妈妈的奋斗:从毕节到安吉

余　洁

1982年我的妈妈出生在贵州省毕节市赫章县的一个小村里,成为家里第四个孩子。家里6口人,本就生活在贫瘠的地方,还在很高的山上居住着,去稍微人多的地方都要走半小时的路,生活十分拮据。家里没有积蓄供孩子们读书,因此妈妈从来没有读过书上过学。可能内心中只想努力赚钱,过上比较好的生活,所以在妈妈的生活中只有劳动。和另外三个哥哥一样,长大了就要赚钱了。村子里有许多从浙江赚钱回来的人,妈妈决定去往他乡闯一闯。17岁,她离开了家乡贵州,和周边的姐妹一起穿过了几千公里来到了浙江省湖州市安吉县,在这里开始了她的新生活,也开启了一生的奋斗之路。

陌生的城市,陌生的人,不同的语言,妈妈和她的朋友开始适应着。她们什么也没有,只有劳动的双手,没有工厂打工,只能什么都干,他们会帮别人干农活,拔猪草,收麦子,赚着微薄的工资,勉强生存着。两年后,经人介绍,19岁的妈妈嫁给了我的爸爸。我爸爸作为家里的小儿子,住着爷爷盖的两层楼房。妈妈在异乡有了安身之地,也有了可以一起分担的人、一起奋斗的人,在这个陌生的城市有了更多的依靠。21岁,她的女儿我出生了,我成了她的寄托,生活又多了几分希望。她工作越来越努力,想要拼一个未来,不惜在我只有3岁的时候长时间地离开我,去当时发展比较好的地铺打工,去表姑的饭店烧饭。妈妈常住在那里,每天要起很早很早,工作到很晚很晚,准备早中晚餐,不辞辛劳。妈妈说这段时间她成长了很多,她变得更加坚强更能吃苦了,她说她看了太多的人情世故,她也说她见了很多世面,看到了更繁华的城市,拍了很多好看时髦的照片,也向往着更加快乐的生活。妈妈很辛苦,永远都在努力,但是爸爸不是很争气,他虽然也在打工,辗转了很多工厂,但是也花了很多钱,那么多年,也才攒下一点点钱。我慢慢长大了,离不开妈妈的陪伴,妈妈几年后离开地铺回到离家近的工厂工作了。

我们一家一直住在一个两层的楼房里,一楼只有一间很大的客厅,和一个养鸡鸭的屋子,二楼也十分简陋,两间屋子几乎不住人只放些杂物。在这个平凡的小房子里,我们一家人过着平凡又快乐的日子。记得有一年冬天,下了好大好大的雪,我和爸爸妈妈堆了好大的雪人,真的好开心好开心,以那次经历为题的作文还拿了好高的分数,我记了好久好久。那年冬天,我们养鸡鸭的屋子里还飞进来一只很漂亮的小鸟,爸爸把它抓了起来给我看。我们站在大门口,我惊讶于她能飞进来,蹦跶着急着要看,妈妈却偷偷把它放飞了,我有些遗憾,但还是很开心。小时候的事情好像都忘得差不多了,但是这两件事记忆犹新。也是这个冬天过后,爸爸妈妈决定翻修房子。赚了那么久的钱虽然不是很多,还问姑姑姑父们借了很多,前前后后花了7万元,终于家里有了很大的改变:我有了自己的房间,记得装修的时候我咬了别的小朋友的手,爸爸还吓唬我不给我书桌了。家里有了独立的厨房,有了正式的客厅,水泥地变成了瓷砖,鸡鸭也不再在屋子里养,原先的屋子成了爸妈单独的房间,浴室也干湿分离。家里焕然一新,生活质量上升了好大一截。

妈妈的奋斗之旅还在继续,30岁时她进入一个叫天威的医疗公司,管机器做绷带。慢慢地,我已经上初中了。一次周末,我心血来潮跟着妈妈去了她工作的地方。一个吵闹、燥热的车间里,妈妈在十几台机器之间来回修理,我跟着学会了最基础的开关机器,在旁边帮帮小忙,跟着工作了一天。晚上回家的时候,我依旧坐在妈妈的小电驴上。我的头靠在妈妈的背上,看着夕阳落下,余晖照在妈妈的脸上。妈妈依旧在唠叨"要好好读书啊,以后不要像我一样打工,考个好大学,以后可是要靠你的哇",盼望着我成为优秀的人。妈妈在工厂的工作还比较顺利,但是生活总要生波澜。爸爸赌博的习惯一直是一个隐患,他花钱也总是大手大脚。在妈妈37岁那年,当爸爸赌博借了别人一万五的时候,一切爆发了。爸爸逃避了,在那个新年,他甚至没有回来过年。我和妈妈在贴对联的时候,在做饭的时候,在拜年的时候,在接待客人的时候,都感到无比的苦涩。他们在争吵中离了婚,妈妈搬走了,她没了一个安稳的家,但她爱女儿,爱我,每周我从学校回来还会见到她,好像和从前一样,只是他们没有了关系。过了很久,爸爸在跟我商量过后把妈妈追了回来,他们没有复婚,只是妈妈回来了,妈妈还是舍不得这个家,舍不得我。但是这件事也给了她很大的教训,妈妈再也没有借钱给爸爸,她自己努力赚钱,不管爸爸究竟把生活过成了什么样。爸爸的工作一直不稳定,每月的工资仅刚好支付贷款和我的学费。也是这年,妈妈作为天威的老员工,从原先的绷带厂转到了转椅厂,在五金车间烧电焊。在安吉转椅是比较热销的,有来自世界各地的订单。妈妈很忙,多劳多得,赚了她从来没想过的工资,一个月最多能有8000元。她说她能攒很多钱了,交保险还有住房公积金,以后要给我买房子。我和妈妈背着爸爸存过钱,妈妈细数着,这个银行有存的,那笔钱是几年前存的,这次我们要存多少,脸上有严肃,又带着欣喜,她是在数着她的努力,她的未来。

爸爸是个老烟枪,抽了几十年的烟,一天一包,还越抽越贵。在他的工资仅仅能维持生活的时候，他也不肯减少一点点抽烟的频率。全家人都希望他能戒烟，奶奶总是偷偷跟我讲，我的很重要的任务就是劝我爸戒烟，他说不定能听进我的话。我每次都会跟爸爸说，他也每次都会跟我讲他会在50岁之前戒烟，这话从43岁讲到48岁，从来没有过进展。直到有一天晚上，还记得很普通的一个晚上，我和妈妈散完步回来，推开爸爸房门就看到他躺在床上抽烟。我随口问了他一句："不是说要50岁之前戒烟吗？少抽点吧。"结果他只是有点凶地看着我，一点都没所谓的样子。我有点生气，仿佛我妈上身开始唠叨，问他还想不想好好过，想不想有个健康的身体，活得久一点，想不想有一个好好的未来，他已经人到中年了还一事无成，总要有变好的地方。说着说着我开始哽咽，他的一句"我已经没有未来了"直接让我崩溃，让我感觉到前途没有一点光明。我几乎是怒吼着质问他有没有想过我的感受，有没有想过他的消极态度会对我的身心发展带来什么，我已经不奢求他能有什么成就了，只希望他能对未来有所展望，哪怕是当下戒个烟，让身体健康一些。这个家虽然被他拖累了很多，但也不能没有他，能不能给我做一个榜样，做一个积极向上的爸爸。他听了那么多，胖胖的脸上有些许苦涩，停滞了许久说好，会慢慢戒烟的，我才慢慢露出一点笑容，转头发现妈妈站在门外不知道多久，也在默默地擦着眼泪。后来啊，爸爸再也没在我面前抽烟，即使抽着烟看到我走进来也会直接掐掉，我有多少奢求呢？只希望他真的有所改变。

在每个空闲的周末，妈妈都会坐上姐妹的车，去想去的地方，看以前没看过的花，游从前没游过的水。妈妈会站在花海里，走在林间小道上，站在沙滩上，和姐妹们一起拍照、拍视频，分享自己快乐的生活。从前几乎没有看到妈妈有什么化妆品，她很瘦很瘦，基本上没怎么打扮自己，但自从和爸爸经济分离之后，妈妈也慢慢开始装扮自己，她变得更好看了。她会花很多时间去染头发，会让我给她买护肤品，会再也不犹豫地穿越几千公里回到老家，和长时间见不到面的父母度过新年。妈妈活得越来越洒脱，越来越为自己而活。妈妈有了钱，有了资本，一心盼望着我的成长。爸爸不说赚什么大钱，也有在好好地赚钱，生活也还算快乐。小小的村庄里已经快要拆迁了，期望我们这个小小的家有一个明朗的未来，不仅仅是经济上的，还有精神上的，能够过着简单幸福少些烦恼的生活。疫情啊，快点过去吧！给妈妈多一些机会去挣出一个远方、一个未来。

姓名：余洁
专业班级：新闻212
户籍：浙江省湖州市
现居住地：浙江省湖州市安吉县天子湖镇吴址村

妈妈勇敢向前走

王雨思

“怕有什么用，怕了就停下哪还有现在，怕也得去。”这句话来自我的妈妈李娟。在我的印象中，她好像一直都这么淡定，不管遇到什么事，从她嘴里都变成了：“都是这样的，都过去了。”一如小学毕业后的那次远行。

1998 年，妈妈在河南省驻马店市新蔡县熊楼小学毕业后的那个暑假，应远房亲戚之邀，也为了补贴家用，去广东帮忙带一个 3 岁的小孩子。因为那家人工作忙，没时间照看孩子，让妈妈有偿照看两个月。于是，妈妈带着东西，乘上了去广东的大巴。路途遥远，大巴车的司机每到饭点就会在沿路的饭店停下，让大家下去吃饭。可是有一次，车开到一半，前面突然冲出了一排男人，他们围在车前，嚷嚷着让所有乘客下车去到他们的店里买东西。当时并没有到饭点，司机似乎习以为常，就这样停了车，妈妈手里攥着钱，跟着人群排队，去店里买了一瓶 5 块钱的矿泉水。据妈妈回忆，当时的矿泉水在市场上也不过是 1 块或者 1.5 块的价钱，更何况在村里，也没人愿意拿钱去买区区一瓶普通至极的矿泉水，那个店里的一桶泡面居然还卖到了 10 块钱。我问妈妈怕不怕，她说那么多人呢，没什么好怕的。我追问道：“那那么多人，怎么就没人反抗呢？”“旁边有人看着，有人跑就拿着棍子打。”妈妈还说：“当时都是这样的，旁边还有别的店，但是大家都不管，这些人就相当于是当地的地头蛇一样。”2 个月结束后，妈妈拿着 150 块钱，又乘大巴回到了她的家——周寨村。不过这次，车没有被半道拦下。

同样在我 1 岁半那个下雪停电的夜晚，妈妈也是带着这份勇气出门找村里的医生给我瞧病。当时大杨庄村的家里只有我们母女两个和两只狗。爷爷、奶奶和爸爸外出打工了，因为仅靠种地的收入不能满足日常的开销。我那时年幼，于是妈妈留在了小村子里照看我。那天我半夜突发高烧，妈妈没办法，但也不能干着急，只好出门去喊村里的医生来帮我瞧病。家里的狗很通人性，看到妈妈出门，立马摇着尾巴跟在了后面，妈妈刚走到了院子还没出大门，突然“咚”的一声，一个小球一样的东西掉进了她的鞋边。她猛地抬头，在黑漆漆的夜里，仔细辨认着，凭着夜色，依稀看到前面是一个男人。妈妈当即就明白了，滚到鞋里的根本不是什么普通的小球，那是拿来药狗的，那一段时间，经常有谁家的狗被偷的消息传出来。那人见妈妈发现了自己，他居然也不躲，就站在路那边的电线杆旁。

他不躲，妈妈也不躲，带着狗急匆匆把医生请到了家里。

在妈妈的陪伴和照料下，我和弟弟得以健康平安地长大。2011 年春，我们一家四口来到了浙江省金华市永康市东城街道后姚畈村，在此安居下来。头两年，妈妈跟爸爸一起在步阳门厂工作，每天早出晚归，为了让我和弟弟能更好地生活拼搏着。后来，妈妈在阿姨的介绍下去了炊大王炊具有限公司，成为一名检验员，在这个岗位上努力工作着，本以为生活会这样一直平稳地过下去，越来越好。可是妈妈却在 2013 年查出了胆结石，也是在这一年，祸不单行，爸爸在工作中不幸右脚的腿筋被割断，于是家里的两个顶梁柱双双被送进了医院。家里断了经济来源，本就不多的存款也马上见底，还要借钱维持接下来的治疗与日常的生活开支。妈妈的手术期与恢复期比爸爸要长很多，爸爸手术做完，在家休养，自顾不暇，不能再抽身照顾妈妈，于是弟弟陪着妈妈回了河南省驻马店市新蔡县周寨村，也就是姥姥家，在河南省龙口镇医院做了胆结石摘除手术。我的舅舅是那家医院的一名外科医生，姥姥也方便过来照顾。据姥姥回忆，做手术的那天，她坐在手术室外面，目睹着妈妈被推到手术室里。姥姥在手术室外忐忑地等着，求佛求神保佑妈妈平安。因为腹部打孔失败，而后转为开腹，耗费了很长时间，6 个小时后，手术室的门终于开了，由于麻醉效果，妈妈还在昏睡中。当晚，姥姥坐在妈妈床前，看着她的病容和身上插满的各种管子，一遍又一遍喊着妈妈的小名：“萍，萍，萍……”也不知喊了多少遍，妈妈醒了，但随即疼痛感也醒了，妈妈立刻感受到了肚皮被割裂那钻心的疼痛，她哭喊着：“妈啊，妈啊，我不做了……”原来妈妈疼了也会喊妈妈，姥姥在一旁，除了心疼流泪，什么话都说不出，她握住妈妈的手，看着躺在床上痛苦不堪的妈妈，心疼着这个从小到大没让她操过什么心的二女儿，怎么有了一身病。生下我那一年，妈妈得过面神经麻痹，眼歪嘴斜，休养了一年才好。在永康陪爸爸的我，也在爸爸康复了两个月能走的时候，回到了姥姥家。那时妈妈已经从医院回来，在姥姥家静养，我看着妈妈连在肚子上的管子，心里不知道是什么滋味。

爸爸和妈妈差不多是一起好的，他们随即返回到原来的工作中。日子渐渐回到了正轨，妈妈因为工作能力突出，两年后还升任了品质主管。我们一家的生活越来越好，相比以前宽裕了很多，起码还能拿出闲钱给弟弟报了跆拳道的兴趣班。在 2016 年，爸爸回到我们的家乡——河南省驻马店市新蔡县大杨庄村，推翻了原先的砖头小平房，花一年时间造了一个四层的小楼房。

可是人生好像就是这样起起落落，让我们一家在老天爷的一个又一个玩笑中又哭又笑。在 2021 年，妈妈的胆管萎缩，必须要做胆管狭窄扩张手术，这个手术还不是一次能够做完，每做一次，都要看后期恢复状况。妈妈无奈，因为手术耽误了工作，最后她决定辞职，等养好身体再重新找工作。从 2021 年下半年到

2022年上半年妈妈前前后后在永康市第一人民医院总共做了三次胆管扩张手术。好在后来的手术不用开刀，只要把支架从嘴巴送进去就行。虽说不用开刀，但疼痛感不会就此消失。2021年暑假期间，正值妈妈要做第一次胆管扩张手术，妈妈的奶奶去世，于是我代表妈妈跟着阿姨回河南参加葬礼。回去的半夜，我看到阿姨跟妈妈的微信聊天界面，妈妈还没睡，阿姨说她疼得睡不着，正在家门口踱步。即使疼，妈妈也还是一直在走……

今年2月份的那次手术终于把支架从胆管中摘除，妈妈恢复得不错。与此同时，妈妈也换了一家公司，她应聘浙江省安德电器有限公司的来料主管，被录用了。如今，3个月试用期已经过了，相比于上一份工作，工资高了不少，但我心里清楚，这都是妈妈努力的结果。经常能看到妈妈在家族群里发她和领导的聊天截图，工作汇报总是要改好多次才能通过。她也抱怨过，但还是继续耐着性子去完善，在刚开始上手这份工作时，由于不熟练，她的工作效率不高，每每下班后还要在工位上继续工作。一分耕耘一分收获，熟能生巧，现在妈妈应该对这份工作应付有余。爸爸在步阳门厂的代班工作也很稳定，如今也是一个"小领导"，安排他那一小班人的工作，我经常调侃爸爸就像班里的小组长一样。现在，我们一家对现在的生活应该是满意的，虽然谈不上富裕，但日常的开销已经不成问题，此外，节假日的时候还能出去游玩。不知道现在的妈妈在每天起床上班时，还会不会想到初中毕业后去温岭市新河镇南干村那家帽子厂打工的自己。那时的她带着不甘就此辍学远去温岭打工。家里没钱，姥姥决定供舅舅读大学，不能再继续供她读书。10个人睡5张上下铺的床，挤在一间像是临时搭建的屋子里，每天不到6点钟被工厂老板娘摇着床喊醒。那个坐在工位上10小时，一个月只能赚300块还花了50块钱买了一条牛仔裤的自己。

我的妈妈李娟，是一个很平凡的女性，但不管家里有多难，压在她身上的担子有多重，经历如何的病痛，她都会带着一如年幼去面对"地头蛇"的勇气，以及在雪夜里面对偷狗贼的勇气，领着我们这个家撑下去，走下去，不停地向前。我不知道未来命运还会给我们家开什么样的玩笑，但我知道，妈妈不会怕，我们这一家也不会怕，会一直坚定地走下去。

姓名：王雨思
专业班级：新闻211
户籍：河南省驻马店市
现居住地：浙江省金华市永康市东城街道后姚畈

没有遗憾的奶奶

谢微微

都说 20 世纪到 21 世纪是巨变，而我的奶奶则是跨越这世纪界线，看到世纪之变的人，也是我除了从书中知道过去的故事以外的故事的诉说者。20 世纪 40 年代，我的奶奶出生于浙江省温州市泰顺县泰钢里。每每她回忆起儿时，出嫁，初为人母到现在的儿孙满堂，我在她眼里能看到满是心酸的过往到对现在生活的欣然。

*奶奶的儿时。*奶奶的儿时是艰苦的。自从我有记忆起，奶奶就和我们住在一起了，我经常会和奶奶聊天，也经常好奇除了书上告诉我的其他的奶奶那个年代的事情。“我小时候那个苦是和现在没得对比的嘞，也是说不出来的苦咯。”奶奶对我释然说道。奶奶说，在她的印象里，小时候最深刻的记忆是家里的小房子。家里成员多，她有两个哥哥和两个姐姐，再加上自己和爸爸妈妈，家里就 7 口人了，但是房子还是小的。她说她小时候和哥哥姐姐睡在一起，家里没有床，他们睡的床是一块大板放在三张长的凳子上的，虽然拥挤但也可在寒冷的冬天依偎取暖；长大后，伴随着的是变长的木板床和床下变多了的长凳。我们的童年有书，零食，还有动画片，奶奶的童年没有这些，她的童年是小竹篓子和粥。小时候的奶奶家里是没有米缸的，因为她说根本没有必要有米缸，米是要经常用家里养的家禽去换的。家里虽有种地，但是比较难长得饱满，因为缺乏肥料，只能靠自然的养分，再加上偶尔的洪水大雨，庄稼经常被淹。小竹篓子的故事是儿时的奶奶经常和自家哥哥姐姐上山捡柴火，小小个头儿的奶奶背着的小竹篓子里面就装满了小柴火；也经常去为家里的兔子拔野草，这时候奶奶背上的小竹篓子里面就都是野草了。每天背着这个空的小竹篓子上山，然后再装满柴火或者野草跟着哥哥姐姐满载而归。这个小竹篓子跟着奶奶岁岁年年，她说这个小竹篓子是她的爸爸给她做的，当时做的时候偏大了一点，所以奶奶刚开始背着的时候，都低到奶奶的腿那一块了。她说这个小竹篓子陪了她很久，可以想象到后来，这个小竹篓子最低只能到奶奶的腰上了。在山上，奶奶也经常会见到很多蛇蚁虫蝇，刚开始会害怕，后来便和谐相处，敬而远之。原来，大家都有在努力生活，不论环境如何。

奶奶的童年时代，不论是家庭环境还是社会环境，都是艰苦的。她说小时候也不觉得苦,因为大家仿佛都是过着这样的生活。

奶奶的出嫁。奶奶的出嫁和大部分的人家一样,都是父母之命、媒妁之言。通过身边人介绍,结婚前和爷爷见了一面,当时奶奶是 15 岁,爷爷是 30 岁。奶奶嫁过来的时候就一直待在爷爷的老家这边。我问奶奶出嫁前后最大的变化是什么,她说住的房子变大了,而且家里也有米缸了,虽然米缸填不满,但每每去淘米煮饭,米缸里都有米。爷爷和奶奶虽然年龄差很大,但也是和和睦睦地努力生活着。后来啊,奶奶有了自己的孩子,也就是我的姑姑伯伯,还有我的爸爸。我有三个姑姑,奶奶说大姑姑在小时候就肩负起了带弟弟妹妹的任务,奶奶说她印象深刻的是有一回外出回来,看到大姑姑小小的人儿踩在板凳上洗碗,那时候家里昏暗灯光下就大姑姑一个人,碗和碗磕在一起发出的声音很大。再大点,就到了读书的年纪,因为以前读书是要交学费的,普通人家一般是供不起孩子们读书的,所以我的伯伯和爸爸虽都读过书,但也读不长。我的小姑姑也读了书,小姑姑说她也不知道为什么,但是看着那些字母和文字,她就想去了解它们。由于家庭原因小姑姑很快也断了读书之旅。后来青年的爸爸和伯伯在爷爷的带领下去邻村的小雇主那里做零工赚钱,每天早起走着去,晚上天黑了才到家。我问爸爸辛不辛苦,他说爷爷也和他们一样,生活如此罢了。

奶奶和爷爷组建了家庭,在我看来,是两个不富裕的平凡家庭的联合,和艰苦生活一起握手前行。

奶奶当了奶奶。这就要从伯伯和爸爸这边说起了。姑姑们嫁出去了,伯伯 20 多岁遇到了婶婶,爸爸也在后来遇到了妈妈。爸爸和妈妈是通过朋友认识的,看对了眼,后来两家亲戚坐在一起商量,就定了亲。妈妈说她嫁过来的时候家里有一台"大屁股式"电视机,是用白色卫星锅来接收频道的,这个"大屁股式"的电视机也陪伴了我的童年。结婚之后没多久爸爸妈妈就出去外地工作了,那时通过朋友了解到外面的工作机会比较多,有很多工厂需要工人。他们当时去了离家很远的一家工厂打工,住在工厂的职工房里。他们托朋友买了个翻盖手机,和家里联系的时候,就把电话打到隔壁家。那时候老家里这一带就隔壁家有座机电话,所以爷爷奶奶都是等爸爸妈妈打电话回来。后来妈妈怀孕之后就回到老家养胎,迎来了姐姐还有我、弟弟的出生。在我的印象里,小时候我也是待在老家的,一进我们的家门,映入眼帘的先是我睡觉的床,再进去才是厨房和其他地方,爷爷和奶奶则是睡在楼上,家里的泥地的坑坑洼洼都是我们踩出来的,家里到处都是我们的影子。

在我们这个大家庭里,不仅逐渐增添了很多新成员,还有翻盖手机、"大屁股式"电视机的加入,让我们的生活变得多彩。

奶奶跟着我们搬家。在我和弟弟到了要上小学的年纪,爸爸妈妈就从外地

工作的地方回来,带着我们搬家了。新地方离老家也不远,这边有小学,有水泥街道,有一大早就开门的菜市场,也有一些小摊子。后来这个老房子违规拆迁,我们就搬到了姑丈和姑姑的房子里,暂住在他们家,他们则去了新建的房子。这个时间段里,爷爷也变成了一颗星星去往另一个世界。不放心奶奶一个人住在老家,就让奶奶跟着我们一起搬家了。在这个不属于自己的家里,有着属于我们的"大屁股式"电视机,有着属于我们的锅碗瓢盆,有着属于我们很多很多的回忆:清晨起床和妈妈一起去菜市场的"喧嚣"回想起来很动听,偶尔手里揣着零花钱去小超市买的小零食也很怀念。等到稳定下来之后,家里有了一点存款,姐姐这时候也出去工作了,会往家里寄钱,我们就在这里的开发区买下了属于自己的地,跟着小区的步骤,建起了属于我们自己的小家。这个小家建了一年多。刚开始的时候还是比较艰难,买了地之后家里的存款就用了一大半,而后的装修还需要很多钱,妈妈总是把刚拿来的工资就发给了刷墙的工人,爸爸也是预支工资买一些材料,还有奶奶也拿出一些自己的存款帮助家里盖房子。盖房子和亲戚朋友借了钱,也在后来的工作中慢慢还上了。这几年过得虽拮据了一点,但也换来了很大的成就,因为我们终于有了属于自己的房子!它有四层楼高,外面是漂亮的陶瓷砖,楼顶有阳台,进门是大客厅(虽然刚开始这个客厅没有沙发),再往里是整洁的厨房和很多电器,一切都在变化,一切都在向上走。

我们的小家庭逐渐像模像样,从开始暂住在别人的家到最后拥有了属于自己的小家,我们就像漂在水面上的浮萍,找到了属于自己的温馨小池塘。

奶奶的儿孙满堂。我的奶奶现在也是一位曾祖母了,是一位受人尊敬的长辈。我问她有没有什么遗憾,她说也没什么遗憾的了,很多遗憾已经过去了,也不用再去想了,很满意目前的状况。奶奶说:"家里装修得这么好,我们在这陌生的地方也有安稳的落脚点了。现在出门都是整齐的水泥路,隔壁就有小超市,你爸爸妈妈上班的地方也离家里很近。咱们家现在也算小康家庭了,生病了可以去医院,没吃完的东西可以放冰箱,大件的衣服和被子可以放在洗衣机里洗,有煤气不用柴火,有电饭煲不用大铁锅,逢年过节可以买鸡鸭鱼肉。这个时代是真的好啊,你们能生在这样的时代挺好的,我能经历这样的时代,我也很满足了,遗憾也就都填满了,没有遗憾了。"

从石头砖瓦房到水泥瓷砖房,从坑坑洼洼的泥地到平坦的水泥地,从山里的小视野到镇上的大视野,从爸爸妈妈到我们,都是家人们一步步走出来的。有外出打工的疲惫,有面对我和弟弟需要上学要搬家的现实,有盖房子但存款不足的无奈。但这些都解决了,因为爸爸妈妈的坚持,面对困难的不服输,让漂浮着的我们落脚了,安居于此。我们也乘坐上了时代的船,带着坚韧,走向远方。

姓名：谢微微
专业班级：新闻212
户籍：浙江省温州市
现居住地：浙江省温州市泰顺县彭溪镇富阳

美好生活是每一代人的长征

江之妍

听妈妈说，我们家，从妈妈的爷爷开始，再到妈妈的父亲我的外公，最后到妈妈自己，自始至终都向着一个"从农村到城市"的目标在不停地奋斗着，努力着。

妈妈小时候住在嘉兴市海宁周王庙上林村。这曾经是一个名不见经传的小村庄，而现在早已成了享誉中外的"皮革之镇"，占据皮革产业的半壁江山，而我们家族的兴旺与延续也与其息息相关。

妈妈的爷爷，我的太外公，是家族里的第一个城里人。他 18 岁时就独自一人到桐乡石门镇当学徒制革。离家漂泊奋斗的几年后，借着解放的春风，政府接管了石门的私企，他又回到海宁，依靠学得的技术在硖石的海宁制革厂工作，成为拥有城市户口的工人。家族的兴旺也从此开始。依靠着太外公的努力与奋斗，家里的生活条件日益提升。我的外公得到了良好的教育，他对来之不易的学习机会非常重视，别家小孩在田地里打闹之时，他用努力与勤奋换来了优异的成绩。全家人都坚信不疑外公凭借他的成绩完全可以考进高等学校继续学习，成为第二个城里人。

可是好景不长，纵使成绩再优异，也无法躲过"文化大革命"的冲击。学业被废的外公只能下地种田，不忙时就蹲在田埂上读书，即使双腿沾满泥土，他也能沉浸在书中。为了摆脱农民的命运，外公不停地尝试着努力着，他向略通音律的舅舅讨教，自学掌握了吹拉弹唱，成了公社宣传队的一员，笛子、二胡、唢呐、琵琶，很多乐器他都能上手。后来村里有段时间在培养"赤脚医生"，他就自学医书，想要有机会成为医务人员，可惜在那个非知识竞争年代，学习与成绩并不是最重要的，他再次与梦想失之交臂。

在不甘与希望来回拉扯中，失意的外公又一次得到了一个成为城里人的机会：子女顶职，成为有城市户口的工人。在欣喜之余，现实又再一次打击了他：早已成家生子的他，是不顾妻女成为城里人，还是与妻女一起在农田间劳作？纵使改变命运的念头再强烈，外公还是选择继续待在农村，一方面是为了给年纪还小的弟弟更好的发展机会，一方面是为了能有更多时间陪伴妻女。

顶职成为城里人的叔外公，心怀对外公的感激，所以经常带着城里买来的零食与玩具送给妈妈和舅舅，妈妈说，她印象最深的就是装在保温桶里的冰棍，别家小孩还在为了几分钱的糖问妈妈要钱的时候，她就已经吃到了几块钱的冰棍。还有一次暑假，她被叔外公接去城里玩，看着城里女孩子漂亮的裙子和白色丝袜，而她却是满腿的蚊子包、脏脏的头发和脸蛋，她第一次感到了深深的自卑。也许从那时起，一定要努力成为城里人的想法就在妈妈心里落地生根。

因为太外公与叔外公的支持与帮助，妈妈家的生活条件相比其他的农村家庭要好上许多。在享受着城里玩意儿的新奇与高档的同时，外公感受到了两边生活条件与发展前景的巨大落差，于是外公想改变命运，让家里人过上好日子的念头愈发强烈。

因为有着学业被迫半途而废的经历，外公对读书之事非常重视，在妈妈和舅舅很小时，就被外公教导：在农村，对他们小孩子来说，最重要的事，不是下田种地，而是读书。“人生唯有读书高”是外公的铁律。他也给妈妈和舅舅立了两个目标：要么，通过读书，考到城里去；要么，通过参军，到城里去工作。这两个目标，在妈妈与舅舅年幼的心里扎下了根，发出了芽。在邻居家孩子还要帮父母干农活时，妈妈与舅舅都是在房间里读书。妈妈回忆道：“有一次我帮你外公拾稻子被他看到了，他竟然用扫把打我，骂我不珍惜时间好好读书，竟干些无用的事。”邻居家的孩子就跟她妈妈吵架，“为什么新红（我妈妈的名字）不用干活，我就要干活”。她妈妈就带她去学校看成绩单和优秀学生表彰，我妈妈总是排在第一个。“说来惭愧，我虽然在农村主任大，却不识庄稼地里的作物。”过年回家看望外公时，妈妈曾这样和我说，我想这和外公身在农村却不似农村的“与众不同”的教育方式息息相关。

也许是外公错过了用学习改变命运的机会，他把自己的梦想寄托在下一代身上。潜移默化中，妈妈逐渐懂得了学习对她而言是可以改变命运、改变人生的，她也用行动回应外公的希望，以出色的成绩朝着两代人的奋斗目标前进。从小到大都是第一名和班长的她没有辜负外公的期望，在1992年初夏的中考中一举考入嘉兴市里继续学习深造，终于让外公扬眉吐气。

在督促妈妈与舅舅读书学习的同时，外公也开始了对自己的进一步“修炼”。即使频频碰壁，遭遇挫折，他也始终坚信着读书可以改变命运。他四处搜罗书来读，从图书馆借，从邻居家借，或是从废品站买。“我小的时候家里就有很多书，种类很多，有很多现在还放在老房子客厅的书架上。”妈妈回忆道。这样农事闲暇读书的日子，在外公的眼里弥足珍贵。

有心人天不负，生不逢时的外公终于盼来了希望。

那是1985年，乘着改革开放的东风，海宁兴办村企，周王庙镇上林村办起了一家制革厂，叫上林制革厂，就在妈妈家的旁边，如今的富邦集团就是上林制革厂转制给私人后的皮革企业名。恰逢太外公作为制革工人退休后，被要求回乡帮扶，带徒弟学习制革工艺。外公看到了机会，主动向太外公学习，也成为太外公的第一批学生。在学习的过程中，从未停滞的学习与大量的阅读终于积累沉淀结出了成功的果实，在结合亲身实践与书籍知识后，外公以一个农民的身份，做了一件没人能猜到的事——发表论文，这篇“横空出世”的论文还被收录进了行业核心期刊《中国皮革》中。“他把这本杂志保存得可好了，几十年过去了还和新的一样！”妈妈说。外公在学习了不久后，便成功成为农村的第一批技术人员，并在其中脱颖而出，为上林村制革厂的发展作出了许多贡献。

随着改革开放的范围越来越广，势头越来越好，北方也兴起了制革工业。可作为毛皮产地的北方，却缺乏技术与人才的支持。外公作为有突出成就的技术人员，自然就被选中，前往北方的工厂做指导和教学，于是外公有了新称号“俞工”。在感到欣喜的同时，他也不遗余力地对北方制革工业提出建议和指导。他辗转于各地的工厂间，通常要隔一段时间才能回一次家。每次回家来，他都会带回许多农村不可能见到的东西——可乐、巧克力、泰国香米等。妈妈一家的生活水平肉眼可见地提高了。原本的那间小平房被两层高的小洋楼代替了，漂亮精致的屋顶和平整干净的墙面在一片农田中格格不入，却展示着外公的努力与成功。

自然而然地，妈妈一家成了全村的第一家万元户，也买了全村的第一台电视机。四面八方来的邻居，不管熟或不熟，都坐在妈妈家门前的广场上，好奇又羡慕地看着高高的屋顶，看着从没见过的电视。

随之而来的，也有许多麻烦。

许多想要去城里务工的邻居向外公借钱，也有许多心术不正的人向外公借钱，好心的外公明知道归还的可能性不大却从不拒绝，甚至还会教他们技术，帮他们处理问题。也正因为外公的豁达与善良，越来越多的人向外公学习，渴望像外公一样成为工人去学习技术，上林制革厂的工人也就越来越多，规模逐步扩大。妈妈的爷爷、父亲、姑父、母亲，都在工厂里工作过，他们都是第一代的农村工人。

“海宁的区域经济，皮革是龙头。”海宁皮革城可以说是众所周知，可海宁皮革城的发源地之一——周王庙上林村制革厂的辉煌却只停留在了老一辈的记忆中。皮革产业，始终是周王庙的鲜明标签。

峥嵘的八九十年代，承载着每一个人对昔日过往的追忆。而我们家族的兴旺与延续，离不开皮革产业带来的机遇与收获，离不开外公对改变命运的执着追求与不懈努力。如今我正享受的美好生活，是一代代相同血脉的人用漫长的蹉跎岁月与辛劳实践换来的成果。

我们朝着向往的生活迈动的步子永不停歇。美好生活，永远是每一代人的长征。

姓名：江之妍

专业班级：新闻212

户籍：浙江省嘉兴市

现居住地：浙江省嘉兴市南湖区南湖街道

面朝大海，在宁波站稳脚跟

杜欣遥

自我有记忆来，我们家对于宁波这座海滨城市就有着向往。它是爷爷的故乡，承载了爸爸的一半童年，也是我们心中“大城市”的代名词。如今我们一家五口经历了许多，已经在宁波定居下来。回望这一路，就像是一首辛酸、汗水与喜悦的交响曲。

2003年，我出生在江西省上饶市。那是一座小小的城市。窄窄的街道，清晨满街铅山烫粉的蒸汽，夏日午间泥土蒸腾的水汽与草木清香，一年四季都在飘落圆圆叶子的樟树，构成了我的童年与少年记忆味道。

我出生时，家里已经在上饶定居了近30年。1970年，同在上饶江西光学厂工作的爷爷和奶奶结婚并分到了厂里分配的房子。四年后，爸爸出生。工作和家庭都在上饶的爷爷自然把户口也迁了过来，但时常带着爸爸回宁波老家看看兄弟姐妹，与亲人的联系从不间断。爸爸毕业到银行工作后，也在留意有没有调动到宁波的机会，拜托了朋友有消息和他说一声。

2001年，爸爸和妈妈结婚。两年后，我出生了。家庭的重心从此落在了孩子身上，宁波成了过年才会去一趟的老家。一方面是没有时间精力，另一方面是省下一点费用为孩子的教育做打算。

我读小学前我们一家住在爷爷奶奶厂区的房子里，没有好的学区。为了让我接受更好的教育，爸爸妈妈从2007年起每周末坐半小时的公交车去市里看房，把市第一小学周边的学区房都看了个遍，终于在年底花15万元买了与学校距离不过500米的一套房子。它仅有60平方米，楼道几乎无人管理，布满了密密麻麻的小广告（甚至台阶侧面都有），五层里三层没有灯，楼下有一条总是充满污泥的臭水沟，周边的道路坑坑洼洼，雨稍大些就会在楼道口积起一个大大的水洼。

“环境很差，但是附近的房子好一点的就太贵了，当时想的是为了你上学先委屈这段时间，等你上中学了我们就去偏一点的地方买套新小区的大房子。”妈妈这样回忆道。

于是改善生活环境就成了我们家下一阶段的目标。买了一套房子加上教育所需的经费超出了预算。我三年级那年，妈妈决定要考邮政储蓄银行的编制，以增加家里的收入。“当时和我一起考试的有 300 多人，很多都是大学生。年轻人记性好又有学习经验，我一个 17 岁就去厦门打工的人要和他们竞争那十几个位置，所有人都觉得我不可能考上。”那段时间，妈妈每天晚上下了班就盛了饭，进房间边看书边吃，晚上开着台灯坐在床上看书，十一二点才放下书睡着，早上 5 点不到又醒来，学到 7 点多去上班。时间长了根本不需要闹钟，自己一到点就清醒过来。这样连轴转的生活过了将近一年。结果出来的那天，妈妈考上了，我们家做了一顿大餐庆祝。那天晚上，妈妈笑得像个小孩，一个劲地对我说她是如何如何从零开始学，如何如何找资料，就像我向她炫耀在学校获得老师表扬那样。

2014 年，妈妈和爸爸开始看大房子，最后看中了上饶西北角新建小区的一套复式，有 120 多平方米，小区环境很好，大门前有龙潭湖公园，算是当地的高档小区。它的价格理所当然超出了家里的预算，但妈妈考虑了一段时间后还是咬咬牙买下了，说是干脆以后拿它养老，买下来精装修再慢慢还贷也不是不行。就这样，我家迎来了第一套面积是三位数的房子。为了省一笔钱，不请装修公司，爸爸妈妈一刻也闲不下来，以几乎每晚吃完饭立刻就出门，10 点才能到家的模式逛遍了所有家装市场，大到门窗小到瓷砖，每一个部分都自己设计挑选。一次我下了数学辅导班去新房子里等他们忙完一起回家，看着他们忙前忙后从中午到天完全黑了，一刻没停。我站得腿都酸了，找不到一条板凳。爸爸只找来一只纸箱让我坐，“我们来这边从来都是一刻不停地在做事，没空坐，今天才发现这里没有坐的地方”。我坐在爸爸拿来的简易板凳上，透过阳台看着对面楼已经装修好的一户人家吃好晚饭，正收拾碗筷，而爸爸妈妈的身影在昏暗的灯光下来来回回。闻着窗外飘来的饭菜香，我竟没有感到饿，只是对自己帮不上忙而有些愧疚。

2015 年底，我们终于搬进了新房子。明亮的落地窗、宽敞的客厅、阳光明媚的小天台，对于习惯了蜗居的我们一家五口来说，一切美好得有一种不真实感。

然而，2016 年 6 月，爸爸却突然拿到了调往宁波的机会。宁波，在我们快要忘记它的时候，突然跳跃到我们眼前。去还是不去？这个问题我们纠结了很久。最后，考虑到两地发展差距，考虑到江西省的高考压力大，考虑到这样宝贵的机会不会再有第二次了，爸爸提上行囊，去了宁波的分行报到。

爸爸到宁波后住在行里的宿舍，一边工作一边找房子为我们在宁波落户做准备。宁波的房价比上饶的房价高出太多，而我们刚刚为大房子贷了不少款，最终为了我的初中学校，只能在海曙区的一个老旧社区里买了一套算上公摊面积只有 48 平方米的学区房。一切都好像回到了起点，这里也有昏暗的楼道、满墙的小广告和坑坑洼洼的水泥地，不同的是房子太小不能把爷爷奶奶接来住，妈妈的工作一时半会儿调不过来，这里只有我和爸爸。

初到宁波,我们都不太适应。宁波和上饶的教育有很大差别,学科安排与上饶不同(多了一门江西没有的科学课),让我只能穷追猛赶,而高强度的体育课更是让我难以跟上进度。为了我的体育中考,爸爸在晚饭后监督我练习跳绳,周末常常一大早就拉着我去工程学院的操场上长跑。爸爸的不适应主要在生活上。宁波是一座乡音很浓的城市,尤其是菜场里,人人都用方言交流,不会宁波话的爸爸买菜时只能用手语和摊主交流。妈妈每天晚上都和我们通视频电话,听我们讲当天发生的新鲜事。"真想快点过去啊,我每天下班回家都一个人走在黑漆漆的路上,到房子里你们又不在,感觉房子都空空荡荡的。"妈妈有次这样说过。

在不知道托了多少层关系后,妈妈终于在我初三那年把工作调动到了宁波。看着这套去阳台要侧身才能过的小房子,她果断地决定再次踏上改善我们家居住环境的道路,每周末搭着爸爸的电瓶车,一边认路一边看房。那段时间,我们承受着来自房子的经济压力,又承受着升学考试高昂的补习费用,只能省吃俭用。除了必要的应酬,爸爸从不去和同事聚餐,妈妈在那两年只买了一件新衣服:加厚的羽绒服。我们家周一到周五的饭菜全部是爸爸从食堂打的,平时也不再常去蛋糕店买精致的蛋糕做点心。爸爸的手机已经用了很久,侧面坑坑洼洼,屏幕也是身经百战,电池有些损耗,用一个小时就没电,可他从不考虑换一个新的,总说"随身带着充电宝就行"。

在我冲刺中考时,爸爸妈妈也在为房子做最后的"考前冲刺"。那时交了新房子的定金,距离付款期限还有两星期时,现在正住着的小房子被成功卖出,解了尾款的燃眉之急。可是在计算后,即使已经向亲戚借了钱,算上装修等一切费用,家里的经济还是太紧张了。一个周五的晚上,爸爸妈妈在讨论许久后,还是做出了无奈的决定:卖掉上饶的大房子。

从当时的状况来看,卖掉它是唯一的解决方案了。爸爸的工资没有预料中的大涨,妈妈为了调动过来只能去了另一个岗位,工资不升反降;我即将上高中,补习费用将是一笔不小的数目,更要考虑3年后的大学费用;装修新房是一笔重大的开支,再买新家具肯定不现实了,只能把上饶那套房的家具搬来。妈妈是最舍不得那套房子的,它的装修设计,怎么配色,柜子怎么打都是她精心考虑过的,付出的心血无法用金钱衡量。并且,那套房子是她将来居住环境的最终理想。但是她也只能忍痛割爱,于是那套承载着爸爸妈妈不知多少汗水和我们仅有半年的美好回忆的房子就被挂在了售房软件上。

如今,我们一家五口全部在宁波定居,新房子位于宁波市区一个老小区里,106平方米,楼层不高所以有些昏暗。宁波市"老旧小区改造"计划后,小区环境翻新了许多,绿化优美,路面平坦,照明设施完备,安保设施也更齐全了。看着屋里熟悉的家具,我有时也会想起从前的落地窗和大大的客厅,想起夏天的晚上在天台上吹风的日子。但是我们终于在宁波站稳了脚跟，实现了一个曾经遥不可及的愿望。爸爸妈妈的努力让我能够来到这里，开阔了眼界，也能够获得更多机遇。接下来，改善家里的生活环境就是我的任务了。

姓名：杜欣遥
专业班级：新闻212
户籍：浙江省宁波市
现居住地：浙江省宁波市鄞州区东柳街道

农为根，商为枝

沈晗祎

我们的小家，坐落于浙江杭州与绍兴边界的一个小村庄——新丰村，我们一家子在此生根发芽，并逐渐壮大。我们的家庭，普普通通但却温馨，在一个小小村庄里耕耘着，耕耘出一个家的基底，培养出深入地底的树根，而至今这棵“小树”也在奋斗下伸展出以从商为基础的枝叶，我相信在未来那棵名为“家”的小树会长成遮天蔽日的大树。

在 20 世纪 60 年代的某天，爷爷在亲戚的介绍下认识了他相伴一生的伴侣——我的奶奶，此后他们相知相识相爱，建立起了一个平凡的小家。彼时，人民公社化运动正推进到我们的村庄，整个村庄的村民都加入了公社的生产队中，爷爷奶奶也不例外。30 多个人组成一个生产队负责一批田地，每天都在这里日出而作日落而息。粮食都是公共食堂统一供给的，社员们都去那里吃饭。但这仅仅只能勉勉强强填饱肚子，除此之外并没有别的生活花费。在那样的条件下，根本无法负担起下一代的开销，在大伯出生后，家里逐渐困难。

直到 80 年代迎来了转机。1978 年改革开放以来，家庭联产承包责任制逐渐大规模推行，田地包干到户，农民有了属于自己的土地可以自由支配，爷爷奶奶也分到了属于自家的土地。享受到改革福利的农民们各个都洋溢着满足的笑容，家家户户在每年的丰收季都会互相串门，交换家中的耕地所得，整个村庄都喜气洋洋的。我的父亲就是在那个国泰民安的时候出生的，被取名为国平。没有了耕地的硬性规定，爷爷奶奶也不想一辈子都只做个农民，他们找到门路，去开拓副业——收鹅毛鸭毛。那是他们第一次离开故土前往外地工作的经历。在上海崇明岛和长兴岛一带收到一批质量不错的鹅毛鸭毛，收获人生中除了耕作收入外的第一桶金。靠着这个副业和向亲戚借的钱盖起家里的第一座砖瓦房——此前是土坯房，至此这是我们家发展出的第一枝。

没过多久这个行业的行情就下滑了，鹅毛鸭毛卖不出好价钱，爷爷奶奶也没再坚持。

后来，90 年代的时候，奶奶在亲戚的推荐下，选择了去摆地摊，卖卖服装，做点小本生意，虽没有很好的收入，但也能补贴家用。爷爷回到田间耕作，用粮食换点钱，有时陪着奶奶去卖服装，家里的生活不能说富裕，但也不愁吃穿。少时我的父亲体弱多病，看病花销略多，家里渐渐有些困难，因为那时的家底只够满足吃穿。直到我的父亲在上小学三年级的时候，一个契机他偶然听朋友说到拖拉机这个行业行情不错，每天可以赚到一两百不等，是个不小的数目，于是就建议爷爷去干这行。爷爷思虑许久，在多方打听下，得知了自己生产队的兄弟们差不多都在从事这个行业，且收入稳定，就心动了。他抱着不成功便成仁的心态跨出一步去进行尝试，向银行贷款，在 42 岁的时候买了人生第一辆拖拉机，在同伴的介绍下为固定的几个厂家托运鹅毛鸭毛，从此在这个行业工作，有了稳定且不错的收入。没过几年，我家就还清了债务，在 2000 年的时候完全凭借自己的努力与奋斗盖了第二座房子——小平房，这栋房子也象征着我们家的崛起，至此是我们家发展的第二枝。

生活也不是一帆风顺的，在 2010 年的时候发生了一场意外，爷爷在捆绑货物的时候不小心从车上摔下来，摔断了小腿，诊断是粉碎性骨折。当时一家人都在医院陪伴他，劝他不要干这个了，但是爷爷康复后还是继续工作，这么多年他也对这个行业有了感情，那些老板，那些一起托运的朋友，那些熟悉的工地，都是他人生的重要一部分。但随着年龄增长爷爷逐渐力不从心，65 岁时卖掉了陪伴他一生的拖拉机。这台拖拉机承载着我的童年，爷爷会开着它带着我去村庄外面的世界玩，这也是我通向外界的工具，即便最后它的生命落幕，也永存在我心中。爷爷回到他的根本——田间，干着一些他喜欢的农活，生活平平淡淡，简简单单，而发展家庭的接力棒就传到了我父亲的手中。

20 世纪 90 年代，我的爸爸是个清瘦的小伙子，他和大多数农村里的青年一样，在初中毕业之后就投入工作中，小小年纪就承担起补贴家用的责任。他在绍兴杨汛桥的一个机械厂工作，干着机修工的活，而他也是在那里认识的妈妈。妈妈是江西出来打工的，在厂里做缝纫工，渐渐两人互生好感，在 2001 年的时候结为了夫妻。然而，工厂的工作强度很大，爸爸妈妈每天都要工作到深夜。妈妈有时下班早，等爸爸时也会在厂中的角落睡着，在深夜两人拖着疲惫的身躯相互扶持着回家。日子过得艰辛，有时妈妈会在夜里偷偷抹泪，爸爸发现时会抱着妈妈安慰，心底也是心疼与不甘。

爸爸的不甘在我出生的时候积累到了顶点，在这个时间点爆发了。我的出生是家里的一个转折点，为了给我和妈妈更好的生活，爸爸决定外出创业。当时，也就是 2003 年的时候，正是国家号召西部大开发的时候，爸爸了解到西部有很大的发展空间，且家里有亲戚在那里开窗帘店，做了一番事业，爸爸就带着妈妈毅然决然地踏上了去成都的绿皮火车。但由于我还太小，爸爸妈妈去人生地不熟的地方怕照顾不好，就把我留在家里由爷爷奶奶照看。我还小离不开妈妈，他们离开的一天一夜里我都在撕心裂肺地哭泣，哭哑了嗓子。爸爸妈妈得知这个消息的时候,心里的纠结、心疼、犹豫、难过拧巴成了一团。孩子最是无法割舍的,几度想放弃创业,最后妈妈忍着哽咽,下定决心说:“如果火车到西安囡囡还在哭就回去。”后来,我渐渐停下哭泣,这也让爸妈真正地下定了决心。第一年,他们盘下了一家店面,干起了窗帘行业。一开始并不顺畅,由于店铺的位置比较偏僻没有什么顾客流量,那年的工作不赚反亏了,爸爸妈妈有放弃的意思,但最终还是因为不甘心和年轻气盛坚持了下来。他们再次到处借钱,只是出发前的资金尚未还,再一番低声下气地求人,也没人愿意再借。那时妈妈总是以泪洗面,最后还是母亲那边的亲戚借了一小笔,但这还不够,他们甚至借了高利贷,生活一度被黑暗笼罩。在2005年时父母换了一个地段较好的店铺,生意终于有了起色,往来的客户多起来,生意也从每天的一两单甚至没有到如今的10单往上,有了固定的顾客,有了回馈,生活渐渐明亮起来,有了盼头。慢慢还清了债务,每年也有了盈余,日子也越过越顺畅,至此是我们家发展出的第三枝。

在那期间,爸爸妈妈身上发生了一件永生难忘的事情——一场灾难。

2008年5月12日,汶川大地震,成都也被严重波及。那天店门口有个货包,爸爸正在查看时突然感觉到一阵颤动,跑出去看了眼,发现外面地动山摇,他赶紧跑回来拉上妈妈一起跑。妈妈说那个时候感觉地面像浪潮一样,一波接着一波,路边的天线杆左摇右晃摇摇欲坠,楼房颤抖着,裂缝蔓延开来,天地间的一切都在颤动,感觉天都要塌下来了。他们两个只能拼命地跑,拼命地跑,充满了绝望和无助。最后他俩是跟着大部队在避难所度过的,枯坐着一整夜不敢动,也没有任何的食物,口干舌燥却只能担惊受怕。几天后,终于买到了回家的机票。这件事对父母的心理打击很大,回家后也是一阵后怕。所幸成都不是重灾区,房子没有坍塌。那段时间爸爸妈妈就在家里陪伴我,休养生息,后来克服了恐惧回到了工作岗位,一工作就是十几年,日子过得平淡,但也舒心。以后再回忆起时,只剩下劫后余生的庆幸以及对那场灾难中遇难的人的同情与悲恸。

2018年的时候,父母从成都回到杭州,一是因为我已经上初三了,父母都回来管着我的学习,二是因为行情的下滑。他们靠着在成都打拼的资产在绍兴柯桥全款买了属于自己的第一套房,并在柯桥的窗帘市场盘下一家店铺,做回老本行。

我们家只是4千万人中的一个普普通通的家庭,我的父母从爷爷奶奶手中接过发展家庭的接力棒,在这个小小的家庭里传承着顶梁柱的责任。从一方小小的农田,到爷爷奶奶去探索副业,再到爸爸妈妈创业,一代又一代的人都在走向更好的未来,走向小康社会。未来我也会拿起这根接力棒,让家庭“小树”伸展出更多更茂密的枝叶。

姓名:沈晗祎

专业班级:新闻211

户籍:浙江省杭州市

现居住地:浙江省杭州市萧山区新塘街道新丰村

拼命地干

王文雨

爸爸出生于1976年的安徽省颍上县一个偏僻穷苦的小村庄——孙家庄。村中有一片茂密的树林，这是藏匿于一片树林中的人家。对于尚未成年的孩子来说，这片树林几乎是没有尽头的。父亲说在他成年以前甚至从未到过县城，无数高大茂密的杨树遮天蔽日，只有在秋冬落叶之际才能得见树梢。

父亲回忆中的孙家庄四季分明，炎炎夏日里河水清凉，树影斑驳，孩子们下到河里捉鱼又上到树上玩耍；冬天大雪纷飞，冰雪堆积的枝头挂着无数闪烁的星斗。清苦的童年却有着无穷的乐趣，这是土地给予穷人的慰藉，但现实生活总是吝啬于温情。村里唯一通向外界的道路是一条荒草丛生的曲折土路，它从远处的公路边延伸进大片庄稼中的零落村庄，每当雨水过后都会将这条小路连带着周边的田地搅和得泥泞不堪，封闭且落后是我对这片土地最深的印象。妈妈告诉我，小时候因为家里太穷了，人家都穿棉鞋的时候，爸爸却没有棉鞋，天寒地冻的季节只能穿着单鞋。每当下雨的时候，那本该在夏天穿的鞋子都会渗水，所以爸爸总会不停地冻伤，即便到现在每年冬天脚仍会反复出现冻疮。尽管贫穷给生活带来许多难堪与束缚，但爸爸仍喜欢读书学习，虽然没钱买书，但身边凡是有文字，他都可以读得津津有味。与此同时，爸爸有一手十分漂亮的毛笔钢笔字，他总是随时利用闲暇的时刻学习写字，以至于练字成为一种习惯。直到中学毕业，爸爸不愿再拖累父母，尽管成绩优异他仍选择了辍学去工作。

但我认为爸爸从不曾放弃学习，因为爸爸是我见过最爱书的人，即便到了现在，在工作之余爸爸最大的爱好便是藏书和看书。只是在那些贫穷的岁月，正如父亲所说，沉重的责任和生存的艰难都让理想变得无处安放，谋生是不得已的选择。路遥是爸爸最喜欢的作家，我曾看到路遥的书被爸爸折起的一页有这样一句话：人活在世界上有多少幸福又有多少苦难！生活不能等待别人来安排，要自己去争取和奋斗；而不论其结果是悲是喜，你总不枉在这世界上活了一场。人有了这样的认识，你就会珍重生活，而不会玩世不恭；同时也会给人自身注入一种强大的内在力量……

相对于未来数十年之中全国社会经济飞速发展，这个小村庄好似一处被时代进程遗落的一角。贫穷给生活带来太多无力言说的苦楚，给未来蒙上不明方向的晦暗，数十年如一日的困苦与落后使得在这里野蛮生长的孩子长大后纷纷选择离开这片父辈们为之辛劳坚守一辈子的土地——背井离乡到未知的城市里谋求生存。

1994 年，18 岁的父亲第一次走出县城，走出安徽，跟随同村的朋友坐上去到温州的火车。但不承想还没有来得及感受异乡的新奇便陷入一场窘迫的困境。因为爷爷给的钱不够车费，路程辗转到中途的时候，爸爸只好向朋友借了几十块钱，才到达目的地。所以可想而知，最初来到温州的时候，爸爸已经身无分文，唯有身上过于单薄的行李和心中些许茫然的心情。所幸多年来的穷困让父亲在困境中还不至于手足无措。父亲找到一个可以包食宿的印刷工作。但尽管找到了落脚的地方，却没钱买日用品，初来乍到谨小慎微的爸爸不敢跟当时的老板要求预支工资，而且那时候都没有人预支的，不得已坚持了一个月，直等发工资的时候才去买的牙膏牙刷这些。到如今妈妈和我仍很难想象当时困窘的境况，但爸爸好似对曾经因为缺钱而经历的那些窘迫释然了，唯有许多柳暗花明的松快。爸爸这个人性格较为“孤僻”，他不喜欢喝酒，不喜欢交朋友，就喜欢读书。他来到这边打工的时候，生活很节省，每个月除了日常必要的开支，省下了每一分可以省下的钱，爸爸说爷爷是个朴实的农民，对他最大的影响就是教会他如何踏实做人。

爸爸工作非常努力，所以没过一年就当上了厂里的机长。妈妈说那个时候的机长工资可高了，在我们家乡的话，就是说比一个镇长的工资都高一些的。所以他没干两年就攒了很多钱，可能那时候对其他人来说，那点钱不算什么，但对我们家乡那边的人来说能有这样高的工资，回家实在很有“面子”。

2001 年，爸爸便在老家和妈妈结婚了，至于为什么妈妈会选择爸爸，按照妈妈的话说“虽然他长得不好看但他有钱啊”。就这样妈妈也跟随爸爸来到温州一起工作，第二年 9 月份便有了我。最初那几年我被送到外婆家抚养，妈妈和爸爸就在温州继续打工，那个时候连电话都没有，妈妈刚刚来这边的时候是很想家的，可是家里没有电话，所以她和爸爸只能到电话亭去打。他们时常会询问我在老家的情况。上小学的时候我被接到父母身边，但由于体质很差，常常生病发烧，所以二年级的时候我又被送回到外婆身边。那是 2008 年的事情，从那之后我再次来到温州已经要上 5 年级了。说到这里爸爸有些遗憾，他和妈妈一直都认为在我童年成长的重要阶段没能将我带在身边照顾，也不曾有过多的关心是一种难以弥补的缺憾。但他也说：“有些事情我们没有办法去衡量它的得与失，那时家里的条件无法让我们两头都顾及。”

弟弟是在 2010 年出生的，爸爸说那是我们家最困难的时候。

2009 年，因为姑姑家中的房屋拆迁，姑姑向爸爸借走了一大笔积蓄用于盖房子。未曾料到也在这一年由于工厂领导层变更,爸爸受到排挤不得已离开了工作了将近10年的工厂。更糟的是失业后被骗走了一笔钱,再加上弟弟出生没多久生了一场大病,这几乎花光了家中所有的积蓄。仅剩的一两千元怎么够养活一家人?于是爸爸生起自己创业的念头。

尽管决定自己创业,但也要顾及家中的生计,尤其是家中经济困难的时候。所以爸爸一边在新的单位上班,一边思考自己创业的办法。恰逢老板买了一台机器,打算开拓一个新的业务——印刷的UV加工,就是一种为印刷后的产品提供后期美术加工的工艺。

这是当时在乐清本地没有的技术,也正因此老板一时找不到会这门技术的工人胜任这份工作。就在他几乎要放弃的时候,爸爸得知这个消息,认为这是个机会,于是他便和老板商量一下,让原本在家带孩子的妈妈承揽这份工作。老板也没别的办法只好同意让他们试一试。于是爸妈顺利地将那台昂贵的机器拉回他们租的一间小房子里。妈妈是个很聪明能干的女人,虽然从没接触过UV工艺,但是靠着向别人请教和自己不断钻研终于掌握了这门技术,而且逐渐变得熟练。然而随着越来越多的人的了解,老板从妈妈日渐增多的订单看到这项技术的前景,于是他不愿把这项业务的利润分给别人了。爸爸妈妈只好将借来的机器又还给了老板。

尽管遭到了打击,但爸爸妈妈并不感到气馁,他们觉得自己从事印刷加工是一条可行的路。当务之急是拥有属于自己的机器,通过向多个亲朋好友借钱终于凑足了创业初始的资金。后来也曾为了应对其他大厂的排挤,陆陆续续又借了不少钱扩展了其他的业务,才终于在行业内站稳了脚跟。爸爸妈妈通过辛勤的工作在两年之内还清了欠款。妈妈说一开始的时候我们开工厂所能接到的只是小型的订单,但是后来突然接了一个正太公司的烫金(印刷后期加工的一种)业务,这是一笔较大的订单,妈妈说当时他们是十分的惊喜。爸妈两个人用了一个月的时间,虽然每天加班,但是中间有半个月几乎是没有睡觉的,终于完成了这笔单子。当时他们只想的是,把欠的钱都还完了以后,家里已经没有钱了,但是如果这批订单完成,家中就可以获得七八万元的利润。虽然辛苦,但是因为心中有了对未来生活的期望,所以他们都感到很快乐,竟然丝毫也不觉得累。这也证明了他们走的这条谋生的路是对的,他们终于不用再打工了,终于有了生活下去的保障。爸爸说,当时他们都想着,再辛苦两年,再多存一点钱,可以让我和弟弟的生活多少能有一定保障,至少将来不能像他们一样。在这种共同信念的支撑下,接下来的两年里爸爸妈妈两个人拼命地工作,也让这个家的生活越来越好。

回顾这些过往的岁月，不得不说我们这一代人是很幸运的，是父辈们的前半生为我们撑起遮风挡雨的荫庇。未来后辈们也会沿着父辈们留下的足迹继续走自己的路。

姓名：王文雨
专业班级：新闻 212
户籍：安徽省阜阳市
现居住地：浙江省温州市柳市镇东岙村

拼命去赚钱

吴　雯

我的老家位于浙江省兰溪市午塘新村，那是一个偏僻小乡村。爷爷以前当过村里的书记，家中原先的条件还算可以，但后来爷爷生病了，大大小小的病加在一起，总是难以根治，这一病就是好几年，每天都能看到爷爷床边的桌上摆着各种各样的药品，那段时间家中的花销不小，家境便渐渐变得不太乐观了。从我有记忆开始，家中只有爷爷和奶奶，那个时候妈妈好像离我的生活不是很近。听奶奶说，妈妈在我很小的时候便和爸爸出门打工赚钱了，自然而然地，我便自小生活在爷爷奶奶身边。后来母亲偶尔会回家待几天，但时间都不太长，有时也会在我的假期或放学后接我去到她工作的地方，那时的我只知道父母都很忙，和母亲也不是特别亲近。

母亲出生在一个很普通的家庭，家里有姐弟三个。在读完初中后母亲便决定外出打工赚钱，她是在工作的时候和父亲相识的，虽然他们在一起并没有得到外婆的支持，但最后母亲还是选择和父亲在一起，组成了现在的家庭。

我后来问母亲为什么当时会决定去日本工作，她说那个时候自己的想法很简单，就是一心想着赚钱，以后能够让自己的孩子拥有更好的条件，去城里买房读书，正好又觉着外面的钱好赚，便决定了去日本打工。那之后母亲便报了名，正式开始了80多天的日语培训考试，培训是几个月封闭式的学习。那时正处于最高温的时候，有多闷热自然不言而喻，但是每天用来休息的房间并没有空调，晚上把凉席打湿睡在水上降温才能够成功入睡。通过每天的读背和抄写学习，母亲终于在最后成功通过了培训，并在不久后奔赴日本。

在到达日本后，事情也并不太顺利，水土不服成了一个很大的问题。脱发、失眠、便秘、生病等都是常有的事。日本在医疗方面比较保守，与国内治疗方法不同，去医院看病并不是很支持挂盐水，平常也不太会用比较重的药，也许是母亲体质的原因，一个轻微的感冒最后被拖成了鼻炎。不仅如此，速成的日语在日常生活中并不能很好地发挥作用，语言不通使得母亲去银行开个账户也成了困难。在工作一段时间之后，母亲为了和我能够视频聊天而买了一台电脑。还记得每次和母亲视频聊天时我都十分拘谨，对于十分内向的我来说，就连语音通话也不知道该说些什么。

3 年后，合同结束期限到了，母亲便如期回国。当时父亲提出想用这笔钱创业，但母亲觉得不靠谱便拒绝了，为此他们还发生了矛盾。母亲回国大概一年后不久就有了弟弟，当时我正处于快要小学毕业的阶段。之后母亲为了我和弟弟有更好的学习环境，就打算在城里买个房子。我当时的成绩还算得上不错，老师和亲戚都觉得在当地上学有点浪费，母亲觉得送我去城里一所比较好的私立初中读书会更好，此后我和弟弟便与母亲一起生活。房子是贷款买的，当时的生活实在算不上宽裕，私立学校学费也是不低，然而母亲并没有因此放弃这个想法，最后还是向亲戚借了几万元，用来支付学费。

父亲基本长期在外工作，家中的大小事务都是母亲在张罗。因为没人照顾，母亲只能自己带着弟弟，而正规的公司并不能带着小孩上班，于是母亲就找了离家近的一家厂上班，工资虽不太稳定，但很方便照顾弟弟。我大部分时间都在学校，弟弟则是跟着母亲一起上下班。

上学期间，生病对于我来说是件非常频繁的事情。每次一生病，就要打母亲的电话让她带我去医院。母亲没有车，不论春夏秋冬，她每次都是骑着一辆电瓶车风里来雨里去，但不论如何，她总是会在我需要她的第一时间到达。让我印象最深刻的就是有次我半夜发烧，大概是在凌晨一两点难受到醒来，母亲知道后马上起床带我去医院。当时因为新冠疫情，有发烧症状的患者是要由特定医院接收的，所以母亲带着我跑了好几家医院才得以治疗。由于等核酸结果要很久并且在出结果前不能离开，母亲担心家中年幼的弟弟晚上醒来发现她不在会哭闹，便决定回去先安顿好弟弟再来陪我。出核酸结果需要的时间很久，在凌晨三四点的时候，母亲带着一罐熬好的白粥出现在了医院门口，原来是她怕我等太久觉得饿，便在家里特意熬了粥带过来给我。临近秋天，凌晨外面的温度并不高，我仍能想起母亲匆匆赶来而被风吹得微红的脸和略显凌乱的头发。

弟弟的身体也并不是很好，经常生病。母亲总是一个人带着弟弟挂号看病，许多时候直至凌晨还在输液室中陪伴着弟弟。母亲的睡眠总是很浅，有时半夜醒来下意识做的事情就是看看身边的孩子有没有盖好被子。

每次我周末回到家，桌上总是会摆放着许多菜，母亲还会特意提早点下班为我准备晚饭。之前我总是认为家里一直是这样的，后来才得知原来我不在时，母亲和弟弟吃得都很简单，别说是买菜烧饭了，有时甚至只是用一碗简单的清汤挂面对付过去。母亲一头棕色的长卷发直至现在仍在我的印象中十分深刻，而现在母亲的头上已经布满了白发。

日夜操劳的母亲身体并不是很好，月子里落下的毛病已经算得上是旧疾。在一次急着给我送东西的路上，由于道路崎岖和灯光昏暗，母亲骑着车不小心摔了一跤，伤到了胸口处的骨头。母亲当时没有当回事，想想去医院检查还要浪费很多钱就算了，结果很长时间胸口一直隐隐作痛，影响到了日常生活才决定去医院检查，发现原来是骨裂。为了能够省下这些钱，母亲差点用自己的身体付出代价。

等我上了大学之后，因为专业的原因，有一台自己的相机对于学业的完成会方便得多，但是相机并不是想买就能买的，也不是一点钱就能解决的。因为家里的条件并不是那么好，买相机也不是这么容易的事情，本以为母亲对这件事会不赞同，但没想到我和母亲提起时，母亲并没有犹豫，只是对我说："如果对你有帮助，我们就买，你不用顾虑这么多，钱什么的我们会解决的，一切有我。"

母亲的生活好像除了照顾我们，剩下的就是拼命赚钱，因为在她看来，只有她努力地赚钱，我们的生活才能有所改变。因为母亲所工作的地方并不是每天都有固定的工资，能有多少的工资完全取决于员工做了多少工作，所以不论春夏秋冬，母亲都是风雨无阻地上班。每天早上母亲总是在天还没亮便出门，骑着电瓶车赶到厂里，做了两三个小时又赶回家照顾刚睡醒的弟弟，在打理好之后又再次出门，提早的那几个小时就是为了弥补回家的那段时间。晚上母亲也总是最后一个下班，就为了能多赚一点是一点，甚至有时候直接在厂里过夜，只是为了节省一些路上来去所耗费的时间。母亲很少为自己买新衣服，问她怎么不买，她也只是说自己上班穿不到，根本没有这个必要，而在我和弟弟身上，母亲却并不吝啬，让我们看中了觉得喜欢就买。早上去上班前顺便买个早饭连肉包都不舍得买，"这不划算"是母亲常说的话，砍价和精挑细选并非母亲的爱好，而是为了花更少的钱买更好的东西。母亲总是为了这个家操劳，精打细算，不想有丝毫浪费。

现在弟弟已经上小学，我也考上了大学，房贷渐渐地也快还完了。记得我上小学那会儿，每天都要早早起床徒步走一个多小时才能到学校，现在也有了省时省力的车。一切都在有条不紊地发展着，都逐渐走向正轨，以后只会越来越好。

对未来，我们拥有着无限空间的梦幻。想摘玫瑰，就要先折刺枝；想走坦途，就要斩除荆棘；想看到天明，就要勇闯寂夜。为了家庭，就要倍加努力继续努力奋斗。为了生，为了活，为了一个美好的家庭，与其临渊羡鱼，不如脚踏实地。想想以后的生活，有自己最爱的人，做着自己喜欢的工作。母亲她是那么的渺小平凡，但她却用瘦弱的身躯撑起了一个家。

姓名：吴雯
专业班级：新闻211
户籍：浙江省金华市
现居住地：浙江省金华市兰溪市横山街道教师新村

平淡生活的粥

王　茜

出生以来，我的日子过得平淡，生活安稳，家人和睦，一直持续到现在。我们家没有什么轰轰烈烈的闯荡故事，就是跟随着时代的浪潮煲好生活的这碗白粥。

一栋房子是庇护一个家的港湾。自我记事起我们家就换过一次房子，而在爸爸的回忆中我得知我们家一直很稳定，总共换过四次房子。哦不，第一栋房子也许并不能被称作房子，只能说是一个可以遮风挡雨的庇护之处。一个用泥土夯筑起来的墙体，再盖上稻草作为屋顶，就是我们家第一代房子。泥土，在当时是最常见的建筑材料。而且那时的路真真切切就是人从泥地里踩出来的，一下雨就成了爸爸口中的“烂泥路”。日子往后推移，到了 1970 年泥瓦房取代了原来的草房成为第二个家。又过了十几年，到了 1985 年，生活慢慢变好，一片欣欣向荣。我们家盖起了砖混结构的两层楼房，那也是我 9 岁前一直生活的地方。我记事起，或者说我出生后的生活是挺富足的，条件也不错。到了我 9 岁时，我们推倒了那两层楼，盖起了更好的小洋楼，也就是我现在生活的房子。小洋楼伴随我成长，如今也已经有 10 年的历史了。我很喜欢我的家，不管是两层楼还是小洋房，只要一回想到它们就觉得心里非常温暖安定。在别人眼中它们比不上那些一两百平方米的大别墅，但在我心里，没有任何一栋房子能比得过它们，因为此心安处是吾乡。

说起来小店也算是第二个“家”，那是我出生前一两年建的，主要卖一些零食和小型的生活用品。小店就是我的零食天堂，只要我馋了就直接去小店挑爱吃的。因为家旁边就是小学，所以每天放学的时候都非常热闹，有很多小学生和他们的家长来店里买食物。我到家了就会坐在店里看来来往往的同学。因为始终要有一个人看店，我们吃饭时谁吃得快就会去替看店的人，这个人一般是爸爸。而我有时候也会吃得很快去替看店的奶奶。

说到房子，可不能不提我们家院子里种的两棵树，论资历它们可是家里的“老人”了。一棵是香椿树，一棵是桂花树，它们都是我姐姐出生那年种的，已经有 20 多岁的树龄了。所以和我见面的时候它们都已经长得郁郁葱葱、枝繁叶茂了。春天树上抽出一茬又一茬的嫩芽，香椿的嫩芽是红棕色的，桂花的嫩芽是赭红色的，只有长大了它们才慢慢变成绿色。夏天香椿会开出很多白色的小花，从远处看还有几分桂花的样子。小时候放学回家我就喜欢拿一个小杯子把花都收集起来，然后灌上自来水，装作一杯“花茶”的样子。秋天则是桂花的主场，都是“不见其花，先闻其味”，然后一簇一簇竞相开放，香味馥郁，远远就能闻见，但是小时候在作文中“香飘十里”的形容还是过于夸张了。金色的花瓣像是吸收了太阳的颜色，在一片绿意中格外耀眼。

说到家，怎么能不提一提家里的味道呢？我们家掌勺的是爷爷，爷爷的手艺可好了，而且还会做各种各样的菜式，我想吃什么，爷爷就会买好菜回来给我做，只有我想不到，没有爷爷做不到的。每到饭点就会有一声“吃饭啦”从楼下准时传来。我们这代人小时候是十分幸福的，而父母这一辈则不然。他们小时候完全不敢想能吃好，只求吃得饱就行，饭菜都没有什么油水，因为油盐很珍贵要省着用，平时能吃上一块豆腐都已经是很好了。到了一年中最热闹的除夕，桌上最丰盛的菜也只是油豆腐烧肉——这可是一年才能吃一次的美食！为了生计，家里会养猪鸡鸭鹅，但是这些都不是给自己吃的。过年把猪宰了把肉卖掉，剩下的猪头、猪脚什么的就统统腌起来，鸡鸭鹅就拿它们生的蛋去换盐糖这些调味料。为了养好它们，爸爸上完学还要去塘上割草。那时候还用粮票，去买食物都得用票买。1991 年爸爸 19 岁时参加工作，那时候一个月还发几十斤粮票，不过在发了半年以后，粮油市场开放，粮票制度基本上就取消了。土地承包制度下人们通过种植经济作物慢慢富裕起来，又伴随着市场逐渐开放，人们也能够吃上好东西，日子过得越来越好。

四五十年以前，我们家有许多在当时比较稀有的物件，爸爸一件一件说出它们的时候就像细数着家里的宝贝一样，事实上，这些老物件也的的确确是过去日子的珍贵记录。在爸爸小的时候，家里就有了一台半导体收音机，每天放学他就在收音机上听“小喇叭开始广播啦”。后来升级成了插电收音机，爸爸放学回家就会听少儿节目，听评书，听三国、说唐、岳飞传。爸爸本人是个武侠迷，从小学开始就收集了一堆各种各样的连环画。他尤其喜欢金庸先生的著作，毫不夸张地讲，他看过金庸出版的全部武侠小说，还在工作以后收集了许多成套的小说书籍，这些书留到现在还存放在爸爸的书架上，年纪比我都大！除了金庸，还有古龙、梁羽生、黄易，爸爸也读了很多他们的小说。除了收音机，爸爸小时候家里还有一台录音机，把磁带放进去就可以听歌。那时候邓丽君风靡全国，她的一首《甜蜜蜜》成为经典。而录像厅里播放的也都是港台的武打片。我们家和声音有关的物件可不少，除了收音机、录像机，还有一个有线广播喇叭，在固定时间播放革命歌曲和新闻。手电筒在当时也是一个宝贝了，别人的手电筒里面装的都是两节干电池，但是爷爷的不一样，他的手电筒特别厉害，是铁皮外壳，还是加长版的，里面装了三节电池！当时最令人羡慕的还得是电视机，家里第一台电视机是西湖牌的12吋黑白电视机，需要天线和接收器才能工作，只有两个频道。我们家可是当时生产队里第一户拥有电视机的人家！接着又换了一个大一点的黑白电视机。我们家林林总总换过很多电视机，第一台长虹牌台式彩电是爸爸结婚时买的，后来再换成40多吋的液晶电视。爸爸结婚时添置了很多物件，第一台空调，第一个音响，第一台台式电脑。这些老物件大部分都随着时代的变迁而落幕，或是成为废品被卖掉，留存到现在的只剩下一件了，那就是我们家第一台杭生牌立式电风扇，已经使用了三四十年，现在仍在需要的时候被搬到厨房履行使命。

都说时尚是个轮回，现在流行的喇叭裤在当时也是曾经流行的。在什么物品都要凭票购买的那个时代，衣服理所当然的是要用布票购买的。当时流行着一句话"新三年，旧三年，缝缝补补又三年"，一件衣裳肯定缀满了补丁，即使这样也不会扔掉，"老大穿过老二穿"，一件衣服的价值被利用得干干净净。而且当时的衣服颜色十分单调，无非是灰的蓝的黑的，因为比较耐脏。再后来，谁要是能穿一件军装出门可真是回头率超高。布票消失以后，衣服的款式颜色大大增加，的确良、喇叭裤成为热门。街头更是出现了一批身穿花衬衫、头顶爆炸头的"潮人"。因为爷爷管得严，所以爸爸并没有做什么特别的装扮。

而交通工具的变化也体现着我们家一步步的发展。我印象很深的是小时候每次生病，都是爷爷用他的自行车载着我去的医院，而这辆车就是我们家第一个交通工具，是80年代爷爷买零件自己组装起来的二八大杠自行车，一直到我小学时爷爷都还在使用。这辆自行车也是每次小店进货的载物车。比自行车更高级一点的是爸爸的摩托车，小时候对它的印象就是"轰隆轰隆"的，然后开得非常快。这辆摩托车是1995年爸爸上班后爷爷买给他的，天津本田摩托车，很是拉风。然后电瓶车普及，我们家也紧跟潮流购入了一辆小电驴。电瓶车过后就是汽车，因为爸爸无心插柳摇到了车牌，于是顺理成章购置了一台车。这台车成了家里主要的代步工具，爸爸开着上下班，接送我上下学，直到我考上大学，爸爸开着它将我从杭州送到宁波。还记得当时站在初中校门口等爸爸下班来接我，但爸爸一直没来，比往常迟了十多分钟，我一脸焦急，远远看见一辆白色的汽车向我驶来，虽然看不清，但是我心里有个声音告诉我这是爸爸，这是我家的车。果然，车在我脚边停了下来，车窗摇下，正是来接我的爸爸。

生活不能只有无穷无尽的辛劳，适当的享受也是生活中的调味品。而奶奶在这点上显然做得比我好，被新冠疫情裹挟的青春让我错失了很多到外面看看的机会，而奶奶在她风华正茂的时候游历了多处祖国的大好河山。1990年奶奶去了上海，游外滩，坐渡轮，逛吴淞口，那时候浦东还没有开放，东方明珠塔都还没有建造。后来奶奶去了北京，参观了故宫、人民大会堂，爬了长城，去了天安门广场看升国旗,逛了香山公园。在四川到峨眉山看佛光,参观乐山大佛;到海南感受蓝天白云沙滩的美好;在山东青岛见海上崂山;在我高中的时候她去了浙江结对帮扶的湖北恩施,那里虽然经济不发达,但是有着优美的风景。她和爷爷还去过很多地方,也和过去的朋友结伴同游。奶奶的旅游生活让我非常羡慕,等什么时候疫情退去,我想去云南绕着洱海散步,和好朋友去厦门看海,和家人参观苏州园林……有很多地方值得我去探索。

令人欣喜的是,家乡这几年也发生了翻天覆地的变化。曾经的镇子小路泥泞,仅能容一个人经过,后来铺上了硬朗的水泥路,也变得宽敞,过上了村村通路的日子,再后来就是现在都在铺设的柏油马路了。我家在苕溪旁边,那时候还没有自来水,家人喝的水都是从河里挑来的,直到我们家造了二层楼房自来水才普及。河水供给灌溉和饮用,但是在有些时候却并不扮演着温柔的角色。1998 年那场长江流域的特大洪水对我们这里也造成了巨大破坏。苕溪西岸的地势很低,所以在那场洪水中绝大多数房屋都被洪水淹没,人民财产损失巨大。西险大塘加固加高后,水利工程建设完善,现在的西岸已经完全不会受洪水的影响了。并且在西岸还建设了有自己特色的文化老街,不仅有优美的环境,还有各种特色手工艺展览,变得越来越繁华,慕名而来的游客也越来越多。

我很享受我现在的生活,很感恩能有现在如此美好的生活,而这样美好的生活是改革开放所带来的。改革开放以来,我国人民实现了贫穷到温饱、再由温饱到总体小康的历史性跨越,综合国力显著增强,国民经济水平快速增长,经济实力不断提升,科学技术突飞猛进,国防建设取得了重大成就,国际地位日益提高。我们的生活随着祖国的繁荣富强而变得越来越优越。

日子虽然平淡,但我心怀感恩,只要有家人在身边,就是最好的生活。

姓名:王茜

专业班级:新闻 211

户籍:浙江省杭州市

现居住地:浙江省杭州市余杭区瓶窑镇

七套房子的故事

洪怡凡

前一阵子，妈妈给我发消息，说家里水管坏了，絮絮叨叨地抱怨花了好多钱修。家里现在的房子是我读初中的时候开始住，还算新，但有些墙体、地板并不是装修得很好，经常能看到一些松动的痕迹。想起我童年时期的那套老屋，那是当年爸爸妈妈结婚时爷爷买的婚房。房子不大，只有60平方米，但我格外喜欢那一间屋子，麻雀虽小五脏俱全。所有童年的欢声笑语、不好的、美好的回忆都在这里产生，即使是在现在，我的梦里仍常是这间老屋。

大概一年前我去看过童年的家，那天回去，见老房子石灰抹的墙，早已斑驳陆离，历经风雨冲刷出来的红砖很是醒目。我们住在顶楼，屋子的顶上已经黢黑了，有曾经漏过水的痕迹。房子外面长满厚厚的苔藓。门还是很结实，但是长满了锈，窗户有点松散，有些框架的木头已经霉烂，风一吹就咿咿呀呀作响。门口新修的牛奶箱还在，但是那个小门好像已经关不上了。这个房子确实已经老了，它装载了我10多年的时光，已经需要歇息了。爸爸妈妈曾想搬到新房子后把它卖了，但我一直不同意。在我看来，当我无聊心烦的时候，看到老房子还在，它静静地站在那里，等着我，我就很满足了，即便它已经装不下我们了。

人的一生，吃喝拉撒重要，但在解决温饱过后，最让你记怀的事儿，就是有一个舒适温暖的家，不管它是金窝银窝，还是草窝窝。在爸爸每每给我讲述他的搬家经历和成长经历时，爸爸妈妈也是不由地感慨：我们的日子真的越过越好啦！

时间的车轮随着爸爸的讲述徐徐驶过。在1953年，16岁的爷爷因为他父亲因病去世随母亲从宁波市海曙区孝文街来到舟山沈家门，投住在已来到沈家门工作的大哥处，并在沈家门上初中，直至毕业。这时候，一直是借住大哥家的房子，五口人挤在又破又小的屋里，日子艰辛又清贫。

转眼到了60年代，爷爷有了工作，从小学语文老师成为饮食服务公司下面的会计。生活安稳了，爷爷也成了家，立了业，三个孩子相继出世。政府给爷爷分了房子，就在沈家门滨港路海边一个二层的板房，一家五口人住一层一小间。每天对着门口的沈家门渔港，听着渔船和马达的哒哒声，房子很小，只有两张床。在爸爸读小学二年级时，因要建设渔港大楼，他们要搬家了，那时候是1977年，爸爸10岁，爷爷40岁。

这一次爸爸一家搬到了沈家门渔港泗湾的一幢单位宿舍楼，这个房子不再是板房，而是真正的砖房子。一幢两层，上下各三间，他们住在一层的右边一间。这一间房子总共只有二十几平方米，前后被隔成了三间，后面是厨房，中间是爷爷奶奶的一张大床和一些柜子，前面是三兄弟的一张床和一张钢丝床，还有一张大桌子，专门给孩子们写作业和吃饭用。

那时候，爷爷已经在饭店当会计，因上班作息时间关系，一般一家子的中饭都是随意的，下午才会烧些菜，烧得数量多一点，晚上吃，第二天早上还有中午再吃。爷爷一般下班都比较晚，等到饭店生意结束后才能下班，所以晚饭后爸爸都和邻居小朋友去玩了，他这才回家吃晚饭。家的对面是一片农田，还有小河。每到夏天三兄弟都会去农田小河边玩，像捉蜻蜓、抓蝌蚪等。在昏暗的路灯下，小孩和大人坐在一起乘凉，听故事，玩游戏。那时家里买了一台台式收音机，还有缝纫机。爸爸一家五口在泗湾的宿舍楼从小学住到中学，这时候来到了 1983 年，爷爷 44 岁，爸爸 16 岁。这个时期的日子已经好了许多，爷爷奶奶也能够养活三个正在长身体的孩子，日子虽然朴素，但也充实。

1983 年，爷爷就职的单位有了福利房，于是一家人又搬家了，这次是真正改变了五口人的住房条件，来到了教场的单位楼。套房有 50 多平方米，有三个房间，还有厨房、卫生间、餐厅、阳台，三兄弟每个人都有了一张床。整套房子墙面还刷了涂料，打了油漆，划了餐厅，铺了马赛克地面。此时的爷爷还是一如既往地在饭店当会计。为了减轻家里的负担，一直成绩优异的爸爸初中毕业后没有选择读高中，而是读了舟山船舶技工学校，因为那时技校出来是直接分配工作的，而舟山船舶技工学校是舟山船厂受政府之命主办的。爸爸 1986 年以优秀的成绩从技校毕业后进入舟山船厂工作。这时候，爷爷 47 岁，爸爸 19 岁。

在 80 年代，舟山船厂是舟山最大的国营船厂，爸爸也算找到了响当当的好工作。因为爸爸学的专业是船舶制造，所以进入船厂后当了一名船体装配的技术工人。那时专业技校毕业的技术工人很吃香，因为还有很多人是从社会招聘进入船厂工作的，并没有船舶相关的专业知识，而爸爸这一部分人，是通过三年的专业知识学习和中间的实习实践进入的工厂，可以说是船厂的主要技术工人。刚开始因为是国有经济，生产任务都是政府分配，工作量不是很大，家里也陆陆续续添置了电视机、电话、煤气灶。到了 90 年代市场经济地位慢慢上升了，各种业务多了起来。爸爸通过学习专业知识逐渐进入管理岗位，1998 年以后开始转调到质量检验部门。这时候 31 岁的爸爸终于组建了家庭。后来公司业务进一步扩大，开始接国外的订单。爸爸通过竞聘，走上了公司的中层管理岗位，跟许多老外打交道，每天有很多会议，加班，出差，工作非常忙碌。总公司下面的子公司开始多起来，爸爸又去兼了子公司的管理工作，就更加忙碌。到了 2015 年，因为业务量减少，造船市场不景气，老一代的管理人员都退居二线了。现在爸爸进入了船舶研究院，去做指导工艺工法和设计方面的工作。

继续说回房子。到90年代后，爷爷奶奶都退休了，孩子们也陆陆续续结了婚，有了新的家庭。小儿子结婚以后，那套福利房便给了小儿子夫妻，爷爷一家只能向大爷爷借住房子，又到了滨港路上，兜兜转转还是回到了起点。那套房子在半山腰上，有两层，可以看到整片大海，还有一个小小的院子。退休后的爷爷除了日常的做饭打扫，也开始种花。记得小时候，爬上狭窄的台阶去爷爷家，最喜欢的就是看花，爷爷会一个一个笑着指给我，这个是蝴蝶兰，那个是绣球花。我很喜欢一层一层地到处跑，看爷爷奶奶的房间，看小小的书房。当过语文老师和会计的爷爷写得一手好字，毛笔字写得非常漂亮。爷爷在书房给我看过怎么写毛笔字，小小的我总是看得津津有味。在我的印象中，院子外面再走上去的台阶就是二爷爷的房子。我常常在两个房子间来回穿梭，一遍又一遍地参观，不知疲倦地问着爷爷这是什么那是什么，爷爷也总会耐心地回答我。可是不幸的是，2020年，新年将近的时候，爷爷离开了人世。那天我很难过，感觉心里空落落的，也是直到那天我才明白：原来两代人生命的衔接处，光阴只是窄窄的台阶。梦里的光影总是时不时与这间屋子产生关联，我还是在不停地跑，但这抹刚毅的身影，却化为了模糊的痕。最无用是纸笔啊，当记无会期！

几年前，爸爸在新城买了新房。与新房对比，老房自惭形秽，原来童年的小屋是我印象中最完美最好看的屋子，但在高高崛起的楼房面前，沦落为低矮破旧的老屋，变成了留存我记忆的场所。回眸岁月中那些让人记怀的事儿，我们爷孙三代人的老房时代早已过去了。

姓名：洪怡凡
专业班级：新闻212
户籍：浙江省舟山市
现居住地：浙江省舟山市定海区临城街道

桥头镇上的扣子之家

郑淇颢

“桥头生意郎，挑担走四方”，这是20世纪80年代，在浙江省温州市永嘉县桥头镇流传甚广的一句话。温州人会做生意是出了名的，但很多人可能都不知道，地处温州西部，位置偏僻，交通闭塞的桥头镇，是“温州模式”的发源地。

我们家世世代代生活在桥头镇，这个三面环山的小乡镇，历经40多年的风雨变幻，从一颗小纽扣起家，成长为扬名海内外的“中国纽扣之都”。

而正是一颗颗小小的纽扣，将我们家两代人的命运连结到了一起，也“扣”开了我家的幸福大门。

从一颗纽扣开始

爷爷是我们家第一个和纽扣结缘的人，也从此让我们家两代人的生活都和纽扣产生了千丝万缕的联系。

爷爷学历不高，是家里的兄弟姐妹里面年纪比较大的，因此也早早承担了不少养家糊口的责任，只读了几年小学便出来打拼，为整个家庭谋取生计。爷爷十几岁时在我们镇子上的一个缸厂里做工人，工作很简单也很累，就是制作各式各样的水缸然后拿到镇子上去卖。在当时的年代，那个缸厂也算是一个小型的国企了，规模并不大，整体环境比较简陋，只有自流平的地板和老旧的灰色水泥墙，壁上的大灯也是老旧不堪，整日里摇摇欲坠。然而缸厂的生意不景气，爷爷没干多久就离开了。

桥头镇和纽扣的故事说来话长，若真要谈起其中的渊源，还得要回溯到改革开放的初期。

1978年初冬，桥头镇的叶克春跟一名卖销客去往外地，无意间看到当地一些积压扣，各买了五六十元的铁皮纽扣，带到桥头镇的“当中桥”试销，每版5元，没想到三天告罄，赚了五六十元。当时工匠的工钱才一元八毛一天，他激动不已。畅销的行情立即吸引了镇子上的不少人加入销售纽扣的行列。

为了能够拿到纽扣货源，早期的桥头商人跑遍大半个中国，纽扣厂拿完了就去供销社、商业局，但凡有库存的都被桥头人一扫而空。所有的货物，都是扛在肩头一包一包背回来，拿回桥头转卖。桥头纽扣市场就这样有了雏形。

爷爷是有生意头脑的人，因此也毫无意外地加入了桥头镇早期参与纽扣销售事业的队伍。与其他人不同的是，爷爷没有跑遍全国各地把纽扣运回来贩卖，而是另辟蹊径，要让桥头镇的纽扣“走出去”。

1980 年，爷爷收拾了大包小包的行李去到江苏南通等地，开始贩卖纽扣和相关的小物件。他独自乘坐绿皮火车几天几夜，一路上舟车劳顿，但路途的曲折并没有打消他的事业心。不过当时的这种小生意并不盛行，尤其是在外地，单品市场比较饱和，也没有什么零售散卖的概念，大多数人更倾向于大批量地采购，再加上爷爷的货物本来就是自己大包小包带去的，以手提肩扛方式到各处贩销，没有稳定货物来源，他的小摊子也因此默默埋没在商品的海洋里。爷爷带着纽扣“走出去”的故事，在当时看来或许并非一条正确的路，但他的生意观念在现在看来似乎确凿是超前的。

桥头也是潮头，当人们为姓“资”还是姓“社”问题纠缠的时候，1983 年 2 月，县政府正式批准开放桥头纽扣市场，中国大地上第一个小商品批发市场——桥头纽扣专业市场诞生了，桥头纽扣市场从此进入了发展快车道。当时爷爷在苏州弹棉花，他在专业技术上融会贯通的本领很强，没做多久便当了弹棉花坊里的棉花师傅，后来带出不少学徒。

1985 年，桥头镇的纽扣产业从贩销有机玻璃纽扣、塑料电镀纽扣为主逐步转变为创办家庭纽扣厂，生产营销有机玻璃纽扣、塑料电镀纽扣。爷爷趁着这个时机回到镇子上，准备自己创业。

爷爷筹了一些钱，办了一个纽扣厂，买了一些必要的机器和设备，算是一个私人工坊吧。当时镇上像这样的私人工坊非常多，并且大多是直接在自己家里办的。爷爷的私人工坊也是在家里办的，当时我们还是住在家族的老房子里的，那房子说起来也有两三百年的历史了，一家子人住在木头做的大院儿里头，有点类似北京的四合院。爷爷的私人工坊就办在院子里的空地上，上面有屋顶，因此也不用搭棚，只是需要去镇上买几盏大灯来照明。工坊虽然规模不大，但“麻雀虽小，五脏俱全”，该有的设备都是有的，纽扣生产制作的整个流程也与整个市场的大规则一致。厂子里头摆满了大大小小的货物箱子和装运的塑料盒，里面放了几张巨大的桌子，摆满了各种各样的半成品，工人们都聚在桌子上加工，排版，清点。爷爷的私人纽扣工坊从那时起便有了大体的样子，各色纽扣，从低档到高档应有尽有，成色和花样也一直在变换。

我们镇子自有史以来就是地少人多，手工业发达，素有经商传统。自 1978 年开始做纽扣生意以来，从小摊贩到个体工商户再到办厂生产，经历见证了桥头纽扣市场的崛起和繁荣。桥头人的纽扣事业是从有到无的，纽扣怎么制作，设备怎么操作，都是自己一点一点摸索出来的，慢慢形成了一些繁华的景象：桥两头街道商店林立，夹杂着旅馆、酒楼、运输服务社。镇中心有两幢交易大楼，建筑面积达 11000 多平方米，摊位达 2000 多个，人头攒动，摩肩接踵，人群里混杂着四面八方的口音，大包小捆向外搬运。

被一颗纽扣连起

几年之后，爷爷工坊的经济在走下坡路，于是他把手头的生意交给了大儿子，也即是我的大伯，在山上包了成片的橘子林，过上了种橘、收获、卖橘的生活。

虽然爷爷的私人纽扣工坊因为资金来源和生产销售模式的问题没有走向更好的发展之路，最后也结束了，但从某种角度上看，爷爷的经历，浓缩着半个世纪以来桥头人民的奋斗史、创新史，也映射着市场经济从萌芽到遍地开花的时代故事。

然而，我们家和纽扣的故事没有在爷爷那里中止。

爸爸有四个兄弟，他是四兄弟中最小的一个。爷爷慢慢老了，爸爸也逐渐长大成人，是时候去闯出一番自己的天地了。他们那一代人很勤快，虽然读书条件变好了，但大抵都是早早出门打工、做生意的。

16 岁初中毕业以后，爸爸决定和大哥一起出远门做生意。他们在镇上的路口坐汽车去了上海，又在上海买了去宝鸡的火车票，在宝鸡做了几个月的生意。后来爸爸和他的三哥一同去了四川内江，由于爷爷做了大半辈子的纽扣生意，加上桥头人对纽扣自发的亲切感，他们决定在内江的某个地下商场里卖纽扣。爸爸负责进货、看管橱柜。货品要从宝鸡进来，他便独自去火车站取货，把货物运到火车站里很常见的四轮车上再运回地下商场。

1993 年，在爸爸原来卖纽扣的那家地下商场的附近开了一家新的地下商场，他们又转去了新商场。

那段时期的货物来源与之前相比又不同了，爸爸得乘坐卧铺汽车去成都进货，一般是晚上从内江发车，到达成都的时候几乎是半夜三更了。凌晨四五点的时候，他会去成都的荷花池市场进货，那个地段人来人往，鱼龙混杂，时常会撞见小偷和骗子，会有人假装在地上掉假钱以骗取真钱，会有小混混在车上对他人的钱包口袋虎视眈眈。货物运回内江以后又要找人来搬进地下商场的橱柜，仔细摆放好等待售卖。

当时爸爸一人看管两个店面，从 1993 年到 2000 年，其间每一次过年，爸爸都是独自一人乘火车或飞机回家的，有时坐火车到上海或苏州再转站，有时坐飞机从重庆到温州再乘汽车回家。

那段日子虽然辛苦，不过爸爸却得到了在当时看来较为丰沃可观的收入。1997 年左右诺基亚、摩托罗拉等手机流行一时，一部要卖上万块钱。他在当时便买了 1 万多元的手机和高达 3000 元的电话号码，据说以 139 开头的号码当时刚出来，受欢迎得很。

千禧年爸爸回了温州，次年经朋友介绍娶了妻子，随后又跟着二哥在温州市场里卖了一段时间的布料。布料的生意二哥做到了现在，生意很好，店面也在逐渐扩张，这些年下来已经做到较大的规模了，甚至还额外开办了自己的工厂。

不过爸爸没有一直和二哥把布料的生意做下去，而是和妈妈一起先后辗转在西安、银川经营一些皮具批发的生意，当时他们身边多了一个人，也就是我。

因一颗纽扣延续

几年后，爸爸妈妈带着我回了老家创业，不出意料，依旧是纽扣生意。

只不过，那时的桥头纽扣市场与爷爷那一代人所看到的已经完全不同了。

在 2008 年，从温州到青田的公路三十几公里处，右边竖有一个大牌坊，上书“东方纽扣城”，进去不远，一座崭新的城镇矗立在眼前。往昔的石桥不见了，横跨在姑溪小江上的是钢筋水泥公路大桥。行走在桥头镇的桥东大街，店招和建筑立面美观有序。沿街而立的桥头商贸中心，早已褪去传统市场的“旧衣裳”，换上“新容貌”。

爸爸在镇中心的商贸市场租了 3 间店面，联系了当地的一些制造商，那些厂商后来逐渐成为我们的固定货源。我小时候是生活在桥头镇商贸城里的，商贸城的招牌正中央是一个纽扣的图案，市场里有皮带一条街，一排排纽扣和拉链商店，妇女、儿童用的小商品，五花八门，放眼望去，眼花缭乱，似置身在玑珠的海洋里。

爸爸的纽扣生意初期也不算顺利，但是有了爷爷那一代的经验，他很快了解了纽扣市场的行情，学会了如何抓住商机和客源。我们店里的纽扣从版式普通、材质廉价、花色单一到款式精美，选择日益丰富，一直在不断改善着。

生活在一点一点变好，从爸爸的车子变换中可以见得。爸爸刚开始开的是摩托车，换了很多辆，因为经常被偷，那时候还没有“扫黑除恶”，街上混混小偷是常有的，趁人不注意便会顺手牵羊。摩托车用来接送孩子上学放学和上下班，我们镇子地方不大，在一些小的犄角旮旯里开着也方便。后来，爸爸从他堂哥手里买了一辆二手的三菱小轿车，是银色的，大概花了两万多。小轿车开了几年，型号老了，性能也不行，再加上经济状况日益好转，便将它变卖给二手车坊了，卖了 8000 块。在那之后的几年里我们家没有一辆像样的车子，不过爸爸一直在汽车网的页面上流连，他是个纠结的人，用现在流行的话来说是有“选择困难症”。直到 2015 年，妈妈在车展上看中了一辆香槟色的奥迪，当机立断定了下来，才有了现在的这辆车。

2018年，爸爸的店面扩张了。从刚开始的3间店面扩张到6间，从商贸城里搬到了新楼盘。我们家的日子过得越来越好，走上了小康之路。

近几年，桥头的纽扣市场形象有了新的变化，爸爸也顺应时代浪潮开了一家大型的纽扣厂。那不再是爷爷当年的私人工坊，而是正式的工厂。新市场不仅是纽扣展示窗口，也代表着纽扣形象的全面提升。桥头商贸中心的客流量比原来多了，接单量也在增加。爸爸的工厂在这样的大环境下稳步发展，凭着多年以来积攒的人脉和客源维持着稳定的节奏。

2020年以来，电商行业的发展势头也随着互联网和手机的普及蒸蒸日上。网络的发展带来经营模式的不断变革，桥头纽扣市场也逐步从20世纪80年代那种人山人海、熙熙攘攘的市场场景转向网上销售、电子商务、电话订货等贸易方式，如今约近半业务通过网络方式完成，一个没有围墙、无边界、永不落幕的“无形市场”正逐步形成。

爸爸的工厂也投入了新的销售方式，通过电子商务、订单生产等方式，由“有形市场”转向了“无形市场”。工厂的客商来自世界各地，有国内的也有海外的，大都是老顾客。这些老客户一直与厂子保持着密切来往，现在他们不用人亲自来，一般都是通过电子方式订货。

我们家两代人的故事说来复杂，其实简单。何其有幸，时代的发展带动了桥头镇的纽扣产业；何其有幸，一颗颗纽扣将我们家几代人的故事和记忆碎片连在了一起，“扣”开了我们家的幸福大门。

我们是扣子之家，我们奋斗着，收获着，也拥有着。

姓名：郑淇颢

专业班级：新闻212

户籍：浙江省温州市

现居住地：浙江省温州市永嘉县桥头镇坦头村

勤俭撑家一片天

陈政权

1994 年 2 月,妈妈离开江西省宜黄县黄陂镇到浙江省金华市东阳市千祥镇打工,比她早前往浙江金华打工的江西老乡介绍她去了一个凉席厂上班。在厂中父母原本做着不同的工作,但因为流水工作线交织而相识,我的父亲对我的母亲一见钟情,之后便开始了猛烈的追求。在那时,父亲家中是非常贫穷的,而我母亲又是背井离乡的打工人员,尽管母亲在当时很犹豫是否要答应他的请求,尽管我的外公外婆都不同意这门婚事,一起工作的阿婆也劝母亲:“如果嫁给这么穷又这么懒的人家真的是瞎了眼。”但最后母亲还是不顾其他人的劝阻,和我父亲在一起了。

那个年代的结婚哪里有现在这么隆重呢,只不过是一句愿不愿意的话罢了。当我母亲嫁入父亲家时,映入母亲眼帘的是一张破旧的床,上面连新的被子和枕头都没有,床上睡的棉絮都是已经睡过很久并已经长期没有更换了,里面的棉都已经是不均匀的了,东一点西一点的棉絮都已经无法铺平。我父亲的家中只有一层楼,是什么都没有装修过的普通平房,并且是外面在下大雨的时候,家中会这边一滴那边一滴的漏雨房。但是在当时正值青年的男人女人哪里会想这么多呢,不过是靠双手在打拼,每天在厂里工作 8 个小时以上,而一个人一天的工资却只有 4 元。在当时只能找到这样的工作,没有任何办法,只能靠着这份微薄的收入维持生计。

1994 年 8 月,我的母亲怀孕了。正是因此,我的父母纷纷辞职,离开了那个工厂。为了生活和即将出生的孩子,我的母亲便在家中做制作凉席的工作,而我的父亲平常在家就是游手好闲的样子,并没有去寻找一份正经有稳定收入的工作,只不过偶尔在我母亲需要帮助的时候搭把手。明明只有二十几岁的母亲的手上却长满了老茧,母亲说:“当时手上全是划痕,一不小心还会被划破。”她跟着我父亲吃了不少苦。而我的父亲没有正经的工作,只不过在夏天的晚上和邻居几个人一起前往家对面隔了条马路的田地里抓田鸡和蛇这类当时可以售卖的动物,等到了白天再一起拿去卖,靠这个来赚一点小钱。不管怎样,总归父母还是在靠自己的双手自力更生。

尽管在那时父母各尽其职,但是仅凭那样的工作还是难以摆脱贫穷的命运。

在母亲怀孕期间，她只是想尝一尝不论酸甜的橘子和饼干罢了，但是家中并没有钱可以满足她的需求。在平时赶集的时候，也只是去街上逛逛，看看都有些什么东西，却从来不购买它们，靠望梅止渴来满足自己。在日常生活中，父母很难得吃肉，常年是一包冷榨菜来当主菜和一碗米饭搭配或者用霉干菜搭配，一直过着贫苦的日子。有一次母亲得知，在父亲抓蛇和田鸡的田地里有一棵橘子树，原本父亲想给母亲摘一个尝尝的，但由于父亲一直是一个老实人，所以到了树前，恐惧的内心劝退了他，最后还是没有偷摘成。所以这也算是当时在我母亲心里的一个贫困时期的小心结吧，到现在也还是难以忘怀。

时间来到 2003 年 2 月，也是在我出生两个月之后，由于我的母亲一直在做手工业，她手脚利索的高效率工作是在村中人尽皆知的，故当时村中一户做手工业的人家邀请我的母亲前往工作，而我的父亲仍然没有什么稳定的工作，只是在家中带着我，照顾我，偶尔去母亲那里帮帮忙。

到了 2004 年，有一次偶然的机遇，村中正好在招人去镇上帮忙做数字电视的维修，父亲反正也是闲着，想着不如去试试看，能给家中日用补贴一点算一点。当时在那里忙碌一整天的父亲也只得 80 元，实际上家庭的生活费还是主要由我的母亲从事手工业挣来的。在机缘巧合之下，有一个电工老板去店里维修数字电视，看中了父亲勤勤恳恳、脚踏实地的工作态度，当场提出了邀请："有没有兴趣跟我们去做电工？赚的钱肯定比这个多，但是要考电工证，你得自己先去考出来再来联系我。"听到这个消息后的父亲连忙答应了下来，拿到电工老板的电话号码并对他深表感谢。回到家后，父亲激动地把这个消息告诉了母亲，母亲听后也鼓励他努力考电工证，未来的生活就有可能发生改变。虽然父亲连小学都没有毕业，虽然他之前都是游手好闲的，但是当时他就坐在家门口，借着晨光看着电工基本知识的书，白天继续去修理数字电视。在闲暇时间，他总是把书拿出来看，反复记忆，盼着能考出电工证。我曾偷偷看过那本书，虽然记不清里面的内容了，但记得那本书的厚度完全不亚于医学生的教材，厚厚一大本，却被父亲记得滚瓜烂熟。到了考试当天，一切顺利，他成功考出了电工证。从那时起，我父亲便辞去修理数字电视的工作，跟着电工老板开始了他的电工生活。

父亲在成为一名合格的电工师傅的时候，常常在家里一早起床做好早饭，然后我们一家人坐在一起吃。大约到了 7 点，母亲就开始在家中做箱包，而父亲负责送我去上学然后就骑着摩托车去到离家三四十公里外的郊区工作。虽然我不知道具体的工作内容是什么，但是我知道他们要穿着一种特殊的鞋子，爬到电线杆的顶端，冒险工作。不论春夏秋冬，每天都早出晚归，令我印象深刻的甚至有时半夜 1 点多才回家。但是下雨天的时候，作为电工的父亲，就可以不用出门上班，因为实在太危险了，雨天非必要不工作，除非是大暴雨把电线杆都冲垮了，才需要他们去不同的地方进行抢修。炎炎夏日，我们都在吹着空调休息，而我的父亲却在室外暴晒。我没看见过，但是除了汗流浃背、汗如雨下，我想不出更适合形容父亲在夏日下工作的词了。听母亲说，父亲从没有做过类似辛苦的工作，所以在面对各种环境因素的时候，父亲对电工这份工作的坚持也是令我的母亲惊讶。现在的父亲早已是一个公认的勤勤恳恳、吃苦耐劳的人了，乡邻们也对我父亲的改变感到十分惊讶，或许就是这份坚持，或许正是父亲和母亲的一同打拼，才让我们家庭慢慢摆脱贫困，过上普通家庭的日子。

在父母的打拼下，我们家过上了普通百姓的生活并拥有了一定的积蓄。在2009年，我们家决定开始装修房子，虽然家中的积蓄不够我们直接装修完整栋房子，但是为了早日完成房子的修建，母亲就向我的阿姨借了十几万元。我家把房子装修成了四层楼，与邻居的房子形成一体。在很多房间还进行了内装修，印象最深刻的是对厨房进行了大改修并且添了许多新的家电，让整个小家更加温馨了。也因此家庭负了债，父母每天拼了命地工作来换取那相对来说还可以的工资，在满足家庭消费之余，存下一笔笔钱来慢慢还债。我觉得家庭氛围有在慢慢变好，我们都在各自的领域努力，争取让这个家庭变得更好。

到了2015年，父亲早已是一个职业的电工了，他的职位已经慢慢开始从小工到了领工，薪水当然也有所上涨；而母亲一直在做箱包，也给家中补贴正常生活的费用。慢慢地，父亲的薪水占了家中收入的主要部分，父母一直保持着节俭的生活习惯。我们家慢慢走向小康，我觉得生活在这样的家庭里很幸福。

现在，日子在一天天变好。家中有了一定的积蓄，已经能满足许多娱乐消费。我们能买自己想吃的东西，能一段时间一起出去吃一顿饭，并且在母亲经历过之前吃不上橘子和饼干的事情之后，家中现在的宗旨就是，别的地方能省一点就省一点，但是在吃的上面就决不吝啬，想吃什么就可以吃什么。当然，父母让我从小就感受到充足的爱，虽然当时还是比较贫困，但只要我提出的要求不过分，他们都会尽所能来满足我。而他们的节约思想也深深印在我的脑海中，这些让我健康快乐地成长到现在。再过几年，父亲就要退休了，我认为，靠双手打拼出的未来，只会让我们家一直往更好的方向发展。

姓名：陈政权
专业班级：新闻212
户籍：浙江省金华市
现居住地：浙江省金华市东阳市千祥镇云头村

人生在勤不言弃

柳　聪

“我们一家人是逃亡过来的，所有都是从没有开始的。”爸爸平静地说。1940年，爷爷跟着曾祖父母逃到了浙江温州乐清大荆的姜司山上。拖家带口的曾祖父母投靠了一户好人家之后在姜司盖了一个简陋的平房，这间平房一共就只有一张床，所有人都挤在一起。爸爸说我们家是世代乐观的家族，就算生活不如意，为了建一幢像样的房子，曾祖父母也都在努力种田。曾祖父母都是勤劳肯奋斗的农民，等爷爷他们长大的时候曾祖父母已经建造了一幢像样的房子了，我们家里的日子稳定了起来。

爷爷娶了奶奶之后的日子还是过得去的，家里世代务农，一家人也能够勉强吃饱饭。家里有 6 口人，只有爸爸一个男孩子，姑姑们年纪都很小，肉根本吃不起，过年的时候才可以吃上一次肉，平时的猪油都要省着用。家里条件不好，爸爸必须去帮忙干农活，读了几年小学后就没有再读书了。因为热爱学习所以放牛的爸爸还常常在学校那里偷听。姜司在很高的山上，与世隔绝，从山上下去要一个半小时，上来也要一个半小时。一般下山是去卖柴，砍柴下去卖来的钱要拿来买布做衣服或者是买鞋子。一双鞋很贵，破了好几个洞也没有钱买新的。爸爸穿的鞋子都是别人不要的。爸爸左手的手指是在砍柴的时候被自己砍伤的，现在无名指的指甲非常难看。那个时候，真的很苦。可是这样的一双手在未来的几十年撑起了我们的一片天。

可是天有不测风云，1980 年，刚刚有点安定的生活被一次突如其来的山体滑坡打破了，在姜司的房子被石头冲倒了，被毁坏得已经不能住人了。这次天灾给了爷爷和爸爸当头一棒！不过当时还好有政府的帮助，我们在山脚下的小坑村安了家。在这个陌生的环境下，爷爷和爸爸光是盖房子就花了好几年，重新盖房子对我们清贫的家庭更是雪上加霜。后来姑姑都嫁人了，爷爷奶奶也都在小坑村安定了下来，可是这房子却还只是一个毛坯房。

当时血气方刚的少年怎么甘心一直待在山上。1993 年，爸爸 16 岁，和一个邻居的大伯去到了柳市的厂里打工，爸爸在厂里和妈妈相遇并相爱了。“我们还是偷偷结婚的，你外公不同意。”妈妈笑着说道。爸爸比妈妈大 6 岁，当时还没有钱，因为相爱走在了一起。两个人都在柳市的工厂打工，为了攒钱，他们吃的最多的菜就是咸菜和豆腐。

1995 年,妈妈和爸爸积攒了一些钱,在当时的一条繁华的街道上开了一家小店,小店面积不大东西却很齐全,小小的一家店客流量还是很大的。这家店让我们的家庭条件变好了许多,我们家在 1996 年已经基本实现了小康生活,爷爷和奶奶可以不用那么操劳了。2001 年,爸爸妈妈有了第一个孩子,也就是我的姐姐,可是我的奶奶重男轻女,一定要我妈妈生一个男孩子出来。然而在 2003 年的时候生下了我,还是一个女孩子。终于在 2005 年的时候,妈妈生下了我的弟弟。当时的一切都很好,只是没有多少存款。3 个孩子实在难带,我就被爸爸妈妈送到了外婆外公家。在计划生育的大环境下,我家还被罚了款。

可是命运总是这样爱捉弄人,还没有尝够生活的甜头的一家人被现实打了狠狠的一个巴掌。2009 年,柳市的那一条街要被拆了,我们家的店铺也不能继续开着了,一家人不知道该怎么办。这时,我们去了乐清的伯伯家,在他家里租了一间两张床的房间。伯伯给爸爸介绍了一个工作,是苦力活,主要是卸货,也要开三轮车运货。早上 3 点就要起来,然后下午回来。早上起来的时候天都是黑的,冬天到了的时候非常冷,夏天又热,下雨天就更难受了,运货的车是没有棚子的,有些时候爸爸起得有点迟了早饭也没得吃,一直到了中午才能吃上饭。妈妈是在厂做产品,很苦很累,赚的钱很少。一天下来眼睛都要看花了,腰酸背痛,上班时连上厕所都不能超过规定时间,超时了就要扣钱。赚来的钱要付房租,很难存钱。我们一家五口都住在一个房间里,两张床,弟弟和爸爸妈妈一起睡,我和姐姐一起睡,一家人的日子过得拥挤但是幸福。

一年后,爷爷奶奶觉得在家里种地收入太低了,在朋友的介绍下,他们去了一家厂当看门的门口大爷和打理日常生活的阿婆。到了工厂的奶奶一天到晚都在忙,要管洗地、洗碗,还要帮一个厂的人做饭。爷爷要管大门,也帮不了奶奶。这么多年,他们都是省吃俭用的。有一年暑假,我去看爷爷和奶奶,他们的房间里没有一件多余的东西,吃的饭菜也都很简单,看到我们来了之后才匆匆忙忙地去买了鱼和肉做给我们吃。爷爷下班之后都会去捡泡沫盒子卖钱,虽然钱真的很少很少但是他每天都在坚持。爷爷奶奶的钱都舍不得用,在我们要上学的时候就会给我们塞钱,自己省吃俭用也留了一些钱来装修老家的毛坯房。一直到 2021 年下半年,爷爷奶奶才回到了老家,准备装修那个毛坯房。

就是在这样艰苦的环境下,爸爸妈妈也要我们接受良好的教育。我们上小学有两个选择,其中一个选择就是去一个差一点的、老师不怎么管学生但是学费很低的学校,但是我们家里三个孩子都在那个比较好的小学读了书。当时,爸爸妈妈为了把我送进这个学校向别人借了 1000 块钱,这 1000 块钱还了好久。开学是一家人最痛苦的时候,3 个孩子都要交学费,有一年实在没办法了还把老家的毛坯房押出去贷了款。这笔贷款欠了好久,前几年才算是还清了。

为了养活我们一家5口人,爸爸妈妈都在拼了命地干活。后来妈妈的身体变得越来越差,已经不适合在厂子里做这么累的工作了。在老乡的推荐下,妈妈在幼儿园里找了一个厨房后勤的工作。这是一个每天要6点钟起床的工作,做的都是厨房里的累活。我一直都很敬佩我的妈妈,她是个非常勤劳的人。在我读高中的时候,她总是会关心我吃得好不好,每个星期至少给我送一次美味可口的饭菜。她从来没有因为自己的命运多舛而放弃生活。我的爸爸在我高中的这段时间里出去和靠做生意小赚了一笔的亲戚一起卖衣服,先富带动了后富,我的爸爸也算是赚到了一些供我的姐姐上大学的学费。卖衣服的日子一点都不好过,爸爸要在店里从早上9点站到晚上9点,可他从来没有因为工作辛苦和我们抱怨过。就是因为我的爸爸妈妈都很勤劳,从来不会轻言放弃,我们3个孩子才能都接受好的教育,我们的家庭才能如此幸福美满。

我上了大学之后,爸爸妈妈跟着亲戚朋友去外地种西瓜。这是一个有风险的职业,靠天吃饭,那里很干燥,大家的脸和嘴唇都会裂开。种田很辛苦,不过干得快的话就可以早点回家休息,和一直站着卖衣服相比,还是种西瓜轻松一点。上半年,爸爸的西瓜长得不是很好,但还是都卖出去了,赚了一些钱,我们的家庭有点富裕了,爸爸妈妈也算是找到了自己的创业之路吧。姐姐在杭州找到了工作,姐姐的工资可以让自己的生活过得宽松一些。我们一家人的日子开始过得舒服了起来。妈妈也经常会在抖音分享自己在奋斗的视频,视频的文案也是非常积极向上的!其中有一个视频的文案就是“幸福是奋斗出来的”。

就在大家都觉得我们只要继续努力,很快就可以住上属于自己的大房子了的时候,2022年4月,姑姑那边传来了噩耗,爷爷得了肺癌,需要做手术。我们所有人都在筹钱,还好政府有医疗补贴,亲戚朋友们都付出了自己最大的努力帮助爷爷。爷爷手术之后很虚弱却让姑姑打视频电话给我,叮嘱我做事情要乐观,要好好读书,不要被爷爷的病影响,我难受地只有点头这一个动作。还好手术很成功,我们家终于挺过去了这个难关。可是我的爷爷奶奶已经没有积蓄可以装修老家的毛坯房了,他们奋斗了一辈子的目标因为这一场疾病落了空。

现在,中国发展得越来越好了。在上学阶段,我被企业家校友资助,被国家帮助。国家没有忘记我们这些相对贫困的人,在做大了经济发展的这块蛋糕之后,合理分配加上人民的艰苦奋斗,正在实现共同富裕。

我们都要长大,都知道乐观和勤劳是十分重要的品质并愿意用自己的一生来守护。我相信老一辈的梦想是可以交给我们来实现的,我相信幸福是奋斗出来的。钱没了还可以再赚,不管多大的挫折都不能让我们轻言放弃。

我们每个人都要为共同富裕努力,共同富裕靠的是共同奋斗,我家的共同奋斗精神切实地教育了我，幸福生活离不开勤劳和奋斗。中国人民自古就明白，世界上没有坐享其成的好事，要幸福就要奋斗。我们家的每一个人都在自己的轨道上不断地努力，我家，是最幸福的家！

姓名：柳聪

专业班级：新闻211

户籍：浙江省乐清市

现居住地：浙江省温州市乐清市城东街道后所村

日子会过得更好

陈思璐

2002 年。浙江金华，兰溪。

一声声啼哭让病房外的一家人终于松了口气，那时候我的妈妈已经 35 岁，也算作高龄产妇了吧。她在这样的年纪执意生下了我和妹妹，仅仅是因为舍不得。我曾经问过妈妈我和妹妹是怎么出生的。她说，当时我的爸爸和姐姐都持反对意见，只有她坚持了下来。没想到这一胎竟然是一对双胞胎，周围的邻居朋友都表示幸运。可我觉得好像并不是这样。

自从我和妹妹出生以后，家里的负担变得重了。当时我们一家 5 口都还挤在村子里分配的一幢平房里。只有一个房间，也没有厕所，我的爸爸就用木板把它隔开分成两个区域，分别放了两张床。在我和妹妹还比较小的时候，妈妈还待在家里照顾我们。那个时候我的姐姐也才刚上小学，就要学着照顾我和妹妹，她学着去洗尿布，给我们喂奶……现在想来，有一点对不起我的姐姐，逼着她在这么小的年纪就学会懂事，没有了一个正常的童年。

等我和妹妹大一点的时候，家里已经入不敷出了。妈妈为了贴补家用，找到了一份早餐店的工作。两个孩子不好照顾，妈妈只能把我托付给奶奶带，她带着妹妹一起去上班。等到我和妹妹能上幼儿园的年纪，这样的日子才结束。2007 年初的时候，妈妈突然做了一个决定：借钱造新房。究其原因，一大部分还是为了孩子。我们一天天长大，不可能一直挤在这个房间里住，而且这套房其实也不是我们家的，总有一天要还回去的。就这样，妈妈动员了自己身边所有的人脉，问亲戚朋友零零散散地借了 20 万元，开始了我们家的造房之旅，但是做起来何其困难。

一切都得从申请农村宅基地使用权开始，还要经过一系列的审核规划。所幸的是，我们家的建房审批很快就下来了，而所有的压力都集中到了资金上。因为资金不足，妈妈和爸爸常常要花更多的时间去寻找性价比更高的钢筋水泥，并且很多时候是要爸爸妈妈亲自上阵的。我记得那个时候天气非常热，妈妈也会一直待在工地上帮忙，以少出一份雇人的钱。而且当时妈妈还要给工人们做饭，毕竟自己做饭总比去饭店省钱。那个时候我和妹妹还在幼儿园，下午妈妈根本没有空来接送，只能拜托我的姨娘下班的时候把我们带回家。房子建得很快，一年多的时间就结束了。我们家的新房造得一点儿也不讲究，墙壁非常粗糙，因为没有钱粉刷；楼梯上都是灰尘，因为没有钱贴瓷砖；房间也很空，因为没有钱置办新的家具，连门也没安，只在大门和楼梯间安装了防盗门。没过多久，我们一家5口就搬进了新屋，原来的那套房子就还给了村里。现在看看，屋子早就拆了，那块地上面建着的是很高的村大楼。

搬进新房子以后，我们家的条件也没有变得多好，只不过睡觉不用再挤在一个房间里，上厕所也变得更加方便了。但是这一切其实已经足够让我惊喜。那个时候我和妹妹已经8岁了，马上就要上小学，姐姐也要读初中了，妈妈找到了一份在厂里安稳的工作，尽管当时工资不高，我以为一切都会变得好起来，却没想到……我的爸爸失业了，很长一段时间没有找到工作，那个时候家里全靠妈妈撑着。后来爸爸好不容易找到了一份搬水泥送水泥的工作，可是这份工作太不稳定了，工资不是按月发的，也没有五险一金。一年就拿三四次的工资，每次发工资的时间基本还都是在我们要交学费的时候，而且恰恰都在那一天。这也让我在那个时候有了一段时间的心理阴影，总感觉好像连书都读不起了。

其实，知道我的爸爸妈妈有多么辛苦，供三个孩子读书又不是那么容易的，所以，我和妹妹从小也算懂事。上小学一年级的时候爸爸接送过我们几次，等熟悉了路以后，早上由爸爸或者妈妈开电瓶车送我和妹妹去学校，下午放学的时候我和妹妹一起走十来分钟的路回家。还有就是小学组织去东阳横店春游，因为门票价格有点贵，妈妈就说之后让爸爸带我们一起去，学校里组织的就算了。但是并没有以后，这样的借口不知道拿来搪塞了几次。可是，这样的日子过久了，心里也还是会有不平衡，会觉得既然如此，当初为什么还要把我们生下来！这种想法曾经一直盘旋在我的脑海中，我也想像同龄的女孩子一样，不用考虑那么多。我知道这样的想法不对，曾经一度我也厌弃过自己。现在的我明白，父母承受的压力远比我们大得多的多，所以我已经不会再因为一颗糖哭了，因为哭泣是解决不了问题的。

曾经听妈妈说，家里的彩电比我和妹妹年纪都大，是在爸爸妈妈结婚的时候就有了。后来家里条件变好之后，陆陆续续地也换了冰箱，购买了洗衣机，安装了液晶电视，这都得益于爸爸妈妈靠双手奋斗的结果。爸爸和妈妈一样找到了在厂里安稳的工作。现在，我的姐姐已经大学毕业了，也工作了快两年，已经可以独立生活了，时不时地还能贴补家里，好像一切都在变好。之前家里造新房借的钱也已经还得差不多了，现在唯一有点负担的就是我和妹妹同时在上大学，一年的开销也挺大的。不过这些都不是大问题，我和妹妹都已经长大了，寒暑假我们也会自己去兼职赚钱。现在的生活比起以前来，真的是好得太多了。也从那一刻起，我明白，现在的幸福生活是那么珍贵，它倾注了爸爸妈妈十年如一日的心血,我很珍惜现在的时光。

尽管我的妈妈现在依旧很辛苦,就算是过了退休年龄还是在工作赚钱,因为我和妹妹还在读书。我一直都知道我的妈妈为了我们付出了很多,明明她也是家里最小的女儿,上面还有一个哥哥、四个姐姐宠爱她,可是自从嫁给我的爸爸以后,她学着操心很多事情,无时无刻不在替我们考虑打算。明明她也会累,会疲惫,可总还是乐观地想着先苦后甜。她总说,不要着急,现在我们苦过一阵子,将来才能甜上一辈子。作为尘世中平凡的每一个人,生活里除了酸甜苦辣,也会有一地鸡毛,当尝过苦以后,才会遇上真正的甜。

也正是因为我妈妈从小的教育让我明白,努力了事情不一定会完完全全按照自己所期望的样子发展,但一定会朝着好的方向前进,起码比不作为要好。努力是为了改变现状,所以不管改变了多少,只要改变了,就是在变好的路上。因为不论多远的距离,越努力就越靠近,越努力就越幸运!

我也一直告诉自己:不想认命,就去拼命。我始终相信,付出就会有收获,或大或小,或迟或早,始终不会辜负你的努力。有一种落差是,你总是羡慕别人的成功,自己却不敢开始。这才是我最不能接受的。要把不忙不闲的工作做得出色,把不咸不淡的生活过得精彩。不抱有一丝幻想,不放弃一点机会,不停止一日努力,才不负来这人世一趟!曾经有人说过,想象你面对困难作出的反应,不是逃避或绕开它们,而是应对它们,同它们打交道,以一种进取的和明智的方式同它们奋斗,这才是最明智的选择。

生活就像一场旅行,要懂得好好欣赏每一段的风景。不要因为一次不公,就放弃你原本想要去到的目的地。努力是人生的一种状态,最精彩的不只是成功的那一刻,还有那段奋斗的过程。生活总爱开玩笑,也许今天给你希望,明天又会让你失望。风景人生,靠自己经营;美好生活,靠自己争取。生活从来没有捷径,不管生活之路有多么曲折,只要拥有幸福的态度就能挺过漫漫长夜,就能迎来美好的明天。活着,就必须不懈奋斗,不然,人生便难以超越和升华。换一种思路,必然会海阔天空!

日子会更好,这是我们一家人的期盼。

姓名:陈思璐
专业班级:新闻 212
户籍:浙江省金华市
现居住地:浙江省金华市兰溪市兰江街道

虽然炊烟不再

施晓宇

我爷爷说:“人一辈子总要有自己的房子。”他是这么和自己说的,也是这么和我爸爸说的。我爷爷很爱这栋房子,爱它的一砖一瓦。而在这栋房子里,爷爷最喜欢的,却是那一根已经变得黑黢黢的烟囱。

我们家,就是我出生的地方,是浙江省海宁市的一个小村庄。我们家不是大富大贵,也不缺衣少食,就是一个普普通通的5口小康之家。我的爷爷也是一个普普通通的老头,不过后来我不这么觉得。“哦,是施金官的孙女啊。”每当有人问起我是谁,他们总是这么念叨一句,后来,我也就说“我是施金官的孙女”了。我才发现,我的爷爷好像在村子里小有名气。

“你爷爷在村里当时算很有钱的,”我的父亲这么和我说,“村上第一个万元户呢。”我不太清楚万元户在当时是什么概念,不过听说20世纪80年代的万元户算是非常了得的人家了。爷爷听到总是摆摆手,他从来不讲自己的奋斗故事,他总是觉得这种事情拿出来说是要被人笑话的。在我的印象中,我爷爷就是一个固执的老头,原来只是因为我认识他的时候他已经老了。

曾经,很早很早之前,大概是奶奶刚嫁给爷爷的时候,我们家还是由乱石墙组成的5间平房,这5间乱石墙搭成的平房,就是我们家故事的开端。我没有听过我爷爷的父辈和祖辈的故事,只是爷爷总是打趣地说:“我们家干净得很,祖上三代贫农。”生活也不是说不好,那时候一个村都是这样的,也没什么好比头。那时候我的大姑才刚刚出生,后来,我的小姑也出生了,再后来,等到我爸爸出生,才加高了5间平房。那个时候因为房子矮,烟囱是高高的,到了傍晚的时候,一缕一缕的白眼从里头冒出来,悠悠扬扬地随风飘往别处。

在这之后的十几年里,一家5口人就住在这5间加高了的平房里,这里有着我父亲的童年。在我父亲的童年回忆里,爷爷从来都没有以慈父的形象出现过。我曾经看到过我父亲和母亲的中学毕业证书,我好奇地问过为什么明明父亲大母亲3岁,他们俩却还是同一年毕业的。原来是当年父亲小学毕业之后,看到很多人都不读书了,他也想早早辍学赚钱,不想在学校读他觉得无用的书。爷爷很生气,爷爷不算是文化人,但他识字,会写汉字,也会说普通话。爷爷认为读书很重要,看到小儿子不愿读书的样子,怒其不争,狠狠地在田里训了一晚上,让我的父亲在田里站着反思。后来我的父亲在爷爷的逼迫之下继续读书，虽然留了两年级，但好歹是中学毕业了。父亲在我读中学的时候也几次提到这件事，他说他还是很感谢爷爷，觉得爷爷非常有先见之明，当然，以此也希望我能理解他希望我好好读书的良苦用心。不过，当时我想的是，我可比我爹懂事多了，他怎么好意思来教育我的……

1989 年，我们家造起了楼房。那段时间，是爷爷干得最风生水起的时候。那时候，这个倔强的老头子正值壮年。爷爷经历了从集体生产队到包干到户的转变，那是家家户户都搞农业的时候，所有生活在农村的人都埋首田地。在爷爷年轻的时候，他就深深地认识到，光在田里干活，靠着庄稼吃饱饭很难让家里过上好日子，家里可是有 3 个孩子需要养育。所以好强的爷爷开始做一些小生意，不得不提一句，他当时是镇上第一批开始做生意的，一开始是卖羊，后来，是经营手工沙发和鱼苗。一直以来，他扮演的都是中间商的角色。爷爷做生意求稳，为人谨慎，他从来不做风险太大的事情，也不做亏本的买卖。就这样，一点一点攒起了钱。我们家的三楼还有一张废弃的沙发一直堆着杂物，那就是爷爷倒卖过的手工沙发，至今留着。

我的爷爷很能干，也很能吃苦。除了一直做些倒卖的小买卖，他还卖过炸排骨。在我爸爸十来岁的时候，家里开始卖炸排骨。那个时候是在过年，家家户户都结束了一年的劳累，准备好好过年，我的爷爷一拍大腿，去卖炸排骨。这会儿，大家手头都比较充裕，就算是只有一点肉的排骨，在当时也是顶顶好的美味，所以这炸排骨的生意非常好。

于是，在夜深人静的晚上，唯独我们家的烟囱幽幽地冒着烟。

每天早上，我的姑姑、奶奶和爷爷就踩着自行车去不同的地方卖炸排骨，甚至是我还没成年的爸爸也被送到了另一个镇上的亲戚家，去那里做生意。姑姑说她怨过爷爷，因为做这生意真的太累太累。

“就是这样一点一点地攒，我建起了那一片第一幢楼房。”爷爷很骄傲。

再到后来，2000 年，我们家建起了三层的楼房。这栋楼房，也是我对家最初的印象。这栋三层楼的房子是绿色的，在灰色的楼房边上格外显眼。对于这栋楼房，爷爷看得很重，当年村里说要拆迁的时候，爷爷虽然不太乐意，但也不想当钉子户。爷爷在乎的其实不是赔款多少，而是不舍得这一幢他一砖一瓦建起来的三层楼房一日之间被推倒。

我爷爷是个赶时髦的人，我父亲说他其实也就是要面子。我们家买了村里最早的一台空调和最早的摇头电风扇。好像和做生意和建楼房一样，我爷爷总是喜欢赶在前面，喜欢做那个被别人羡慕的人。爷爷说自己可以苦一点，但是日子一定要过得好。

爷爷喜欢亮丽的颜色，就像这幢绿房子，它跳跃的颜色好像在告诉周围的人，自己是一幢楼房。但是这栋房子里，爷爷竟然最喜欢那根烟囱。爷爷喜欢烟囱，即使它已经焦黑。爷爷觉得，在那个年代，吃饱饭就是最大的幸福，即使人人种田，但是困难的时候还是吃不饱饭，更别提肉了。所以他喜欢那种一到饭点的炊烟袅袅，在他看来，烟囱里出来的不是烟，冒出来的是幸福，是安稳。即使是到现在，爷爷每次都要吃一大碗饭，虽然他血糖偏高，虽然我们都告诉他多吃点菜，可能吃饱饭对于他来说是永远的幸福吧。

到了我爸爸这里，爷爷全力支持爸爸在市区买房。在当时，还没有很多人意识到再买一套房这件事，在城里买房还没有成为一种潮流。我的父亲非常犹豫，因为他当时的积蓄可能还不足以全款买一套房子，而在市区拥有一套房子也不是一件必需的事情。但是爷爷拿出了他几乎全部的存款，全力支持我的父亲买房。和当初一样，他认为房子是一辈子最重要的东西，是一个人、一个家庭立身的根本和遮风挡雨的港湾，所以他希望儿子也能拥有一个属于自己的小家。

爷爷现在已经老了，但是他好像从来不觉得自己老了。在我还年幼的时候，他去公司当门卫，还卖过煤饼。他还照管着家里的出租房，每天算着水电费和房租。一直以来，都是他接我放学，从幼儿园到小学毕业，从自行车到电瓶车。这里不得不说他真的是一个抠门的老头，可能老一辈的人都这样吧，他从来都没有给我买过学校对面小卖部里的零食和一元一根的诱人烤肠，我曾经很羡慕其他的小朋友放学了有小零食吃，而我的爷爷却认为这些吃不饱的小东西很没用，不值得花钱去买，他更喜欢给我买当时五毛一只的包子。也是他身体力行教会我们钱不是大风刮来的，每一分都来之不易。在他的教育之下，我的父亲也是一个不会乱花钱的人，而我也一直被教导着花钱不要大手大脚。这也算是我们家一代一代传下来的家风吧。

现在村子里的田地卖给了政府，我们家也是，家里只剩下一个小小的菜园子，奶奶会种一些时蔬。大工厂在附近建起，白色的大烟囱朝着天空吞云吐雾，村子富裕了很多。周围各式各样的房子被一座座推倒，一模一样的、整整齐齐的排屋排列在柏油马路旁。大家都富了起来，都开起了小汽车，住着小楼房，去市区买房已经成了普遍的事儿。不过，我们家的绿房子还是绿房子，只不过不知道什么时候也要变成千篇一律格式整齐的排屋。爷爷奶奶不愿意和我们一起住在市区，不知道是不是因为城市里的房子没有烟囱呢?

乡下的房子里，燃气灶代替了老灶台，咕嘟咕嘟冒着气的已经变成了热水壶。

如今的傍晚已经不再炊烟袅袅、云雾缭绕，家里二楼的灶台也已经好久没有点起火了，灶台冷了，烟囱凉了，但是爷爷说，幸福还在。

姓名：施晓宇
专业班级：新闻211
户籍：浙江省嘉兴市
现居住地：浙江嘉兴市海宁市袁花镇

她一手撑起一个家

叶凯明

“我们两个是对方在世界上最亲最亲的亲人”，母亲总是对我说。

在我的记忆中，母亲是一个既熟悉又陌生的角色，熟悉的是她将我抚养成人，陌生的是她也有在我的成长经历中缺席。但不论从何种角度而言，有母亲在的地方就是我的家，有母亲在身边，总有一种心安。一直以来母亲用她的双手撑起了一个家。

母亲出生在丽水市遂昌县王村口镇的山前村。外公去世得早，留下外婆和几个孩子，母亲是最小的一个。外婆不得不肩负起沉重的家庭负担，经常忙得不可开交。因此母亲一个人要走道阻且长的山路，从这个山坎越到那个山坎，从村里走路到镇里上学，那时她才上小学。背上背着自己的被褥，斜挎包里装着米和霉干菜。

母亲常常提到她小时候帮家里干农活的事情。母亲记忆犹新的是她在山上捡板栗。众所周知，板栗成熟了就会掉到地上，但裹着带刺的壳。母亲有次摔倒，一个不小心，竟然手掌直接撑在了板栗上，扎了满手的刺，整只手掌都泛红了，挑了好久才把板栗的刺全部挑出来。当然，农忙时节也会有好玩的事情，或许是顺手可摘的熟透了的柿子，或许是路边随处可见的野草莓，或许是痒人的狗尾巴草。母亲也是淘气，常常会和玩伴在路边打闹，灰头土脸地回家然后被外婆教训一通。

后来，外婆选择去外地做工，正在读初中的母亲被送去姑婆家寄居。姑婆是做老师的，所以母亲的日子倒是过得还算安稳，还能接受一些教育。高中毕业后母亲没有选择继续去读书，而是选择了外出打工，能够为家庭分担些负担。

她先是去了广东打工，那时候有人到姑婆家提亲，说要娶我的母亲，可是母亲却以年纪还太小，还是先在外赚钱为由回绝了人家。在广东的日子里，她帮人看店，做过售货员，做着相对廉价的劳动。后来，她来到宁波打工。在宁波，她认识了我的父亲。有缘的是父亲刚好也是同县的人，更有缘的是初中时，父亲只比母亲小了一届。他们在宁波相处了一段时间，母亲就怀孕了，因此，他们就回到了家乡结婚，回到了遂昌县的石练镇，那是我父亲的家。我父亲是家中老二，爷爷奶奶都是教书的，爷爷还是十里八乡有名的象棋手。父亲是天资聪颖的，可惜因受到过分的溺爱，并没有什么出息，慢慢学坏了，后来还走上了不归的赌途。在我出生前后，爷爷奶奶相继离世。而后，父亲变得常常不回家，在外面厮混。即便母亲规劝多次，父亲对家也不管不顾。母亲还特地把外婆接过来作伴。可惜的是，在一日清晨，到河边洗衣服的外婆因突发心脏病去世了。母亲见证过很多人的离去，早已习惯了生死离别，但是面对外婆的猝然离世还是哭肿了眼睛。

有一天下雨，母亲骑着电瓶车搭着我，从镇上回家，大雨倾盆，路面湿滑，周围一片黑，一个不小心，整辆车翻倒在地，我和母亲也差点就翻进田埂里。回到家里，她一边帮我擦干头发，一边打电话给父亲，可是父亲并没有接，即使打了很多遍。

后来，他们吵架、离婚了。我被判给了母亲。

离婚后的母亲，独自带着我来到县城里。母亲有先见之明，她把我送进本县最好的小学下面承办的一个幼儿园，由于是新建的，所以前几届学生可以直接到那个小学就读。我后来能有良好的教育条件，也是因为母亲的明智。

母亲带着我不容易地在遂昌慢慢安稳了下来，但是随着我慢慢长大，生活的开支也在逐渐增加，因此母亲准备找人全托抚养我。在我小学的时候，她离开过大半年的时间去往北京打工，说是在北京的海淀区。母亲的踪迹总是难寻，时而出现，时而大半年都见不到。忙碌奔波的她也会为了我停下脚步。小学一二年级，学校举办运动会，我不是运动能手，报了 60 米的跑步，很羡慕别人家的孩子都有家长在终点等着，我很失落，但当我跑到终点的时候，竟然看到了母亲。在不在我身边的日子里，母亲跟着朋友去做了安利纽崔莱的推销代理，经常在各地之间奔波，推销着产品，同时还要兼顾店铺。后来母亲还是接我一起生活，母亲的工作也安稳了下来，在本地的一家建设公司做文员。那时，公司小有起色，母亲经常忙到三更半夜，应付各种应酬。

在一边上班的同时，她还去了成人学校学会计，书桌上常摊放着一堆会计书，有时候还会来问我英文单词的念法，因为学校也要求会点英文。时隔多年重新拾起书本，弥补了她高中毕业就没有继续念书的遗憾。

再后来，因为老板的原因，公司渐渐走向了下滑路，母亲顺势离开了公司，选择自己经营花店。母亲的花店起名为花艺苑，只不过位置不在城中心，而在城郊。母亲盘下了三间店面。店面以前是家超市，母亲接过后，把之前破损的墙壁重新粉刷，以前不需要的货架也搬出去送给了别人，然后又精心地装修店面，用木头打造一个又一个放花的货架，高低起伏，错开放置。母亲还在店门口铺上地毯。花店还承接帮人做婚车的业务，在婚车上摆弄各类花，还有小熊公仔等装饰性的东西，然后在车的两侧系上红飘带。做婚车一单的生意胜过平时几天的销售，所以母亲都会格外用心。当然，母亲还会在情人节、七夕节的时候，让我提上一个桶，里面放满了玫瑰花，上街去卖。她说，没有人会拒绝小孩子的。

母亲亲自去金华等地运花，在当地的花卉市场，她货比三家，在一个又一个塑料大棚里穿梭，寻找最好的最优惠的花卉。母亲最喜欢绿萝，因为它容易生长，有光有水就能长势旺盛，所以母亲经常会进很多绿萝，每每向顾客介绍店里的盆栽时，也总是推荐绿萝。

“绿萝很好养活，只需要一点点光和水就可以长得很好，就像我们”，母亲总是这么说。

母亲在进货的时候，不但一家一家来回比对，而且还会和卖家讲价。各种寄送的明细，母亲都是一一过目，各类账单也是分类保存，好好收着。母亲不仅在店的经营上下功夫，而且对于养花也很是用心。母亲常常在店里“巡查”，悉心照料着花草的生长，她说她喜欢花花草草，等以后老了就去乡下种花。不过，由于花店的地理位置不佳生意慢慢惨淡，加上母亲面对偌大的店面即便是雇用了人也是很忙碌，为了能更好地照顾我让我顺利升学，她就把花店关了，不再经营。即使不再经营花店，母亲也常在家里摆弄花花草草，窗边摆着各种多肉植物，阳台上盛放的兰花也是她精心栽培的。

大姨在我考上大学的时候说过，你的母亲吃了很多苦头，你一定要好好学习，不要辜负了她的辛苦，她的后半生靠你了。

没有继续经营花店的母亲，选择考监理证。考上监理证的她，去工地当监理。她上班的工地是在云峰镇边上的新工业园区。每天从县城骑着电瓶车或者早早地搭上公交车去上班，有时顶着炎炎的太阳，有时又被雨淋得湿漉漉的。由于上班的地方离家很远，又成了一天和我见不上几次面的状况。工地尘沙漫天，路面坑坑洼洼，还要时常注意安全。等她下班回家，天早就黑了。

母亲后来又调到了县城工作，不用赶着上班、忙着下班了。这时，我已上了大学。她的负担倒没有以前那么重了。

与此同时，母亲和人合作开了装潢公司，投了钱成为股东。即便不需要全身心地盯着公司的运营，她也为公司的开业筹划活动，在下班的时候也会跑去公司看看，拉认识的人来公司坐坐以便促成生意。

由于农村地区出台了相关的易地搬迁的政策，在石练的那栋无人居住的房子可以换做县城里的一套房，在母亲与父亲商量后，父亲把他的那份补贴给了我们母子俩。在不久的将来，母亲也会在县城里买上房子，漂泊了半生也终能安定下来。

在姑婆家房间的一面墙上，挂着母亲的一张照片。照片里的母亲正值芳华，面露笑容，穿着白衬衫，背后是高高的青色芦苇丛，她的长发随风飘舞。

“我们两个是对方在世界上最亲最亲的亲人”，母亲总是对我说，“我们要好好地活”。

姓名：叶凯明
专业班级：新闻211
户籍：浙江省丽水市
现居住地：浙江省丽水市遂昌县妙高镇

外公的创业路

潘雯雯

五次选择

1961 年,我的外公出生在江西省南昌市安义县石鼻镇向坊村。1976 年初中毕业后,他学起了木工手艺。随着国家发展,改革开放的势头越发劲猛,也有江西人敢于闯荡的精神使然,外公和他两兄弟在深思熟虑之后决定去省城南昌找机会。

到达南昌的那一刻,外公的创业之路就拉开了帷幕。

1989 年,在南昌市,外公招了几个小工做铝合金不锈钢门窗。铝合金不锈钢对于那时候的人来说是新材料,很受欢迎。虽然安装辛苦,但日子开始变得比在乡下好了一些。只是好景不长,外公手底下的学徒经常干几个月就跑到大城市自己做生意,而他们自己的生意愈发惨淡。所以外公打算去更大的城市闯一闯。

第二站他们选择了上海,那是 1993 年下半年,用外公的话来说“大城市机会多,陷阱也多”。因为外公为人老实,不愿意和别人耍心眼,就经常被同样在外闯荡的同乡欺骗。因此只干了半年外公就去了宁波。在制造业唱主角的 90 年代,宁波借改革开放的红利和港口城市优势大力发展制造业,再加上闻名遐迩的“宁波帮”助力城市建设和发展,当时的宁波是可以与杭州比肩的。

外公正是看中了宁波的发展,和兄弟一起在宁波市海曙区的藕池新村找了一个店铺做老本行。后来他们又搬到甬江边一个叫大河巷的地方。外公和我讲这一段回忆的时候,我能感受到跨越时代的风拂过此时正在宁波读大学的我的脸上,那是一种难以言说的命运的交叠。

1994 年下半年,外公听人说“天下奇观海宁潮”,于是他就跑到海宁看潮。在海宁待了几天,他发觉海宁竟没有铝合金不锈钢的市场,做了一辈子装潢的外公当机立断决定在这片土地开辟一个新市场。也正是外公的果敢和远见给他的创业之路添上了浓墨重彩的一笔。

在海宁市场几乎被江西人占领之后,两年后的 1996 年他们终于来到了最后一站——海盐。比起海宁,海盐的不锈钢市场开始得更晚,是外公到了海盐之后才发展起来的。外公仍然记得到海盐的第一个晚上，他和兄弟伙几个一起随便找了个地方席地而睡，那是个类似车库的地方，没门没窗。他们以墙纸为床，凑合睡了一个晚上，到第二天下午才去买了一块竹板睡觉。

在海盐安顿好后，外公从家乡接来了外婆，后来把孩子们也都带到了海盐。

他们在海盐的店铺很小，大概只有40平方米不到，整个铺面呈长方形，门头不大，里面挺深的。因为室内环境窄小，外公干活基本上都是在外面。

那几年海盐整治市容市貌，说外公切铝材噪声大、污染环境，摆在外面的铝材也属于占道经营，因此外公总是要躲着城管做生意，躲躲藏藏中时光就这样一天天过去。

那个时候，外公在店铺里隔了一个小房间出来，但是家里七八口人都住在那样小的房间里，有的时候人一多都没法转身。夏天太热，舅舅们常常睡在店铺外的桌子上，无论是被炎热困扰还是被蚊子叮咬。每一晚放在岁月里都显得那么短暂，只是在那一晚当时显得格外漫长。

艰苦岁月

日子就这么硬生生熬过来，外公和外婆到别人家里安装防盗窗也没有安全措施，就直接在窗外爬上爬下，这是极其危险的，直到现在我也总是听到许多同乡因为安装防盗窗从高处摔下去世。大家常常因为这样的意外而沉默，但是生活就是这样压得让人喘不上气。

“可能早上出去的时候还好好的，下午接到一个电话就是坏消息。”提到这件事的时候，我看到外公的神情明显变得落寞了。因为我的外婆在2010年也因为这样的意外导致脚踝粉碎性骨折，在ICU闯过鬼门关才转入普通病房长期治疗。无论是面对前期治疗的疼痛还是后期拆钢板的折磨，外婆都显得格外乐观。她和外公并肩走来的岁月也是这样苦中有乐。在不幸中我的外婆显得格外幸运，但那样的幸运也是用将近三年的痛苦换来的，直到现在外婆也常受到脚踝骨折后遗症的困扰。

外公在这么多年的体力劳动中受了很多伤，虽然他现在仍像年轻人一样每天在外面风吹日晒，只为干好自己的工作，但是饱经风霜的手是无法骗人的。外公的手很大，手上的皮肤像粗糙的老树，筋络蔓延进他辛苦的劳作之中，这些都是因为体力劳动造成的无法抹去的伤害。

在两岁之前，我一直待在外公外婆身边，后来也常常在外婆家久住，因此我和他们有很深的感情，小时候我甚至会因为晚上不能在外婆家住而大哭大闹。

在海盐的三号桥上还有许多人晚上席地而睡的时候，在老汽车站还吞吐着进出那个小镇的几乎所有旅人的时候，在海盐和宁波连接的跨海大桥还没有建起来的时候，我是孙辈中最大的孩子，外公外婆陪伴着我度过了童年中最重要的时光。

我仍然记得家里的水龙头关不紧，外婆就会拿一个大水桶在下面接水。住在外公家的夜晚总是会很早关灯，只是为了省一点电费。他们常年天蒙蒙亮就起床，一个赶去早市抢菜，一个赶去工地安装。

2010 年，也就是 14 年后，外公终于搬离了第一个店铺，他们逐渐减少了铝合金不锈钢的业务，选择了移门这一新市场。移门比起铝合金显得安全了不少，移门主要是室内的安装，不用在户外担惊受怕。移门的利润也更高，因此那时候外公的创业路显得更加明朗了。

2015 年，因为舅舅和合伙人产生了矛盾导致合伙人退出了共同的厂子，于是外公决定把厂子盘下来和儿女一起经营。从那时候起，我们终于不用在小小的店铺里赚零售价。厂子让外公的事业顷刻变大，他做起了移门批发和零售的结合，一家人在吵吵闹闹之中日子过得越发红火。

前人之事　后人之师

在和外公对话的过程中，“读好书”是他的话语中出现得最多的。

“如果再给您一次机会，您会选择在哪一个城市定居呢?”

外公坚定回答了“还是海盐”，因为他看到了太多没有家长在身边陪伴的孩子出现各种各样的问题。有不少孩子本来很有学习的天赋，只是父母在大城市打工没有办法把孩子带在身边上学，留在老家的孩子便大多早早辍学和父母一起打工。

外公是一个很有远见的人，在初来海盐之时，他就听说海盐的教育质量在嘉兴数一数二，后来甚至没有户口也能上高中、考大学。我也是因为外公的远见而能走到现在。

对于外公而言，最让他欣慰的事情就是家里的孩子都能有学上。虽然他只是把这样的远见说成是自己运气好和国家政策对老百姓的“偏袒”，但是我明白外公在外 40 多年浮沉之中悟出的真理——好好学习才能有更多选择。

今年外公已经 61 岁，对于城市里的人来说他已经到了退休的年纪，家里的孩子也都成家立业有了很好的生活，但他还是放不下自己干了大半辈子的生意。

对于外公来说，挣钱已经不完全是他工作的动力，好口碑才是他追求一生的目标。外公身居海盐 26 年，他拥有遍布这个沿海小城的人脉。许多人都知道海盐有个“张师傅”，他们乐于来找这个讲质量讲人品的老师傅完成家里令人满意的装修。

外公的创业规模不大，但这是他拼搏一生的成就。在我的老家有个词叫“搏命”，意思是“拼命去干好一件事情”。

在外公的眼中，他们这样没读过什么书的人只有拼尽全力才能换来未来。正是他不喜欢随波逐流和与他人争抢的性格才让我们的大家庭有了现在美好的生活。

外公像船长一样带领着一家人前进，他就是一根顶梁柱，常常沉默却对整个家来说发挥着最重要的作用。

走向富裕

如今外公和他的 4 个子女都在厂里做生意，集体生活偶有吵闹和矛盾，但大多时候其乐融融，笑声不断。

2020 年疫情之后，家里的生意明显少了很多，在时代的洪流之中，个人的存在往往显得微不足道。但比起自己单打独斗的日子，家人的陪伴更像是一针强心剂，让大家都拥有了抵御风险的能力。我想外公一定能扛过这一次大浪的侵袭，等待着下一阵海风继续扬帆远航。

“没有不可治愈的伤痛，没有不能结束的沉沦，所有失去的都会以另外一种方式回来。”

在社会上闯荡 40 年，外公从“小张”变成了“张师傅”，从无处落脚的 40 平方米的小店铺到几百平方米的大厂，从一无所有到小康生活。外公和这个大时代中无数小人物一样，用自己的双手创造出了一条走向富裕的创业路。

姓名：潘雯雯
专业班级：新闻 212
户籍：江西省南昌市
现居住地：浙江省嘉兴市海盐县武原街道

外婆的餐桌

余欣霏

每次和外婆以及一大家的人一起吃饭，当大家都陆陆续续地吃完离开餐桌，到最后餐桌上就剩下外婆、妈妈和我，这时，我总会有一种奇妙的感觉。我们三代人有着深厚的血脉亲情，外婆生下了妈妈，而妈妈又生下了我，三代人在三个不同的时代里长成。而外婆作为三代人里最年长的那一位，她所经历的时间包括了我和妈妈所经历的时间。随着那些时间的流逝，外婆餐桌上的食物也不断地丰富，外婆的生活环境也一再地发生改变。

1952 年，外婆出生在浙江台州临海市的车口村里。外婆的童年是饥饿的。外婆家里有一大家子的人围着餐桌吃饭，但对当时还年幼的外婆来说，高高的餐桌上并没有什么可以称得上是美味的食物。但在基本的温饱不能保证的情况下，没有人会对来之不易的食物挑三拣四。当时的交通不方便，往来各个城镇的客车没有几趟，但为了省下坐客车的钱，外婆的爸爸要去往其他地方时，一般是靠自己的双脚一步一步地翻山越岭走到目的地的。他去的时候用扁担一前一后挑着物品，拿这些物品去其他地方卖，回来的时候扁担上挑着用卖东西的钱沿途买回来的一些用品。来回都是满载。

外婆 11 岁时，她的妈妈去世了。在外婆 11 岁时，她已经在学校里上过几年的学。有一天晚上她做梦，梦里有人告诉她，她的妈妈要去世了。外婆当即连学也不上了，每天就在家里待着，寸步不离地看着、跟着、守着她的妈妈，怕妈妈真的要离开她。但外婆的看护没有用，她的妈妈最后还是因为难产去世了。妈妈去世了，外婆作为长姐，要充任照顾三个年幼的弟弟的角色。最后外婆辍学了。

外婆在自己的爸爸出门工作时，就负责在家里帮忙照看几个小弟弟。每天五点钟，天刚蒙蒙亮的时候，起来洗一家人的衣服，再屋里屋外地打扫家务。外婆的父亲在外忙时，外婆就背着弟弟去到田里帮忙种地、割麦子。有时候也会带着弟弟一起去山上的树林里、去田地里找一种叫“紫鸡头”的野菜吃。在没有足够食物可以吃的情况下，任何能吃的东西都可以成为食物。

在外婆小的时候还会吃一种叫“麦虫”的食物，那时候的人们来不及等到小麦变黄，在小麦还是青油油的时候就把它从地里割下来，放入石磨里研磨成粉吃掉来填饱肚子。每每等不到小麦变黄，地里的小麦就被吃得差不多了。外婆还说道:“那时候我们还吃糠粉麻饼,把那糠放在磨里磨好揉成团吃,糠是什么你知道吗?糠是稻谷外面的壳,在有其他东西吃的时候,糠是用来喂猪的。”外婆笑了一下,“好多人吃了这个,都便秘了。”

外婆15岁和外公订婚。1973年,外婆21岁那年嫁到了外公家,住到台州临海市的乌岩村。外公家里连上外公一共有6个兄弟姐妹。外婆嫁到外公家来之后,外公与他的父母分了家。外公家家贫,分家时外公的妈妈向别人家借了米来给外公分家。外婆说来到乌岩之后,虽然还是缺少食物,但日子一天一天好起来了。外婆的餐桌上多了一些食物,虽然还算不上可口,但比起从前,确实多了些许滋味。

外公1967年在广州当了三年炮兵,退伍回来,半年之后去了临海的灵江山电厂工作,一个月拿35块钱的工资。外公工作的临海在城里而乌岩村在乡下,往返要花上很长的时间。外公在外工作,一个月里也回不了几次家,只像做客似的回几次,睡上一晚,第二天又回到临海去工作,家里的大小事务就由外婆一手操办。外婆不仅要照看3个儿女,还要照看家里的农田。但外婆依然变着法子让家里餐桌上的食物尽可能丰富一些。

外婆在番薯成熟之后,就会挑选天晴的时候,把番薯刨成丝,晾晒在太阳底下,晒干后就变成了番薯干。晒干的番薯带着丝丝的甜味与回甘,是那个时候为数不多的甜味。番薯除了晒成番薯干也可以做成番薯酒。阿姨、妈妈和舅舅三个小孩子淘气,趁着番薯酒酿好灌到酒瓶里的时候会偷偷打开瓶塞用手指蘸着尝一口,被酒的味道刺激得打个激灵,悻悻地得出酒一点也不好吃的结论。没过几天,忘了当时尝到的味道和结论又偷偷地再次尝试。

那会儿吃米饭的时候没有什么配菜可以选择,家家户户都会腌制一缸缸的咸菜,咸菜就着米饭和粥一起吃,好歹让嘴中不是完全寡淡无味。而外婆有自己的一个配方——酱油豆。外婆先将豆子磨碎,把麦粉和它们搅拌在一起,过滤一遍之后放在锅里煮成黄色,加入一些水和盐之类的调味品,再把它装进坛子里密封好,等到酿好启封,酱油豆就是那个时候外婆一家的“下饭神器”。田里的劳作重,一家人就着酱油豆能呼哧呼哧吃掉几大碗饭。外婆从不觉得日子有多难过,反而觉得因为有外公在外工作的工资补贴,家里的日子比其他人要松快很多。

1982年后,外公从临海城里的灵江山电厂调到了临海市小芝镇上的小芝供电所,小芝离乌岩四五公里,外公每次在上班前都会先砍上一担柴,当作家里灶台用来生火的燃料,再骑着车在坑坑洼洼的路上颠颠簸簸地去到所里上班。而下班回来之后,外公还要去自己的田里看顾水稻,这个时候每家每户都分到了自己的田地。家里的田地种着什么与家里餐桌上能吃到什么息息相关。

外公在大部分的田地里种上稻谷。外公将稻谷泡在水里,等到稻谷抽出芽。

撒到田里，等田里的芽长出叶子后，就把秧插到田野里。再等着稻谷慢慢长高，从青油油到黄澄澄，在秋天收割一大片的稻谷。稻谷在大太阳底下晾晒，金灿灿的阳光照着金灿灿的稻谷，让人不由觉得秋天确实是个丰收的季节。收获的稻谷是一家人的口粮。外公外婆也会在另外的田地里种各种蔬菜，在山坡里种上杨梅树和橘子树，外婆的餐桌上慢慢地增加了各种各样的炒菜和果子成熟季节时的橘子与杨梅。而田里的番薯成熟时，外婆就会找人做一种叫番薯粉条的食物，当地人一般也叫它“豆面”。一般的家里自己不会做这种豆面，需要自己准备好番薯的原料，再请上专门的师傅来帮忙做。如果家里这一年没有种番薯的话，下一年就吃不到豆面。豆面做好后，它既可以当作主食来吃，也可以和其他的蔬菜煮在一起吃，不管怎么吃都非常美味。

外公喜欢小孩子，从来不打骂孩子，总是纵容着孩子的胡闹。他总是对三个孩子说只要他们愿意读书，读多少书他都支持。外公在所里工作时，在外面拿到一些少有的饼干和棒冰之类的小零嘴，就会藏在大衣的内侧带回来。每当他的身影远远地出现在路的拐角处，阿姨、妈妈和舅舅就会蹦跳着冲上去迎接他。

外公在镇上上班的时候，外婆在工艺品厂里上班，做一些零部件加工的活，也挣一些钱。随着时间的慢慢积攒，家里的经济条件宽裕了不少。外婆除了在厂里上班，还在家里养着猪和一群鸡。猪从小猪仔开始养起，一年养到头，一直养到年关过春节的时候卖掉，获得一些收入，留下一小部分的猪肉过年时一家人享用。而外婆每天会定时喂鸡，收集母鸡下的蛋，留下几个自己吃，拿出一些在赶集的时候卖掉。那时候农村还没有通电，晚上其他的活都结束了，外婆坐在煤油灯旁，对着煤油灯的光编织草帽，好等到下一次赶集的时候可以交给收草帽的小贩，卖出一个好价钱。外婆家里的积蓄在节省中、在各种各样的类目中一点一点地多起来。

而随着改革开放的进行和家里收入的增加，很多以前很难买到的东西慢慢变得日常，外婆的厨房里多了很多调味品，从以前仅有的盐增加到料酒、食用油、味精还有其他更多的调味品。而外婆会在中午的时候切上几块芋头，放上萝卜丝，加上料酒、酱油和味精，端上一碗香味四溢、口感顺滑的芋头面放在餐桌上。

外婆说：“后来有了好多机器，种庄稼都改用了机器，很少需要人来种了。插秧有了插秧机，收割有了收割机。”种庄稼不再需要人用手去一株一株地播种，使用机器后比以前有了更高的产量，也有了更高的生产效率。在我已经有了记忆的小时候，每当过年的时候，外婆的村子会组织村子里的人一起用机器做年糕。村子里的人把大箩洗干净的米倒到一个机器的一端，机器“嘎嘎嘎”地响着，冒着白色的烟雾，在另一端变成一段长长的年糕条。就有人在一旁候着，快速地把冒着热气的年糕长条分成一小段一小段，摆放在沾了水的竹匾上冷却。大人们在屋里屋外忙着，小孩子就在屋里屋外玩着，热气腾腾的米香白雾里，轰隆隆运转的机器声中，是升平的人间。

现在我们家和外婆家挨得很近，每次她做了土豆饼，就会喊我们去她家吃饭。土豆泥里放着肉末、小虾米和葱，再在锅里炒过。我常在土豆泥还没有被做成饼的时候偷偷吃上好几碗。不仅仅是土豆饼，外婆每次包了扁食，做了食饼筒，或者只是做了一桌丰盛的菜都会让我们一起去她家吃饭。外婆餐桌上的食物从以前发愁的“今天吃什么”，变成了在一众不同且丰富的选择里烦恼的“今天吃什么”。

人世间，有激昂奋进的乐章，也有平缓悠长的小调。外婆餐桌上的变迁是生活上变迁的一个缩影。外婆没有轰轰烈烈的故事，她有的只是对生活细水长流的经营。踏踏实实地做好自己手上的工作，做一些力所能及的事补贴家用，再是节俭，和着新时代的东风。于是，生活就在点点滴滴的收集、积累与滋润下慢慢地富裕了起来。

姓名：余欣霏
专业班级：新闻 211
户籍：浙江省台州市
现居住地：浙江省台州市临海市大洋街道

为房奋斗

毛佳烨

我们家的房子住了很久，久到我呱呱落地之前，我的爸爸妈妈就住在这里。房子装修的样式可能在刚买来的时候是最时髦的了。房内设有两个客厅。外客厅的天花板安装了三排与20世纪八九十年代迪斯科歌舞厅一般的灯筒，还有一个水晶大吊灯；内客厅天花板同样安装了一圈舞厅般的灯筒。我小时候常常觉得新奇，总是开着玩，后来时间久了，那些装饰灯也就坏掉了。而父母总觉得没有必要去修，也就闲置了。

房子老了旧了，小小装修过几次，但时间一长，眼看着我身边的同学一个个都搬了家，住进了新房子。那种搬家所带来的新鲜感引起了我强烈的好奇心，随着青春期和叛逆期的来临，我愈发地想要父母也换个新房子住。

我初中的时候，这个念头最强烈。——“都住了这么多年了，这房子在市中心，地理位置这么好，又靠近江边，平时出去散步多方便呀。这么好的房子还卖给别人?”当我劝说爸爸妈妈搬家、买个新房子的时候，妈妈都这么说。而这时候，爸爸只是坐在妈妈旁边轻轻微笑着点点头，什么也不说。

说起这套老房子，之所以不换不搬，妈妈说的地理位置好面积大等的优点是其次，更主要的是爸爸妈妈自己舍不得。别看每次都是妈妈唠唠叨叨地劝我打消念头，而爸爸却总是不说话不附和一句，可实际上爸爸对这套房子的情感最深。

这套“老房子”是我的爸爸妈妈年轻的时候努力奋斗的结晶。到后来，即使家里富裕起来，也有足够的钱去买更新、更大的房子，他们也舍不得卖掉现在住着的这套老房子。其实，何止是爸爸妈妈呢，过了小时候图新鲜的那个劲头，现在的我同样舍不得卖掉了。仔细想想这套房子的来历与岁月，其实也是我们一家人的温馨记忆和爸爸妈妈年轻时候的奋斗岁月。

1977年年底的时候，我的妈妈就早早地参加工作了，她被分配在江山市商业局底下的专案组做调查工作。之后一年不到的时间，妈妈因为工作态度认真被领导肯定，从而调到了商业局做文书。尽管调到了局里工作，环境更好了，可是当时妈妈一个月工资加津贴也只有14元。当时妈妈还没有自己住的地方，是跟外公外婆一起住在外公单位分配的房子里的。妈妈赚的工资也要上交给外婆，为家庭的开支出一份力。14 元的工资，12 元交给外婆，剩下 2 元留给自己当零用钱。妈妈在商业局工作了 4 年后，单位里来了一个新的女同事，比妈妈小 4 岁，这就是我的姑姑。妈妈正是因为姑姑的关系认识了爸爸。

爸爸 1977 年参加工作的时候被分配在江山市变压器厂的钣焊车间当学徒。到了 1983 年，爸爸在工作的同时考上江山广播电视大学读书，学习机械学。同年，妈妈工作的商业局建造了单位宿舍，分给妈妈一套两室一厅的房子，至此，妈妈就从外婆家搬到了自己的房子里住。3 年后，爸爸学成，又回到江山市变压器厂动力科工作，半年后因工作能力出类拔萃被提拔为动力科科长。1986 年底，爸爸妈妈结婚，当时是住在妈妈单位分配的房子里。

1988 年的时候，政府拿出一批土地卖给私人建造房子用。爸爸妈妈选中了江山县（现江山市）乌溪里居民小区的一块土地，决定建造属于自己的房子。当时因爸爸妈妈都在单位工作，工资不高，每月生活开销后结余的很少。但爸爸一心想建造一栋自己的房子，每天在厂里拼命地干活，而对于自己的生活开支，则是能省就省，要不是妈妈提醒爸爸该换掉那些旧衣服了，爸爸都根本没考虑过买新衣服这一回事。那时候爸爸的工资加上奖金每个月才 80 多元。光靠自己努力挣工资，再怎么省钱也不够建房子。所以爸爸妈妈就商量着筹钱，坐公交车到老家淤头，好说歹说向爸爸的二叔借了 3000 元。一拿到钱，爸爸就迫不及待地买了建造房子需要的钢筋、水泥、砖瓦等建筑材料，亲自打点。当即将开始建房的时候，才发现起初准备的资金不够了，居然还差 5000 元左右。情急之下，只好再问爷爷奶奶借钱。

可是因为爷爷奶奶也是拿工资的，积蓄也不多，实在没有办法拿出足够的数额借给爸爸妈妈建房子。最后商量了很久还是没有办法凑够钱，不得已，爸爸只好把准备好的造房材料转让给了他人。很遗憾，爸爸妈妈第一次建造自己房子的尝试失败了。

之后的两年，爸爸一直对没能建成房子的事情耿耿于怀。1990 年爸爸留职停薪，打算自己创业，在县域租了店面，经营一家电玩城。而妈妈仍然在上班，只是变得更加忙碌了：平时早早去县里的单位上班、工作，即使是下了班也没有就此回家休息，而是直接来到电玩城的店面协助爸爸一同管理电玩城。

起初，当爸爸留职停薪决定自己白手起家创业的时候，周边的人包括妈妈都没想到爸爸会要经营电玩城。在 20 世纪 90 年代初，电玩城在我们县里可是个新鲜事物，全县可能就仅仅一两家吧。奶奶担心爸爸经营不起来电玩城，怕没生意，但爸爸有自己的想法。爸爸跟家人们解释，他分析，电玩城是大城市兴起的新鲜玩意，目前全县就区区两家电玩城，一家处在江山县东边，规模较小，但在那片区域可谓是某种程度上的垄断；另一家在江山县贺村中心，距离县城有一定距离，但还是吸引了贺村那片区域的不少人。爸爸还特地去那两个地方“侦察”了一番。我们家的店面决定设在县域中心，开店以后，确实如同爸爸所说，当时电玩城这一时髦的玩意真的能够吸引人光顾，也可以比较快地积累一定财富。

我们家的电玩城起初的面积并不大，只有不到20平方米，仅仅入手了3台机器。但是，这也足够了。果然，周边的年轻人被新鲜事物吸引，爸爸的电玩城渐渐有了生意，开始忙碌起来。一开始就爸爸和妈妈两个人经营管理，常常要打理到半夜。很快，因为爸爸经营妥善，积累了不少资金。一年后，电玩城扩建，营业面积达到60多平方米，增加了20几台机器，雇了4个员工在店里帮忙。在1993年的时候，我们家进行了第一次投资，花了6万块钱在市中心买了一间40平方米左右的店面用来出租。刚开始一年租金是3000元，后来涨到了一年3万元。

又过了两年，也就是在1995年，爸爸妈妈终于能够买下属于他们俩自己的房子了！这套新房子，也就是我们家现在还在住着的老房子，位于江山市市中心，双塔街道的市后淤小区，有100多平方米，三室两厅，阳台特别宽敞。爸爸妈妈亲自督工装修，安装上时髦的灯具和古色古香的红木家具，喜洋洋地从单位里分配的小房子住进了自己奋斗积攒财富买下的大房子里。

可惜的是，同年，因为常年铁人般的作息（一天到晚地经营电玩城），加上之前在变压器厂车间工作的时候劳动强度很大，爸爸腰椎间盘突出的老毛病更加厉害了，跑了几家医院，问了好几个医生，都说除了手术没有很好的治疗方法。爸爸不肯手术，且不说手术花费大，因为爸爸的腰椎间盘突出太严重了，手术肯定是一个大手术，风险也很高，爸爸不愿意冒以后连路都走不动只能躺在床上的风险，就一直没有手术，在家休养。而电玩城也因为实在经营不过来了，就把机器卖掉了，店面也不再续租。在爸爸生病休养期间，工作处于上升期的妈妈十分辛苦，白天上班，下班以后立刻回家照顾爸爸。等到2003年的时候，爸爸的身体好转了不少，妈妈也工作稳定以后，这才有了我的出生。

妈妈生我的时候可算是高龄产妇了，好在整个过程有惊无险。我的出生，对爸爸妈妈来说，可算是中年得子。爷爷奶奶、外公外婆也是非常高兴。我是独生女，算得上是在一大家子的宠爱中无忧无虑地长大的。对于我的照顾和培养，爸爸妈妈都是事无巨细，亲力亲为。爸爸因在家休养身体的缘故，就悉心照料年幼的我，是个“家庭主夫”啦。

自我出生以后，我们家的房子不断增值，妈妈的工作也顺利起来。家里的经济条件越来越好了，渐渐地积攒了一些闲钱。到了2010年的时候，我们家又在衢州西区买了两套房子，租给了当地的酒店经营，每年又可以收到一定数额的租金，直到现在还有这笔收入。到了2015年的时候，爸爸妈妈又在杭州彭埠三花国际以我的名字买下一套单身公寓，同样租给了当地的租客。

我们家，爸爸妈妈为房子奋斗的故事，有起伏的惊险与挫折，也有平平淡淡的幸福。我为我的父母感到无比骄傲，他们用勤劳与智慧靠自己的双手构筑了属于自己的温馨幸福之家，为我的成长创造了更多可以选择的机会。要是初中那会儿的我早早知道爸爸妈妈年轻时为房子奋斗的辛劳岁月，也一定会和现在一样珍惜家里的这套老房子。父母的勤劳与智慧也是浙江人民勤劳与智慧的一份缩影。

姓名：毛佳烨
专业班级：新闻 211
户籍：浙江省衢州市
现居住地：浙江省衢州市江山市双塔街道

我的金融老爸

葛蓝天

衬衫，西裤，皮鞋，公文包……父亲又是寻常上班的一天。现在还未开盘，所以今天他只是坐在干净的办公室里，静静研究。纯黑的底色映照出了父亲渐深的皱纹，我坐在父亲右侧，不禁陪着父亲感慨起来，人生就如这各类股票一般涨跌起伏不定，不断地研究探索其中的门道，才有可能预判到下一步的发展。

父亲的声音在他的办公室响起——

我并不出身于什么金融世家，相反，我的家庭只是农村里做一些小生意的。但小时候我就看名人传记，看名人们怎么不甘于平庸，即使是再困难的条件下，他们也能翻盘。所以，即使我的开盘价并不高，但我相信这更是给了我上涨升值的空间，我也一定能出奇制胜。

也是家里从商的缘故，我能够很快给自己定位出发展的方向。总是跟着父亲跑这跑那，只记得每次去大城市的时候，都能被它吸引。当时我就明白，要获得发展就要到特定的区块发展，而大城市机会多，正是我心目中那个合适的区块。在杭州读完大学，我选择了到义乌邮政局从事会计工作，但很快我就发现这份工作并不利于我水平的发挥，我必须给自己加仓，跳出行政部门，以谋求新的出路。

在国有企业想要快速发展，说白了就只是需要一个机遇，而我就正好碰到了这个时机。

当时邮政局有个部门叫做商业信行，连续三年的业绩都未达标，迟迟没有人敢接手，因此公司就决定内部招聘。这可是上天拱手相送的好机会，我又怎么可能放过。上头下的任务是 20 万元，随即我就开始头脑风暴，开始演算出了每种可以实行的方案以及它能够带来的收益，排除所有错误的、不及格的选项之后，剩下的那个便是收益最大的选择。当时正值义乌小商品博览会，我就借助这个平台，策划了义乌小商品商贸名城的明信片的方案，将义乌知名企业分门别类，让它们在明信片上做广告，再把这些包装成礼品盒推荐给政府，当作礼物送给参加博览会的贵宾。这样一来，整条线路就非常明显了，企业得到了宣传，我们有了业务，政府有礼品可送，三方有益，三方交好。就这么一个策划方案，最后获得了 100 万元的收益，比原定任务超出了 80 万元，算是我的第一个高峰点。

在邮政局一待就是13年，中间凭着我独特的创新能力也算是得到了许多领导们的认可，但其中也有失误。人啊，年少轻狂，少不更事，奖金少了就和领导拍桌子，导致中间被下到基层待了两年，现在想来还是满满的悔，人生路还是需要领路人，不然青春里的两年就这样浪费了。现在仔细想想，哪只股票没有最低点？哪段人生路中间没有荆棘？人与人成功与否的区别不过是遇到了低位之后有没有勇气持仓，敢不敢一直往前进罢了。下到基层虽说没有学到实质性的知识，但我也能在此之中亲身体会到更宝贵的东西，这是人情世故带来的教训，它让我的骄傲变得更加有分寸，让我的自信变得更加内敛，让我知道什么时候需要退一步，把别人暂时放到自己上面。

虽说有一点小挫折，但是倒也没有什么大影响，如果在邮政局一直这么待下去的话，事业也会是顺风顺水，但我却偏不。

因为一些机缘巧合自己开始投资，可算是尝到了不少甜头。经济形势大好，我不想只是被困在一个框架里，这样既会让自己放不开手脚干大事，也会浪费我的许多想法。我想，我的大脑总是能给我很多惊喜的，永远在进步，永远在创新，所以这也就不允许自己被一个机制完完全全地框住。我若是被束缚住，那么多创新的点子、大好的机会，不都被白白浪费了吗？所以，在我当上邮政局的团委书记之后，我不断地思考这个问题。当领导固然好，但没有足够的时间，没有充足的自由，我能施展自己的空间则会更加少，白白浪费了现下大好的经济形势，有钱放着不赚，有才华留着不展现，这才不是我的风格。

最后，我还是放弃了在邮政局的这份工作。我不只是要挣我一个人要用的钱，我的背后是我的家庭，我的儿女、我的父母都需要靠我们夫妻养活。既然如此，就不能得过且过，更是要为自己寻找出最合适、收益率最高的道路让我的家庭过上好日子。

一段时间里，我曾经去到邮政储蓄银行上班，打造了一支在省内都有名的专门做限贷的特别行动队，因此被调到金华市分行工作。这时候问题却又出现了。银行的工作总是付出和收入不成正比，只记得我的付出是起早贪黑，是夜以继日，已经不记得下班时间到底是几点钟，有印象的只有如大盘底色一般漆黑的夜晚，工作压力也大，但工资却始终没有配得上我的努力。2014、2015年的行情是很不错的，我不想再错过这次机会，于是毅然决然地辞掉了这份工作，踏上了证券投资的道路。

之前我不是从事证券投资的行家，但由于我的妻子一直在证券公司上班，给我带来的帮助就很大了。我自知在这一块没有什么经验，但我知道我有的是耐心，有的是智慧能够把它完全消化。我研究了很长时间证券，其中更是转入了房产行业进行投资，只是感觉不断地在突破，不断地发掘更新、更有趣、更有收益的领域，不断给自己探寻新的发展道路。说到底，也是不甘于平庸。

……

不知不觉对着电脑回忆了这么多，电脑已经黑屏了，我还在继续思考。到底是什么铸就了今天的父亲呢？

是小时候跟着爷爷跑生意吗？

“总是跟在父亲后面的那个小肉团子，这儿瞧瞧那儿看看，不知不觉就把这样的经历储存在了心里，留着培养了兴趣。”

是大学专业的学习和学生会的工作吗？

“专业学习必然是我的知识基础，基础一定要够扎实，不存在没有地基就盖高楼的荒唐事儿。而大学读书会的工作更是足够锻炼了统筹能力，谁不曾幻想过当个大领导？关键的就是自己有没有领导的统筹协作能力，能不能让大家一条心办大事。”

是刚参加工作那几年学习的积累成果吗？

“邮政局是一家知名的国有企业，而国有企业很多东西都是相对来说已经很成熟了，一进来就能在大企业里学到很多，包括分配制度、晋升制度、办公系统、企业文化等，都是值得老爸学习的东西。只有不断了解各类数据和情况，才能准确预判到下一步经济形势的发展。邮政局正是起到这样一个作用，它在后续的发展中提供了不少的可储备的信息，一直在为我添砖加瓦。”

是被下放到基层的那两年吗？

“人生少不了挫折，更少不了青春道路上的挫折，说后悔，我也确实后悔，这两年里我本来能够学到更多的专业知识，却被年少轻狂拖住了手脚。但说不后悔，我也不悔，年轻人总有血性，不磨砺磨砺哪里会有现在更成熟懂事的自己呢？”

是当上领导的那段日子吗？

“当领导确实非常锻炼人，不仅锻炼人的能力，更是锻炼人的信心。我起先的自信并无那么充沛，当上领导之后，才不断地发掘了自己的创新能力，也不断驱动手下员工的积极性，看起来员工能力个个进步飞进，实则大大锻炼了自己。”

是转行研究证券的决心吗？

“人不能总是待在自己的舒适区圈里，没有自己的敢于突破就没有真正的进步。倘若我一直待在原来的工作单位，每个月付出这么大的努力，换来的却是自己不满意的薪资，任谁都不会有干劲。相反，只要是我有兴趣的东西，我都会竭尽全力地去思考、品评。找到一个属于自己的方式，再去慢慢地适应它，接着就是下一层突破，只有这样，我才能不断在自己的人生长线上无畏前行。”

再回过神的时候，时钟已经快转到九点半的位置了。父亲只是整理好心态，拍拍我的头，“每天记得给自己定个小目标哦！虽说我现在已经到了知天命的年纪，但我觉得我的思维依然活跃，心态依然年轻，自信也还极为充沛。”

“丈夫、父亲、儿子……我在生活中有这么多角色需要扮演，当然不能让自己放松下来。还记得上大学时对自己说的是要有自己的摩托车和手机，上班时对自己说的又是要有房子和20万元存款。我倒是羡慕当时的自己还有这么明确且清晰的目标，现在的目标越来越模糊，归根结底就是能让家里人都过上好日子。数十年也都这么打拼过来了，到了现在已经不知道辛苦是什么滋味，最后只剩一句，不辜负身边人，不辜负自己。”

我看着父亲，重重地点了点头。

姓名：葛蓝天
专业班级：新闻211
户籍：浙江省金华市
现居住地：浙江省金华市义乌市稠江街道

我们家的“水泥工”

葛怡冶

我的父亲是一名建筑设计师。父亲毕业后，在爷爷的强烈影响下进入了工程工地学习建筑知识，因为理论知识水平和实践能力较好，很快就跟随有实力的上司去江苏连云港进行桥梁建造。父亲自身也足够努力，考取了桥梁建筑师等级证书。为了让我的成长有父爱的温暖，在结束了连云港的工作后他婉拒了上司让他待在连云港的邀请，毅然决然地回家乡寻了工作陪伴我和母亲，同时也没有放弃自己的建筑事业。本篇采访记录了父亲从初入建筑事业到小有成就的人生经历，同时也是我们社会奔向小康的一个小小缩影。

我的爷爷在学习和就业方面一直都是向建筑方面进行发展的，他能在建筑工作上给父亲带来帮助。父亲在高考时发挥不好，那个时候的建筑学分数较低，于是在当时的所有条件综合影响下，父亲就去学习了建筑专业。父亲说：“其实当时也没想那么多的，不像你们现在报专业找工作都谈什么热爱啊、都看自己喜欢啊，我们当时的想法就很单纯，就想着你现在能做什么，你以后能做什么，就那么简单。”

在父亲到现在为止的整个职业生涯中，他去过好多个地方。像父亲那样干工程的人，到处奔波着干活是很正常的事。我时常觉得父亲的上半生是像游牧民族一样的“逐水草而居”。父亲 19 岁的时候在山东做工程，接着去桐庐干起了他的本职工作——桥梁建造，在桐庐建造的是钱江二桥。在父亲二十七八的年纪，又辗转到云南做工程。而后在 35 岁的时候在连云港长住了一段时间建造跨海大桥。而在我上学后，父亲为了可以让我的成长有他的参与，回了家，在台州稳定了下来。

据父亲回忆，他在山东的时候，接的是一个造桥的工程，那个桥叫薛河大桥，由于年代太过久远，父亲已很难回忆造桥的细节。而父亲说最困难的工程就是在桐庐建造的三合大桥。因为是跨河大桥，在技术上有一定的现实困难，而在前期设计师给的图纸过于理想化，就导致在后期实践操作的时候产生了一些不能实现的问题，所以建筑师和设计师进行了许多次图纸的修改，最终才决定了图纸的终稿，才找到可以实践的建造方法。父亲跟我讲，三合大桥的建造方法就是先造桥墩，然后在两个桥墩之间造桥体。由于是跨河大桥，直接在河面上进行桥体的建造是极其困难的,最后协商出了一个方法,先造一点桥体,再往外固定一个框出去,在固定出去的框里浇灌好混凝土,再对桥体进行固定,再次进行浇灌,最后从一点点的桥体慢慢建成完整的桥体。台州这边也有一个造桥的工程是很艰难的,父亲回忆道,当时建造桥梁需要的混凝土量是极其巨大的,政府给的工期很短,但是工程队所拥有的混凝土量是达不到建造要求的,所以所有人包括父亲都通宵在工地现浇混凝土,浇了三天两夜都没有回家,困了就睡在碎石子堆上,饿了就吃盒饭,最后赶在工期之前终于浇成了定量的混凝土。这些都是父亲自己的回忆,而在我的印象里,我依稀记得,父亲在连云港出差时,我尚且也就两三岁,母亲抱着我坐上了去连云港的动车看望出差在外的父亲。到连云港父亲住的工地上已是晚上,我模糊的记忆里只有满地的泥土和泥浆,工人们行色匆匆,各色安全帽,还有湿漉漉的地面,远处桩机的轰鸣和工地常见的大功率夜灯。母亲说,父亲住在破破烂烂的集装箱里,虽是建筑指导,住宿环境却和那些农民工没什么两样。这是我印象里的年轻父亲,他吃苦耐劳,从不抱怨。但父亲说,那时的我刚刚出生,父亲缺席了我出生后的一段时间,他很想念我和母亲,所以在我们去连云港的工地看望他时,他的心里有数不清的感慨和激动。

父亲是很宠爱我的。父亲身材高大健硕,皮肤因为长时间待在工地里而晒得黝黑,母亲生得漂亮,站在父亲旁边常被调侃为美女与野兽。其实,父亲身上的皱纹和晒痕都是经历太阳洗礼的结果,也是父亲努力的见证。父亲一直将我保护得很好。他自言自己是一个五大三粗的人,他说干工程的人都是这样。但在工程工作之余,他会给我烧精致的饭菜,会给我体贴的问候,在我有任何需要的时候,会在任何时间抛下工地里的一切事务来给我帮助。用我的眼睛看,父亲的确做到了关注家庭,爱护家人。

在讲述了困难的工程之后,父亲并没有面露难色,而是直言道,当时觉得十分困难的事情,现在看来也是成就,它其实是给我在建筑事业上打下的基础和经验。我的工作得到了认可,不仅仅是在精神上,更是在经济上也获得了丰厚的报酬。

不仅仅是困难的工程让人印象深刻,更有工作外的生活也让父亲回味。父亲当时在富春江造桥的时候,跟工友打赌说他可以从富春江的这岸游到富春江的另一岸。富春江水流湍急,父亲的工友都不相信,父亲跟他们赌了一箱啤酒。结果父亲真的从富春江的这岸游到了另一岸,工作完了就和他的工友坐在富春江岸喝啤酒,父亲说,那时候真的很开心。而父亲与富春江的渊源也不止这些,说到富春江父亲就想起来之前在建造的时候从七八米高的地方摔到富春江里面,幸好父亲会游泳,技术不错,从富春江里游了出来。

我问父亲为什么在事业的巅峰时期选择了回乡,父亲的回答是我和母亲在家里，而他总在外面跑工程也不合适，他觉得还是得顾家，还是舍不得、放不下家里人。随着台州经济的发展，家这边的工程慢慢多起来了，正好父亲可以一边照看家庭一边兼顾事业。父亲谈到，家庭对他来说是很重要的，而在事业和家庭之间进行选择，父亲会毫不犹豫地选择家庭。父亲回家这边工作，是他忠于内心的选择，对我来说，我很庆幸我的成长过程中都有父亲温暖的爱。我在这里想要引用父亲的话是“有你们在的话，工作其实也没有那么辛苦了”。

父亲初入建筑行业的时候，拿到的金钱报酬是非常微薄的，但经过了自身的努力，考取了桥梁建筑师等级证书，工资逐渐提高。虽说母亲有一定的工资，但父亲的收入绝对是我们家最大的收入。在母亲的良好经营下，我们家的存款慢慢变多，生活渐渐走向了小康。

我问父亲，选择了那么苦那么累的建筑事业有没有后悔，父亲回答说干工程确实很累，但谁的人生又可以后悔呢？后悔了又能怎么样呢？你都已经选择了就好好做下去就行了。我常常回头张望，找寻自己走过的道路，我怕我回望时会看到黑暗里我的不堪和悔恨，我总以为阴影处会折射出我的脆弱和软肋。但父亲的高大且温暖的臂弯总能将我设想的一切不幸消融，还给我安宁和幸福。我认为的父亲是个随遇而安的哲人，我不认为这样的他是不思进取的，他拥有的是不争不抢的快乐。但他也会有迷信的时候，会为我的考试祈福，会为我的健康和平安求一个平安符，会为我找红色的手绳和绑上高粽，会为我煮一切我爱的饭菜。他总能从复杂的事件里提炼出简单和纯粹，在我遭遇到挫折时，在我极度快乐时，在我高考失利的时候。父亲会告诉我人生要向前看，别看过去的不幸，要见一见未来的光明，父亲从不会过度要求我的学习和工作，从未给过我巨大的压力，他只会告诉我说：你只要快乐就够了。

姓名：葛怡冶
专业班级：新闻212
户籍：浙江省台州市
现居住地：浙江省台州市黄岩区东城街道

我家的“工业时代”

吕逸芸

砖瓦房，竹席床，大院子，机械声，侵入鼻腔的润滑油的味道……它们贯穿了我的童年。记忆中，我的童年以及少年时光都是在机器的打磨声和“吱吱”的运转声中度过的。虽也有那番“庭院深深人悄悄”的宁静，却多是隆隆作响的吵闹，但如今这些声响却成了我对那段美好闲暇时光的特别回忆。

外公外婆的盛年处在中国的“工业时代”。作为老一辈人，他们经历了“文化大革命”“大跃进”，体验过在生产队集体劳作的生活。而生活在丽水市缙云县壶镇镇——现在已经是一个闻名的工业基地了，在这样一个地方，不与工业挂钩几乎是不可能的。

对工业的探索，是从我外公开始的。1985 年，为了让家里的生活质量更有保障，我的外公跟着一些镇里大工厂的领头人做起了厂房生意。都说创业初亏钱十有八九，不出意料，外公的事业起步很是困难，从确定项目到融资，就几近花费了大半的心血。屡屡受挫使外公尝尽了苦头，好在在朋友的帮助下，厂房算是做了出来，生意陆陆续续接了不少。

可企业不是光靠努力就能做大的，经营了一段时间，外公就因为对市场研究把握不充分亏钱了。原本就有些拮据的日子更难过了，外婆也劝过他别做生意了，先去厂里做工人。可外公倔强的性格并不允许他就此放弃，不顾家里人的劝阻，他坚持要把市场放得更宽更远。幸运的是，外公遇到了一位贵人。

1988 年，外公把大多数机器都搬到磐安去同别人合作，只留了 4 台仪表车床和 2 台钻在家里。在外面，有了同伴的帮助扶持和前期的经验教训，工厂的市场面扩大了，技术也越来越熟练，外公的厂房生意蒸蒸日上。

可好景不长，好不容易做出了头，因为行业竞争实在太激烈，外公的厂房竟然被人顶了名。冒名顶替这些事在当时的社会时有发生，可恨的是，在那个法律保障薄弱的年代，实在是无能为力。所以无论外公如何起诉、如何证明自己的身份都得不到回应，这对外公是天大的打击，成年人的崩溃也就在这一瞬间。气愤与不甘裹挟了外公数十年，一直到现在他仍然耿耿于怀。后续我没有细问，只知道前几年外公还在申诉这件事，看着老人讲起当年事的委屈与心酸，我也暗暗心疼：也许这正是过去的悲哀与无奈。就这样外公从奋斗中渐渐隐退了下来。

也正是那一年，外婆接手过来外公留在家里的那几台机器，开始了她的生意路。

一开始是做三线机零件，后来做工业缝纫机零件，最后做仪表车床加工的零件。我的印象里外婆就像是现代版的女强人，是那么雷厉风行和独立自强。外婆嗓门很大，她的话语声可以穿越各个车间，到达每个地方，院子四周都是她的厂房，她就那样日夜穿梭在房子、农田之间，一个人操持着工厂，也操持着整家人的生计。隔壁的阿婆也是我们这的帮工，她是外婆仅有的几个工人中最能干的。

小的时候住在外婆家，每天唤醒我起床的，要么是白粥的香味，要么就是院子门口翻转的零件下坠和翻滚碰撞声；下了楼，经常能看见外婆坐在叉车后面的一个机器上，像脚踩缝纫机一般运作着机器，那个忙忙碌碌的身影深深刻在了我的脑海中。我有时候也喜欢过去碰碰机器，转一转把手，装一装零件，研究一下怎么让它动起来。每每这时，外婆总是笑呵呵看着我，嘱咐我不要乱动，并告诉我这是什么，怎么组装，怎么用它生产零件，我总是小大人般点点头，继续没心没肺地把玩着这些"玩具"。大了以后，我依稀还记得，外婆有时去隔壁村送一箱零件，她会骑着她那动力十足的摩托车，奔驰在田地、房子旁的马路上，这对小孩子来说是非常新鲜且有趣的，我总是屁颠屁颠坐在后面，趁机享受着自由的风在耳边呼啸。

后来，父亲也加入了进来。他最初的经营是做缝纫机配件，当时的小镇做得最多的生意就在对全国及海外出售完整的缝纫机。不久，这个市场就逐渐成熟并扩大了，我的父亲也借此摸索起其中的门路，做起了零件生意。从工业小白成长到能独当一面的大老板绝非一日之功。由于竞争对手太多、自身规模过于私人化，他的小小工厂难以在这样一个快速发展的市场上站稳脚跟。连续一段时间，生意的冷清让父亲日渐心灰意冷，再不想办法，赚的钱就要全赔进去了，家里也快没有收入了，于是存了一些钱之后，他不得不放弃了这一行。

紧接着，父亲又跟着做起削皮机(专门把皮削薄做皮鞋皮包的机器)的生意，这一行比前一次更具有挑战性。高投资高技术的要求，考验的不仅是财力，更是能力。庆幸的是，父亲没有打退堂鼓，他秉着年轻能拼能搏的心态，毅然决然地投身其中。

母亲说，那段时间她无数次见证了父亲的早出晚归，他忙着去大厂学习一些东西，急着找到合作方，想着如何争取客户，如何把合同敲定。可是，付出却和结果不成正比，尽管耗费了许多的时间和精力，依旧打了水漂。这一行业非常需要精密度，即使技术已经相当不错了，但与更厉害的厂家相比还是不够好。就像我们现在一样，购物时质量择优，价格求低。规模越大的企业越有能力和资本提高质量，降低价格，获得消费者青睐。在这样的竞争机制下，父亲的企业在市场上占不了一席之地，被淘汰了。

作为顶梁柱，父亲担着重任。2013年，我们自家的房子也在建，经济压力几乎快压垮了父亲。他在新家附近租了一间厂房，准备和外婆帮衬着进军带锯床业。这时的我已经不小了，有时候睡眠浅，就能察觉到父亲穿上衣服洗漱出门的声音，因为他裤子上的钥匙串只要一动就哗哗响个不停。有时候我也跟着他去厂里，拿着外公给我买的小黑板画画，在上面写着"大工厂"，然后心满意足地让爸爸挂在厂房门口。很多时候，我透过黑压压的机器看向他，看见的总是忙碌的背影。小孩子虽然觉得少了些陪伴，但也觉得很踏实。

可是生活似乎就是那么不尽如人意，父亲的厂在2020年彻彻底底关闭了。前几年，无论生意有多不好，哪怕是遇到工人被机器轧断手指，凌晨闹醒了一家要求赔钱时，父亲都没有想过放弃。可偏偏那年的新冠疫情，使整个小镇的经济都停滞了，东西进不来，也出不去，即使是大厂的货也堆满了仓库，个体化的小厂更是没有翻身的余地。

转卖机器和存货的那一天，父亲沉默地整理着厂房和家楼下大大小小的机器和存货。有时他也开口说话，因为买家发现了新的有用的东西，父亲拒绝了不舍得卖，他就这样看着那些"好东西"，最后却还是妥协了。我看着他们一车一车、一箱一箱搬空了所有，也掏空了我的思绪。我回想起以前生意好的时候，父亲忙都忙不过来，又是找临时工，又是招呼我们一起帮忙做些简单的零件组装，那么多人围坐成一圈圈，手上忙活着，嘴上谈笑着，一切看起来都那么好。后来，父亲自己也说：也许是缺点头脑，缺点机遇吧。

身在这样一个工业家庭，我自然是见多了各种零件和机器，以至于在高中上通用与技术课时，我总是不用老师教学就懂得什么叫螺栓，什么是垫圈，在实践时我可以更快地上手，也许这也是父辈们带给我独有的智慧与见识吧。虽然工厂并没有办到现在，可是那些时光也成了我的珍藏与回忆。它很宝贵，胜过金钱，因为这是我们一家人的奋斗故事。我很敬佩父辈们有勇气与能力去尝试，在一条全然未知的路上奋斗，即使不是最成功的，却也是最精彩的。

现在我的外公已不再做这一行了，我的父亲也因为创业的屡屡不如意而选择去厂里做技术员，好在他积累了经验，比别人更精明能干一些。而我的外婆，这位独立又坚强的女性，还在坚持开着她的小工厂，经营着规模不大的生意，靠的多是老顾客。她也不愿放下这个担子，习惯了辛劳后，即使老了也还是改不了早起早睡种田看厂的习惯。

现在去外婆家听到的机器声依旧震耳欲聋，它们从未从我的记忆里消失，只是在隆隆作响的声音中，它们变得越来越模糊，尽管如此，我们家的工业路还在继续……

姓名：吕逸芸
专业班级：新闻212
户籍：浙江省丽水市
现居住地：浙江省丽水市缙云县壶镇镇工联村

我家的女强人

姜岚昕

从前谁都是无忧无虑的小孩，在生活的重重压力中被迫长大。母亲就像是逐渐被开刃的一柄剑，经过无数次的淬炼，为我们家开出一条鲜花盛放的成长之路。这个故事很长，且听我慢慢道来。

我的母亲出生在重庆市长寿县的一个普通家庭。在母亲16岁的时候，外婆为了生下弟弟就带着一家去往偏远的新疆地区生活。当时母亲家里很穷，所以就决定在新疆拜城县这个小地方安居抚养弟弟。外婆能力有限，没办法同时抚养三个孩子。母亲的姐姐学习成绩优异已经进入了大学。18岁的母亲，在那个烂漫的青春期，应该有更好更快乐生活的年纪，应该接受更好的教育的年龄，为了供弟弟上学并且补贴家用，为了让家里好过一点，让外婆压力小一点，放弃了一次次好的学习机会，踏上了漫漫的打工之路。

顺着时间的线，我们一起回到20世纪。

1995年，母亲投奔亲戚，也就是她的六姨。六姨让母亲去浙江绍兴打工，那里有纺织厂正在招人，也适合女人工作。六姨给了母亲100块钱的生活费，给母亲找到的工作是纺织厂的挡车工。给织布机看梭子放线，每天没日没夜地重复着相同工作，疲惫充满全身，为的是挣得那每个月的180块钱。干了将近半年时间，母亲手上厚厚的老茧就是她辛苦的证明。线很细，刚开始做不好就会划到手，但是放线慢了就会耽误后面的生产，因为是流水线工作，每一分每一秒都不能拖沓。

在交流中我们聊到，“打工途中有什么特别的经历吗?”母亲说道:“当然有的，因为刚来一个陌生的城市，对当地的事物比较好奇。在乘坐大巴车去工厂的途中，因为好奇，看车里的人玩扑克牌，押牌可以赚钱，而且赚的钱也挺多。我看了几局就认为自己会了，觉得我也可以赚大钱就直接押进去了刚向六姨借的100块生活费。”

对话如下。

玩扑克牌的人(W):押大牌还是小牌?

母亲(M):我押大牌。

W:大牌没出，是小牌，掏钱掏钱。

M：我还要押，我还押大牌。

W：又是小牌，给钱呗。

就像这样，经过几轮之后母亲的钱全输光了，到后面她才发现自己被骗了。那可是她全部的钱。她苦苦哀求这几个壮汉给她一点救命钱。她紧紧地抱着壮汉的大腿被拖了几十米远。壮汉想把母亲打走，但是母亲好像不怕死一样，最后好不容易才要回 50 块钱。因为被抢了一半的生活费，后面生活拮据，只靠馍馍咸菜和工厂偶尔的剩饭勉强生存。干了一年半，纺织厂就倒闭了。没办法，母亲又漂泊着寻找打工的地方。

1996 年，母亲通过询问终于找到了要女工的工地。提灰桶，对于当时刚成年不久的母亲来说是很重的。因为太劳累没及时注意到，建筑工地上的门框支架突然倒下，母亲被砸晕了，流了很多血。但是当时工地没人，是在晚上，工人都走了，也没人注意到母亲。过了很久，母亲在工地上的土堆中醒来的时候，天已经很黑了，身边一片寂静。母亲慢慢地扶着支架走回工地的彩钢房，当时以为自己可能要醒不过来了，有点后怕，也落下了病根。害怕生命安全以及太辛苦，干了几天后她就辞了职，工资也没拿到，还花了治疗头部的额外费用。

1996 年 7 月，母亲情况好转点之后，一刻也没停地去找工作，托人介绍去到湖北孝感的塑料玩具厂打工。因为母亲年轻动作快，生产的玩具数量很多，就会获得额外加钱，工资开得也比前两个工作高，相对来说较为稳定。就这样干了两年左右，一个月大概可以挣 300 块左右。

外地打工史到此就告一段落了。

1998 年，外婆的弟弟要开煤矿厂，急需用人就让母亲回新疆给大舅公打工，外地的工作也就没有继续了。但是因为大舅公没有什么运营经验，没开成煤矿厂，母亲又不能闲着，家里收支越来越不平衡，只好又去找工作了。

当时出于好奇，我就问母亲："什么时候经济条件开始好转了？"母亲解释道："买了房子结婚之后。男方经济条件也是相当不错的，因为当时男方家庭是有农村户口，而且男方父亲也当过兵，并且退休之后还有退休金，财富方面也还算宽裕。在我了解到这些的时候已经有了一些想法，也着手开始准备着去用一些不那么累的方法赚钱，男方家的经济条件不断地为我助力，在男方的支持下我的工作环境还不错，之后我又开始尝试自主经营。"

2000 年，母亲通过父亲家的支持，找到了一个批发场的地方准备卖衣服。先是买了一个门店，和商家商量好了之后每个月付租金，门店装修也需要花费不少的资金，我母亲简单地装饰了一下门店就开始进货。起先进的是一些当季的服装，我母亲的语言交流能力已在打工中训练出来，对待顾客方面非常的游刃有余，小店的客户积累起来，我妈的朋友圈逐渐扩大，从中也认识了许多可以交心的朋友。

可惜好景不长,还没到一年,因为新疆的客户人群不多,大多是回头客,母亲的资金有限,没有办法进更多种类,衣服本就卖得比较便宜,利润很低。过季的衣服经常滞销,所以大多都打折出售,许多买家就趁打折的时候购买衣服,以至于母亲赚的钱少之又少。经济不断在发展,自主经营的人越来越多,竞争对手多了起来,母亲的资金实力没有那么雄厚,比不过知名品牌的售卖。人们的消费观念越来越新潮,母亲的小店客流量小就慢慢萧条了。尽管母亲当时每天都在研究服装的变化,每天在计算成本利益最大化,每天早出晚归没有丝毫的懈怠,还是无法强过同行业的竞争者,没有支撑多久店就倒闭了。这也让她意识到自己自主经营的挣钱法是行不通的,但是从中她积累了一些人缘,还积累了一些各行各业不同的经验。她没有放弃,并且也更加自信,继续积极努力地寻找挣钱方法。

2001 年,母亲找到了一份宾馆的工作。她先从前台收银干起,经历了各种流程以及突发事件的解决。后来因为人手不够,母亲就干着双份工作,同时还做后台的保洁。在工作中锻炼了与人的沟通能力,工作越干越顺手,越来越有效率。老板看到母亲的能干、踏实稳重,给她加薪。母亲顺利当上了宾馆的经理。干了 3 年之后,又生孩子、照顾孩子,那段时间非常煎熬,整个人十分疲惫,她凭借着强大的意志力撑了过来,把工作和生活兼顾得很好,但身体却是每况愈下。母亲因为身体情况,就把孩子交给孩子的爷爷奶奶抚养,独自一人留下来继续工作挣钱。她没有放弃,没有懈怠,因为要还房贷,还要抚养孩子。她知道必须挺住,不能倒下,况且,她的另一半一直在外地打工挣钱,也没有办法回来关心照顾她。她一年一年地坚持了下来,为今后存下了一笔积蓄。

2010 年,她有了一定的能力,就带孩子回到新疆。母亲经过了重重面试,去到了一家运营还不错的公司。虽然她的学历不高,但是她埋头苦学,一点点学会了办公基础操作,PPT,Word,Excel,工作慢慢得心应手。母亲通过自己的努力被调到了财务部工作,工资水平也逐渐提高,还完了房贷,支撑了家庭的开支。生活正一步步向好的方面发展着。在工作之余,母亲还开发了一个新的项目,通过卖苹果挣外快。母亲的朋友是个果农,她就从朋友那里进货,然后包装后成箱卖出,一直跑着业务,给各个单位定制苹果礼,也赚了不少的钱,我们的生活变得比较充裕。

后来,母亲的弟弟上完了学,开了一家小网吧,有着可观的收益,我也慢慢长大,家里再也没有了吃不饱、穿不好的日子,不用每天精打细算地省钱,家庭生活越发快乐。就这样,我们家从贫穷走向了小康。

姓名：姜岚昕
专业班级：新闻212
户籍：新疆阿克苏市
现居住地：新疆阿克苏市新城街道

我勤勤恳恳的父母

林雅萱

"你后悔来这边吗?"我问母亲。

电话那头沉默了,一会她才缓缓道:"毕竟这么多年过来了,说不后悔是假的,最后悔的是回一次老家太花钱了。"

我的母亲出生在贵州东南边的一个小村子——秀峰村。村子跟名字一样除了原生态的山峰林子啥都没有。村子穷,外婆家自然也穷。每到暑假,村子里的孩子就会被带去青海挖药材,一斤药一块钱,一天只能采个五六斤。即使是夏天,青海也还是很冷,外地的孩子没有房子,他们就用塑料搭个小帐篷一伙人蜷缩在两平方米不到的地方取暖入睡。

初中毕业母亲就正式出来打工了。她跟着小姨在诸暨的大唐袜业做袜制品的包装,一天的工资只有7块钱。厂里居住的环境很差,二三十人的大通铺,一群孩子挤在那边,听母亲说那最小的年龄只有14岁。

母亲和父亲是没有爱情的。只是一年她跟着老乡们一起回家,同行的老乡带着的我爸一行三四个的浙江人来外地找媳妇。还不都是因为父亲家里穷,当地的没人愿意说亲,年纪到了只能结伙去外地看看。我的母亲跟父亲就在那时候认识了。

那时候的我父亲28岁,母亲18岁。

父亲给了外婆7000块钱,就这样把母亲带走了。可能因为搭伙过日子的原因吧,他们两人从一开始关系一直很僵硬,直到现在两人的日子也谈不上甜蜜。那时候的他们没有举办婚礼,也没有拍照,甚至因为我母亲年龄不够没有领结婚证,靠着一个虚名便开始过起了日子。我问过母亲当时为什么会愿意嫁到这么远的地方。她回答说:"出来打工也是在这边,那时候以为来到浙江会方便一些,有个住处。"

如她所想的一样,在这边她有了个住处。她说跟父亲在一起的日子确实安稳了一些,但是麻烦依然很多。父亲并没有将母亲带回台州的老家,他们来到了温州乐清。那会儿父亲在那边做塑料生意,于是就将母亲安置在小小的出租房里。由于母亲没有工作,吵架是常有的事情。

后来母亲怀孕了。因为支付不起温州高额的生产费用,父亲带母亲回了台州的老家，自己就又去温州做生意了。说是生意，不过也是拉了点货在路边摆摊子做的小买卖。听父亲说那会儿的乐清菜场附近没有塑料店，在菜场门口卖塑料制品还是挺吃香的，大家搭伙一起干，生意倒也还行。只是大家都是穷汉子，没有车也打不起车，每次进货要自己坐着车去椒江拿货，挑着扁担来到路边招手拦车，搭着顺风车来到温州。但是好景不长，周边渐渐发展起来了，他们租不起铺子生意就渐渐萧条了。

母亲怀孕后来到台州，这是她第一次来到这个家。我家在台州临海小芝镇的一个村子——下里村。

村子不大，但因为村口就是大马路，交通较为便利，所以总体来说还算发达。但那会儿的村子其实并不富裕，房子很破旧。那时候村边的田地里还有炕头，那是村子的公共厕所，一口大缸几块木板架起来就做成了。村子的路还是泥路，连着外边的柏油马路，两个颜色对比着总觉得特别扎眼。

每户人家的房后头都带有一间小屋，那时候我家的小屋里养了两头猪，是爷爷奶奶养的。爷爷奶奶跟我们一起住。父亲给了母亲几千块钱，就把母亲留在家里了。母亲不会台州方言，爷爷奶奶也只会几个蹩脚的普通话词汇，因此这两代人的交流几乎为零。

台州人热情好客是真的，但是排外也是真的。母亲不懂台州的习俗，要融入这个地方除了语言，习俗也是必要的。18 岁的她不知道要怎么做饺子馅，她不知道摆桌子请太爷的时候要做几道菜，她不懂土地庙里上香要点几根蜡烛……她就一点点跟左邻右舍学，依样画葫芦地照搬照抄。那时候家里有那种要交闭路电视费的老电视机，她就跟着电视 31 台的生活频道学做饭。父母亲经常因为钱的事情吵架，父亲经常以母亲没有工作没有收入这样的事情而出言嘲讽。我大了一些后，母亲要去找工作了。村子附近的厂里不招收外地人，她只能向村里妇女们讨门路，终于在村里找了个打横机的工作。她借钱买了一台横机，开始了她的第一个工作。工资虽低，但是好歹有了收入。父亲也不再做塑料生意，他会些水泥工，于是就在家找水泥的小工做做。那会儿由于村子的发展需要，筑路、修桥啥的工作父亲都去做过。

母亲趁着那段时间带着我回了一次贵州老家，我记得那时候母亲的脸，她很开心笑得像个孩子，那是她嫁到这边后第二次回家。为了两张车票她带着我在车站门口等了两个晚上，春运的票真的不好买。

隔壁的东塍镇子要发展民营彩灯行业，需要大量的工人。母亲学着人家，便不再去打横机，换作了做彩灯。那时候的厂子其实都不大，容不下那么多人。于是就会有人每天来来回回地开车，将彩灯材料包分送到各地找本地人在家里做，我妈就在家里做起了彩灯的工作。彩灯工作并不难，但是它的套壳很容易刮伤手，印象中我的母亲那时候的手满是伤痕，于是她就自己织了一个三个指头的指套来保护自己的手指。我放学也会经常帮我妈套壳。等上了小学之后，我也开始帮我妈做过彩灯的焊接，沾一下焊膏马上将接口怼进焊口，一秒不到又快速拿出来就能连在一起了。大概因为这个原因，高中上通用课的时候，我能快速上手焊接，并且能焊接出班里最整齐漂亮的电路板。

在弟弟出生之前，家里尽管不富裕，可该有的也都有。弟弟出生后，家里经济压力自然也变大，父亲又不得不换工作。父亲花了两万块买了一辆带车斗的摩托车。两万块对一个农村家庭来说真的是一笔不小的开销，因为这笔钱父母又大吵了一架。父亲买车是为了做生意。台州最不缺的就是民营工厂，他跟了一伙人跟工厂商议提了一批桌凳椅子的货出来，开着摩托车拉出去卖。一批货拉出去要四五天才能回来。他们一行人一人一辆小摩托，温岭、仙居、黄岩各个地方去转悠，货卖完了才回家。收入尽管不稳定，但是倒也可观。家里在那时候换了热水器，装上了第一台空调，我也有了人生第一台电脑。

彩灯厂子越办越好，需要大量的工人进厂工作，也没有了人来分送彩灯的材料包。虽说东塍镇就在隔壁，但是每天来回公交的时间也要接近两个小时，如果进厂工作的话母亲就无法照顾年幼的弟弟了，一时间拿不定主意，她可能要失业了。村子里有很多在家踩缝纫机的妇女，母亲很早就想要做这样的工作，但是缝纫机的价格要小几千，她一直下不定决心。后来她还是狠心花钱买下了一台缝纫机跟一台锁边机，开始了踩缝纫机的工作。母亲学东西很快，但是毕竟没接触过缝纫机，经常因为少踩一条线导致裤子重新起货，但是交货时间却是规定死的。我就帮着妈妈把裤子拆开，弟弟安安静静地在旁边捡线头。货商的老板对每人定价都不一样，有时候一个版型的裤子价格会有一块之差，母亲就跟搭伙的姐妹一起跟老板商量价格，经常会因此吵得不可开交。夏天做棉袄，冬天做短裤，那几年母亲就俯在缝纫机边上，一针一线地劳作。后来母亲购置了一台电脑缝纫机，可以自动调节不同的针位，工作也变得轻松了。

一转眼，我就要上初中了。乡下的公办初中学校风气不好。为了让我去好的初中，家里供钱让我进了一个私立学校，一学期学费要8000元，一年下来包括吃住怎么说也要两三万。家里这样的经济情况渐渐支撑不起我的学费了，一时间压力又大了起来。那会儿我很争气，拿了不少奖学金，学费免了大半。家里房子也做了大改造，在外重整了门面，在内给弟弟做了一个房间，还搞了一个小书房，还升级了我的电脑，给每个房间都装上了空调。家里有了大改善，房子变好了，家里的生活质量也提升了。父亲卖掉了摩托车，买了一辆小货车，将货物拉到江西上饶去做生意。那是我家第一次真正意义上有了一辆四个轮子的车。

我高中那段时间，家里是最辛苦的。父母在计划着弟弟初中的去处，我之前就读的初中学费已经涨到了两万八一学期了，由于没有城里的户口，弟弟没有办法进城念书，但是父母不愿意将弟弟放在乡下的初中念书。虽然生活目前尚可，但是未来的经济压力真的是想都不敢想，我日常听得最多的是父母亲为弟弟择校的事情而吵架。父亲又去工地打工了，他去了湛江400块一天，去了青岛380块一天，那段时间他几乎跑遍了半个中国的工地，家里两个孩子等着他的钱上学。母亲将弟弟托付给了奶奶，也下厂工作去了。

2021年临海当地小升初政策发布，三所民办学校转公办收费，为了教育资源平均，一律采用摇号择校。弟弟也因此进了一个不错的初中，突然间家里的重担轻了下来。

父亲常年在外工作，很少关注家里的事情，在我印象中他每一次回家都会跟母亲大吵一架，以至于我和弟弟跟他的关系是相对生疏的。我也从来没主动去想过改善我们之间的关系，对这点我一直很愧疚。

我上了大学，弟弟念着初中，父母两人这大半辈子勤勤恳恳，随着年纪的增长我也渐渐懂得他们的辛苦。没有文化，没有财富，我怪不了他们，到现在我想要的东西他们也都没少过我。他们为我所做的就是希望我过得比他们好，我也相信我能成长为他们所期望的那样。

姓名：林雅萱
专业班级：新闻211
户籍：浙江省台州市
现居住地：浙江省台州市临海市小芝镇下里村

先苦后甜的生活

黄钰霞

“没关系，生活嘛就是先苦后甜的。”听完爸爸对他的人生经历的描述后，我不禁感慨道：“当时的生活真苦啊！”爸爸便笑着用了这样一句话回答了我。

1970年的冬天，我的爸爸出生在杭州市萧山区赭东村这个小小的村落里。他有一个哥哥和一个妹妹。在学生时代，爸爸很热爱学习，小学的时候成绩非常好，尤其是数学成绩特别突出。因此每每和爸爸聊起学习的时候，爸爸都会很自豪地向我夸耀他学生时代的数学成绩，还说他在小学毕业要升初中的那场数学考试里，数学几乎拿了满分呢。不过再好的成绩也还是败给了当时贫穷的家庭。1982年，在爸爸正要去读初二的时候，出于家里有三个孩子需要抚养的考虑，爷爷无法给爸爸足够钱去缴学费，最终爸爸做了不继续读书的决定。

爸爸说：“当时别的同学都缴好了学费，只有我还没缴，他们都嘲笑我缴不起学费。但是我也没有办法啊，只能任由他们嘲笑。”说到这里爸爸的眼眶里隐隐泛起了泪光。我想这也是为什么爸爸平时总会督促和鼓励我和姐姐学习的原因吧，他想让我们能够读上书读好书。

就这样，当时只有13岁的父亲便辍学出去赚钱了。爸爸的舅舅在一个水泥厂里拉石子，爸爸就跟着他一起干活。那时爸爸经常会弄得手上都是大水泡，但为了不影响干活，爸爸就把水泡戳破，忍着痛继续干。“我大概干了一个星期吧。活很累，当时的我每晚都精疲力尽，躺下就睡着。”爸爸回忆道，“甚至在我晚上做梦的时候，我都会梦见自己在拉石子呢！”

在那之后，爸爸通过朋友的介绍去拜了木工师傅，学习木工技术。在当学徒的第一年里爸爸没有一分收入，但是基本的吃喝住有了很好的保障。第二年因为爸爸木工技术学得很好，木工师傅很看好爸爸，于是给了爸爸100块钱一个月的工资。收到工资的那天爸爸说他高兴得一个晚上没睡着觉。到了第三年，爸爸觉得做学徒的收入太低，就不继续跟着师傅学习了，而是跟着几个好朋友出去找木工活干。零零碎碎的活干下去，爸爸每个月大致能赚个两百多块钱。

当聊起这三年的学徒经历时，爸爸说最让他印象深刻的是吃饭的时候。吃饭是很讲究规矩的，只有师傅先动筷子吃过饭菜之后，徒弟们才能开始夹菜吃。有一次爸爸先于师傅去夹菜，师傅就一下子把爸爸的筷子敲掉了。还有一次是爸爸在吃饭的时候,因为太累了就把腿伸直在桌子外,结果就被师傅踢了很重的一脚,还被教导说吃饭要有吃饭的样子。现在回忆起来爸爸都还有点害怕,我也因此明白了为什么爸爸这么多年来吃饭都是坐姿很端正的,原来他是经历了这样一段往事啊。

1993 年,是特别的一年,这一年爸爸遇到了妈妈。

妈妈出生于 1972 年,和爸爸一样是家中的老二。由于家里的经济条件不好,外公又常年待在部队里,所以家里基本是外婆一个人在打点。1986 年,那年妈妈 14 岁。“那时候家里真的很穷啊,连吃饱个饭都是一种奢望。家里又是三个孩子,没办法供得起每个孩子去读书。”妈妈无奈地摇着头说道:“当时我就想,我这么高大的身形是不是可以帮助你外婆分担一些家务,比如去田里干干活啊,赚点家用来。”于是妈妈读了几年小学便辍学去农场里面摘棉花赚钱了,后来又经朋友的邀请,16 岁的时候去了织布厂里做工,一直到遇到了爸爸。

1994 年,24 岁的爸爸和 22 岁的妈妈结婚了。“我们结婚也是简简单单地结了,之后啊我们都很忙,忙到连结婚照都是别人催我们去拍的。”妈妈回忆道。拍结婚照的时候,爸爸妈妈都很忙。妈妈在织布厂里织布,爸爸在别人家做木工活。他们匆匆忙忙地从自己的工作地点赶过去,因此在拍照片的时候爸爸连自己做工时戴的手套都忘记摘掉了,所以照片里爸爸是拎着一只手套的。

结婚之后,妈妈继续在厂里工作,爸爸则跑到外面的工地上做木工活,总会有几天连续吃喝住都在工地上,无法回家陪伴妈妈。直到他们有了第一个孩子之后,爸爸便不再往工地上跑了,专心在家里陪伴妈妈,妈妈也在继续工作了几个月之后辞去工作在家里待产。

“不工作不行啊,等到你姐姐出生之后,没有钱养育怎么办呢?”于是爸爸凭着自己学的一门木工手艺,决定去人流量比较旺的地方摆摆摊,卖点木工用具。“但当时大家很穷啊,家里人都不看好我的想法,认为没人会来买我的东西。但是我还是坚持了我的想法。没想到我摆摊的那几天还是有很多人来买的,我也就因此赚了不少呢。赚进了收入之后,你妈妈也很开心,连连在外人面前夸赞我能干呢。”爸爸在我面前竖起了大拇指,咧着嘴笑着对我说道。

1995 年,姐姐出生了。爸爸觉得不能够再做散工,要把自己的工作安定下来,让家庭的日常用度能有个保障以及能更好地照顾妈妈和姐姐。于是他在和妈妈商量了之后决定去租一个小店面,和妈妈一起经营店铺,把生意做得更大些。爸爸每天早出晚归,去别人家里做木工活,有时中午随便吃了几口饭便出门工作去了。就这样一来二去之后,爸爸终于有了一定的积蓄,足够租到一个小店面。

1998 年,刚开始开店的时候,爸爸在南阳租了一个店面。原本的装潢店不开了，爸爸就把这家店面租了下来。新店开张，妈妈特意买了猪肉来祈求开店大吉。当时姐姐还只有3岁，爸爸妈妈每天早上很早就起来，抱着姐姐去店里，边开店边照顾姐姐。店开起来，以为钱就会赚进来，但是没想到开了几个星期都没有什么生意。面对没有收入的困境和昂贵房租的压力，妈妈很是着急，一度想要把店关了。妈妈说，当时爸爸什么也没有和她说，只是用厚实的长满茧的手轻轻地拍着妈妈的背。每天看着路上行人匆匆，却没有一人进来买东西，内心非常焦虑，但妈妈相信爸爸的选择是不会错的。为了招揽生意，爸爸去广播站播送我们店面的开业消息，希望能有人来光临。最终很幸运地迎来了第一个顾客，卖出了一个板材切割器。爸爸说，当时这个工具的成本是两百多块，虽然卖了一百多块，卖亏本了，但妈妈很高兴，连连说生活有希望了。自此之后生意奇迹般地陆陆续续地来了，妈妈悬着的心也渐渐地放了下来，开始了忙碌的开店生活。

1999年，爸爸买了一辆摩托车来运送板材，想多赚点运送费。可摩托车撑不起太重的板材，有一次因为板材太重了，导致摩托车侧翻，爸爸的腿被摩托车管烫出了好多泡。回到家被妈妈瞧见了，爸爸说，当时妈妈的眼泪直接就从眼眶里流了出来，她非常心疼爸爸。为了避免爸爸再受这么严重的伤，妈妈强烈要求爸爸不要再去送货了。但爸爸只傻傻地对妈妈笑着，一直说自己没事的。干了两三年后，爸爸就买了一辆单排货车，这样不仅可以带上妈妈姐姐，还方便自己送更多的货。同时，爸爸还在外面租了房子。一家三口的日子也算安稳了下来。

2003年，我出生了。考虑到单排货车只能坐3个人，为了方便车上带我，爸爸就把单排货车卖了，换买了一辆双排的货车。“当时生意也还算不错，每天都有活干，有钱收进。”爸爸笑着对我说道。但生活刚刚开始有转好的迹象，妈妈却突然遭遇了车祸。当时的积蓄无法完全承担妈妈的医药费，面对生死的紧急情况，爸爸心急如焚，到处找亲戚朋友借钱来给妈妈做手术。“接到医院给我打的电话时候，我整个人都震惊住了，脑子里一片空白。”说到这爸爸哽咽了一下，“那是生活最苦的时候。妈妈在医院需要我照顾，我还要去做些木工活赚钱养你和姐姐。两头跑，每天都很累。好在亲戚朋友们都愿意帮助我们。我们也挺过去了。”

妈妈出院后，正巧看见对面朝南的店面房在卖，考虑到河边的房子风水不大好，妈妈就提议让爸爸去把它租下来。于是爸爸就又去借钱。但经过妈妈出车祸时的那一次借钱，很多亲朋都不愿意再借钱给爸爸。爸爸说，当时他就想一定要把这个店面房租下来，于是就贷款去租下来。又借钱又贷款，家里一下子欠了一屁股债。为了还清这些债，爸爸每天早出晚归地去找活干。正巧有个厂子在招运货工，爸爸就去那里干活，打算赚些运费，这一干就干了两三年的运输工。在这期间他有一次意外地伤了三个脚趾头，到现在脚趾上的指甲都没恢复原样。

2006 年，随着房租的不断上涨，爸爸决定买下这间店面房。但外婆和妈妈都不同意，妈妈说："一想到买了这店面房，就没足够的钱养育你们了，我们就不舍得狠下心买这房，但还好，你爸爸坚持买下来了。"后来，越来越多的人买房，就有很多人来找爸爸装修房子。爸爸的木工手艺极好，选材眼光也很好，所以每一个装修好的房子质量都很好。因此爸爸的名声就一下子被很多邻里的人熟知。

爸爸说当时他开的这个店是当地的唯一一家木工店，很多人都来他这里买工具，生意很是火旺。"虽然每天都很忙碌，但回到家吃着你妈妈做的热乎的饭菜、看到你们幸福的样子，我就觉得吃这些苦很值得！"爸爸在和我讲述过去的事的时候这样说着。确实，他们用自己辛勤的汗水为我们争取了一个更好的未来。

开店两三年之后，爸爸的生意越做越大。为了能够提高木工活的效率，爸爸雇佣了几个小弟来协助他，同时还教他们一些自己的做工技巧。2008 年，我们家盖起了第一幢房。白天去干木工活，晚上又要去自己动手盖房，爸爸忙得连吃饭时间都没有，经常会饿着肚子干活，因此得了胃病。2011 年爸爸买了家里的第一辆小轿车。这一年姐姐要去上高中了，为了方便接送姐姐，爸爸用攒下的积蓄买了一辆车。那时候爸爸总开着车带着我一起去接送姐姐，还说将来等我考完了驾照就换我开着车子带着他去兜风。

2018 年到现在的日子里，爸爸妈妈逐渐不再像过去那样忙碌了，慢慢有了属于自己的生活，住进了自己买的房子里，可以慢慢地坐下来吃一顿饭，可以晚上早早地关了店门后带着我和姐姐去小区的公园里散步。

也正应了爸爸所说的话"生活就是先苦后甜"，过去的苦日子虽苦但也终究苦尽甘来。现在的我们有车有房，能吃饱穿暖，过上小康的幸福生活，也最终拉开了刻画着我们幸福的画卷……

姓名：黄钰霞
专业班级：新闻 211
户籍：浙江省杭州市
现居住地：浙江省杭州市萧山区赭东家苑

乡土家庭“成长”记

卢丽云

我们家在广西南宁市隆安县那桐镇定江村，其实更准确地说是一个自然屯（定盆屯）里。我们家是壮族人，也是最普通的农民家庭。因为家里没有钱供小孩读书，所以父母文化程度很低，不怎么会说普通话，最习惯说的是我们那个小地方的方言（也叫“土话”）。我们家在那个屯里土生土长，即使是搬家，也只是从屯那头搬到了屯这头，从老房子搬进了新房子。

老房子的生活

“那个老房子啊，是爷爷奶奶的，我和你爸结婚后就住在那儿的呢。”当我与妈妈聊起老房子时，妈妈用土话这样回答，也勾起了从前的回忆，话匣子就从老房子这里打开了。

2000年以前，我们家、大伯家和爷爷奶奶一起合住在一个老房子里。那个房子像是封建社会里的传统建筑，屋顶是瓦片叠成的人字坡，屋里一楼脚下是黄土地，二楼是木结构的楼阁，整个屋里很昏暗很潮湿，不仅仅是灯少，能照进来的光也很少。屋里没有厨房，屋外的土坯房才是厨房。那时爸爸妈妈住的房间很小，只有一个小灯泡，而一张老式的红漆木床就占了房间的大片空间。每天4点多时，爸爸妈妈就得从这张床上起来，借着灯泡不算明亮的光，去屋外的厨房做好一大家子一天要喝的白粥，然后就要开始忙起农活来了。

“农活是忙不完的。”爸爸妈妈常把这句话挂在嘴边。他们说这是农民家庭的孩子从小就明白的道理。从平日里去菜地种菜，到给家里养的那几只鸡喂食，再到农忙时节去田里插秧。很多时候一天下来爸爸妈妈都没能回家里歇一歇，经常是带着一桶白粥加点配菜，到了中午就坐在田边比较阴凉的地方，喝上几碗的量，再休息一会儿，又继续顶着烈日下田拿着秧苗插起来了。这样“日出而作，日落而息”“面朝黄土背朝天”的生活是爸爸妈妈的常态。这种常态是为了家里能自给自足，保证温饱；同时也想靠着农粮挣点钱，改善现在这样贫苦的日子。

艰辛的奋斗史

2000年，我们搬进了新家，是一个只有一层楼的水泥房。因为那时候家里靠天吃饭，农粮收成不好，所以这个新家是借了远嫁广州的姨妈的钱建成的。房里只有四个房间，一个是厨房，一个是仓库，中间是客厅和祠堂。还有两间，一间是父母的，另一间是姐姐的。这个新家虽说算是"麻雀虽小，五脏也不全"，但爸爸妈妈也就在这样小小的房子里开始了新生活。

搬进新家不到两年，妈妈怀了我，但因为当时实行独生子女政策，而我是二胎，所以生我的时候是比较艰难的。首要的就是要办一个准生证，这个准生证花了家里 1000 元，1000 元在那时可以说是很多了。为了这 1000 块钱，妈妈在怀孕时还要去打散工，来回要扛着十几斤重的东西。后来妈妈顺利生下了我，不过因为那时村里重男轻女的观念还比较常见，所以村里就有些人不是很待见妈妈，觉得妈妈生了两胎都是女孩，况且这第二胎花了 1000 块钱，却也还是女孩，很不值当。但所幸妈妈并没有这样的想法，在新家处处需要用钱的时候还是尽力给我用最好的奶粉。

2005 年，为了还房子的债，也为了能让家里日子变好点，爸爸和村里的两个大人合伙贷款租了一个离村不远的鱼塘养鱼。他们也同时租了鱼塘附近废弃的水厂，在那里自己用木板搭了一个小阁楼用来居住，也便于看管鱼塘。因为爸爸他们都是只读了几年书的农民，也是第一次养鱼，没有经验，常常只是喂鱼，而忽略了鱼塘环境的问题，导致很多鱼因缺氧而死亡。所以爸爸第一年养的鱼收益并不好，亏本得很厉害。当年爸爸的精力多半花在养鱼上，就没顾得上田里的活，只有妈妈一个人顾着，荒了一些地才勉勉强强忙得过来，因此农粮收成少了很多，基本只够家里自给自足，没有盈利。而养鱼亏损如此严重，这对我们家而言，无疑是雪上加霜。

因为养鱼和农粮都亏了，妈妈就跟婶婶一起去打散工，以补贴家用。妈妈曾经去广州打过工，她在广州的第一份工作是在一个老奶奶家里做保姆，包吃包住。老奶奶对妈妈很好，知道她基本目不识丁，就教她拿笔认字写字，让她读家里的书；知道她从外地来，听不懂也不会说粤语，就教她说。有一次妈妈牙疼得严重，吃不了粥，老奶奶就煮牛奶给她喝，然后带她去医院看病拿药。妈妈不再做保姆后，进了碟片厂工作。妈妈也因此结缘了音乐，那个年代的流行歌曲都列在她的最爱歌单里。妈妈还把那些流行歌曲的歌词抄在她的一个本子里，直到现在她最爱听的仍旧是那个年代的流行歌曲。或许那就是她年轻时的精神慰藉吧。在那又穷又苦又累的日子里，妈妈还经常哼着她在广州最爱的流行歌，跟我们小孩讲着当时在广州打工的经历和趣事。而现在妈妈重拾"旧业"，带着干农活时的一桶粥，随着村里妇女一起，每天奔波于镇里各种地方打散工。妈妈今天是在这个地儿搬每趟几斤重的砖，明天是在那个地儿摘果然后把沉甸甸的一筐果扛到货车上，后天又是在另一个地儿顶着烈日帮别人收庄稼忙得汗流浃背。

这些散工无一不是很需要体力的活,妈妈干完一天回家常常是累得只想睡觉,但还要照顾姐姐和我这个4岁大的孩子。后来2007年妈妈又生了我弟弟,爸爸妈妈不仅要打算着如何赚钱,还要照顾我们3个小孩儿,所幸爷爷奶奶能帮着照顾我们。但爸爸妈妈还是愁着怎么让日子好起来,让我们过好点,所以他们还没到白头的年纪却已经长了好多白发。

后来爸爸养鱼慢慢有了经验,知道养鱼不仅要喂饲料,也要时不时考察鱼塘的环境;在有鱼病死时还要查出病因并买药回来抛洒到鱼塘里,以保证鱼有很高的存活率。爸爸就靠着这些慢慢悟出来的经验养了六七年鱼。后来爸爸觉得养鱼虽然也有盈利,但多数是亏本的,所以就和其他合伙人合计着边养鱼边养鸭。有了养鸭的计划后,爸爸他们就联系好市里的老板购买鸭苗,去到市区一起挤在又破又小的旅馆里住。因为本金不高,跟老板谈了好几次才谈拢了价格,然后才自己把鸭苗扛到了开来的拖拉机上。他们就这样开着拖拉机把鸭苗运回了鱼塘。

在养鱼养鸭的日子里,爸爸是非常忙的。很多时候到了晚上,爸爸还要开着已经很旧的摩托车去鱼塘喂鱼看鸭。而且,因为看管鱼塘的工作是爸爸和两个合伙人轮值的,所以到爸爸轮值时,他晚上还要住在鱼塘的小阁楼里。而小阁楼的居住环境并不算好,当夜晚有大风大雨时,小阁楼就会断电,还会漏风漏雨。在睡觉的爸爸只能爬起来,用尼龙袋挡风挡雨,这样也才只能保证大部分的雨不会飘进来,小雨仍旧会随风飘进来。爸爸就只能伴着这样的冷风冷雨入眠。“那个被子哦,又薄又湿,风大雨大,都睡不好觉的哦!”爸爸现在回忆起来还这样感慨道。后来经过一点点地改造,这样的情况才好了起来。

好景常在

家里因为爸爸养鱼养鸭赚了钱,加上妈妈打散工赚的钱,终于能在还债的同时存一些钱,买了热水器、冰箱这样的现代电器,还买了新的电瓶车。

2013年,我和弟弟慢慢长大,不能再和父母住在一间房里了,但家里没有多余的房间,于是我们家便建了二层楼。二楼终于有了城里小区房里那种瓷砖地板和墙面,还有落地窗。我和弟弟也终于有了自己可以随意装扮的房间。家里二楼刚装修完时,爸爸妈妈还补办了之前因太穷没办的迁家宴,请建楼的师傅们喝酒吃饭。那一天家里特别热闹,爸爸和村里的叔叔们喝酒喝了个尽兴,妈妈忙着招呼、出菜,各种忙碌,虽忙却也忙得开心。

同年爸爸不再养鱼养鸭后,因为听说香蕉市场行情好,便包了17亩地来种香蕉。爸爸在买了香蕉育苗后,便雇人来种香蕉。爸爸除了平时要干农活之外,日常工作就是养护香蕉,拉着水管给香蕉浇水,背着农用喷雾器给香蕉喷农药,踩着木梯给香蕉包纸。在很多个日子里，爸爸戴上草帽，带着一大瓶水、一个带盖的小铁桶(里面装着白粥和一些小菜)和工具骑车出门。然后他就在烈日下冒着炎热干着又苦又累的活儿，直到傍晚才能回家给我们小孩子做饭。爸爸种了三年香蕉，第一年还有盈利，第二年就因香蕉市场卖价低而亏了本，所以到第三年后就渐渐不再种了。虽然有亏损，但也赚了一些钱，所以爸爸才给我们买了电脑，装了宽带，还换了一个大屏的液晶电视机。

2016 年爸爸开始筹备建厂，原本是想养牛的。但在厂建成后，因为爸爸年纪大了，身体也变差了，时常咳嗽，同时也没有多余的钱来经营这个厂，所以就空关了两年，直到 2018 年有另一个镇的老板想租这个厂来养猪。爸爸把厂租给了他，还办了养殖场的营业执照，每年养殖场的租金占了我们家年收入的大比重。同时镇里建了很多工厂，因为我和弟弟上学开支变大，而工厂的工资比较稳定，妈妈选择了进入果之梦工厂上班。妈妈在工厂上班后常常没有时间休息，早上天还没亮就要开车去上班，有时候晚上要加班到八九点甚至十点才能回家。我和弟弟放假在家时，傍晚爸爸做好了饭，让我或弟弟打电话给妈妈，妈妈常常说："你们先吃，我还要加班噢。"一般要到我们吃完了饭，妈妈才能回到家，所以很多时候我们一家人都没法聚在一起吃顿饭。后来妈妈觉得这个厂工作强度太大，就换成去壮美桂柳食品工厂工作了。新工作虽然也忙但工资待遇都不错，给我们家年收入增加了不少。

从老房子到搬新家再到建二楼，从贫穷到小富，一路走来，是爸爸在养殖业坎坷的奋斗史，是妈妈用打工的方式一点点补给家用的奋斗史；更是他们用这些奋斗一步步撑起我们这个乡土家庭的"成长"记。

姓名：卢丽云
专业班级：新闻 212
户籍：广西南宁市
现居住地：广西壮族自治区南宁市隆安县那桐镇定江村

像海鸟一样迁徙，安居

刘则黎

我是浙江舟山人，从小就生活在舟山六横这个海岛上，听着潮声长大。我的家在梅峙村这个小小的村子里，位于六横小岛的一隅。我觉得，我们一家人都像海鸟一样，依海而居，靠海而生。我们像海鸟一样迁徙，安居，像海鸟一样坚韧，直面风雨。在每个年代里，我们都同样努力地生活着，努力过上更好的生活。

爷爷奶奶在那时生活的困苦，从我小时候便开始讲起。但每次提起那段困难的日子，爷爷奶奶的表情却是那样的平静，仿佛在那时经历的不是贫穷与苦难，而是一段奇妙的无法复制的旅程。那个时候的日子很苦，当时爷爷在渔业队工作，要外出打鱼，经常就是一连好几天都漂在海上，直到海面上起风才能回家。那时的造船技术还不发达，都是一个船队的人挤在一艘小船上，夜起浪大的时候，船被托在浪尖又狠狠拍下。爷爷常常在风浪大的时候一个晚上都合不了眼。因为奶奶是高中生，是村里少有的文化人，又识字，便在公社里帮忙做会计。除此之外，因为爷爷常常漂在海上，所以家里大大小小的事也全部落在了奶奶的身上。家务，种田，挑粪，许多琐碎的事都是靠奶奶一个人完成的。在爷爷不在的这段时间里，奶奶用自己柔弱的肩膀托起了整个家。

爷爷奶奶最开始的房子是一幢小小的石头房，整幢石头房甚至还没有现在的一间卧室这么大。一家三口的生活起居都在这局促的空间里进行。但这间小小的石头房，它的建造也十分不易。我小时候能够在田间碰到几间破败的石头房，它的墙体、屋顶全部都是由石头筑成的。大石头筑在基层，小石头用来填补其中的空隙。那像是童话里的小房子，根本想不到可以住人。所有的石头都是爷爷奶奶自己从山上搬运下来的。

在我的印象里，奶奶一直是一个十分瘦小的人，每当她弯下腰时，我都能看到那根脊柱的轮廓清晰地浮在她的背上。我也看到过停留在黑白照片上的年轻的奶奶，一头短发齐齐地别在耳后，对着镜头羞涩地笑，同样也是这么的瘦弱。我不敢想象奶奶是怎样凭借着这瘦弱的身躯将石头从山上运下来，来扛起整个家。她又是柔弱，又是坚韧。在那个困苦年代里，奶奶从来没有提过一句苦、一句累。就这样，一块又一块沉重的石头筑起了那间小小的石头房，筑起了爷爷奶奶之间无言的温情，筑起了一个完整的家。

爷爷奶奶同样一直都是沉默的人，这有可能便是海岛人的不善表达，他们传递爱意与温情的方式总是无声的。但我认为这样的爱的倾泻比任何的诺言都要来得郑重。在这之下，是携手白头的承诺，是要将日子过得更好的决心。

就这样，日子一天天过去，生活也在慢慢变好。在之后的几年中，公社取消了。在这个时代的转折点上，爷爷率先在村里提出要在泥滩上搞养殖。在这之前，村里从未有过这样的尝试，是赚是赔，谁也不能确定。但是爷爷为了生活开始了第一次尝试，随后，便在泥滩上筑起了大大小小养殖区，就像是星星点点的希望。

泥滩上的养殖区从此成了爷爷心中最深的挂念。太阳还没升起就出发，直到太阳落山才能回家，泥滩养殖要一直弯着腰，所以爷爷的腰从我记事起就不太好。但爷爷弯下腰就像托起桥梁的拱，像初升的半日，是奋斗最好的样子。除了泥滩养殖之外，爷爷有时候依然会出海打鱼，奶奶则会去工厂里做渔网来补贴家用。日子过得像爷爷脚下越来越富饶的泥滩，像奶奶手里越织越结实的渔网。在他们的共同努力下，终于在爸爸 5 岁时，爷爷在原来石头房的位置上盖了一间砖房，成为村里第二个建砖房的人。

从施工到筑成，经历了很长一段时间。在这段时间里，爷爷奶奶亲力亲为。每一块砖，每一片瓦，每一根梁，每一栋柱，都倾注着爷爷奶奶的心血。在我小时候，奶奶就跟我说过，这幢房子同样也是她的孩子。在爷爷奶奶的辛勤付出和心血浇灌下，房子的地基打得很稳，整体也是异常的牢固。在同一个年代修筑的房子，此时不是已经成为危房，便是被早早拆除了。但是老家这幢房子，在经历了 40 多年的风风雨雨后，在今日依然能够伫立不倒，虽然避免不了修修补补，但它仍然完好又固执地立在原处。

直到现在，爷爷奶奶也仍不愿意将它推倒建新房子。爸爸和姑姑不止一次劝过他们，但他们仍然固执地守着它，可能对于爷爷奶奶而言，这幢房子的存在已经远远超过了它原本的价值。正如奶奶说的那样，这也是她的一个孩子呀。

一家人的日子逐渐迈上了正轨，但生活永远不可能是一帆风顺的，意外永远与之相伴。正如《阿甘正传》中的一句台词：生活就像一盒巧克力，你永远不知道下一颗的滋味。在爸爸初三那一年，爷爷一家尝到了苦味。

那一年，爷爷泥滩养殖的收益不是很乐观，让原本充裕的日子又一下子变得紧巴巴的。除了一些必要开销外，家里还有两个正在读书的孩子，而爸爸也正处于升学的关键阶段，这样的情形让一家子都愁眉不展。生活又到了一碗肉都要分着吃的地步。所有的冷饭都会被奶奶收起来挂在房顶的梁上，有一次爸爸和姑姑实在太馋嘴，把所有的冷饭都吃完了。还有一次，爸爸因为实在太贪嘴，去偷了家里没有熟的晒花生吃，被奶奶抓到狠狠教训了一顿。

眼见着日子过得越来越紧，爸爸最终在中考完那年结束了他原本的学业，选择去读大专，成为一名海员。其实爸爸的成绩很好，在中考时便已经考上了整个舟山最好的高中——舟山中学。但因为高昂的入学费，还有家里正在读书的小妹，爸爸放弃了读高中的机会。对这件事，爷爷奶奶一直很愧疚。但在爸爸心中并没有遗憾，因为对他而言，不管何种方式都是学习。他最终选择以考证书的方式来继续他的学习历程。

爸爸18岁时正式成为一名海员，在大风大浪中跑船。一年中在海上漂泊的时间比待在家里的时间还要长，像海鸟一样在不停地往返。爸爸常常和我说他跑船时的经历，在风浪大的时候，人在甲板上是根本站不稳的，浪头翻过来可以将人拍倒在地上，就算待在房间里仍然能感到波涛的晃动，只要摆在桌面上的东西都会被甩下去。

爸爸22岁时碰到了妈妈。他们之间的相遇相识像是必然，又充满了偶然。在托人介绍之前，他们竟然已经意外结识了。当时爸爸可谓一穷二白，而且因为海员职业的特殊性，一年待在家的时间很少，当时人们常提到世上最苦的三种行业是渔民、木匠和打铁匠，但妈妈仍选择了和爸爸在一起。可能是因为成家带来的责任感，爸爸比以前更加努力。他希望能带着妈妈走出小岛，一起去城市里建造一个属于他们自己的家。

妈妈回忆说，那段时间是爸爸工作最努力、最辛苦的时候。基本每趟跑船都是跨国路线，在家里休息的几个月，爸爸也都是在看书、复习，来考取更高的证书。那时的通信设备还不发达，爸爸在海上的信号更加不好。有时爸爸和妈妈好几天都会处于失联的状态，虽然妈妈也有过苦楚与思念，但从未抱怨过，她真正做好了贤内助这个角色。在其他琐碎的方面，她能够处理好家事，在其他人反对爸爸的决策时，妈妈会给爸爸最大的支持与鼓励。在我们一家人的共同努力下，巧合的是，同样在我5岁时，爸爸带着我和妈妈走出了六横这个小岛，来到了舟山本岛，在普陀新区买下了属于我们自己的一套房子。就这样，我们一家人在本岛安了家，过上了更好的生活，从农村走向了城市，从小岛走进了本岛。

我曾经看到有关渔民的一组油画作品，画布上没有一副面孔是十分清晰的，都是较为模糊的色块，但我犹能感受到他们的坚毅。我认为画面上的渔民就可以代表我的爷爷或者爸爸，又或者是每一个舟山人。他们同样坚韧不拔，为生活一直奋斗着。他们就像大海一样，粗犷但是有力，将海的精神融入自己的生命中。

我把我们一家人比作海鸟，因为我认为我们一家都像海鸟一样不屈不挠，搏击风暴。我们勇敢，无畏，不惧怕生活中的困难与艰辛。并且，海鸟对于海员来说，还是平安的象征，碰见海鸟，便意味着这次出海可以平安回家。

我们像海鸟一样迁徙，安居。这过程中不乏风风雨雨，但是我们飞向的，永远是更好的生活。

姓名：刘则黎
专业班级：新闻211
户籍：浙江省舟山市
现居住地：浙江省舟山市普陀区六横镇

虚幻又真实的富有

李心如

我坐在飞机上，听着电影里的台词，俯瞰一片片的田野，一排排整整齐齐的小洋房，思绪飘远。

“咱们家条件不好，比不得别人，所以你要靠自己努力!”在遇到所有的重大事件时，我都会听到这句父母为了激励我为了保护我的自尊自信说出的话，而我父母也是这么做的。我的父母都出生于20世纪70年代的农村。那时候生产队还没有取消，所有农村生产资料属于生产队所有，村民靠出工挣的工分换粮食，各种物资大多凭票供应，有钱没票有些东西是不能买的。70年代末80年代初时，虽然还是生产队时期，但是思想束缚逐渐被解开，我的父母正赶上了“靠自己努力改变出身”的浪潮，父亲参军，母亲初中辍学离开家乡务工，留在城市拥有了70年代大家都挤破脑袋想上的居民户籍——城市有医院，学校资源好，可以进单位工作领取工资，配发票证，而且老了拥有退休金。

就在我父母以为可以安稳地在城市一步一个脚印地扎根时，一个晴天霹雳降临了，父亲退伍转业时因为没有人脉等因素，稀里糊涂离开了公职系统，母亲也因一些长舌妇在领导面前嚼舌根丢失了工作。天空下起蒙蒙细雨，水中一圈一圈的涟漪缓缓荡开，落叶满地，竟也无人像黛玉般怜惜他们。轻轻地踏上铺满落叶的小径，沙沙声时断时续，好似哭诉着它们悲伤的命运。天空不再像春夏那样透露着水的灵性，干燥的季节，无奈的风景。“那时候的天气和现在一样热，那时一点风都没有还下着雨，是一种喘不过气的闷热”，母亲说。

“女士们，先生们：飞机已经降落在蓬莱机场，外面温度30摄氏度，飞机正在滑行，为了您和他人的安全，请先不要站起或打开行李架……感谢您选择中国东方航空！下次旅途再会!”转眼飞机已落地，拖着行李走出机场，母亲在机场出口朝着我招手，突然间我心里五味杂陈。

“高考考完了，好好放松一下，三个月的假期，够你玩了。”母亲接过我的行李箱，“其实，我想去打个暑假工。”我犹豫地说，“想挣钱？挺好的，我像你这个年纪已经可以自力更生了，挺好的”，母亲停顿了一下，“你一说打工，我就想起来零几年的时候，我和你爸爸一起在百事可乐拉货的时候，你有时候也跟我们一起出车，那时你小小一个，可能干了，帮我们搬易拉罐的那种小箱子，比一个大人还能干！”母亲的语气里除了骄傲，还有更多的愧疚，一时间我和母亲都沉默了。手机里冬奥会的宣发预热已经开始了，看到红彤彤的雪融融和发着七彩炫光的冰墩墩，不由得想起了 2008 年奥运会的福娃。

快遗忘的记忆突然重现，2008 年，5 岁的我和父母坐在货车上，听着收音机里放着《我和你》，我伸着脖子大声陶醉地跟唱，转过头央着正在吃自家蒸的馒头的父母要一个福娃，当然被骂了，“花百八十块钱买个没有用的玩具？”父亲冷冷地说，“咱家什么情况，你有点数。”我委屈地撇撇嘴，母亲安慰我：“你表现得好一点，乖一点，就给你买。”到达送货地址，我跳下车，“噔噔噔”从父母刚打开的后备厢里搬出六联罐的易拉罐小箱子，码在一边整整齐齐，不一会儿堆得超出了我的视线，父母亲在卸货的间隙看到我的举动，总是会流露出一种说不清道不明的情感。当时的我懵懂无知，以为是父母对我的夸奖赞赏，总会仰起头臭屁地笑，想着多搬几箱，父母心情好了就可以给我买福娃……

坐在回家的机场大巴上，看着窗外不断后掠的树，似散非散的云飘在天边一动不动，蓝白相间的护栏连成一条虚化的线条，四面八方的车辆汇聚到主干线，大巴车与车流融为一体。“要不要睡会儿？”母亲问道，我看了看母亲微微发红的眼眶隐隐浮现的红血丝，“我不困，你要睡就靠我肩膀上吧！”我拍拍肩膀对母亲说，母亲看着我笑了，头轻轻靠在我的肩膀上。

21 世纪初，中国经济发展步入了一个新的阶段。我国经济面临重大转折，但仍在较长时间内保持较快的增长速度。我的父母在桂林碰壁后，本着投奔亲戚的想法来到山东，南飞的大雁恋恋不舍地离开这片乐土，去开辟另一片陌生的天地。身无长技，孑然一身，如同无根的浮萍漂荡在水中。狠狠心咬咬牙，父母花了当时来说很大的一笔钱，买下一辆小型厢式货车。母亲带着还在肚子里的我跟车，父亲开车，母亲帮着装卸货，生活辛苦但充实有奔头，看着储蓄卡里的金额越来越多，父母开始谋划起买房。

搬家，是我们家的常态，每次我说回家，父母总是要愣一下，我以为是搬家太多次，父母不知道回哪一个，现在才知道，父母是不知道哪里才算是家。

邻水的太潮湿，顶楼夏天太热，新楼盘太贵太偏，便宜的老旧危险，在老家还是在山东……当父母因为选址争执不下时，我出生了，我的出生打乱了他们的计划。个体户没有单位没有工资，孕期没有补贴与带薪休假，生产没有补助，甚至医院床位没有关系都很难约到，奶粉衣服鞋子玩具，凡是涉及小孩子的东西，价格又都格外的高……可是，多了一个会搞破坏的“小魔鬼”，父母不得不离开与舅舅合租的公寓，花“高价”租了一个一室一厅的自建房，虽然面积不大，虽然花费了大约三分之一的每月收入，虽然不是自己的房本，但终究有了一个小家，生活就如同流水，在既定的沟渠里，涓涓流淌。

夕阳落山不久，西方的天空还燃烧着一片橘红色的晚霞。大海，也被这霞光染成了红色，而且比天空的景色更要壮观。因为它是活动的，每当一排排波浪涌起的时候，那映照在浪峰上的霞光，又红又亮，简直就像一片片霍霍燃烧着的火焰，闪烁着，消失了。而后面的一排，又闪烁着，滚动着，涌了过来。

“哎呀！终于到家了，可累死我了。”母亲把箱子放好，躺倒在沙发上，“说了让你在家等着，我自己回来就行了，非得去接我，下次不许了！”我倒了一杯水给母亲，母亲笑着接过，“怎么样，这房子不错吧？”环顾四周，这是一个 40 平方米的小复式，一眼就能望尽，我点了点头，“很早之前你爸爸去看了个房子，回来跟我说就六七十平方米，我一听不愿意就没买，后来才知道是个复式，给我后悔的呀，那时候的房价才三四千！”母亲懊恼地叹气，“我这辈子啊，最后悔的就是嫁给了你爸爸，一事无成脾气还那么大！唉！”

母亲说的这件事我从他们自己和亲戚口中了解过不少。我出生后，母亲就很少跟父亲出车了，在家照顾我生活，父亲在外跑车，每个月仅仅是把工作挣的钱上交，生活中的大小事务从不过问，由母亲一个人操持着家里家外。我印象最深的是，小时候我跟所有人说：“我妈妈什么都会，我妈妈是个超人。”别人就会问我：“那爸爸呢？”我支支吾吾说不出口。既然父亲不管那母亲就加倍地对我好。小小的我经常以为母亲永远不会累，什么都可以做好，可那一次我走累了，伸着手要母亲抱，母亲说：“宝宝，妈妈也累了。”还有明明只有三十几岁的妈妈，拿着针线跟我说：“宝宝帮妈妈认个针，妈妈看不见，”我才发现我们家一直少一个人。

都说经济基础决定上层建筑，确实如此，没有工作、没有经济收入的妈妈就算做得再多，也总是被父亲看不起。母亲也曾带着我一起和父亲跑车送货，可这钱，终究只是一份。母亲跟我说：“你上幼儿园了，有个特长班，我想让你去学，可是和你爸爸说起来，你爸爸是一千一万个不同意，各种阴阳怪气，这时候我才真正意识到经济大权到底有多重要。”当时的工作很难找，很多工作没有关系没有人脉根本得不到面试机会，于是母亲只能把目光转向冷门或者新型的行业。皇天不负有心人，报纸夹缝里那小小一篇“招聘月嫂”信息被母亲抓住了。时隔十几年，母亲再一次拿起了书，十几岁放下书是为了生活，三十几岁拿起书，也是为了生活。离开校园多年，书中的文字就像“天书”，认识但看不懂，她却坚持把从业资格证考出来了。接到公司派发的第一个工作，拿到第一份工资，“我从来没有这么轻松过！”母亲回忆时这样说道。

“好了好了，不生气了，现在不是比以前好多了吗！十几二十年的老月嫂在圈内也称得上前辈了！你用自己的双手得到了现在圈子里那么多人的赞赏，见过那么多形形色色的客户，你有那些坐班的工人没有的社交，而且你现在也不再在公司受打压，一个人单干，也挺稳定的，工资还可以再提高，已经挺好了。”我安慰道，“可是我心疼你啊，爸爸妈妈没能力给你更好的……”“好了妈妈，吃饭吧。”

哗～哗～海浪拍打着礁石，溅起了几尺高的洁白晶莹的水花。海浪涌到岸边，轻轻地抚摩着细软的沙滩，又恋恋不舍地退回，一次又一次永远不息地抚摩着，在沙滩下画出一条条的银边，像是给浩浩荡荡的大海镶上了闪闪发光的银框，使大海变得更加美丽迷人。

我其实没跟母亲说，虽然我们家不够富有，但她给我的教育很富裕；虽然我们家没有“一夜暴富”或者“逆天改命”，但我们已经站在许多人想踏上的台阶上了。

“你一直以为在走着下坡路，回过头却看到抬头仰望你的人。”

姓名：李心如
专业班级：新闻212
户籍：广西桂林市
现居住地：山东省烟台市牟平区宁海街道

沿着新老水库慢慢走

毛欣芸

爷爷生于浙江江山碗窑乡，这一辈子都在和水库打交道，是个地地道道的水库人。这座家门口的水库，是我们一家人的福星。走出家门，映入眼帘的是一座壮丽的碗窑水库。大坝之下的库水往下流淌，源源不断地供给着城市和乡村里的人们。跋涉到库区，似是岁月的痕迹不断停驻于此。两次新老水库的建设，见证着浙江西部碗窑乡的变化，联结着水库人家走出困苦的时代故事。

在建设水库之前，爷爷奶奶这一辈的生活非常困苦。奶奶的兄弟姐妹有5个，平常吃不饱穿不暖，生活来源全靠太祖父一个人。为减轻家里的负担，奶奶7岁开始放牛，田里地里都操着把手。在赶牛下山的过程中，常常遇到恶劣的大风大雨，人和牛一并被吹入河里。但是并没有人安慰这个年幼的小女孩，她也没有资格委屈，因为所有人的处境都很困难。她只得满身污垢地爬出河，然后回家挨骂。爷爷的孩童时期和奶奶所差无几，只不过作为男孩子，做的事会更多更加辛苦一些。仿佛在那样一个时代里，孩子的童年被抹去了一般，帮助家里维持生计才是他们的生活。在这个贫困的小村庄里，一切都很难。

爷爷21岁时与奶奶结了婚。同年，家里着火了。让人痛心的是，本就没有多少的家当尽数被烧完，连牲畜都被活活烧死。这个惨痛的现实似乎给一家人焊上了永远都不可能翻身的烙印。所幸人没事，但生活真真切切地受到了磨折。没地方住，只能住在邻居废弃的牛舍里；没有粮食吃，菜没有油，只是用热水烫一遍就好；舍不得吃鸡蛋，就想着拿去兑盐；早上吃玉米羹，中午是番薯拌饭，晚上再吃中午剩下的。爷爷说："那段时间自己也不知道怎么过来的，很多时候都想去寻死啊。"生活逼着他们在夹缝中生存。有一次，姑姑问奶奶："为什么粥里可以看见人影？""那是因为没有米啊。"奶奶无奈地说。为了让家里生活维持下去，爷爷开始杀猪为生。晚上杀了猪后，夫妻两人半夜两三点用木车拉去市区市场里卖，全程只靠两双脚。因为怕孩子早上起来乱跑丢失，便把他们锁在房间，直到卖完猪肉回家。所以，爸爸和姑姑在很长的一段时间内早上起来看不到人都是哇哇大哭的状态。这种困苦的状态持续了好几年。

直到1965年，机遇来了。国家打算在村里建一座水库，来支撑全域的水源供给。于是，爷爷报名参加并进入了生产队，去建设老水库。这时候家里的生活才开始慢慢转好。老水库全部由人力完成，生产过程极其困难，而爷爷作为劳工，为此付出了很多，同时也得到了很多。生产队的工作危险又辛苦，常常需要用自己的血肉之躯来完成一些困难的工作。首先，他们需要用炸药将石头崩散，然后把长板横在肩上一石一石地扛上山去。对于先前没有接触过炸药的乡下人家来说是非常危险的，一不小心就可能丧命，如同行的一名队员就因没有及时避开而受伤。另外，当年的山没有经过开发而非常陡峭，再加上用炸药炸过的缘故，时不时会有大大小小的石头从山上砸落，危险系数很高。当时，大家穿的鞋子叫做“挫鞋”，是一种非常简陋类似草鞋的鞋子，因此每每下工回家，爷爷的手脚都会磕碰受伤。建水库需要挖渠道，并且经常需要加夜班，而当时并没有电灯，只能用自己做的发电的小东西去照亮。

爷爷一直说：“那时候真的很可怜。”每天过得已经不知道累是什么感觉，只记得躺下就可以立马睡着。身上的许多伤疤也是当时留下的印记，是那段奋力修水库的印记。

爷爷在生产队勤勤恳恳地干活，很多又苦又累没人想去做的工作，他会第一时间去完成。也因为如此，在不断的实践积累中，他的建造能力得到大家的认可，于是被推选当了队长，一步步地当了书记。这时候生活终于开始转好，至少能够在一定程度上吃饱，不再是每天都是看得见底的清米汤了。在很大程度上，依靠着这次老水库的建设，让爷爷有机会能被看到，并且带领家里摆脱了困苦。

第二次修建的是爸爸参与其中的1993年由省政府建设的新水库，这时候的水库全部由机器来协助完成，很大程度上降低了危险，工期也缩短了不少。相比第一次纯手工的建设，困难少了许多。爸爸17岁时进了测量队做苦工，是和爷爷当年差不多的年纪干了类似的事情。也是这一座水库，让爸爸获得了学习技能的机会，获得了难得一遇的好师傅。他跟着师傅学了吊车、挖机、铲车等器械操作，也算是学了几门技术。因为当时的环境没有多少人肯学这些难学的器械，而爸爸是为数不多中的一个，所以很幸运地被调到核心部门参与生产。但是有时候也会遇到很多难以预测的风险。有一次深夜工作完后，他从挖机上下来，一块落石砸在他的右手臂上，划出了长长的一道血痕。到现在，爸爸的手背还是有着一长条难以去除的疤痕。

后来，浙江省水电第三工程处招工，爸爸因为前期工作表现比较好，很幸运地被推荐进去，成了市里进处的三人之一。因为这份可观的收入，爸爸成功地在1995年买了全村第一台彩色电视机。那天，当彩色电视机被搬进家里的时候，爸爸描述说：“贼有面儿！”邻里老小都搬着小板凳来家里看电视，都想看看彩色电视机和黑白电视机到底有什么不同。因为搭了建设水库的顺风车，爸爸得以用自己的一些技能让家里不再那么困苦。

到我出生后，水库边的人家开始经营农家乐。沿着这一条水库，两边都是大大小小的农家乐，当时我家叫的是“醉美农家乐”。托了水库的福，很多城里人家觉得好奇想要看看，便来到了农家乐。农家乐的名声在慢慢变响亮，来吃农家乐的人也越来越多。每到夏天，库区凉快，农家乐也更具吸引力。一到晚上，库区两边全部是长龙般的汽车，一直从村头排到村尾。我们家的顾客非常之多，每天忙得没有时间休息。我当时年龄非常小，只是上幼儿园的年纪，便早早被送去学校托管，一个星期才能回家一次。因为水库的特色，往往每一家农家乐都会有一道“招牌水库鱼”的特色菜。也是因为这道菜的出色，才会有如此多的顾客前来品尝。我们家的生活也因水库农家乐而更上一层楼。

现在的水库，仍然是爸爸参与建设的那一座。当水库放水之时，会引来无数的村外人士前来一睹。雪白的水花奔泻而下，水库鱼也被冲入库区，有鱼跃龙门之感，格外壮观。往往这个时候，村里会有人跳下水去捉鱼，这可是纯正地道的水库鱼啊！鱼的个头非常之大，也非常之重，一旦被捉上岸很快就会被卖完。因为水库的缘故，乡里也将此发展成一个景点，叫做“月亮湖”。修建了亭子，修整了道路，我们家的老房子也修缮过，家里的条件因为景点带来的客流量而越来越好。

经过时代的变化，水库上已经安上了五颜六色的“彩虹灯”，每每倒映在水面上都格外好看。记得刚安上灯的时候，奶奶非常激动地跟我视频，要让我看看夜里灯光灿烂的水库。不同颜色的灯让水库更加绚丽多彩，水面上的彩色粼粼映照着水库的模样，也映照着我们家的模样。

爷爷说，每每回到家看见门口的水库，都会勾起他一些难以忘怀的记忆。从他那一辈到爸爸，再到我，这一切我们家的故事，都与这一座水库息息相关。想到家乡，就会想到这座水库。“这水库可是我们的魂啊！”爷爷对水库的感情已经深入骨髓，他爱这座陪伴他的水库，他爱这个生活在水库旁的家。一到夏天，他便会搬一个竹椅，到家门口的水库边乘凉。凉凉的微风拂过，听着不时的水花声，在满眼的星空下，和熟人邻居聊着家常，是件多么美好的事！爷爷奶奶总是说：“我们要感谢水库呀，这是我们家的福星呀。”

再次推开家门，已经是新的水库了。这座坐落在家门口的水库，见证了几个时代的变迁，也见证了与我们一样的千千万万个家庭的故事。

姓名：毛欣芸
专业班级：新闻212
户籍：浙江省衢州市
现居住地：浙江省衢州市江山市碗窑乡碗窑村

一级一级上台阶

王孜妍

在我的记忆里，我的居处一直很安稳。在不算长的20年当中，只搬过一次家——或许从严格意义上来说，那是一种两代人的轮换迁居，是生活的上升。

一声电话的接通，我开始听爸爸讲过去几十年间爷爷的成长与工作、我们家的房屋变迁的故事。

爷爷第一个独立居住的地方，甚至不属于他自己。

爷爷出生于杭州市余杭区，在靠近海宁的翁家埠。由于生母的早逝，爷爷的父亲早早从老家的小镇子去到城市里上班挣钱，因此他从小跟随着外公外婆以及舅妈在那个镇子里长大。没有父母在身边，爷爷的童年并不能算得上是完整或者幸福。

那时对于孩子的教育并没有如今这么重视，即使如此，爷爷还是在老家读完了小学，而在毕业以后，爷爷的父亲回到了老家，希望把他带回城市里去，也就是将户口迁移到城市去。然而，由于父亲此时已经再婚，并又有了两个儿子，城市对于当时尚且年轻的爷爷来说显得陌生又遥远，他并不是太愿意跟随父亲去城里，那意味着不仅要接受三个素不相识的人作为自己的家人，也会就此远离自己从小长大的地方，逐渐减弱与这里所有人的羁绊。但户口迁移随着年岁的增长将会越来越困难，为了以后的发展考虑，就此离开老家跟随父亲去城里是更好的选择。

于是，当时14岁的爷爷到了城里，被城乡教育水平差距和经济状况所影响，他没有接着读书，而是开始了第一份工作：在农具厂打工。最普通的农具厂，最不起眼的一个青涩的打铁工人，那就是爷爷童年生活的结束，也是他走入社会和奋斗的开始。

在我的印象里，爷爷沉默寡言，始终脾气温和、待人友善。不过，在爸爸的回忆里，爷爷还有一个特点：固执。或许正是这种固执，使得他在困难的境地下咬牙坚持，沉默地、一步一个脚印地，去争取希望得到的结果。

就这样勤勤恳恳地工作着，爷爷从他的少年时代来到青年时期。那是20世纪70年代初，就像当时的绝大多数人和事一样，奶奶的父亲注意到了这个青年，希望他能与自己的女儿相识相伴。既然是要成家，总得有个自己居住的地方。

由于爷爷的父辈祖辈多，在当时依据家族关系来划分，是相当的一个大家族，相对地也就有更多的地和房屋，因此，爷爷的祖父传下的一套小房子就成为爷爷奶奶的婚房——它大约只有十几平方米。并且，它还有要被归还给祖辈的一天。

即便如此，这毕竟是一个属于自己的避风港，虽然狭小，但却温暖。

1980 年，爸爸已经 8 岁，逐渐成长的孩子使一间小屋子显得拥挤起来。尽管还有单位分配居住房屋的规定，然而也并不是一定就能够拿到。眼看生活逐渐窘迫起来，爷爷做出了一个新的决定：自己买。

那还是土地可以购买的时候，但是即使如此，购买一块地对于普通工薪家庭来说，仍然是巨大的开销。于是，爷爷和其他三户同事一起，拿出家中的积蓄凑了钱，还借了一部分才凑够大约 1 万元买下了一块地，就在邱山附近。当时的工资一个月才四五十元，一年也只有一千多，一年大约有一半的工资都用来还了债。由于要还钱，日子依旧过得很紧张，在吃饭问题上只能尽可能地节省。只有在重大的节日时才能难得奢侈一回。

在这块地上，爷爷建造起了真正意义上的属于自己的第一套房——一座两层楼的小房子。我在很小的时候，曾经跟着家中的大人去过那里，记忆已经有一些模糊，但那朴素的黑瓦白墙却刻印在我脑海里，它带着厚重的生活气息，展现着岁月的累累印记，见证了一户小家的生活轨迹，变迁，奔走，努力在生活中寻得一些慰藉。如同它一般的老房子，过去似乎只在老电视剧里出现过。藤椅，露天的板凳，和邻家的同龄人玩闹，可是爸爸的童年就在这里度过。

直到今天，大家一起买的那块地上，4 户家庭的房屋依然还在。只是如今我家的房已经出租，在我小时候，爸爸和爷爷曾经一起去收房租，爸爸告诉我那一套房是爷爷自己攒钱建造的第一套，所以格外有纪念意义，直到今天也没有拆或是卖掉。

我们家的第二次迁居，是在爷爷的单位再次开始分配福利房的时候。这个机会来自我们家的一位远亲。由于房屋的分配性质，只能够拥有一套，他申请将指定要置换的房划分到了爷爷的名额下。“还得谢谢那个伯伯呢，”爸爸想起了什么似的，说道：“我们家从相对偏远的地方迁移到了几乎是市中心的区域，就是今天的中都这一片，实在是一个大跃升。”

岁月就在这样搬迁的时光中摇摇晃晃地往前，城市也在一圈圈向外扩大，原先的地区逐渐改造，其中免不了对旧房进行拆除。到了大约 80 年代末，爷爷的继母家由于拆迁分配到一套新房，也就是东湖公寓。为了避免不公平对待的局面，爷爷的父母就规定同辈的 3 个孩子如果有需要的，就当做商品房自己买下。因为爸爸那时已经到了要考虑结婚的年龄，而爷爷的两个弟弟的孩子都还小，暂时不需要，爷爷用多年工作的一些积蓄，加上曾经的房屋拆迁留下的补偿款，就这样将这套房也买了下来。

时光来到 90 年代，似乎一切都在有条不紊地往前发展着。爷爷踏实肯干，尽管不善于表达自己，但改革开放带来的经济发展使得整体的经济水平上升，当年那个小小的农具厂越做越大，成了当地有名的企业——临平工具厂。人们还习惯居住于自己的家乡，一片小区域中，相当多的人沾亲带故，又有无数人在厂里的不同部门工作。爷爷也从当年刚刚进城时的打铁工人，成为厂里的中层干部，开始走出车间，代表厂去和杭州的外贸公司谈合作的加工单子。

然而，几年以后，谁也不会料想到，那个全国工厂大量倒闭、工人们纷纷失去工作的下岗潮时代到来了。那一年春晚，有个黄宏主演的小品，叫《打气儿》，黄宏演一位下岗职工，有句台词是："咱工人要替国家想，我不下岗谁下岗。"话虽这么说，但是下岗对家庭的影响是巨大的，这并非人们的思想觉悟不够，而是十分现实的问题：没有了经济来源，生活该怎么进行呢？

生活还得继续。家中两个人都下岗的情况下，几乎没有时间给爷爷和奶奶去犹豫，他们必须立马积极地奔走起来。几经打听，奶奶在临近的街角书店找到了一份管理书店的工作。此时，以前一同在厂里工作的同事联系到了爷爷，他们提出了一个设想：重新办厂。

由于工厂的大量倒闭，许多零配件的产量大幅下跌，剧烈的动荡使得生产线业务很不稳定，爷爷和同事们决定利用以前在工具厂工作的经验，重新改良原有的零件，并凭借曾经跑销售时的人脉，尝试着打开一条销售的通道。

无论是办厂还是改良试错，总是需要资金的。也就是在这时，爷爷做了一个决定：拿出积蓄去跟人合作办这个厂。从 1998 年开始，他们慢慢联系上原来在临平工具厂工作时合作的外贸公司，得知在广州的出口公司对这类零件有出口到美国的需求。他们终于抓住了这个商机，以此为契机，展开了第一笔稳定的合作业务。大约经历了六七年的时间，这个从零诞生的小厂也赚到了一些钱。就在前些年，当时的合伙人陆续地将盈利和最初的成本返还给了爷爷，如同在风波中航行的小船，尽管摇摇晃晃，最终也还是达到了想去往的目的地。

第三次迁居发生在这段时间。我的父母结婚以后，爷爷奶奶就住在中都区域，大约到 2002 年时，中都的拆迁工作开始了，如同当年由于爸爸逐渐成长而前去建造新房子一般，在我出生以后，爸爸妈妈就搬迁到了拆迁补偿的新房子中，而爷爷奶奶则搬去爸妈搬出的房子居住。

如今，在我家这个小小的舞台上，我的父母作为新的主要出演者，也在积蓄起自己的力量。来到现在所居住的崭新房屋——听爸爸说，这是爷爷用积蓄先付下的首付——任谁都会发自内心地感到幸福。奶奶曾经乐呵呵地提起爸爸年轻时的顽固："他当时不愿意往上考，非就要在厂里当工人，被我和你爷爷批评了一通，这才有现在这样的生活条件啊！”在新迁居的房子内，奶奶高兴地打量着一切，她没有转过身来，却是对我说的。

“社会发展真快啊，大家的生活都变好了。你爷爷和你爸爸妈妈的共同努力才争取到了越来越好的生活条件，你也要努力啊。”她没有提到自己，但我知道，这几十年的变迁，缺少了谁都不够完整。

一部房屋变迁史，是小家踏着台阶一级一级向上，奔向更美好的明天；更是国家富裕和逐步强盛的缩影。

它走得或快或慢，但永不停歇。

姓名：王孜妍
专业班级：新闻212
户籍：浙江省杭州市
现居住地：浙江省杭州市临平区南苑街道

一身技术走天下

俞思言

“我们小时候很苦的，没得吃，没得穿……现在好啦，现在好啦。”每次和外公外婆对话，他们总是会教导叮嘱我要好好读书。讲起他们从前的日子好像也只有一个“苦”字。外公是个不擅长表达的人，但他是个经历最多的人，很厉害。

外公出生在绍兴上虞沥海的一个小村，现在叫华东村。这个村很厉害，听说里面很多人都是靠搞建筑发展起来的，我外公也是。

外公出生在1952年，没有文化，家里有3个兄弟，他说小时候他都吃不饱，读书更是奢望，所以仅仅读了一年书，认识几个阿拉伯数字和一些简单的汉字，便开始在家里干各种各样的农活，帮父母做饭。稍微大了一点他就开始向外面闯荡了，14岁的年纪便去了杭州采茶叶，过了一年后就去了江西打大炮开山，然后回来去海渡边种田打水维持生计。

大概20岁的时候外公遇到了外婆。当时的人都是同一个村子找个近点的人家就成了，但外婆和外公是隔着好几个村子的人家。外公家条件不好，外婆的家在当时被定为地主成分，听外婆说，当时认为能有人嫁就不错了，因此两人经过介绍便认识了。幸运的是，他们并没有合不来，外公为人老实，外婆精打细算，共同支撑着这个家。外婆说刚来的时候外公家还只是一个小平房，只有一层，外面下大雨的时候，屋子里就会下小雨，地上常常放满了锅碗瓢盆。我问外婆现在的三层平房是怎么建起来的？“这还真有个故事，那个时候你隔壁的太爷爷是砖瓦厂的厂长，房子的一面墙与我们家的墙是同一面，他们家有钱有势要造新房子了，所以我们也不得不把房子进行扩建，东拼西凑，借了好多钱，才把楼房建起来。”外婆说。

杭州、上海

外婆来了以后两个人一起在生产队工作，拿着差不多的工分，每天起早贪黑，但日子还是不景气。外公觉得这样肯定是不行的，于是再次外出打拼，去了上海，这次归来，他已经是一名优秀的木匠。据说，外公的技术是自己玩弄学成的，我问他是不是有什么老师，“哪来的老师呀，都是自己玩弄学学的，看看桌子椅子，把它们拆了钻研结构，用尺子东量量西看看，就行了。”外公笑着谈道。我也呵呵一笑,不知道是不是真的。但不管怎么样,他肯定是通过自己努力才学到的技术。

外公为了谋取更多的生路,又去了杭州。我还记得他的左手的大拇指好像缺失了一点,那是在当时锯木头的时候锯到的。家里的小椅子、桌子都是外公亲手用木材做成的,小小的很可爱。我记得小时候经常坐在小木椅子上,然后把普通的凳子当作桌子在上面吃早饭写作业。从杭州回来时,外公带回来了一辆二手的凤凰牌自行车,花了 100 块,从杭州一路长骑,花了 6 个小时。后来这辆自行车留给了外婆。

新加坡、美国

让我们家发生最大变化的就是外公的那次出国打拼。1991 年,当时有一个公司招募去新加坡工作的技术人员,外公觉得这是个好机会,便报名了,但是还要进行文化考试,外公特别担心失去这来之不易的机会,为了养家糊口使出浑身解数想获得这个机会,当时还学习了很多文化知识。幸好外公的技术真的很精湛,来考试的老师都对外公的技术水平很佩服,所以文化课也就显得没那么重要。听外婆说当时报名的人也不多,毕竟是到外国去,很少有人敢那么拼。我们那个村只有两个人去,那个年代出远门,特别是异国,还是很少见的。然后外公就顺其自然地去了国外。幸亏在新加坡的华人多,说中文的人也多,外公很快就适应了国外的生活。这一出国就是两年,这两年里不能回家。妈妈说:"你外公在国外的两年每次给我们写信,收到信的那一刻是你外婆最开心的时候。还有就是发工资了,外公会很及时地寄钱回来,还是通过邮局汇钱的。"那个时候去国外工作工资确实比国内高很多,大概一年可以赚五六万人民币。外婆虽然文化不高,但也确实是一个很会过日子的人,她把钱收起来,打理得井井有条,把每一分钱都用在刀刃上。很快家里因为当时扩建房屋欠的债也还清了。"那时候我最开心的是可以买新衣服。"妈妈笑着说。"两年里你外公人晒黑了,钱赚到了,可是付出的辛苦只有他自己知道。后来发达了一点,家里装了电话,你外公和外婆可以通过电话聊天了,隔几天就会打电话过来。记得有一次你外公因为被毒蚊子叮得很厉害,人在医院情况很严重,那时候你外公打电话你外婆在电话里都是哭得稀里哗啦的。"我的外公,一个文化水平不高的人路远迢迢地去新加坡去美国,都是为了赚钱。

外公在外面打拼,留下外婆带着妈妈、舅舅两个小孩。为了他们,外婆也一刻没停。外婆说最苦的就是你外公出国的那些年里,一个人种田插秧还要抚养两个孩子,不仅种自己家的田还要种别人家空的田来增加收入。同时还养猪。每天太阳还没有升起,就脱下鞋子放在田埂上,挽起袖子和裤脚,头上绑上毛巾,深一脚浅一脚地踩在泥浆里。等到天快亮的时候再拔秧。接着是插秧，把水稻秧苗从秧田移植到稻田里。连续插秧好几天，每次回到家外婆的腰就酸得不行。妈妈很懂事，知道外婆的辛劳，每天放学回家总是会帮助外婆，在家里做好晚饭。妈妈说："每次班里别的同学的学费都交齐了，就差我和你舅舅的老师还要催，我们总是会拖很久。""后来你外公挣了钱，我们就再也不用担心了。每次他回国，还给我们带好多好多巧克力，零食，咖啡，还有很多英文字母的化妆品。"妈妈笑着谈道。

外公从新加坡回来又去了美国，我记得老家的抽屉留下了很多当时还没来得及兑换的新加坡币和美元。这几趟出国经历让家里的积蓄终于渐渐多了起来。外公外婆很有远见，1995 年就在城里买下了第一套房子。当时买房的人并不多，房价相对来说很便宜，但外公外婆也没有很多钱，不过还是拼拼凑凑买了下来，打算作为舅舅的婚房。他们又把老家的平房翻新了一遍，在老家也开起了小店补贴家用，生意还不错。那个时候我刚出生，妈妈一边带我一边看店。也可能是因为开小店生意吧，印象中，每次外公家都会有很多人来串门，坐在门口聊天喝茶，吹吹风。外公的人缘确实也不错。

之后的每年，日子开始变得平静，外公一直待在上海的工地管理仓库，活很轻松，也希望能给家里再增加一点收入。不能常和家人团聚，只有过年的时候会回来。表弟还没出生的时候，外婆也会一起在上海陪着外公。外公总是会感叹现在的生活，"现在好了，现在翻身了，有车子有房子，小时候苦啊，没有书读，家里负担重呀，一切都没办法。""思思，你要上心上进，努力读书呀。"

外公完完全全靠着自己的技术，走出小村，走过一个个城市，走到国外，没能和家人待在一起，却时刻为了这个家。孩子们都长大了，有了自己的家庭。舅舅在机缘巧合下承包了一个食堂，每天早出晚归，虽然辛苦，但是收入可观，现在代替外公成为这个家的经济支柱。外婆在家里帮忙照顾表弟，日子总是在蒸蒸日上。一家人过着平淡又幸福的生活。

姓名：俞思言
专业班级：新闻 211
户籍：浙江省绍兴市
现居住地：浙江省绍兴市上虞区曹娥街道

一隅也安宁

祝柯尔

我们家位于一个普通的小村子里，在绍兴上虞，叫做丰惠祝家庄村，太爷爷那一代就已经在这里扎根。

我家不远处就是大马路，这条马路叫“皂梁公路”，连接着百官城区。家门口有一潭小水池，有一眼“井孔洞”，全称为“祝家井孔洞”。与其他水井不同的是，其井口、井台比周边地面低 2 米左右，由圆形石壁围于南、西、北侧，形如战壕。石壁上嵌一石，上书“祝家井孔洞”。井台东侧是一个小水池，井边原有“九曲溪”流过，井石壁上有一棵古树，古树和井孔洞相映成趣，别有韵味。奶奶总是在井里挑水，在小水池里洗菜、淘米。

夏天的时候，山水潺潺，水池总是蓄满了水，但伴随而来的还有一堆又一堆的沙石，奶奶总是会自发地拿起铁锹去铲掉一些沙子，便于其他爷爷奶奶洗涤。

近年来，我们村利用梁祝 IP，围绕“美丽乡村建设”要求和“全域景区化”目标定位，从打通水系经脉、优化道路系统入手，村里对井孔洞周边环境进行了“大提升”，节点面貌“大变样”。将其作为“五星达标・3A 争创”项目中重要的一个文化节点。

在我们家附近一两百米处，有个棉纺织厂，早在八九十年代是上虞的一家大厂，在当时可以说是相当辉煌的，老一辈们甚至以在此厂工作为荣。我的爷爷曾在此工作过。那时候在厂里，爷爷早上 8 点上班，下午 4 点下班，每天的工作就是背很大很重的棉花包，那会把背压弯。中间吃饭休息的时间很少，吃的也是水泡饭，在锅炉里蒸一下便吃了。刚开始一个月能有几百块钱，后来做久了，收入一点点多起来。下班后，便又是去田里干农活。

随后，伴随着改革开放的红利，老企业转型的阵痛让许多双鬓白发的工人带着哀伤、无奈和迷茫接二连三地离开棉纺厂。但他们照样活跃在各行各业，依然一步一个脚印向前迈进。我的爷爷也离开了这个厂子。

20 世纪 90 年代初，劳保用品业落户这个小村子，之后便以星火燎原之势迅猛发展。到了 2006 年底，全村共有劳保用品生产企业 163 家，这为村子里的一些农民提供了一份新型职业。2009 年，我的爷爷也来到了其中一家叫“锦龙针织”的集团，在里面当过门卫，在仓库里打包过货物，工作不算辛苦，但能拿一份稳定的工资也算是安稳。就这样一直干到了退休。

爷爷退休后，仍是闲不下来，又是山上又是地里，我们总是叫他停一停，休息一下。可他也不听，依旧干着活。

我的爷爷勤劳了一辈子。上山下地，种各种各样的蔬菜，村里的人总是夸赞我的爷爷勤劳。他为人也大方，路上碰到老熟人，总是会把刚采摘下来的新鲜蔬菜分享一些给他们。有时候吃过晚饭，他也会用三轮车带上我和妹妹，带我们去找他的老朋友，送菜给他们。

夏天的时候，傍晚下班后，爷爷总是开上他的电动三轮车，带上农具，跑山上，下地里，回来的时候，背后的汗已经渗透了整件汗衫，脸上也都是豆大的汗珠。

爷爷在山上种了 20 来棵杨梅树，原先的细枝嫩叶如今变得粗壮结实，树下可以乘凉，大大的树冠遮盖着一整片山，仿佛山头上撑起了一把把的伞盖。杨梅大概在每年的端午节前后成熟，会有好多亲戚朋友来订购。

爸爸妈妈和爷爷奶奶在这段时间每天都得三四点起床，去抢收杨梅，起早贪黑。风雨于他们而言是生活的平常，泥泞的山路，流淌的雨水裹挟着汗水。他们爬到湿滑的杨梅树上，将竹篮挂在枝头上，抬眼去找手可够及的杨梅将其摘下，然后装篮、运下山来。有一次，妈妈爬上树干去够高处的杨梅，清晨的露水仍挂在枝头，有些滑，那一杈的杨梅枝断了，妈妈直接滑了下来，所幸树不是特别高，她并无大碍。

梅农的收成靠天，雨水会划去大半的收成。老天只要一个玩笑，便可以让老家的乡亲父老们笑不出来。都说杨梅是泡在苦雨中的果子，确实是透过鲜甜的表象品味到了生活的本质。

杨梅的鲜甜是老家先辈们给予后人一代又一代味蕾上的传承，等到有一天他们没落远走，家人们依然感念他们曾经的付出。而这泡在苦雨中的果子，又教会了人们生活的不易，在面对日常的风雨和不顺时能够泰然处之。

那十几天的每一个早晨，楼下客厅里，瓷砖地上摆满的都是一筐筐装好的杨梅，静静地等待着客人来拿。每年这一段时间的忙碌也能为我家增添一点收入。

我也格外喜欢吃杨梅，爷爷总是会为我摘好一小篮子成色极佳的杨梅，而我也是“呵丝涕趴”地尝个不停。远处夕阳西下，山上的蚊虫未到肆虐的时候，偶有微风袭来，一切都是恰到好处。

这是我每一年都格外珍惜的杨梅时节。

冬天的时候需要去修剪杨梅枝，这样来年树枝上才有更多果实结下。从前是爷爷一人，他总是一有空就上山，一待就是一整个上午或者下午，我总是要打好几个电话才能把他叫回来吃饭。

1976 年我的父亲出生了，他是伴随着改革开放出生的孩子。1987 年爸爸上了初中，可是“并不爱学习，成绩也很差”。因此读到初中也就没有继续往下读了。

爸爸19岁的时候，顺着兴起的打工潮，坐火车去了上海打工，做泥水工学徒。那些日子吃水泡饭，住工棚。“上海的天气潮湿，被子总是湿漉漉的，晚上睡觉的时候并不是很舒服，也只能忍一忍啊。”爸爸回忆道。早上6:20上班，中饭时间1小时，傍晚5点下班。工资17元一天。这样干了几个月。

爸爸后来回到家中，去了绍兴市区学车，花了1.3万元。学成后又去了松厦，“过堂”3个月；之后去乡企局开车，这样干了3年。爸爸记忆中特别深刻的是，有一次路上遇上下暴雨，汽车轮胎坏了，路上没什么车，临时也找不到什么人，他自己一个人冒着大雨换汽车的备胎，一只手抹去脸上的汗水和雨水，另一只手抱着半身大的轮胎，拧着扳手，换了整整两小时。“那次的雨大，眼睛都睁不开了，我用手抹去雨水，脸上都是机油。”他说道。

后面家里渐渐积攒下来一些钱，2017年的时候爸爸买了一辆货车，在乡镇上跑运输，靠载建筑废渣来赚钱，干了9年。虽然是早出晚归，但每天的业务满满当当，工资也不算低，日子总能过得下去。

爸爸妈妈小时候都是很辛苦的，要帮着家里干活。放学回来，一回到家，匆匆放下书包，便跑去下地、种田、放牛。农忙季节，他们要给大人们烧好饭，把饭盒送到地里去。

2001年他们结婚了，2003年我出生了。爸爸换过好几次车，2020年的时候，爸爸妈妈一起去看了车，买了一辆7座的面包车。后来跟着花木老板做园林景观养护工程，也是早出晚归，一直到现在。虽然有点辛苦，但收入也算稳定。

我的妈妈一直是个勤劳朴素的人，为这个家默默付出很多。她初中毕业之后，因为家里穷没有继续读书，尽管当时她的成绩在班上名列前茅。她去了镇上的丝厂里干活，做挡车工，活干得很细致，但是很费手，绕丝的时候，有时候会磨手指，磨出血来。外婆每天都会在台灯下为妈妈细致地贴上创可贴。

我们家里养过羊、鸡和鸭。在收获水稻的季节里，奶奶总是会骑上那辆小三轮，去稻田里拾稻穗，带回来给鸡鸭啄食。

2021年随着乡村振兴和共同富裕的推进，村里与区供销合作总社合作，完成全村2000余亩土地流转，一改过去土地分散、小打小闹、各自为政的状况，实现了土地高效利用和产业化经营。一望无际的土地、轰隆作响的大型机械，让这片沉睡多时的土地缓缓苏醒。

土地承包经营权“整村流转”，对村民来讲是件大好事。我们家在玉水河边有一大块土地，因此每年也能够拿到每亩700多元的流转费，而且身份变了，奶奶和爸爸妈妈变成了拿固定收益的职业农民，我们家也分享到了旅游产业发展带来的红利。

我们家没有过多的大大变迁，始终安于这个小村子，却也是自得其乐。

原先房子的结构是一幢二层的小房子带一间厨房，厨房前面是一个小棚子，里面有一块洗衣板，是用石头搭建的，还有一口井。旁边还保留着爷爷奶奶那一代住过的房子。那时住的房子是土木结构的旧式民房，高高的墙、残缺的瓦、黑漆漆的洞口，房梁上还堆着农具。

原先的房子住了十来年，也破旧了，爸爸妈妈就想着重新建造。多年来家里有了一些积蓄，妈妈也向姑妈和舅舅借了一点。当时也不是特别有钱，经济能力也不是特别高，就把原来的老房子拆了，再建过。妈妈说："我们这边风景也好，交通也便利。也就没想着去别处。"

2012 年夏末，房子建成了，这时候我的妹妹也出生了。当时的天气十分燥热，爸爸和爷爷每天傍晚都要拖着长长的水管上楼，往水泥地上浇水，防止它干裂。

新造好的房子是三层三间的大房子，在前面仍造了一间小房子作为厨房和平时吃饭的地方，里面用的是土灶，也有煤气灶。为了节省煤气，奶奶有空的时候，就会带上竹耙和大编织袋上山去，拾些松枝落叶拿回来烧。

在我小学时候，爷爷爱听邓丽君的歌，经常拿着一个小收音机放着。那时候每天耳边盘旋的旋律就是"甜蜜蜜你笑得甜蜜蜜，好像花儿开在春风里"。

2001 年购入的这台 DVD 机已陪伴我们家走过廿载，见证了我们家的房子的变迁，至今仍保存在我们家三楼的木柜上。爸爸有空的时候，会上楼去，擦擦灰尘插上电，打开开关，放进碟片，放上一会儿刘德华的歌。

过去的年代，谁家没有几本承载着全家人幸福记忆的相册呢？它们记录着家庭的历史和每个人的成长经历。我们家也有好几本相册。相册中那一张张发黄的老照片记录着美好的时光，有奶奶在门口洗菜的、在老房子里洗碗的，姑妈在打跟石头差不多大的座机电话的照片。

画里乡村成现实，梦里乡愁得慰藉。有底蕴、有活力的小村子正闪耀着光华。在这个大时代里，我们家虽没有轰轰烈烈的故事，但在一个小角落里，也找到了自己的位置，过上了安宁的日子。

时光流逝着，美好永存。

姓名：祝柯尔
专业班级：新闻 211
户籍：浙江省绍兴市
现居住地：浙江省绍兴市上虞区丰惠镇

永嘉小村人家

杨开然

1965 年 9 月 26 日，在温州市永嘉县瓯北镇清水埠的一幢老式小屋中（当时一家人还未搬到罗浮村的主区），我的父亲出生了。在那一辈农村人中好多人为了节省钱财都是选择在自己家中分娩，我父亲和他的兄弟姐妹都以这种方式降生。父亲 10 岁出头就辍学了，然而并不是因为家庭经济困难，只是我父亲不喜欢学习罢了。奶奶曾说："当时家里 4 个孩子，只有小姨一个人喜欢读书，一直读到了高中毕业，由于一分之差错失进大学机会。"父亲在青年时便早早外出打工了，其他兄弟姐妹亦是如此。

我父亲一家 6 口人，是典型的农村家庭，当时很多农村家庭都有很多小孩，爷爷奶奶的一些朋友也大多数有 5 个以上孩子。爷爷和奶奶的文化水平很低，奶奶完全不会讲普通话，爷爷或多或少能讲一两句，认得几个汉字。温州的外来务工人员很多，我家附近的出租屋有很多外地人，奶奶每天与来往的邻里打招呼都只能用蹩脚的温州话夹普通话应付。我的爷爷是传统的农民，他很淳朴也很老实，工作日在江边的码头工作，一到休息日则会骑着他那辆老式宝马牌三轮车前往我家靠近山边的一亩三分地辛勤耕耘。每年初春爷爷都会骑着三轮车去离家很远的农贸市场买种子。我有幸在幼儿园的时候跟随爷爷去过集市买种子，路途很遥远，大部分时间我是睡着的，依稀只记得爷爷将一包包种子放在车上。家里的蔬菜往往不需要买，爷爷的小田里应有尽有。除了一些肉制品，家里那时候是养有年猪和鸡鸭鹅，除了自用，其余的蛋都被拿到集市售卖以给父亲他们当学费。那时候家里虽没有多少钱存下来，但温饱不成问题。我的奶奶是在清水埠的纺纱厂当普通工人，每日重复那种枯燥的生活。他和爷爷两人早出晚归，拿着微薄的薪资以此来供养一家 6 口人，也因为这一点我父亲他们几人在白天则全靠大哥来带领他们。兄弟几人大部分时间和自己的父母分开，白天独自上学、自己做饭洗衣服等，极度缺乏父母的教育和引导。我父亲他们那代人很早就掌握了独自生活、照顾兄弟姐妹的能力，早早成了"当家人"。总的来说父亲那一辈的个人生活能力是不差的，但是由于缺乏教育他们都对学习读书这件事不太上心。我家除了我小姨完整读完了高中，其他人小学未读完就早早辍学开始打工。在高中毕业后小姨也选择了工作赚钱，这后来成了她一辈子的遗憾。我父亲一家6口人在那时候都是一起生活的，到后来家庭逐渐宽裕，父亲的兄弟姊妹都成家立业。我们一家从清水埠搬到了罗浮村，大家都盖起了自己的新房，逐渐安顿在罗浮村。虽然分家了，但是新房子都在附近，距离割不断我们一大家千丝万缕的联系，逢年过节一家人总是聚在一起。

父亲是家里最小的兄弟，他也是最迟成家的，因此和爷爷奶奶住一起。我伯伯一家就住在对门，我们两家是同一幢房子的两栋连体房。小姨和大姨家住在附近另一栋新房。不得不说小姨是我们整个大家最勤劳和有本事的人，她高中一毕业就投入外出辛劳的工作中去，几年来省吃俭用积攒下了一大笔钱。在小姨的大力支持下，加上我爷爷奶奶的积蓄，我们这两栋新房才逐渐盖起来。两栋房子都是农村自建房。房子还没完工时，小姨自己充当监工买材料，每天工作结束就赶到施工现场监督工程，也在这时我们整个大家相继进入罗浮村主区定居至今。我不得不叹服小姨对于我们整个大家的贡献。大姨和伯伯都成家很早，在两家建房的过程中也出钱出力，帮助处理一些杂活。爷爷奶奶逐渐年迈后，婶婶总是隔三岔五为爷爷、奶奶炖煮各种养生汤等；伯伯年少闯荡温州鹿城区，而后在一家牛奶厂任职，其间结识了五湖四海的朋友。他的朋友不乏一些有专业技术的人，记得几次家里电路损坏水管失修以及房屋漏水重新装修，都是伯伯一通电话叫来他的朋友解决，这为我们家节省了巨大开支，伯伯则通过留朋友吃一顿不错的便食犒劳他们。

父亲早年辍学，文化教育水平低的他只能从事简单的劳动。青年时代的父亲志存高远，像大多数年轻人一样选择了离开我们这个县城前往比较富裕的青田县寻找工作机会。父亲独自一人在那打拼了几年，不久后带着不多的积蓄回到了永嘉。我的父亲在那的生活也许不算太好，因此最后他选择了返回永嘉。这段经历很少被我父亲提起，他也很少跟家里其他人提起，没人知道他在那里过着什么样的生活。据说他是和朋友一起前往的，但最后只有他独自回来。至少我知道父亲一定是努力拼搏和省吃俭用着的，他带着不多的积攒回到了罗浮村。我的父亲是一个沉默寡言的人，很少会主动和陌生人交流，因此父亲在青年时没有收获令人向往的爱情，匆匆忙忙过了30余载经人介绍才与我母亲相识随后在短暂的时间内结婚。这种现象在当时的农村也是普遍的，大多数人结为连理不一定是建立在爱情的基础上。在和我母亲结婚后，父亲也在他人介绍下进入一家山边工厂工作，每天从事一些基础普通但相对稳定的工作。父母亲结婚不久我便出生了，由于我的母亲身体状况不好无力抚养我，我出生不久便被送到了一个寄养家庭中，由他们来抚养，靠吃奶粉喝米糊逐渐成长。我的父亲对于我的出生很是高兴，为此他增强了自己的工作热情，赚更多的钱来养我。一直到4岁的时候我才回到父亲身边生活。

父亲和母亲没有选择再生一个孩子，我是独生子，家里的宠爱都集于我一身，包括爷爷奶奶他们都十分爱我，我的童年过得比较无忧无虑。父亲和母亲都在当地小厂安稳地工作，他们没有过于高远的目标，安安稳稳地在本地工作赚钱养家照顾着我。但是父亲和母亲每天早出晚归的生活深刻地影响了我。在我小的时候，印象里最深刻，也是父亲工作艰辛的体现，早上天还未亮，邻居家院子的公鸡便已经开始鸣叫，可以说这是父亲的起床号。往往在这时其实我也听到了，而我只是换了个姿势继续酣睡。在睡梦中隐隐约约是可以听到的，我的房间就在父亲隔壁，父亲干练地换上工作服关好衣柜拉开房间的门(这个声音很轻是父亲为了不打扰一家人睡眠)。伴随着轻快的脚步声，父亲下楼，接下来的动作顺序一气呵成，点火，起锅下面，匆匆忙忙下父亲便为自己完成了一顿简食。父亲的动作很快，不一会便完成了工作准备，紧接着便是父亲最经典的动作，拉开铁拉门推出车子，由于铁门是滑轮式的加上车库离门的间距很小，父亲推车出门不可避免发出一些刺耳的噪声，不过不一会一切又回归平静，伴随着车轮摩擦地面的声音渐渐远去。在晚上 5 点左右，我又总能在院子和小巷的拐口看见父亲熟悉的身影。父亲回来第一件事便是继续帮家里做顺手活，劈柴看火等(我小时候家里还是在外面建有灶台的，家里的开水都是在这里烧成)。我则往往坐在灶台边上玩弄着木柴。短暂的忙碌后父亲去洗澡，站在院子边上的洗衣台上，用现烧的热水倾盆淋下。父亲下班回来总是黑黢黢的，深蓝色的工人服渐渐变为暗色。洗漱完吃完饭父亲或在楼下与邻里家人聊会天或是去后面的十字路口小坐吹吹凉风，不久便会回房间入睡了。父亲的娱乐生活很少，每天都是忙碌地工作着。往往父亲鼾声大起之时我的电视机上还播放着少儿频道的动画。我有一个坏习惯就是困了就睡电视往往不关，父亲的房间就在我隔壁，每晚父亲起来上厕所总会悄悄来到我房间关掉电视再悄悄返回房间睡觉。到了第二天早上我睡醒发现电视都是关着的，然而父亲早早已经离开家去工作了。

父亲和我很少有机会交流，他白天早早出工，晚上回来由于疲惫很早就睡了，我平时白天也在上学，两人的单独交流非常少，小时候我常常感觉不到父亲的慈爱，因为他把自己所有时间奉献给了我们这个家。父亲一个月只有两天休假，这两天父亲都会充分利用，帮助家里打扫卫生以及干一些杂活，在下午早早来到门口接我放学，而平时往往是由我爷爷奶奶来接。这也是我最开心的时候，父亲总会把我扛在肩头，带我买小吃、零食和玩具。我们非常珍惜不可多得的这两天。

父亲和母亲都是很普通的人，他们只想好好照顾好我们这一个小家，他们全身心将自己的一切投入在这个家庭中，期盼自己一家往更好的方向发展。对门的伯伯还有小姨大姨他们对我们一家也很照顾，每次做了一些新鲜食物都会送来，平常父亲母亲忙碌工作时他们都会主动照顾一下独自在家的我。父亲他们兄弟姐妹之间的感情深厚，经常互帮互助。每一个小家都不是单独的个体，他们互相帮扶，一个个小家才成就了我们这个小村子里的大家的欣欣向荣。

姓名：杨开然
专业班级：新闻212
户籍：浙江省温州市
现居住地：浙江省温州市永嘉县瓯北罗浮村

与土地打交道

黄　畅

1938年，爷爷出生在金华市浦江县黄宅镇的一个小村落里。爷爷年轻的那会儿村子里都在做草纸。草纸取材于稻草，早年用于包装物品。20世纪40年代的时候，村子里只有几户人家在做，后面到了60年代，村子里很多家都开始做了，越做越大，最终形成一个完整的产业链。制作草纸先用晒干的新鲜稻草堆沤。一层稻草洒上水，加上一层新鲜石灰，层层堆沤。等稻草开始腐烂，再耙开，装入布袋放入河中清洗。清洗稻草要有一定技术，在布袋中灌入一定的空气，再把布袋扎好，用长棍的一头伸入布袋内清洗干净，再将洗好的草料放在大木槽中加入大量的水，用专用的工具将木槽中的草料捞上来，叠在专用的木架上，压干水分，取出晒干，即可使用。因此有技术的人家就干一些技术活，没有技术的人家就只能干苦力。爷爷患有遗传的先天性近视，再加上家境不好也没有技术，就只能干苦力，割草，挑东西，晒纸拿去卖。那时候的冬天比现在的温度更低，但是由于需要把稻草泡在水里，所以爷爷奶奶得站在水里的台阶上然后拿竹竿一直压。湖面有些地方会结成冰，一不小心人就会滑下去。夏天的话会好一点，但是水里面有石灰，人掉下去的话手脚很容易被石灰腐蚀然后裂开，流血。

还有一个很困难的事是运稻草。以前交通不便，为了提高运送效率，爷爷他们要把稻草捆得很高，好几个青壮年一起去推回来。但是为了不让稻草掉下来就需要有人坐在上面去压住。稻草堆得很高，人在上面很容易碰到电线，有各种安全隐患。爸爸说那时候我的两个姑姑都在上学，他还小，每次奶奶背着他去地里割稻草，两个姑姑一放学就去帮忙收草纸，虽然有些艰苦，但还是够养家糊口的。后面产业越做越大，大家的生活也变得越来越好。

做草纸对环境有污染，政府管得严所以税收很高。政府政策不支持做，安全隐患也多，草纸产业的盈利越来越少。1982年，爷爷被选举成为银坞村的村主任。爷爷想改变这个局面，他不愿看到环境被破坏，看到从小生长于此的土地被破坏，更不愿看到有人因为运送稻草受伤，于是他就去审批引进种葡萄的技术。为了这个文件的审批，爷爷常常一走就是几十公里，奶奶老是抱怨他鞋子磨损得太快。可惜的是爷爷好不容易将文件审批下来了，但那时候没有现在这种专业的大棚技术，早出晚归地辛苦耕种，最终的产量也并不足以让大家维持生计，只能放弃。

不如人意的结果并没有打击爷爷想带着大家致富的决心，种了一段时间的地之后，大家注意到慢慢兴起的砖瓦厂。于是1988年，在爷爷任职的最后一年，爷爷奶奶也学着他们办起了砖瓦厂。因为资金不够，就找了几个邻居一起合资。先是要找个好地方建一个烧砖瓦的窑洞，这里也是有讲究的，因为制作砖坯、烧窑都需要大量用水，所以打窑必须选择靠水源较近的地方。接着是建造窑洞，爷爷他们就去找了隔壁村懂这个技术的人。因为不舍得花钱雇其他的工人，大家就自己在地上挖洞、堆土、砌砖。接着就开始制作砖瓦。爷爷说印象最深的还是和泥。首先用牛，人左手牵着牛绳，右手拽着牛尾巴，在闷好的土堆里不停地转圈圈，人也打着赤脚跟着一块转，一直转到感觉土堆里没有小疙瘩了为止。然后再用方锹将这堆还没完全和好的泥拢起，再用人工在里面来回和上几次，直到再把他拢起泥巴不往下垮，就算基本和好了。烧瓦也是一项技术活，一窑砖烧得质量好坏，主要取决于窑匠的看火，所以说，窑匠的看火是至关重要的。爷爷他们为了把握好这个火候当时也是费尽了脑子，去别人那里学习了很多。在窑门未封闭之前，他们会安排几个强壮劳力不停地往窑里快速填柴火，称为“烧赶火”。赶火大概要持续2到3小时左右，这也是烧窑的最后环节。往窑内填柴火是用一把铁叉，待窑内柴火填满后，便立即用砖将窑门封堵死，再用事先备好的稀泥巴将其糊严实，防止漏火、漏气，然后再迅速用土将窑的顶部也封住，同时还要在窑顶的外围用土拢起一圈高约30厘米的小土坝，再用稀泥巴将盖土及小土坝糊严实，防止跑烟、漏水，看起来类似一个小鱼池。后面还要继续添水。那时候交通还是极不方便的，大家要一趟一趟地人力运煤渣。在共同努力下，生活开始慢慢变好。大家先是合资买了个小型压砖机。又过了些年，大家一合计咬咬牙合资买了拖拉机。那时候村子里150多户人家，一共买了40多辆拖拉机。有了拖拉机之后，运送土块煤渣的效率提高，生产的效率也因此提高，买卖砖瓦的效率也提高了。如果人工运送的话不仅效率低，可能还会在路上磕坏砖瓦，但是有了拖拉机之后，如果有人要买的话，大家就可以直接运过去，不仅快还安全。经济宽裕后雇了一些工人，爷爷奶奶的活就变得轻松很多，家里也过得越来越舒心。村子里大家的生活在慢慢变好。

爷爷在1983年去政府审批土地，把之前废弃的草纸厂改造了，给大家造房子住，叔叔家的房子就是爷爷审批下来的。以前的房子都是用黄土造的，不仅低矮而且风吹雨淋过了这么久很不安全，一大家子的人也根本不够住，现在有了更牢固的建筑材料和更好的建筑技术，大家就想着将房子重新建造。爷爷就去政府申请把那些废弃的土地分给大家，让大家都能住上新房子。生活虽苦，但是大家也都知道读书的重要性，村里改造原先那个废弃的小学也是爷爷费心费力去审批下来的。政府拨了点资金，但是那些资金对于建造一个学校是肯定不够的，大家就集资，有钱的多捐点，没钱的少捐点。这个小学办起来之后本地的小孩子都能去上学了，很方便。都说读书可以改变命运，而且爸爸说那个小学带给了他们很多快乐的回忆。

不过和草纸厂一样，因为砖瓦厂需要田地作为原材料，所以会破坏土地，为了保护环境，砖瓦厂后来也关闭了。这时爷爷奶奶也已经老了，家里也不再需要他们去支撑，家里的生活也不会因为这个砖瓦厂的倒闭而变糟。现在去我们那边，还可以看到几个窑洞废弃在田地里，外面散落着一些砖瓦碎片，野草丛生。

爷爷说："我们真的是靠着这片土地生存啊，我们要时刻感激这片土地。"后来国家大力推进基建，在我们家那边要修建铁路，政府花钱买了我们村里的山，有土地被征用的每户一个人可以得到政府补贴的 3 万元。我对这个事情有印象，记得大家那时候都兴高采烈地讨论，我想这应该是赶上一个好时代了吧。

爷爷这辈子都在与土地打交道，土地滋养了我们家、我们村，土地带给了我们财富、知识以及安全感，但是我们也没有忘记回馈土地，在土地受到过多的开发时，我们选择的是舍弃掉那一部分财富去保护土地。现在爷爷奶奶已经老了，孩子们也从需要奶奶背着去干活的婴儿长大成挑起家里担子的大人，但是爷爷奶奶仍然不愿意离开这片给我们的生活带来改变的土地，他们还是会种一些蔬果，常常跑去田地里看一看。我想虽然我们没有成为什么大富之家，但是这样温馨的不愿意放弃美好生活的经历，比任何金钱都要值当。爷爷奶奶身体健康，爸妈在家里勤勤恳恳地打工，照顾着我们一大家子人，而叔叔像爷爷一样去外出创业，现在在湖北开着一家超市，在假期的时候会回来团聚。越来越多的年轻人来到我们这边务工，爷爷把家里空着的房子翻修后租给外地人住，这也变成了收入的固定来源。我想，踏在那片让人有着安全感的土地上，望着不远处那几座郁郁葱葱的山，身边又有着健康的家人，这是多么幸福的事情啊！

姓名：黄畅
专业班级：新闻 212
户籍：浙江省金华市
现居住地：浙江省金华市浦江县黄宅镇银坞村

在浙江的这些年

严林静

我家在金华市金东区的一个小村里，家门口是一条河，河上有一座石桥，走过石桥就是田野。村里的人无论是去田野里劳作还是饭后散步都会经过我家，因此我家经常有很多人聚集着闲聊。

我家是一栋三层建筑，在我最初的记忆里，它只有两间房间，在被简单粉饰了之后稍稍摆上几件家具。除了这两间房间，其他房间都还只是毛坯房，粗糙的砖头裸露在空气中。这些房间不是空着，就是被一些杂物堆满。

我的妈妈1973年农历四月初十出生在湖北钟祥。外婆总共生了6个孩子，4女2男，妈妈是最小的妹妹，与最大的姨妈年龄差了十来岁。"你大姨妈的女儿几乎是我带大的。"妈妈在电话里这样笑着对我说道。

大概是在2000年夏天，因为当时小舅舅在义乌工作，所以妈妈就和小舅舅的朋友一起从湖北来到了浙江。一开始妈妈先去了义乌佛堂，后来才来到金华。

妈妈没怎么读过书，因为家里人多且妈妈是个女生，所以妈妈读了初中之后就出来打工了。有时我在学习上散漫或是抱怨学习好累时，妈妈都会在旁边说，要不是当初外公外婆不让她读书，她巴不得一直读书。

妈妈来到浙江后，先是织过羊毛裤，后来又去了塑料厂、砂轮厂，因为在砂轮厂工作发生过敏，所以辞去了在砂轮厂的工作改成了做画框。但是在大概2007年的时候，在一次出家门的时候踩空，掉进家门口的一条用来引水灌溉农作物的水沟里把胳膊摔伤了而不得不辞职。养好胳膊之后，妈妈在朋友的带领下开始做衣服，教妈妈做衣服的两位阿姨比妈妈小，但妈妈在电话里却再三和我强调她们是她的老师。

关于家门口那条水沟，我记得在我小时候它被特地用水泥浇筑过，每当夏季高温时候村里就会开闸让水沟里灌满水。小时候调皮，一到水沟开闸的时候就喜欢和小伙伴们去玩水。那条水沟在我的童年里是快乐的象征，但到现在我才知道它在岁月的长河中绊了我家一脚。

妈妈是再婚，爸爸和妈妈是通过熟人做媒认识的。刚结婚的时候，爸爸去湖北找妈妈。在车站候车的时候，有人的钱被偷了，有很多人围着那个钱被偷的人。这时突然有人和爸爸搭话，说那个人钱被偷了，还"好心"地提醒爸爸一定要把钱放好。爸爸听了那个人的话之后,把原本塞在袜子里的钱拿出来放进了手提袋里,然后也走进人群去凑热闹。后来爸爸发现他放在手提袋里的两千多元被偷了。妈妈说在那时他们的月薪才两三百,这两千块钱得存好久。

妈妈怀孕的时候爸爸在江西打工,有一次我在翻家里柜子时翻出了爸爸在江西时拍的照片,那时爸爸的脸还没被晒得如今这般黑,他穿着一身宽松的西装。妈妈在电话里和我说我出生之后,爸爸从江西回到家,第一件事不是来看我,而是自己盛了一碗饭说好饿。

在电话里,妈妈告诉我在我出生之后一段时间里,爸爸因为晚上总睡不着,去医院检查被确诊为抑郁症。爸爸就诊于东关神经医院,吃了大概两三年的药之后康复了。在吃药的那段时间里,爸爸没有工作,只是在离家10分钟步行距离的田野里种棉花。又因为我的出生,妈妈无法外出工作,所以家里的经济来源主要是妈妈在家里做手工的微薄收入。

病痛对我家的影响不止这些。在我读幼儿园的时候外公因为肝癌去世。因为我从小回湖北的次数屈指可数,所以外公外婆对我来说只有模糊的印象。我只在合照里见过外公,那张合照是外公在我一岁的时候来浙江我们一家去照相馆拍的,照片里我被妈妈抱在怀里哭。在外公住院的时候,姨妈和舅舅就打过电话来让妈妈回湖北,于是妈妈就回湖北待了几天之后又回到浙江。后来外公下葬之后,姨妈才打电话告诉妈妈。

在2019年暑假,妈妈在医院检查之后被诊断为恶性甲状腺肿瘤,在人民医院做手术。做完手术住院的那段时间是我在医院陪护,看着妈妈伤口上被插上引流管,上厕所都要我扶的样子,我的心里很不是滋味,所以我把自己伪装成一副漠不关心的样子。我不想接受那个曾经支撑起整个家的妈妈变得如此脆弱,但回想起来,这一刻终究会到来,只不过是时间早晚的问题。

前几天是表哥的婚礼,妈妈这次回到湖北待了差不多10天。在视频通话时,外婆一直往镜头前凑,喊着我的名字。外婆脸上布满皱纹,眼皮垂下来几乎要将眼睛遮住了。我一直对妈妈有些愧疚。2019年的时候妈妈因为没有力气所以回湖北检查是否患有血吸虫病。当时正值暑假,所以我陪妈妈一起回去,但是到了湖北我待了差不多三天就一直吵着要回浙江,最后妈妈没有办法只好提前回来。回湖北那几天妈妈很快乐,到处串门,给我一种她认识每一个过路人的感觉。我后悔当时自己的任性,因为我明白以妈妈的性格不会轻易回湖北。

在我1岁,也就是姐姐9岁的时候,姐姐和姨妈一起从湖北来到浙江。姐姐从小就独立,妈妈说在家做手工的那段时间姐姐一直在帮她的忙。姐姐这时也从电话那头出声说:“你小时候家里的衣服都是我洗的。”大概2015年之后,姐姐毕业,在义乌找了份工作,从那时起家里只用负担我一个人读书。一年之后,姐姐从义乌回到金华。有一次和姐姐在三路口吃夜宵，姐姐谈起她在义乌的时光，她说她有时晚上肚子饿或是嘴馋的时候就会去大排档买一份炒螺蛳，因为炒螺蛳可以吃很久。

回想我的童年，好像并没有觉得家的条件比身边朋友的差，父母总是会尽可能地满足我的需求。我从小就爱吃肉，如果一餐饭没有肉我是不会动筷子的，记忆里我家餐桌上也总是有肉，在听妈妈说了我家的艰难史之后我不禁表示不解，妈妈在电话那头笑着说："那还不都是家里人给你留的。"

记忆里只有一次，那时候每年 10 月或 11 月镇上会有集会，还在读小学低年级的我和同学约好去街上玩，妈妈给了我 20 块钱让我和同学好好玩。而我却跟着同学一起拿着那 20 块钱买了一个无用的面具，回家后妈妈看见那个面具并没有骂我，只是一个人默默地流泪。年幼的我还不能理解妈妈这一行为，但是后来我再也没拿起过那个面具。现在长大了想想，在妈妈想方设法把每一分钱都花在刀刃上的日子里，我花了 20 块钱只是为了在同学面前不丢脸面这一行为有多么的不懂事。

"家里的房子啊，那不是一下子造好的，都是一年一年一点点弄成今天这个样子的。"当我和妈妈感慨说还好现在家里条件变好时，妈妈说道。现在家里的房子尚且算不上高档，但也可以称为整洁，有家的感觉。三层的房子，一楼因为地势比较低也被我们称为地下室，用来停放车辆和堆些杂物，二楼是厨房客厅还有一间卧室，三楼还有一间客厅和四间卧室。每一间房间都刷上雪白的漆，铺上了地砖。

"我刚来的时候连吃饭都困难，屋子也漏雨，基本是外面下大雨里面下小雨，外面雨停了里面还在下。"妈妈笑着说。那时候我家还没有盖瓦，雨可以从楼梯间淋进来。后来在我小学低年级的时候，家里盖瓦了，为了节约工钱，爸爸妈妈也在工地里帮忙。那时的我站在屋顶，可以望见远处的群山。同年，家里把二楼的毛坯房都给粉刷后铺上了地砖，我们的活动空间也从两间房扩大到一层楼，那时我和姐姐睡一间卧室。

又过了几年，在我十三四岁的时候，家里把地下室和三楼一起翻新了。这次爸爸妈妈没有参与这个过程，而是全部交给请来的工人。因为工人下午 3 点要喝下午茶，所以每天下午 3 点我都会从冰箱里拿出冰饮料还有一些零嘴给他们。妈妈特地请了木工师傅，为我和姐姐做了整整一面墙的衣柜，因为她知道女孩子爱打扮。"那些装修师傅都跟我说，你家女儿很乖很听话的。"语气中是妈妈满满的自豪。也是从那时候开始，我和姐姐拥有了各自的房间。

在我初中的时候，家里把门前种的树都给移到了菜园里，自费把门口的土地铺成了水泥地。由于我们家铺得比较早，大队里不给报销，我问到妈妈会不会后悔,姐姐在旁边插嘴道"早铺早享受嘛"。后来门前这块水泥地成为姐姐每次回家的停车场。

在2020年的时候,做房地产的姐姐向家里"借"了一笔钱,在金华买了房子。妈妈说"现在我啊,就盼着你考个研究生,找个好工作啦"。妈妈爱笑,无论何时都是笑着的,就像她的微信名"爱笑的女人"一样。

回看这个由4个人组成的家庭,一路走来有那么多艰辛,但那些艰辛都已经消散在时光的长河里,成为可以在饭后拿来打趣的话题。普通的家庭,没有多富裕,但也算不上贫穷,希望这个四口之家以后可以走得更好更远。

姓名:严林静
专业班级:新闻212
户籍:浙江省金华市
现居住地:浙江省金华市金东区孝顺镇严店村

扎根边疆的红柳

何沁书

红柳，是祖国大西北沙漠里最顽强的植物。耐寒、耐热，对温度的适应性特别强，深深地扎根在土壤里，为防风固沙作贡献。在那种常年无雨的环境里，它仍然可以顽强地活下来，生命力强得令人震惊。如今游客们从五湖四海去到沙漠，都惊叹于红柳的生命力。一方水土养一方人，红柳的顽强和坚毅早就刻在了祖辈粗糙的掌纹里，这掌纹脉脉相传，影响了一辈又一辈子孙。

故事要从抗日战争讲起。我的曾祖父是书写国共合作抗日典范的永川名将何葆恒，系国民革命军第四十四军一六二师少将师长，戎马一生，历战无数。最值得提及的是在保卫湖北大洪山抗日根据地的无数次反扫荡战役中的青峰山一战，他立下汗马功劳。战役胜利后，他向上级申请了 6 次才得以退役。1948 年 9 月离职回乡，本以为可以卸甲归田，陪伴妻儿，颐养天年，但时代却残忍地捉弄了我的祖辈。

曾祖父和曾祖母生下了 5 个孩子，我的爷爷是年纪最小的那一个。出生前家境殷实，在全家的期待和宠溺中出生。而在时代的潮流之下，家中 5 个被称为“官僚恶霸子女”的孩子沦为了孤儿。

1952 年，三爷爷决定把我的爷爷送养。一户好心人收养了我爷爷。在爷爷成长期间一直被人说政治成分不好，爷爷就这样跌跌撞撞地长大了。困难却仍没有结束，因为没有户口，不能去找工作或打工，爷爷难以生存。正逢那时听人说国家鼓励青年们去建设边疆，爷爷一鼓作气，告别了养育他 24 年的乡土永川。

1973 年 7 月，24 岁的爷爷踏上了去往漫天黄沙和戈壁的道路。用了微薄的积蓄孤注一掷地去了，当年 10 月奶奶也过来了。一对新婚不久的夫妇，面朝黄沙背朝天，一无所有，但他们决定要安下家来。那是新疆塔里木河的南边——沙雅。奶奶初到新疆的第一晚，是真正的一无所有。有个成语叫做家徒四壁，我想家那至少有一张能让人睡觉的床铺。爷爷和奶奶那晚的一无所有，是连家徒四壁都称不上，因为连一张能让人躺下的床铺都没有。在新疆有一种野草叫做胖姑娘草，爷爷奶奶用这种草铺在地上，草上再铺一床从永川带来的薄薄的旧被子。那时奶奶 21 岁，已有了 5 个多月的身孕。那是一种什么样的心境和感受？放弃永川的一切跟随丈夫来到遥远的新疆，没有经济来源和朋友、家人，怀着身孕睡在地上。是一种什么样的勇气,要扎根下来?睡的问题“解决”了,接下来是吃。在那时新疆贫瘠的土地上,能吃什么呢?答案是——玉米。这种营养成分较为全面的食物,成为供给一个孕妇的唯一食物。玉米粒、玉米糊糊、玉米饼。因为没有其他营养的摄入,我的大伯父生下来就吃不到奶水……

“那时心里有过无可奈何,好像就没有可以活下去的念头。但是想到总有一天我们会看到阳光,黑暗总是要过去。那时候特别特别苦啊,背井离乡,失去了亲生父母,要活命就得默默承受折磨和痛苦。”这是今日已经70岁的奶奶对我诉说的原话。奶奶是接受了些教育的,但爷爷完全没有。奶奶深知接受教育的重要性,她生育了5个子女,对他们最多的要求就是做人的品性和接受教育。为了能让子女接受到更好的教育,全家离开了沙雅,到了新疆阿克苏市。

苦的日子慢慢熬过去了,我的父亲和他的兄妹慢慢长大了。父亲通过自己的努力考取了喀什师范学院。绝望的日子慢慢迎来曙光,在大学里,父亲和我的母亲相遇了。大三上学期,像所有校园恋爱一样,他们甜蜜地陷入了热恋,共同学习上课,在毕业后结婚。母亲遂跟随父亲来到了阿克苏。对于刚毕业的学生来说,社会的历练是残酷的。大专学历的两个人找工作屡次碰壁,当时父母的想法是毕业了就一定要自食其力,便更加积极地找工作。最终功夫不负有心人,母亲通过地区卫校的试讲成为一名教师,我的父亲抱着试试看的想法去银行应聘,没想到留了下来并越做越好。两个人拼了命地在岗位上摸爬滚打。因为没有背景,没有人脉,我的母亲多年超负荷工作,但她始终认为多干不吃亏。孩子小工作多,但母亲并没有停止提升自己,她下定决心要提高自己的学历。在我9岁那年,母亲忙完单位的事情后还要监督我的学习。深夜,当所有事情完成以后,她在家中的书房打开一盏小灯,背诵单词和重点知识。2012年,母亲考上了陕西科技大学思想政治教育专业的在职研究生,而后顺利取得法学硕士学位。在没有任何背景的情况下,父母通过自己的努力,工作上站稳了脚跟,屡次升职加薪。母亲事业上升期最快的那几年,由于被动卷入了一些纷争,被从关键部门调整到其他岗位。但也正是因为这次的变动,母亲决定离开去了一个新单位,从筹建开始做起到单位完全建成并且顺利发展。2011年,母亲被评为自治区级的优秀支教教师,还获得了多项地区级荣誉。父亲也在银行成为网点主任、理财顾问。我的父亲和母亲通过不断学习业务知识和兢兢业业的努力工作,经过多岗位锻炼,有了更大的工作平台,承担了更多工作职责。我常常在想,从曾祖父那个时期到我现在的衣食无忧,经历了多少年的痛苦与心酸!

我的外公外婆1959年响应国家有志青年支援边疆建设的号召,告别故土,不远万里,来到新疆。外婆出生于中原地区的富裕家庭,没有吃过苦,到了新疆后，忍受着恶劣的环境和高强度的劳动，她和外公一起无怨无悔，勤劳踏实，把青春和汗水献给了边疆。外公外婆育有4个子女，我的母亲是最小的一个。在新疆，大家习惯上称呼我父母这代人为“疆二代”，那我就是名副其实的“疆三代”了。

草草几千字，概括了我家的历史。写到这里我的鼻头已经酸涩。祖辈们经历的磨难，曾经的我完全不了解。他们给我创造了一个无忧无虑的童年，这些家史是成年后我才了解到的。我写下这篇文章，和其他同龄人平等地学习、生活，有着同样平等的人格，做着任何我想做的事，又是多么不易！曾祖父母的命运，爷爷奶奶啃下的玉米，父母在岗位上的辛勤工作……感谢国家给予我平等的人格，感谢和平时代给予我健康的、不受迫害的生命，感谢祖辈父辈们坚忍、辛勤的劳动。

5月，又是一年红柳花开时。对于在新疆生活的人们来说，红柳早已成为生命力的象征。沙漠中的红柳开得是那么奔放动人，花期的时候每一根枝条上都会长出无数朵小花花，粉粉嫩嫩的，远远一看就像是夕阳快要落山时天边的云霞，美得不可方物。人和柳一起，能日复一日、年复一年地坚守在荒无人烟的沙漠中，艰苦奋斗，自强不息，求真务实，开拓创新。

姓名：何沁书
专业班级：新闻211
户籍：浙江省宁波市
现居住地：新疆维吾尔自治区阿克苏地区阿克苏市兰干街道

只道是寻常

陈嘉璇

父母在我小时候训诫我时总说，他们十来岁的时候哪有我现在这么好的生活条件。

先从妈妈这边说起吧。

外公外婆是嘉兴秀洲再普通不过的农民家的儿女。农村生活条件总体上是不好的，据妈妈回忆，外公外婆那一辈的人小时候还存在温饱问题。不过比起其他地区，嘉兴称得上是鱼米之乡，农耕收获相对还算丰盛，比其他农村地区要好过一些。

当时外婆家条件相对比较好，家里还请得起人来干活。外公的爸爸是老党员，家里一贫如洗却生了好多小孩，外公家里总共有六弟兄、两姐妹，因为生活实在困难还送走了其中两个。

妈妈回忆说，家里一开始只有两间茅草房，在妈妈初中的时候其中一间被拆除建了三间平房，条件依旧是艰苦的。农村的夏天非常热，那时候不仅没有电扇没有空调，晚上为了凉快些睡在地上还会有蜈蚣爬过来咬人，往人耳朵里钻。

记不得具体是什么时候，家庭联产承包责任制开始在村里推行，各家各户都有了自己的田地，生产积极性有了显著提高。不过大概也是运气不大好，抓阄选地时外公抓得不好，我们家的地是离村里最远的。

“那时哪有收割机啊，更别说车了。你外公在田里把稻谷割下来一捆一捆扎好，就用扁担一趟一趟挑回来的。”妈妈这样说。

农村的孩子常常是营养不足的，虽然到妈妈这里不像外公外婆小时那样吃不饱，可能吃的东西质量也不高。现在孩子常喝的牛奶，妈妈说她一直到大学才喝到。

农村里能把女孩送去上大学的很少。女孩们大多选择留下来帮家里干活，妈妈虽然在上学，中学时假期回家还是要天天帮家里干活，比如夏天顶着大太阳在田里侍弄水稻。大概想着怎么考去大学就不用当农民了，妈妈从小成绩一直不错，最后考去了杭州上大学，本科毕业。

一直到 1990 年，妈妈上大一的时候，外婆家才终于建了楼房，生活好了起来。

再往回看看另一边，说一说我爸。

温州人也不是一开始就以会经商做生意著称的，从前也和普通农村农民一样在地势比较平的地区种水稻，在山里放牛羊，种些适合山区生长的作物。

相比嘉兴那边天然的好环境，温州就没有那么幸运了。沿海地区受台风影响严重，刮台风的时候水能一路淹到家里，田里的稻谷当然没办法幸免，收成受着不小的影响。

这样靠天吃饭显然行不通，那就必须另谋出路。爷爷小时候跟着阿太去水库边上抓过鱼逮过螃蟹，然后拿出去卖点小钱贴补家用，日子依旧是辛苦的。

爷爷年轻时外出打工，去做了修路工人。当时的交通条件很差，家里也没什么钱。爸爸在小学初中时都是走路上学，高中即使坐车也是先坐一小时车，再走两小时到学校，还背着一袋用作口粮的米。去城里上大学，要一直坐十几个小时的车，去山里拜访亲戚朋友也都是走路过去，大概那时连盘山公路也没有几条。

而正是交通发展为温州人的生意路打下了基础。逐渐便利的交通让温州人走出门去，从小生意到集市，贸易开始发展，家庭作坊和产业链都开始兴起，渐渐也带动了地区经济发展。

我姨婆家的面点生意就是比较典型的家庭作坊，因为是不容易保存的食品，大妈妈经常早上3点钟就起来上集市去揉面准备做当日要卖的面点，这是我直到现在说起都感觉非常辛苦的事情。奶奶除了农活，又和几个姐妹一起做米糠生意，把从稻谷加工厂收购过来的米糠卖给养鸡场养猪场用作饲料，物尽其用之余也能赚些钱。而爸爸的哥哥也可能是为了缓解家里的经济压力，很早就不再上学，去了机械厂打工。在相关产业开始形成产业链之后，大伯靠着当学徒学来的手艺，自己去矿上拉了些小生意来做，渐渐也成了规模。

爸爸则一直读书直到考进了杭州的大学，和妈妈是同一个班。大学顺利毕业后，他们开始了两人共同奋斗的日子。

1994年爸爸妈妈大学毕业，在外面租了个小房子。

妈妈一开始的工作是给汽车运输总公司旗下的一个小厂生产零件。原本妈妈大学时学的是农业机械，当时大学本科毕业的学历和现在不一样，含金量还是很高的，照她的专业应该可以去厂里的技术开发部，但厂家方面以新员工刚刚入职要先熟悉环境为由，妈妈只能从流水线作业先开始着手，“成了流水线的小工人”。

厂子开的工资也名不副实。见刚刚毕业出来的大学生不了解行情，经理给妈妈画饼说月工资500元(在当时500元的月工资已经是一笔可观收入)，实际上一个月到手却只有200元都不到。

而这个零件生产本身也没有多少技术含量，流水线的工作任谁都能想出其中的枯燥。妈妈觉得留在这个单位没有什么前途，就在几个月后离职了。

离职之后，妈妈决定去考研究生。那时是1995年1月份，妈妈回去住在学校招待所里，自己埋头复习了几个月后就去考研了，回忆说大约在4月才知道录取与否。

考研总分数是理想的，但因为妈妈高中是在嘉兴镇上读的，那时老师教的是“哑巴式英语”，大概再加上对这门课实在有些不大感兴趣，英语一直是妈妈的弱项，英语单科分数太低没达标，后面还因此导致连特殊渠道招生也没能成功录取。

而考研其实也是匆忙之下的决定，这条路又没了。妈妈只能重新去找工作。

经此前几番碰壁，妈妈应该算是遇到了贵人，也就是现在妈妈工作的私营企业老板的同学。经他牵线搭桥，妈妈去了这个私企工作。

那时私营企业不多，大多数人更希望去国有企业工作而不接受私营企业，觉得风险较高。毕竟私企没有国企那么多的政策保障，不论是在职还是退休政策方面。

但妈妈一直留在这个单位工作到了现在。

相比妈妈，爸爸的就业路要稍微顺利些。爸爸读高中时因为视力不达标，没能参加警察院校招生考试，最后上了浙江农业大学，读的是农业机械。本以为这辈子与警察这个职业无缘，大学毕业后，机缘巧合之下正遇上公安局公开招录大学生，爸爸便作为优秀大学毕业生被招进了公安队伍，成为一名警察，圆了他小时候的梦想。

家里的旧房子是1998年买下的。我们家在城里落户较早。那时房价还不是很高，爸爸妈妈算了算几年来省下来的钱，咬咬牙买下了第一套房子，在新千年的时候正式搬了进去，在城里安了家。

小时候的记忆已经有些模糊了，只记得那时爸爸妈妈都很忙，从老家接来了奶奶帮着照顾年幼的我，我两岁之前见到奶奶的时间比爸妈多得多。“那时你见着奶瓶可能比见到我还亲，从小就没良心。”妈妈笑着打趣。

后来还有外婆加入看护我的行列，一直到小学毕业奶奶和外婆才不再轮流来家里料理家务。初中时我们搬到了现在的房子里，周末时妈妈也会自己在家做饭打扫，爸爸倒是因为工作性质特殊也没有什么特别空闲的时间，但总体来说没有了当初为生计拼命奔忙的感觉，可以说是逐渐有了自己的生活节奏。

我出来上大学之后，爸爸妈妈周末在家的日子还是相当自由的。我打电话回去经常得知两人一起在客厅里喝茶看电影，或是吃完饭在外面散步。邻里间关系融洽，他们偶尔也会和邻居坐在一起吃饭聊天，会给奶奶和外公打钱重修老家的房子，如果不是新冠疫情影响，大概也会来学校看看我。

杭州从曾经的小城市到现在的新一线城市，社会的发展节奏很快。走好这条共富路固然需要机遇，大环境相对来说还是更为重要的，如果没有整体经济发展的大环境，也不会产生机遇来给我们改善生活。经济推动了教育发展，教育发展再推动高素质劳动力的产生。

虽然说起以前的事，爸爸妈妈都说我们家的故事没有什么特别的，但在我听来，正是这些看似平淡的岁月，他们两人一路携手走来的努力，一点一滴成就了我们家的现在。寻常寻常，寻常之中，自见非常。

姓名：陈嘉璇
专业班级：新闻212
户籍：浙江省杭州市
现居住地：浙江省杭州市余杭区闲林街道

附录:“中国故事的青年话语”数据库

2018 行走的新闻:

我家四十年

——纪念中国改革开放40周年特别田野调查

阀门与梦想:一个瓯北小家族创业史【001】
我的家在象山【002】
一家人,往前奔【003】
衣食住行也荣光【004】
忙种田,忙生意,忙幸福【005】
编织生活,挥洒汗水【006】
如梦令踏莎行【007】
变迁【008】
道老古:幸福并感激着【009】
故事说不完【010】
记忆深处的变迁【011】
父辈创业史【012】
稳稳的幸福【013】
大时代里的小人物【014】
长辈们的忆述【015】
两代人的经营【016】
小镇人儿【017】
一起挺过风风雨雨的岁月【018】

三代人的春节【019】
前行是你的"宿命"【020】
爸爸的担当【021】
风雨之中有担当【022】
在改革开放中摸爬滚打【023】
永不变是初心【024】
漂泊:从西南到西北【025】
平凡岁月流水账【026】
无"芳"不"华"的平凡岁月【027】
爸爸的奋斗史【028】
陈家的小变化【029】
回望小城武威【030】
贯穿我生活的两位女性【031】
一个老农民,一个泥瓦工【032】
一砖一瓦垒明天【033】
三代人的婚礼【034】
论家话【035】
苦尽甘来的故事【036】
平凡的幸福【037】
改革路上的小康【038】
烙印在时代的封尘里【039】
好日子在后头【040】
老管家的三世同堂【041】
奶奶的维权路【042】
深埋在岁月里的故事【043】
普陀之上有人家【044】
回首几重烟与云【045】
奔波与相守【046】
外公外婆走新疆【047】
凡有石油处,就有玉门人【048】
海峡情缘【049】
平凡一家人【050】
贺家门下的"女人花"【051】
时过境迁,思归故乡【052】

三城纪事【087】
生活起落会有时【088】
小饭碗里的大变化【089】
跨越时空的爱恋【090】
土砖土瓦风雨情【091】
剡溪由西向东流【092】
从大山出发【093】
三代人的生活【094】
回不去的家【095】
我从北海来【096】
搬家史【097】
轮子上,转出新生活【098】
幸福是打拼出来的【099】
四十年如梦,纸短情长【100】
踏平坎坷成大道【101】
三所屋,三代人【102】
漫漫求学路【103】
平平淡淡才是真【104】
霜雪已过 长风破晓【105】
寻不到从前【106】
流金岁月【107】
明天会更好【108】
父亲的黄金时代【109】
糊口【110】
路上的四十年【111】
变的是房屋,不变的是记忆【112】
忙碌的两代人:姥姥与妈妈【113】
不再是少年,不再去冒险【114】
从田野到城市【115】
那些名叫过去的故事【116】
心酸和劳苦都被一句话带过【117】
守得云开见月明【118】
双手描绘出来的幸福【119】
爸爸的奋斗之路【120】

一个用老照片讲述的故事【155】
风雨兼程【156】
饲料厂里的人生沉浮【157】
三代人【158】
温州一家人【159】
努力过得更好【160】
平凡之路【161】
一步一个脚印【162】
平凡的幸福【163】
岁月珍藏着每一段深情【164】
越来越好 40 年【165】
那些先苦后甜的日子【166】
走出大山的人家【167】
他这大半辈子【168】
走出的天秤座【169】
生命的传承与延续【170】
岁月神偷【171】
岁月的改变【172】
在山的那边【173】
每一步,踩地实,踩地真【174】
家在黔西南【175】
陈家老爹奋斗史【176】
住所的变迁【177】
平淡岁月,也是风景【178】
奔竞不息立潮头【179】
忆往昔峥嵘岁月【180】
珠城故事【181】
风雨沧桑路【182】
董家有女初长成【183】
倔强的爷爷【184】
岁月如歌【185】
埋头苦干的日子【186】
乘风破浪会有时【187】
从"小家"看"大家"【188】

2019 行走的新闻:

国是千万家

——庆祝新中国成立 70 周年特别田野调查

一个女人的七十载沉浮【012】
听父亲说那些年他的故事【013】
从"小车"到"大车"【014】
生活的"进化史"【015】
劳动最美【016】
祖辈的风雨【017】
长歌一曲平淡调【018】
翻过的这一页【019】
风风雨雨都见证【020】
温州奶奶【021】
苦与甜【022】
那些旧时光【023】
与木材的不解之缘【024】
听爸爸讲那过去的事情【025】
相遇与成长【026】
一把剪刀闯荡南北【027】
小渔村里的"最美家庭"【028】
三代人的故事【029】
心随房动【030】
一杯茶·三代人的婚礼【031】
"说起来"【032】
读书事大【033】
有些故事没讲完【034】
一个浙北小家庭的小故事【035】
家的变迁【036】
家中二三事儿【037】
浦江！我的家！【038】
过去和未来的模样【039】
安然如素，岁月静好【040】
大奶奶的咿咿呀呀【041】
我家的罗曼史【042】
那些我向往的日子【043】
"为生命奠基"【044】
洋洋七十载，蒸蒸四代人【045】

山与路【080】
与杭州共呼吸【081】
一丝一线,一世传承【082】
外公的七十年【083】
像外公这样的人【084】
一路走来一家人【085】
小长滨里的一家人【086】
遗落在人间的蓬莱小镇【087】
谋求生活寻安定【088】
笑傲人生坎坷路【089】
平凡中的闪光【090】
落洋人【091】
他们,因地质勘探而结缘【092】
忆往昔岁月【093】
祖辈的道路【094】
顺应时代去生活【095】
听外婆说那 70 年的事【096】
我家就在滕头村【097】
三代人的青春【098】
人生自要坚强活【099】
母亲的岁月往事【100】
璜山一家人【101】
老物件里的那些年【102】
婚姻这件事【103】
三代人的记忆【104】
羊毛编织出温暖的家【105】
幸福自奋斗中来【106】
阿公说的故事【107】
"我喜欢的人是英雄"【108】
生活总会越来越好【109】
爷爷外公的匆匆大半载【110】
甬城深处我的家【111】
道德情怀彰显生命的珍贵【112】
传承【113】

这样是爱,那样是家【148】
此生辗转十宅中【149】
苦难是块垫脚石【150】
一针一线一人生【151】
脚下土地是一辈子的长河【152】
大树和木棉【153】
阿菊是我奶奶【154】
红土地上的老一辈们【155】
我们一家的"北漂"【156】
桃源巷的三代人【157】
奶奶将我带大【158】
一生搬了九次家【159】
鸡毛堆里出了个卖货郎【160】
绵情修来琼粤桥【161】
这里是温州一家人【162】
想做你们的大富翁【163】
父亲的"飞驰人生"【164】
桂霞【165】
名片串起的奋斗史【166】
我的船长爸爸【167】
马目人家【168】
穷家致富路【169】
新马路的岁月【170】
我的奶奶是天使【171】
旧檐头下的故事【172】
爷爷奶奶的"疆途"【173】
平平淡淡才是真【174】
像外婆这样暖心的人【175】
两代石油人的奋斗人生【176】
桌边谈话【177】
父亲的奋斗史【178】
他们的爱情【179】
触手可及的岁月【180】
一头扎进新疆……【181】

拼来的生活【216】
外公教会我的那些事【217】
在中国汽摩配之都长大【218】
我的姥爷姥姥【219】
父亲:永不停歇的脚步【220】
舟在舟山【221】
爷爷是个手艺人【222】
生不逢时的幸运儿【223】
父亲:坎坷人生任逍遥【224】
父亲:平凡坎坷拼半生【225】
也曾打拼到非洲【226】
家乡的变迁【227】
我家三代人【228】
平淡无奇我的家【229】
爷爷办起皮鞋厂【230】
守天府,拓新疆【231】
转战南北的外郎人家【232】
海宁小镇人家【233】
平淡生活也甘甜【234】
一副眼镜撑一家【235】
那些关于我祖父母故事【236】
江影任臣服【237】

2020 行走的新闻:
我的小康之家
——00后眼中的中国小康之家样本观察

民族复兴视野下的小康社会与家庭变迁/流动的文化地理景观【我的小康之家】学术观察+个人叙事(01)

个人叙事中的家国图景与新闻历史感知/非虚构的新闻与文学的交融【行走的新闻——我的小康之家】学术观察+个人叙事(02)

小康家庭的乡村生活图景/“稻香”中农村土地制度/变迁中的乡土中国【行

走的新闻——我的小康之家】学术观察＋个人叙事(03)

小康路上的创业符号/非虚构写作的细节生产/温州人的小康社会答卷【行走的新闻——我的小康之家】学术观察＋个人叙事(04)

"口述历史"的小康样本/一个小店一个家/我家眼镜店/守得云开见月明【行走的新闻——我的小康之家】学术观察＋个人叙事(05)

小康路上的义乌元素/以义乌家庭记忆窥见小康社会/鸡毛飞上天【行走的新闻——我的小康之家】学术观察＋个人叙事(06)

小康社会的集体记忆/几十年风雨一肩扛/风雨中的平凡之路/为房奔波这些年【行走的新闻——我的小康之家】学术观察＋个人叙事(07)

小康之家的中国图景/从衣食住行看小康/四海为家/爷爷的小秘诀【行走的新闻——我的小康之家】学术观察＋个人叙事(08)

自下而上的口述/非虚构写作的现代叙事观察/漂来的幸福小康父亲的破车沪漂之路【行走的新闻——我的小康之家】学术观察＋个人叙事(09)

"家事"里的"国史"/法治为小康通途保驾护航/下一站，叫幸福【行走的新闻——我的小康之家】学术观察＋个人叙事(10)

作为"讲故事"者的采访对象/"老底子们"的故事/海岛小镇的故事【行走的新闻——我的小康之家】学术观察＋个人叙事(11)

中国梦征程中的女性光芒/她们的生意经/江南水乡中的"铿锵玫瑰"【行走的新闻——我的小康之家】学术观察＋个人叙事(12)

中国道路的家庭映像/我家的小康印记/磕磕绊绊奔小康【行走的新闻——我的小康之家】学术观察＋个人叙事(13)

离异家庭的小康图景/小康密码非虚构细节/老宋一家/开向小康的五辆车【行走的新闻——我的小康之家】学术观察＋个人叙事(14)

应改革之变顺开放而闯在小康社会中建功立业也曾打拼到非洲家东北家江南家小康【行走的新闻——我的小康之家】学术观察＋个人叙事(15)

有真自由才有真小康/"家事"讲述的历史范畴/三代人创业撑起一个家【行走的新闻——我的小康之家】学术观察＋个人叙事(16)

百姓之家的磅礴力量/从临海到西安/纺出来的幸福/三代人的小升初【行走的新闻——我的小康之家】学术观察＋个人叙事(17)

房子的力量/一碗滚烫人生/永不言弃【行走的新闻——我的小康之家】学术观察＋个人叙事(18)

生在小河旁【001】

为房奔波这些年【002】

平凡的幸福【003】
铿锵玫瑰,永不后退【004】
父亲的破车【005】
永不言弃【006】
妈妈挣来一个家【007】
三代创业撑起家【008】
苦尽甘来【009】
一直在路上【010】
小康路上 60 码【011】
艰难岁月走过【012】
从打工到创业【013】
一碗汤烫人生【014】
家,不会轻易崩塌【015】
为车为房为小康【016】
三次搬家步小康【017】
纺出来的幸福【018】
听爷爷讲“故”事【019】
沪漂之路 :下一站是幸福【020】
美好在奋斗之后【021】
支柱【022】
父亲这半辈子【023】
她们的生意经【024】
三代人六十年【025】
奋斗在库车【026】
爷爷的小秘诀【027】
从临海到西安【028】
一山更比一山高【029】
四世同堂【030】
虹桥镇上那点事【031】
家东北,家江南【032】
走出大山 【033】
奋斗出平凡【034】
平凡苦力人【035】
守得云开见月明【036】

细流成河【071】
从艰苦岁月走来【072】
家道小康 民康物阜【073】
幸福三部曲【074】
平平淡淡才是真【075】
海岛小镇的故事【076】
我家眼镜店【077】
爸爸的奋斗【078】
老陈与小陈【079】
解锁幸福的密码【080】
我和妈妈住过的五个家【081】

2021 行走的新闻:
浙里是我家
——100 个中国青年的 100 个中国故事

鸡毛飞上天【001】
这些年奋斗过的人生【002】
风轻正好奋为前【003】
照片会说话【004】
进步史【005】
一百年,四代人【006】
几代人的奋斗【007】
平凡且坚韧【008】
山到海的距离【009】
小康路上稳稳开【010】
我的外公外婆【011】
扎根“浙”里一家人【012】
一路打拼到浙江【013】
在风雨中前进【014】
父亲的岁月历程【015】
奔波在东栅塘汇之间【016】

倾听过去【051】
幸福来自忙碌【052】
向前迈步的"楼梯"【053】
与"三"相关【054】
老房翻新【055】
一半人生【056】
我的军人父亲【057】
铁路上端起"铁饭碗"【058】
知足而常乐【059】
父亲这辈子【060】
这三亩五分茶地?【061】
浮沉二十年【062】
微笑面对生活【063】
外公平凡岁月中的四套房子【064】
瓯南小镇里的家【065】
海边人家【066】
离岛,归岛【067】
从山里走出去【068】
我的与众不同的妈妈【069】
王家大院的光阴【070】
花屋下的三代人【071】
小溪的"进化史"【072】
一张彩票【073】
漫漫经商路【074】
大不了从头再来【075】
爷爷的车【076】
妈妈的道理【077】
我的百变爸爸【078】
你在义乌,我在鹰潭【079】
一直在搬的家【080】
母亲身上的三道印记【081】
从修鞋匠到房东【082】
从船夫到海鲜店长【083】
打工之路【084】

叔叔的店【119】
旧物屋【120】
爸爸的柜台【121】
从小护士到镇人大代表【122】
妈妈的杭漂奋斗史【123】
胶水厂的二十年【124】
医书三部曲,王家三代人【125】
外公的土地【126】
三张票子一纸书【127】
学习的故事【128】
从小车到小家【129】
充满回忆的旅馆【130】
舅舅的工厂【131】
在义乌与常熟之间【132】
母亲未完工的房【133】
永不停歇的"小大人"【134】
我的爸爸妈妈【135】
外婆的岁月【136】
奶奶的故事【137】
爷爷那些事儿【138】
老连家的餐桌【139】
爷爷和村庄【140】
母亲的新房梦【141】
床边故事【142】
从零到无穷【143】
我的铜豌豆爷爷【144】
爷爷的多重身份【145】
外婆和她的三个房【146】
一家小小的店【147】
父亲的显微镜零配件厂【148】
我的爷爷奶奶【149】
妈妈家里的故事【150】
我住过的 3 座房子【151】
我的女超人【152】

从木屋到公寓的变迁【153】
努力让生活越来越好【154】
上世纪的普通一工【155】
“忙碌的一生”【156】
永远在钻研的“刘公”【157】
“廖书记”的六个身份【158】
我的搬家史【159】
外婆这辈子【160】
父亲的黄金岁月【161】
车轮转出精彩人生【162】
我和我辗转过的地儿【163】
老方和老刘【164】
大家族出嫁的女儿【165】

2022 行走的新闻：
我家“人世间”
——浙江学子笔下的共富小家

爸妈的奋斗岁月【01】
姑姑的水果店【02】
轰鸣声里说丰年【03】
平淡生活这碗粥【04】
一隅也安宁【05】
爸爸的“布”履【06】
外婆的餐桌【07】
熬过去就会苦尽甘来【08】
先苦后甜的生活【09】
居有其屋【10】
家,家,家【11】
妈妈的奋斗之路【12】
车即是家【13】
红柳【14】

敢于漂泊在异国【15】
日子会过得更好【16】
大山里走出来的工人之家【17】
靠双手拼凑出未来【18】
父亲的光辉岁月【19】
从缝纫机到小卖部【20】
藏匿在店铺里的记忆【21】
拼命干,不言弃【22】
美好生活是每一代人的长征【23】
从螺丝刀到长车床【24】
外公的创业路【25】
扣子之家【26】
农为根,商为枝【27】
刺桐故事【28】
老张家盖房记【29】
老王家的张支柱【30】
家有桃园【31】
一双手撑起一个家【32】
没有遗憾的奶奶【33】
父亲的辗转人生【34】
父母的三次创业【35】
苦尽甘来一杯茶【36】
兰城往事【37】
父亲的前半生【38】
乡土家庭"成长"记?【39】
房屋五十年【40】
杭州升起故乡的炊烟【41】
我家的漫漫"工业路"【42】
小村人家【43】
我的金融老爸【44】
外公和他的村庄【45】
父亲的面包车【46】
二十七与二十七的奋斗岁月【47】
父亲的"旅途"【48】

父亲的裁缝店【49】
从一碗螺蛳粉开始【50】
她瘦弱的身躯撑起了一个家【51】
一身技术走天下【52】
穿越四十年的“家”看【53】
与土地打交道【54】
母亲的打工史【55】
从浙江到浙江的旅程【56】
从北方到南方【57】
虽然炊烟不再【58】
沿着新老水库慢慢走【59】
藏在平凡里的不朽年华【60】
瓜果蔬菜起高楼【61】
大山里的人家【62】
勤勤恳恳的父母【63】
在平凡中开出花朵【64】
当时只道是寻常【65】
我家的“水泥工”【66】
像海鸟一样迁徙,安居【67】
妈妈向前奔【68】
面向大海,奔回宁波【69】
朝着富裕奔跑的父亲【70】
爸爸在韩国打拼【71】
外公的老物件【72】
从农村到城市,从云南到浙江【73】
虚幻又真实的富有【74】
七套房子的故事【75】
来自农村,归于农村【76】
爷爷奶奶的奋斗【77】